乔万民　吴永喆　选注

唐宋八大家

王安石

天津出版传媒集团

天津古籍出版社

图书在版编目（CIP）数据

王安石 / 乔万民，吴永喆选注. -- 天津：天津古籍出版社，2006.12
（唐宋八大家）
ISBN 978-7-80696-364-7

Ⅰ. ①王… Ⅱ. ①乔… ②吴… Ⅲ. ①古典散文－作品集－中国－北宋 Ⅳ. ①I264.41

中国版本图书馆CIP数据核字(2006)第117527号

唐宋八大家·王安石

乔万民，吴永喆/选注
出版人/张玮

天津古籍出版社出版
（天津市西康路35号 邮编300051）
http://www.tjabc.net

三河市中晟雅豪印务有限公司印刷
全国新华书店发行
开本 880×1230 毫米 1/32 印张 10.75 字数 317 千字
2010 年 9 月 第 1 版 2016年 2月 第 3 次印刷
ISBN 978-7-80696-364-7 定价：21.00元

目 录

王安石生平及创作简介…………………………………………（1）
翰林学士除三司使…………………………………………………（1）
起居舍人直秘阁同修起居注司马光改天章阁待制………………（3）
辞拜相表……………………………………………………………（5）
拟上殿进札子………………………………………………………（7）
本朝百年无事札子…………………………………………………（10）
上仁宗皇帝言事书…………………………………………………（15）
上时政书……………………………………………………………（34）
上五事书……………………………………………………………（36）
上曾参政书…………………………………………………………（39）
上田正言书…………………………………………………………（42）
上龚舍人书…………………………………………………………（46）
再上龚舍人书………………………………………………………（49）
上欧阳永叔书………………………………………………………（52）
上杜学士书…………………………………………………………（54）
上杜学士言开河书…………………………………………………（56）
上运使孙司谏书……………………………………………………（58）
上浙漕孙司谏荐人书………………………………………………（61）
上人书………………………………………………………………（63）
上凌屯田书…………………………………………………………（65）
与马运判书…………………………………………………………（67）
与刘原父书…………………………………………………………（69）
与祖择之书…………………………………………………………（71）
与孙莘老书…………………………………………………………（73）

请杜醇先生入县学书……………………………………………（75）
答吕吉甫书………………………………………………………（77）
答王深甫书………………………………………………………（79）
答李资深书………………………………………………………（84）
答王该秘校书……………………………………………………（85）
答孙长倩书………………………………………………………（86）
答李参书…………………………………………………………（88）
答司马谏议书……………………………………………………（89）
答曾公立书………………………………………………………（91）
答韶州张殿臣书…………………………………………………（93）
答钱公辅学士书…………………………………………………（95）
答王景山书………………………………………………………（97）
答段缝书…………………………………………………………（98）
答曾子固书………………………………………………………（101）
与王子醇书（其三）………………………………………………（103）
虔州学记…………………………………………………………（105）
太平州新学记……………………………………………………（109）
繁昌县学记………………………………………………………（111）
明州慈溪县学记…………………………………………………（113）
君子斋记…………………………………………………………（116）
石门亭记…………………………………………………………（118）
芝阁记……………………………………………………………（120）
度支副使厅壁题名记……………………………………………（122）
抚州通判厅见山阁记……………………………………………（124）
桂州新城记………………………………………………………（127）
信州兴造记………………………………………………………（130）
越州余姚县海塘记………………………………………………（133）
通州海门兴利记…………………………………………………（135）
游褒禅山记………………………………………………………（137）
扬州龙兴寺十方讲院记…………………………………………（139）

目 录

涟水军淳化院经藏记	(141)
新田诗序	(143)
灵谷诗序	(145)
张刑部诗序	(147)
善救方后序	(149)
送陈升之序	(150)
送孙正之序	(152)
送胡叔才序	(154)
送李著作之官高邮序	(156)
送丘秀才序	(158)
石仲卿字序	(160)
历山赋并序	(161)
伍子胥庙铭	(163)
鲧说	(165)
伯夷	(167)
周公	(169)
子贡	(171)
三不欺	(173)
荀卿	(176)
杨墨	(178)
老子	(180)
庄周(上)	(182)
庄周(下)	(185)
扬孟	(187)
性情	(189)
性说	(191)
推命对	(194)
王霸	(196)
仁智	(198)
勇惠	(200)

中述	(202)
行述	(204)
禄隐	(206)
太古	(209)
周秦本末论	(211)
乞制置三司条例	(213)
议茶法	(216)
原教	(218)
原过	(221)
讲说	(223)
材说	(226)
取材	(229)
兴贤	(232)
委任	(234)
知人	(237)
谏官	(239)
风俗	(242)
龙说	(245)
使医	(246)
汴说	(247)
先大夫述	(250)
读江南录	(254)
读孟尝君传	(257)
书刺客传后	(258)
读柳宗元传	(260)
书李文公集后	(262)
同学一首别子固	(264)
伤仲永	(266)
孔子世家议	(268)
书洪范传后	(270)

目录

祭范颍州仲淹文…………………………………（272）

祭刁景纯学士文…………………………………（275）

祭张安国检正文…………………………………（276）

祭束向元道文……………………………………（278）

祭王回深甫文……………………………………（280）

祭欧阳文忠公文…………………………………（281）

处士征君墓表……………………………………（283）

广西转运使屯田员外郎苏君墓志铭……………（285）

司封员外郎秘阁校理丁君墓志铭………………（288）

泰州海陵县主簿许君墓志铭……………………（291）

兵部员外郎马君墓志铭…………………………（293）

叔父临川王君墓志铭……………………………（296）

王逢原墓志铭……………………………………（298）

王深父墓志铭……………………………………（300）

仙居县太君魏氏墓志铭…………………………（302）

王安石生平及创作简介

（一）

王安石(1021—1086)，字介甫，号半山。封荆国公。抚州临川人(今江西抚州市)。宋真宗天禧五年生于临江郡清江县，当时，他父亲王益正任临江军判官，母亲姓吴。

王益于祥符八年(1004)中进士，做过建安主簿、临江军判官、庐陵知县、新繁知县、韶州知州等地方官吏。王安石在叙述其父亲行状的《先大夫述》一文中称："公于忠义孝友，非勉也……其自奉如甚啬者，异时悉所有以贷于人……居未尝怒笞子弟，每置酒，从容为陈孝悌仁义之本，古今存亡治乱之所以然，甚适。其自任以世之重也，虽人望公亦然。"王安石还在《答韶州张殿丞书》中说："先人之存，某尚少，不得备闻为政之迹。然尝侍左右，尚能记诵教诲之余。盖先君所存，尝欲大润泽于天下，一物枯槁，以为己羞。"王益做地方官时颇有政绩，善于维护封建法制，而这些对幼小的王安石都产生了深深的影响。

由于王益在临川没有田产，所以他游宦到哪里，举家便移居到哪里。因此，王安石未出仕之前已经随父亲游历了许多地方，这使他在饱览王朝山河之壮的同时，也了解了民生之艰，从而对王朝积贫积弱的局面有了感性的认识。

宋朝一建立就推行不抑制兼并的政策，发展到 11 世纪中叶，也就是宋朝建立一百年前后的仁宗、英宗时代，上自帝王、皇室贵族，下到官僚地主，整个统治阶层都以空前的规模兼并土地，致使大量农民流离失所，再加以应付辽和西夏的侵扰，经济便日陷萎顿。与此同时，宋朝统治者所奉行的"先本而后末，安内以攘外"的政策，使朝廷将重点放在镇压民众反抗和调和统治阶级内部矛盾方面。为此，他们采取了一系列措施，如：分化事权，致使官僚机构重叠臃肿；优待上层统治集团，皇室、皇族、贵族、官僚的子弟可因父兄之功而获得官位;以科举制笼络地主阶级知识分子,录取人数既多且滥,因而形成了中国历史上空前庞大的官僚队伍。为了镇压人民反抗,每当荒年歉岁,大量招募饥民入伍。宋太祖赵匡胤曾经得意地认为:这个制度可利百代,因为"方凶年饥岁有叛民无叛兵;不幸乐岁而变生,则有叛兵而无叛民"。这一做法导致兵员不断增加,养兵费用占去了全年总收入的70%以上。由于宋代统治者猜忌武人,多以文人统率士兵,并经常调动,搞得兵将互不相识,相互牵制,军队庞大,战斗力却非常差,这样的军队自然难以抵御外族侵略。所以,宋王朝不得不忍辱求和,每年向辽国和西夏贡献大批银钱、绢匹和茶叶,加之以冗官冗兵,这些支出都落在农民身上。如果再逢灾年,大批农民便流离失所,辗转沟壑。这就是宋王朝"积贫""积弱"的原因。

这些严酷的现实给整年随父奔走的王安石以深刻的印象。后来,他32岁在舒州通判任上追忆出仕前的经历时曾写道:"贱子昔在野,心哀此黔首。丰年不饱食,水旱尚何有。虽无剽盗起,万一且不久。将愁吏之为,十室灾八九。原田败粟麦,欲诉嗟无赇。间关幸见省,笞扑随其后。况是交冬春,老弱随僵仆。州家闭仓庾,县吏鞭租负。乡邻铢两征,坐逮空南亩。取赀官一毫,奸桀已云富。彼昏方怡然,自谓民父母。"(《感事》)诗中把农民生活的悲惨,官吏的凶狠残毒真实地表现了出来。

王安石在很小的时候就十分注重学习儒家经典,因为宋代科举制度为知识分子打开了进身之路,临川王氏就是通过科举而显于世的。王安石的叔祖王观之、父亲王益都是进士出身,他也毫不例外地要走科举仕晋之路,所以要熟练地掌握儒家的经典。《宋史》记载:"王安石少好读书,一过目终身不忘。其属文动笔如飞,初若不经意,既成,见者皆服其精妙。"少年王安石也很恃才傲物,"意气与日争光辉"。13岁那年,他随父亲丁忧回老家,在金溪见到了当时被人称为"神童"的方仲永。仲永5岁能写诗,但他父亲没能给仲永提供更多的学习机会,而是带着他去拜访有钱人家,以求得一些赏钱。这样时间长了,仲永也就渐渐平淡无奇,与常人无异了。这件事对王安石触动很大,他在后来所写的《伤仲永》一文中说:"仲永之通悟,受之天也。其受之天也,贤于材人远矣;卒之为众人,则其受于人者不至也。"文中强调"后天"之"受于人"的重要性。

随年龄增长，父亲王益对他进行儒家传统思想教育。通过父亲的言传身教，王安石逐渐意识到立大志、树立宏伟的抱负是多么重要。在《忆昨诗》中他说："男儿少壮不树立，挟此穷老将安归……材疏命贱不自揣，欲与稷契相遐希。"他谢去了日常朋友之间的往来应酬，一头扎进儒家的典籍之中刻苦钻研，细心揣摩。决心像历代有志而成功的贤哲一样，掌握安邦治国的本领，以自己的努力使苍生俱饱暖，使皇帝像尧舜那样为后人景仰。

宝元二年(1039)，王安石19岁，他的父亲王益死于江宁通判的任上，他为父守制两年。至庆历元年(1041)，21岁的王安石以满腹经纶和一腔热血赶赴汴梁应礼部进士考试。他在一首诗中说："属闻下诏取群彦，遂自下国服王畿。"第二年春天，他参加了礼部考试，以第四名的成绩荣登进士榜。叶梦得在《石林燕语》中说："在朝以科举取士，得人为最盛。宰相同在第一甲者，惟杨置审贤榜王禹玉珪、韩子华绛、王荆公安石。三人皆又连名，前世未有也。"时隔不久，他被安排到淮南路任签书判官，从此步入了仕途。

淮南路是北宋的一片重要区域，治所在扬州。王安石签判淮南，正值重臣韩琦罢相后出知扬州。王安石作为属官，工作较为轻闲，便通宵达旦地读书，稍稍睡眠，第二天大亮才着急上府办公，以致于来不及洗漱而蓬头垢面，衣冠不整。《邵氏闻见录》说："魏公(韩琦)见荆公(安石)少年，疑夜饮放逸。一日从容谓荆公曰：'君少年，勿废书。不可自弃。'荆公不答，退而言曰：'韩公非知我者。'"此后，王安石仍旧刻苦钻研儒家经典，以期经世致用。在扬州任上，王安石一共待了3年，直到庆历五年(1045)。

在扬州期间，他曾于庆历三年回家乡临川，在这期间他写下了《忆昨诗示诸外弟》。这首诗记录了他23岁以前的经历，也展示了少年王安石的宏伟抱负。叙事、抒情、议论巧妙结合，虽称不上名篇，但显示了王安石驾驭长诗的能力与技巧。由于该诗记叙了他的早年生活，也就成了人们研究王安石早期思想和生活经历的重要依据。庆历四年，他从扬州回临川后所写的散文《伤仲永》是这一时期散文的代表作。文章仅200字，记事简洁，说理透彻，初步显露出王安石散文的风格特点。

在扬州期间，他在一介签判小官的位置上，给一位处在朝廷言官之位的田某连写了两封信,责备他不应在"国之疵,民之病亦多矣"之际无一言以及时政,只知"猎取名位",而应当"不矜宠利,不惮诛责,一为天下昌言,以瘳主上,起民之病,治国之疵",否则,应当像孟子说的那样:"有言责者,不得其言则去。"这一方面说明,远在扬州任微官闲职的王安石是了解政策弊端的,也在密切关心着国事与民瘼;另一方面也显示了王安石虽官职卑微,但同样敢与大人物在国家大事上一争是非的批判精神和锐意进取的勇气。有一位临川老乡叫张彦博,在临川时常与王安石会面交谈,一天,他拿了其在刑部任职的父亲的诗稿,请王安石为其作序。王安石在《张刑部诗序》中借评价他人之诗,道出了自己为文的主张。他指出,张的诗"明而不华,喜讽道而不刻切(雕琢之意)"。王安石还将张君与当时的杨亿、刘筠之辈相比较,指出"杨、刘以其文词染当世,学者迷其端原,靡靡然穷日力以摹之,粉墨青朱,颠错丛庞,无文章黼黻之序,其属情籍事,不可考据也。方此时,自守不污者少矣"。文中直接表示了对杨亿、刘筠之辈吟风弄月、空洞无物、矫情做作、镂金错彩的浮靡文风的不满。他称赞在举世皆受其染的环境中,张刑部为言为人的"自守不污",这里王安石分明是在借给张刑部的诗写序的机会,叙写自己的"自守不污"。而这一点,在以后无论是他写诗为文还是做官理政,都努力地实践了。

庆历六年(1046),王安石从临川来到汴梁。按宋朝当时的制度,新进士在外做官有一定期限,任职期满后可以向朝廷有关部门献上文章,以求在京城的朝廷各馆阁任职。这类职位是当时被人们引为荣誉的清要之位。所以,每当新进士们在外任职期满后都纷纷投书献文以求能充馆职。王安石却有所不同,他虽然被朝廷安排了大理评事一职,却于心不安。相比起来,他更愿意做外官,这样便接近了百姓,了解现实,以免叨禄求官、尸位素餐。做了不到一年的大理评事,王安石便请求出京。于是,在庆历七年(1047),他赴任鄞县令。

鄞县在今浙江宁波市南,邻近江海,曾经十分富庶繁盛,五代越国统治者重视这里的农业生产,设置官吏专门监督农业生产,同时负责疏通河道,因而较少水旱灾害。到了宋代,"营田吏"被废除,致使水利不修,河浅渠塞,农业生产失去了抗御水旱能力。而王安石到鄞县任职这年初,中州大旱,人心不稳,皇帝降罪己诏,诏书说:"自冬迄春,旱叹未已,五种不入,农失作业。朕为灾变之来,应不虚发,殆不敏不明,以干上天之怒。咎自朕致,民实何辜!与其降疾于人,不若移灾于朕。"王安石随后写了一首《读诏书》:"去秋东出汴河梁,已见中州旱势强。日射地穿千里赤,风吹沙度满城黄。近闻急诏收群策,颇说新年又亢阳。贱术纵工难自献,心忧天下独君王。"

　　基于鄞县的水利状况,参之以中州的旱象,王安石深刻认识到兴修水利在发展农业生产和稳定民心等方面的重大作用,于是他带领鄞县百姓疏浚沟渠,以储水备旱。《东都事略》记载王安石在鄞县时"好读书,三日一治县事,起堤堰,决陂塘为水陆之利,贷谷于民,立息以偿,俾新陈相易,兴学校,严保伍,吏人便之"。对于兴修水利一事,王安石在《鄞县经游记》一文中有详细记载。至于"贷谷于民,立息以偿,俾新陈相易"的方法,清人蔡上翔认为,后来熙宁变法中的"青苗法"就脱胎于此。"欧(阳修)公他日荐之,谓久更吏事,兼有时才,即治鄞可见矣"。在这期间所写的《上相府书》中,王安石这样说:"某之不肖,幸以此时窃官于朝,受命佐州,宜竭罢驽之力,毕思虑,治百姓,以副吾君相于建官、任材、休息元元之意"。王安石并不小瞧一州一县的工作,认为:"通涂川,治田桑,为之堤防沟浍渠川以御水旱之灾,而兴学校,属其民人相与习礼乐其中,以化服之,此其尤丁宁以急,而较然易知者也。"(《余姚县海塘记》)他批评"一邑之善,不足书之"的轻视州县工作的看法,他说:"今天下之邑多矣,其能有以遗其民而不愧于齿之吏者果多乎?"(《通州海门兴利记》)但他的眼光并未局限于一州一县,当登上杭州灵隐寺旁的飞来峰时,便唱出了满怀的激情,也抒发了鼓荡于胸的风云之志:"飞来峰上千寻塔,闻说鸡鸣见日升。不畏浮云遮望眼,只缘身在最高层。"(《登飞来峰》)

　　鄞县任期已满,31岁的王安石以殿中丞的身份任舒州(今安徽潜山)通判。这时候,很多大臣向朝廷举荐王安石,认为他人才难得,堪当重任。宰相文彦博说:"殿中丞王安石,进士第四人及第。旧制,一任还,进所业求试馆职。安石凡数任,并不所陈,朝廷特令诏试,而亦辞以家贫亲老。且文馆之职,士人所欲,而安石恬然自守,未易多得。"一名叫陈襄的官员在《与两浙安抚陈舍人荐士书》中也说:"有舒州通判王安石者,才性贤明,笃于古学,文辞政事,已著闻于时。"可见,王安石的学问、才能和德行已渐为众人所知。但王安石仍旧不赴阙试,宁静淡泊地在舒州从事他的地方官工作。

舒州当时地处偏僻之地,百姓生活艰难。王安石到任之际,又正逢旱灾,他忧心如焚。七月十一日下了一场小雨,但根本不能缓解旱情。于是,王安石写了一首诗,一是为了纪事,二是为了表述他的一片悯农之意与自责之心:"行看野气来方勇,卧听秋声落竟悭。浙沥未生罗豆水,苍空亦失皖公山。火耕又见无遗种,肉食何妨有厚颜。巫祝万端曾不救,只疑天赐雨工闲。"

为了缓解干旱给农民带来的灾难,他同守令一起"取诸富民之有良田得谷多而售数倍之者",但富人却避而不巢,于是,他便请滞留在舒州的孟逸帮忙。他在《与孟逸秘校手书》中说:"闻富室之藏,尚有所闭而未发者,窃以为方今之急,阁下宜勉数日之劳,躬往隐括而发之,裁其价予民,损有余以补不足,天之道也,悠悠之议,恐不卒恤,在力行之而已。"从这封信中可以看出,王安石为了王朝和治所的稳定,为了大多数百姓的利益,敢于触及富人的利益而不畏别人怎样评论指摘。

在鄞县之际,曾有客人送王安石二百多篇杜甫集中没有刊载的杜诗,他编辑了《老杜诗后集》,皇祐四年(1052)在舒州任上为这本集子写了序。杜甫的诗饱含的忠君爱民、穷且益坚的精神为王安石所深深敬佩,也引起了他的共鸣。他在《杜甫画像》一诗中高度赞扬了杜诗的艺术感染力:"吾观少陵诗,谓与元气侔。力能排天斡九地,壮颜毅色不可求。浩荡八极中,生物岂不稠,丑妍巨细千万殊,竟莫见以何雕镂。"王安石对杜诗的深刻理解还体现在对诗人伟大人格的认识上:"惜哉命之穷,颠倒不见收。青衫老更斥,饿走半九州。瘦妻僵前子仆后,攘攘盗贼森戈矛。吟哦当此时,不废朝廷忧。常愿天子圣,大臣齐伊周。宁令吾庐独破受冻死,不忍四海赤子寒飕飕。"王安石这种认识可以说把握住了杜诗的本质。李壁在《王荆公诗笺注》中说王安石"推敬少陵如此,特以其一饭不忘君而志常在民也",蔡上翔在《王荆公年谱考略》一书中说:"若介甫身登仕籍,无不以爱民为心,自任以天下为重,终身未之有渝。何后来同声毁公者,卒无有能谅其心也。"

至和元年(1054),王安石在舒州任职期满,回到东京汴梁任群牧判官。在京期间,他与仰慕已久的文坛领袖欧阳修见了面。此前,庆历三年(1043)王安石在淮南判官任上,第二年返回故乡临川时,绕道南丰访问了后来也成为散文名家的曾巩,两人从此结下了深厚的友谊。曾巩后来也成了散文名家。曾巩在京城为官时,多次上书欧阳修,称王安石"文甚古,行甚称文,虽已得科名,居今知安石者尚少也。彼诚自重,不愿知于人,尝与巩言:'非先生无足知我也。'如此人古今不常有。如今时所急,虽无常人千万不害也,顾如安石不可失也。先生倘言焉,进之于朝廷,其有补于天下。"欧阳修热情奖掖后进,每得一才,便于京城显达中为之延誉。他读了王安石的文章后,"爱叹诵写,不胜甚勤",并将他编入自己所编选的优秀文集《文林》当中,还特别提出:"使如此文字不耀于世,吾徒可耻也。"同时也指出了王安石文章喜欢造生字,生硬模仿孟子、韩愈文章的毛病,认为:"孟韩文虽高,不必似之也,取其自然耳"。这些鼓励与忠告都切合王安石文章的实际,对后来王安石写文章也确实给予了相当的帮助。庆历七年(1047),曾巩给王安石写信说:"欧公甚欲一见足下,能作一来计否,胸中万万事,非面不可道。"可见欧阳修求友之情的迫切,但两人见面竟在十年之后才得以实现。晤谈之后,欧阳修写下了《赠王介甫》一诗:"翰林风月三千首,吏部文章二百年。老去自怜心尚在,后来谁与子争先。朱门歌舞竞新态,绿绮尘埃拂旧弦。常恨闻名不相识,相逢樽酒盍留连。"王安石答复了一首诗《奉酬永叔见赠》:"欲传道义心虽壮,强学文章力已穷。他日若能窥孟子,终身何敢望韩公?抠衣最出诸生后,倒屣常倾广坐中。只恐虚名因此得,嘉篇为赠岂宜蒙。"两位大文学家一见倾盖,虽欧阳修比王安石长13岁,但深怜安石之才,王安石虽初有文名,但对前辈的赞许感激中又包含惶恐与不安。

  王安石在京城一待三年,与在州县比较,多少觉得有些空耗时光。嘉祐元年(1056),他请求外调。第二年,他以太常博士的身份任常州知州。在常州任上,他的主要作为是开凿一条运河,但这次很不顺利。

  《宋史·司马旦(司马光之兄)传》说:"时王安石守常州,开运河,调夫诸县。旦言役大而亟,民有不胜,则其患非徒不可就而已。请令诸县岁递一役,虽缓必成。安石不听,秋大霖雨,民苦之,多自经死,役竟罢。"宋史作者所据材料多为拼凑、网罗,又是为司马光的哥哥作传,故不乏偏颇之处,不可全信。王安石在《与刘原父书》中说:"河役之罢,以转运赋功本狭,与淫雨不止,督役者以病告,故止耳。昔梁王堕马,贾生悲哀;泚鱼伤人,曾子涕泣。今劳人费财于前,而利不遂于后,此某所以愧恨无穷也。若夫事事求遂,功求成,而不量天时人力之可否,此某所不能,则论某之纷纷,岂敢怨哉!"可见,常州开河未竟,自然不乏天时因素,但王安石在此事上确乎有些专断,听不进异见而致强民所难。这其中王安石个性中的倔强、执拗成分也起了相当的作用,以致在后来的熙宁变法之时,虽雷厉风行,却未免有一意孤行之处;虽力排众议,却也有难容异议之弊。在常州开河引来众议之后,王安石也深深自责,但他表示,自己绝不像晋代的王衍(夷甫)那样只务清谈而不涉实事。

王安石在常州时还积极兴办学校,他召来自己的好友、青年诗人王令来常州讲学。王令是王安石于至和二年由舒州返京途经高邮时发现的人才。他在《王逢原墓志铭》中说:"始予爱其文章,而得其所以言;中予爱其节行,而得其所以行""以为可以任世之重而有功于天下者。"王令却终生不应举、不做官,"虽穷死而不回"。他的一生是在"吾食无田,吾寝无庐,吾爨无刍,吾铺无菣"(《王令集·言归赋》)中度过的。但王令胸怀大志,以解天下人之难为己任。这个颇有叛逆精神的青年诗人,被王安石引为知己,以期其材可以共功于天下,并将自己的妻妹嫁给他。可惜,嘉祐四年(1059),28岁的王令因贫病死于常州。王安石极为悲痛。在《思王逢原》一诗中,他说:"自吾失逢原,触事辄愁思。岂独为故人,抚心良自悲。我善孰相我,孰知我瑕疵?我思谁能谋,我语听者谁?"一个布衣终生的青年人,竟得到王安石如此厚爱,可见王安石摆脱了世俗势力名位的牵累的交友之道。

嘉祐三年(1058),王安石改任江东提点刑狱,这是一路的最高司法长官。在任中,他接触到更多的狱讼纠纷,在各类案件中大多与茶有关。江南东路是宋代的产茶区,统治者为了更多地盘剥人民,实行茶叶专卖制度,禁止百姓私藏、私运和贩卖。茶农生产的茶叶一概由政府包买,并由政府在各地设置茶场,向茶商和用户销售,官商营茶只此一家,弊端百出。鉴于此,王安石上书说:"夫茶之为民用,等于米盐,不可一日以无。而今官场所出,皆粗恶不可食,故民之所食大率皆私贩者。夫夺民之所甘而使不得食,则严刑峻法有不能止者,故鞭扑流徙之罪未尝少弛,而私贩私市者亦未尝绝于道路也。既罢榷茶之法,则凡此之为患皆可以无矣。然则虽尽充岁入之利,亦为国者之当务也,况关市之入,自足侔昔日之利乎……以今之势,虽未能尽罢榷货,而能缓其一,亦所以示上之人恤民之深,而兴治之渐也。彼区区聚敛之臣,务以求利为功,而不知予之为取,上之人亦当断以义,岂可以人人合其私悦然后行哉……是以国家之势,苟修其法度以使本盛而末衰,则天下之财不胜用,庸讵而必区区于此哉?"(《议茶法》)王安石主张用商人贩运、国家抽税的办法来取代茶叶专卖。当时富弼、韩琦等大臣也提出改革茶法的要求,结果他们采纳了王安石的建议。江南东路在此后一段时期内取消了茶叶专卖。这是王安石在江东提点刑狱任上所做的一件对百姓很有利的事情。

嘉祐五年(1060)春,王安石被召入京,不久便伴北使返辽,归来后担任三司度支判官。以后除了丁忧守志,罢相退休返江宁以外,都在京都汴梁做官、生活。

(三)

王安石被人们认为是一位颇有成就的文学家,而在他个人看来,最重要的还在于从政,以自己所学和所历来经营大宋王朝,改变宋朝建立以来积贫积弱的被动局面。他不同于其他封建时代的文人、士大夫只知善政、爱民,进而给予文字上的讽咏与规劝。他也有像杜甫那样"致君尧舜上,再使风俗淳"的宏伟志向,但又决心以自己切切实实的努力,使百姓所期望的和自己所期望的理想一步步成为现实。王安石从进士及第之后完全可以舒适而安稳地在朝廷的台阁之中担任一个优秀的文人足以担当的职务,再假借朝廷的磨勘制度悠悠一生。但他的使命感使他不会如此度过一生。他一再谢绝京官的美差而屡求外出,目的在于更多更深地了解宋王朝的现实基础,获得更为切实的情况,以便更有针对性地改革现实的弊端。正是这17年的地方官生涯给他以后的改革举措打下了坚实的基础。在这期间,他的思想日益成熟,观点逐渐明确,从而具备了一个政治家的雏形。

王安石是个文学家,但他把文学看成政治的附庸,他无意一味附庸韩愈的"文以载道"的主张,但他的文学创作却恰恰体现了韩愈的"文以载道"的思想和批判现实的精神与勇气。在他看来,文学创作是实现理想的手段,是向不良政治和社会现象斗争的武器。在这十几年中,他文学创作的一个明显特征是和自己的政治活动结合得十分密切,《感事》《兼并》《收盐》《发廪》《寓言》等诗歌,都寄寓了改革现实政治的理想。《兼并》是一首战斗性很强的作品,它猛烈抨击了豪强地主抢夺民田的残暴行为,他们把实物地租和高利贷结合起来,形成两条又粗又长的吸管把农民的血汗吸得一干二净。怎样才能打破兼并呢?王安石把目光投向了上古时代:"三代子百姓,公私无异财。人主擅操柄,如天持斗魁。赋予皆自我,兼并乃奸回。奸回法有诛,势亦无自来。"回顾三代风俗的淳美,意在对现实的批判。当兼并日甚一日时,"俗利不知方,掊克乃为财,俗儒不知变,兼并可无摧。利孔至百出,小人私阖开。有司与之争,民亦可怜哉"!这不仅是批判,更是对兼并的控诉!他在《发廪》一诗中说:"三年佐荒州,市有弃饿婴。驾言发富藏,云以救鳏茕。崎岖山谷间,百室无一盈。乡豪已方然,罢(pí)弱安可生。"于是,他在《寓言》一诗中主张政府在农民无力为生时给他们以贷款,以缓解他们生活的窘境,使高利贷者无隙可乘:"婚丧孰不供,贷钱免尔萦。耕收孰不给,倾粟助之生。"他认为,这样于民于国都有利,比"区区抑兼并"的做法要高明好多。

在北宋时期,不仅茶叶,朝廷对盐和酒都实行垄断专卖,生产茶、盐和酒的民户受到官家的严酷压榨。由于人们对此需求广泛,完全垄断是不可能的,所以私藏、私运、私贩现象屡禁不止。当政府缉察过严之时,便往往导致民户的反抗乃至集体暴动。王安石在鄞县时的顶头上司孙司谏竟下令吏民出钱雇人捕捉盐贩,王安石对他的做法颇为不满。在《上运使孙司谏》一信中说:"伏见阁下令吏民出钱购人捕盐,窃以为过矣。"接着就坦率指出这样做的害处:"海旁之盐,虽日杀人以禁止,势不止也。今重诱之使相捕告,则州县之狱必蕃,而民之陷刑者将重,无赖奸人将乘此势,于海旁渔业之地搔动艚户,使不得成其业。艚户失业,则必有合而为盗,贼杀以相仇者,此不可不以为虑也。""大抵数口之家,养生送死,皆出自田,州县百须,又出于其家。方今田桑之家尤不可时得者,钱也。今责购而不可得,则其间必有鬻田以应责者。夫使良民鬻田以赏无赖告讦之人,非所以为政也。又其间必有捍州县之令而不时出钱者,州县不得不鞭械以督也。鞭械吏民,使之出钱,以应捕盐之购,又非所以为政也。"在反复论述捕盐夺民之举有背王道、有害国家而又失于古君子治民之风之后,王安石在信的结尾说:"今之时,士之在下者浸渍成俗,苟以顺从为德,而上之人,亦往往憎人之言,言有忤己者,辄怒而不听。故下情不得自言于上,而上不得闻其过,恣所欲为。上可以使下之人自言者惟阁下,其职不得不自言者某也。伏惟留思而幸听之,文书虽已施行,追而改之,犹愈遂行而不返也。"王安石为国为民之利,发之于心,形诸文字,言事论理,无不切当,而言直情切。所以清代学者蔡上翔感慨地说:"时公二十八,与上大夫言,绝无忌讳如此。"

在王安石入朝执政以前,他不仅关注阶级矛盾,也十分留意民族矛盾。他曾被朝廷委派陪伴北使返回辽国,一路上留心观察到也想到了许多的问题。所以从澶州、相州、大名、洺州、贝州一直到边界白沟,他写下了很多诗作。如《出塞》《入塞》《阴山画虎图》《白沟行》等。这组诗除了表现离亲远行的愁思之外,还记下了他的所思所见:汉唐故地的燕云十六州被后晋割让给契丹后,汉民生活已逐步与辽国生活方式接近或被同化,"琢州沙上饮盘桓,看舞春风小契丹"。但人民的向汉之心依旧如故:"尚有燕人数行泪,回身却望塞南流"。更重要的是,这些诗表现了他对辽国咄咄逼人的威胁和宋朝统治者放松警惕、废弛边备的忧虑。在《白沟行》一诗中他写的"万里锄櫌接塞垣,幽燕桑叶暗川原",仿佛一派平和富足景象,但"蕃使常来射狐兔,汉兵不道传烽燧"。谁能保证这种"射狐兔"行为不会演变为侵略呢?而且当时是"棘门灞上徒儿戏,李牧廉颇莫更论",宋朝妥协退让政策使敌国骄气日盛,而朝廷的封疆大吏们却只能同少年游优射猎,自老南山。这样,导致敌国不断向宋朝进逼勒索,而朝廷又不得不每岁向北国纳贡,以维持"本朝百年无事"的虚假太平。农民既受国家的盘剥,而朝廷向北国纳贡也得出自民产民力,所以,国内矛盾便进一步加深,特别是生息在与辽国接壤的河北一带农民,其生活更是苦不堪言。王安石在《河北民》一诗中描写了他们的惨状:"河北民,生近二边常苦辛。家家养子学耕织,输与官家事狄夷。今年大旱千里赤,州县仍催给河役。老小相携来就南,南人丰年自无食。悲愁天地白日昏,路旁过者无颜色。

汝生不及贞观中,斗粟数钱无兵戎。"

王安石在这一时期还写了大量咏史诗,以借古讽今。在这些诗中,他讽刺了只重刑名而不知事物发展规律的秦始皇、秦二世父子;批评汉文帝只施"浅恩"主张轻刑,导致百姓触法陷狱;认为主张"兼爱"的墨子是"奇伟"之士。尤为值得一提的是《孟子》和《明妃曲》。

《孟子》一诗说:

"沉魄浮魂不可招,遗编一卷相风标,何妨举世嫌迂阔,故有斯人慰寂寥。"

王安石的思想受孟子影响很深,尤其是《孟子》中透出的民本思想和贯穿每一篇文章而流荡不息的"浩然之气"。王安石在诗中除表达了对孟子的渴慕之情外,还抒发了自己的志向:哪怕所有的人都嘲笑我迂阔,只要有《孟子》与我相伴,我会觉得十分充实而不感到有任何寂寞。诗写得流畅通达一气呵成,而峥嵘之气倾泻于字里行间。

《明妃曲》共两首,其一曰:

"明妃初出汉宫时,泪湿春风鬓脚垂。低徊顾影无颜色,尚得君王不自持。归来却怪丹青手,入眼平生几时有。意态由来画不成,当时枉杀毛延寿。一去心知更不归,可怜着尽汉宫衣。寄声欲问塞南事,只有年年鸿雁飞。家人万里传消息,好在毡城莫相忆。君不见咫尺长门闭阿娇,人生失意无南北。"

其二曰:

"明妃初嫁与胡儿,毡车百辆皆胡姬。含情欲语独无处,传与琵琶心自知。黄金捍拨春风手,弹看飞鸿劝胡酒。汉宫侍女暗垂泪,沙上行人却回首。汉恩自浅胡自深,人生乐在相知心。可怜青冢已芜没,尚有哀弦留至今。"

在第一首中,王安石用四句二十八字便将王昭君满怀愁绪的楚楚身影显现在人们面前,可谓笔墨传神。而该诗与古来咏昭君诗的最大区别在于:它不再抒发去国离乡的美人的忧思,也不再谴责画工毛延寿的有意作祟,而是超脱出来,以诗人自己的感受和胸襟,唱出了"君不见咫尺长门闭阿娇,人生失意无南北"的名句。这同第二首中的"汉恩自浅胡自深,人生乐在相知心"的名句出于同一机杼,因而在所有咏昭君的诗中最负盛名。但也恰恰因为诗中流露出的这些反传统思想,使得后来的一些"正统"诗人学者望而生畏,以为有悖于孔子的"温柔敦厚"的传统,也有伤于为人臣的忠君爱国之节。虽然黄庭坚说过:"荆公作此诗,可与李翰林、王右丞并驾争先矣……辞意深尽无遗恨矣……先生发此德言,可谓报忠厚矣。然孔子欲居九夷。曰君子居之,何陋之有?"同时代的王深父指责说:"孔子曰'夷狄之有君,不如诸夏之亡也',人生失意无南北非是。"自此之后,迂腐文人非之者多而誉之者寡。李壁在《王荆公诗笺注》中引范冲对宋高宗的话:"臣尝于言语文字之间,得安石之心,然不敢与人言,且如诗人多作《明妃曲》,以失身胡虏为无穷之恨,读之者至于悲怆感伤。安石为《明妃曲》,则曰'汉恩自浅胡自深,人生乐在相知心'……今之背君父之恩投拜而为盗贼者,皆合于安石之意。此所谓坏天下人之心术。孟子曰:'无父无君,是禽兽也。'以胡虏有恩而遂忘君父,非禽兽而何?"李壁为王安石辩白说:"公语意固非。然诗人务一时为新奇,求出前人所未道,而不知其言之失也。"虽极力为王安石辩解,但仍旧在君臣关系问题上,在儒家限定的范围内兜圈子。

　　这段时间,王安石也创作了大量散文,他的"记"体文章,大多写在这一阶段。王安石的"记"以议论见长,重在通过景物与事件来阐述他对时政以及人生哲理的意见和看法。《信州兴造记》讲明州县官吏要"有学"的道理,否则不为贪官,也会由于平庸无能而误事。《桂州新城记》通过侬智高叛乱时桂州失守,到平叛后新城迅速建成,说明要守住城,使夷狄不得冲犯,必须有善法、贤人和守卫之具的道理。《通州海门兴利记》说明君、吏、民三者须有"欲善之心出于至诚",而不能只以法度驱之的道理。《游褒禅山记》告诉人们,"世之奇伟瑰怪非常之观,常在于险远,而人之所罕至"的地方,并以此说明,探求知识也好,寻觅真理也好,得不畏艰险,"有志与力",而又不随人以怠,才能有独到而真正的收获。王安石的文章说理透辟,文字简练质朴而且脉络分明、井井有条,体现出一种区别于欧阳修与苏轼的简洁挺拔的艺术风格。

(四)

　　嘉祐五年(1060),40岁的王安石入朝担任了三司度支判官。在《度支副使厅壁题名记》一文中,王安石阐明了在朝廷充任这一职务的使命和重要性,也提出了朝廷应对现行财政制度加以改进的必要性:"夫合天下之众者财,理天下之财者法,守天下之法者吏也。吏不良则有法而莫守,法不善则有财而莫理,有财而莫理,则阡陌闾巷之贱人,皆能私取予之势,擅万物之利,以与人主争黔首而放其无穷之欲,非必贵强桀大而后能,如是而天子犹为不失其民者,盖特号而已耳。虽欲食蔬衣敝,憔悴其身,愁思其心,以幸天下之给足而安吾政,吾知其犹不得也。然则善吾法而择吏以守之,以理天下之财,虽上古尧舜,犹不能毋以此为先急,而况于世之纷纷乎?三司副使方今之大吏,朝廷所以尊宠之甚备,盖今理财之法有不善者,其势皆得以议于上而改为之,非特当守成法、吝出入、以从有司之事而已。其职事如此,则其人之贤不肖,与世之治否,吾可以坐而得矣。"

这一年,王安石又在上述认识的基础上,依据十几年在州县任职所历所思与所得,写出了雷霆万钧之力的文章——《上仁宗皇帝言事书》。"言事书"全面分析了北宋王朝当时的情况,指出内外交困的原因在于统治者"不知法度"。他所说的法度,是国家政权范围内的各项活动,特别是其中有关法令、政策、方针、措施的制定问题。王安石认为,要改变现有的法度,使之合乎"先王之政"。但同时又明确指出,今天距"先王之世"已很遥远,"所遭之变,所遇之势"已大不相同,要想使每项法度都合乎"先王之政"是很困难的。因此他提出,只要能符合"先王之意",就能达到"先王之政"。所谓"法其意,则吾所改易更革,不至乎倾骇天下之耳目,而固已合乎先王之政矣"。

变更法度必然要牵涉到官僚制度问题。根据儒家"徒法不能以自行"的论点,王安石认为,只有培养和选拔一批"能讲先王之意以合当时之变"的贤才,方能"因人情之患苦,变更天下之弊法"。从这里出发,王安石由"教之、养之、取之、任之"四方面,批判了当时培养选拔和使用人才的科举和官僚体制,同时提出了自己的改进意见:首先在"教之之道"方面,一要倡导节俭,"约之以礼",惩办贪污;二要增加利禄,使下级官员足以"养廉"。在"取之之道"方面,王安石指出,从进士科出身的官员,只会"雕虫篆刻之学"而无补于世;明经只会记诵,而"朝廷固已尝患其无用"了;一般自恩荫得到官位的,既没受过较好的教育,又没考察过他的实际才能,他的父兄也不能担保其德行节操。这类选贤方法其实都属"乱亡之道",是治世明君所不宜采用的。关于"任之之道",王安石指出,现行的方法是:登上官位后,今天让他管财,明天让他掌刑,后天又去干别的,频繁调动,使他无法熟悉职务;另一方面,在现有的职务中,"又一一以法束缚之,不得行其意",真有才干的官员也不得不"安故习常",很难有大作为,没才干的就更无从谈起。王安石主张从上述四个方面整顿官僚制度,以使之适应变法的需要。

法度的变更与主宰国家大权的皇帝有密切的关系。王安石不是把帝王看做拥有至高无上权力、谁也不敢犯颜逆鳞的神尊,而是把他看做能够"创法立制",移风易俗的圣者。在这种思想支配下,他赞美周公、伊尹等"圣君贤相",称道这些"圣人为政于天下也,初者若无为于天下,而天下卒于无所不治者,其法诚修也"。其之所以称贤称圣,在于他"立善法于天下","立善法于国家",使天下、国家皆被其泽。

《上仁宗皇帝言事书》洋洋万言,气畅神通,理据赡详。但在懦弱而昏聩的仁宗面前未有反响,在习于苟且、安于流俗而又懒于"生事"的官僚群体中也如泥牛入海,未起什么风浪。

一年后,王安石任进士考试的详定官,但他还得依照陈法办事,按旧规矩取士。这段时间内,他和宋敏求编过一本《唐百家诗选》,修过皇帝起居注,并在担任为皇帝起草诰命的知制诰的同时兼领过纠察京都刑狱的差事。

嘉祐八年(1063),仁宗去世,英宗即位。这年八月,王安石母亲卒于京城。十月,他扶柩归葬,为母丁忧守制。服丧期满后,由于厌倦京官生活,他没有赴京,而是在江宁收徒讲学。在此期间,他一面沉湎于儒家经典,一面将自己的认知笔之于书,写了大量学术论文和针对时政的议论文。

治平四年,英宗皇帝去世,年仅20岁的神宗皇帝继位。他认识到了宋朝的积贫积弱,力图选贤任能,改变这种被动局面。在朝老臣大多因循苟且,难当此任。他看好正在盛年而颇欲有为的王安石,命他任江宁知府,不久又诏他入京任翰林学士。经历了20多年的仕宦生活,王安石以他渊博的学识、出众的才华、严谨的个人生活作风、漠视名利和进退的取舍态度,为朝野士大夫交口称赞。"远近之士,识与不识,咸谓介甫不起则已,起则大平可立致"(司马光《与王介甫书》)。

王安石进京不久,神宗急切问他"为治所先",他答"择术为先",这一回答实际上否定了现行的政治措施,要提出新的治国方案。神宗很惊讶,问:"祖宗守天下,能百年无大变,粗致太平,以何道也?"就此,王安石写了《本朝百年无事札子》进献给神宗,剖析了宋仁宗统治40多年中的种种弊端,透过"百年无事"的表象,揭示出隐藏的种种危机,指出因循守旧的危害,并就吏治、教育、科举、农业、财政、军事等多方面的改革谈出自己的主张。文章说理透辟而措辞委婉,指出了问题,又使神宗乐于接受,充分表现出王安石议论文的特色。

宋神宗十分器重王安石,熙宁二年(1069),任命他为参知政事,主持制置三司条例司,这是为适应变法的需要而设立的机构,其主要职能是制定经济、财政法令。

由此,熙宁变法开始了。

(五)

熙宁二年(1069)二月,作为副宰相的王安石向神宗皇帝提出报告《乞制置三司条例》,旋即获准。他以三司条例司主管的名义请求批准实行"均输法"。而后又陆续在全国或部分地区推行了"青苗法""方田均税法""农田水利法""市易法""免役法""保甲法"等新的政策措施。后人统称为"熙宁新政"。新政的主要内容为:

一、均输法。让主持财货运输的发运使总握东南六路财赋,同时主管茶、盐、酒、矾税收。由于"军储国用,多所仰给",便加强其职权,付以钱货,以便灵活运用,及时采购各项物资。均输法还规定,发运司要了解京师库藏情况和所需物品,以便及时供应。同时还可机动掌握、购买一些可以"交易蓄买"的物品。各项物品,无论籴买和税敛上供之物,都按"徙贵就贱,用近易远"的原则加以征购,以供应京师。朝廷以此来限制富商大贾对市场的操纵。

二、市易法。设立市易司,在边境及其他重镇设立市易务,选拔守法商人帮助,平抑物价,"贱则少增价取之,令不至伤商;贵则少损价出之,令不至害民"。一方面将"开阖敛散之权"从大商人手中夺归于官府,另一方面则从平抑物价当中官府分得部分利润,而有助于国家财政。以此来限制大商人为渔利而操纵市场的价格波动,减轻小商人由于巨商压低价格而带来的损失和市民由于物价抬高而经受的盘剥。

三、青苗法。在农业处于青黄不接的季节,由政府向农民提供贷款,近似于王安石在鄞县的"贷谷于民,立息以偿"。这样可以使农民在生活困难关头不至于求助于富豪巨商的高利贷,从而抑制这些人在农荒时节趁机兼并农民的田产。如此,即抑制豪强兼并,又可保障农民来年不失去生产资料,以推动农业生产的发展。与此同时,政府也可从中获得数量可观的利息,增加府库收入。

四、免役法。这是一条百姓出钱来免除劳役的政策。凡有田产者,国家根据其田产数量多寡,增收部分赋税,再以这部分赋税来招募一部分百姓来从事"衙前""散从官""贴司""弓手""手力"等差役。目的在于使大量百姓从这类劳役中解脱出来,力田务农,同时在一定程度上节省国家开支。

五、方田均税法。是方田法和均税法的合称。"方田法"是对田亩的清查丈量,将东西南北千步见方的地段作为丈量的单位,称作一方。每年九月农忙之后,官方对田亩予以丈量,根据土质分出等级,以此确定税额。"均税法"就是在土地清查丈量之后重新均定田亩的税赋。制定"方田均税法"的目的在于遏止豪强地主隐瞒田产、偷漏税赋;改变"贫弱地薄而税重""贫者以苦瘠之亩,荷数倍之输"的不合理现象,从而有利于多数农民。

六、农田水利法(农田利害条约)。主要有三项条目:(一)无论官民都可以就农业耕作技术或水利修建工程向政府陈述意见,经考察确属有利即可付州县实施,并按功利大小给予陈述意见者以相应奖励。(二)令各州县将辖区荒田及需疏浚或可兴建的水利工程作详细调查,绘制成图,同时说明疏浚或兴建办法,呈给上级官府。(三)为解决相应人力物力问题,做出如下规定:所有居民按户等出工出料,如有阻挠而不出工出料者予以科罚;如因财力不足不能兴修,官府贷给低息青苗钱,归还日期适当延长;官府财力不足,可以劝告富户向贫民贷钱,照规定付息,私人能出钱组织人兴建水利工程的,官府按其功利大小予以酬奖。

农田水利法的实施，有力地促进了农业基础设施建设，从而为农业生产发展打下了坚实的基础。

除上述各法以外，还对茶、盐、酒的销售和金银冶炼、货币铸造等专利制度进行了改革。

"熙宁变法"在北宋朝野各阶级、阶层引起了强烈反响，也给各阶级、阶层以不同的影响。主要的是触动了富豪、巨商、大官僚阶级的利益：青苗法限制了他们的高利贷活动；免役法使广有田产者不得不出一笔可观的免役钱；方田均税法又限制了他们为隐瞒田产实情而从中漏税行为；市易法打破了他们垄断市场的美梦；专利法使他们减少了在茶酒盐等方面的经营利润。新法虽然对富国强兵、巩固统治和加强皇权有利，但遭到了大官僚、富豪、巨商们的合力围攻；同时由于在新法的推行中有不少急于求成、粗枝大叶现象，也损害了部分贫民下户的利益。因此，新法在几乎所有阶层都有反对者。王安石个性中过于固执己见的缺点使他不能正视来自某些阶层某些方面的正确意见，他把所有的反对意见都看做世俗流言，并予以蔑视，从而更加激怒了反对派，致使不同阶层、出于不同目的的人联合起来，形成了强大的声势。

司马光作为大官僚集团的利益代表，对新法的实施极为不满，他在给王安石的信中指责王安石"侵官、生事、征利、拒谏"。王安石不得不还以颜色，因而写下了著名的《答司马谏议书》，对这种责难予以辩解和回击。他说："某则以谓奉命于人主，议法度而修之于朝廷，以授之于有司，不为侵官；举先王之政以兴利除弊，不为生事；为天下理财，不为征利；辟邪说难壬人，不为拒谏。至于怨诽之多，则固前知其如此也。"行文简洁明快而笔力刚健峻拔，充分体现了王安石散文的独特风格。

王安石在位期间十分关注西部边境的局势。神宗在王安石的支持下采纳了王韶的建议，招纳了当时有可能依附于西夏的吐蕃在河湟一带不相统属的部落，即所谓"生羌"，击败了一些不服从朝廷的部落，收复了熙河、洮岷、叠宕一带大片失地。熙宁六年（1073），捷报传到京师，朝野为之振奋，神宗解玉带赐予王安石，以示奖赏。

熙宁五年（1072），文坛巨擘欧阳修在颍州去世了。他晚年不赞同青苗法，曾上书表示反对，与王安石关系疏远。对于先师的谢世，王安石很悲痛。他在《祭欧阳文忠公文》中,对欧阳修的为人为文、立朝大节、坎坷困顿给予了饱含激情的叙述,"而临风想望,不能忘情者,念公之不可复见,而其谁与归?"

王安石推行新法招致许多的非议,以致亲友也逐渐疏远了他,其中包括相知很深的曾巩和他的两个弟弟王安国、王安礼。再加之朝廷上两派间喋喋不休的争吵和责难,新法推行受阻,所有这些让王安石感到厌倦。从熙宁五年(1072)起,他多次上书请求解除职务,宋神宗一再挽留,直到熙宁七年(1074)才允许他离京,以观文殿学士知江宁府。此时的王安石已经54岁了。

王安石罢相以后,变法派内部因没有一个人有足够的威望以平衡各小集团的利益,半年后朝廷又起用他为同中书门下平章事(宰相),他请辞不得,勉强上任。这次复任,他面临的是变法派内部的分裂,当时制定并推行的新法好多已面目全非。吕惠卿是王安石一手提拔起来的,但他为了巩固自己的地位,在王安石罢相以后兴起李士宁、王安礼的案件企图株连王安石,防止他再度出山。曾布也看皇帝眼色,追究市易司违法。内耗日甚一日,变法事业难以为继,而改革、变法在一定意义上成了他们争权夺利、互相倾轧的招牌。尤其让王安石惊诧的是罢相期间,吕惠卿推行他自己炮制的"首实法",把人民财产造册登记,有不符实的予以没收,执行中为贪官污吏坑害百姓提供了极大便利。王安石复相以后废黜了"首实法",这使两人矛盾公开化。吕惠卿由于常常与王安石相龃龉,难以合作共事,这年出知陈州。邓绾之类的变法投机者也日渐暴露他们的真实面目。

第二年,王安石的儿子王雱病卒。王雱字元泽,聪慧机敏,博览群书,深于经典,成年之前就著书十万余言。治平四年登进士第,"调旌德尉,作策二十余篇,极论天下事。又作《老子训传》及《佛书义解》,亦数万言。熙宁四年,以邓绾曾布荐,召见,除太子中允崇政殿说书,受诏注书诗义,寻擢天章阁待制兼侍讲。书成,迁龙图阁直学士,以病卒不拜"。王雱死时年仅33岁,这给王安石精神以很大打击。此时的王安石更加心灰意冷,他向神宗请求解除宰相职务未获准许,他又请求参加政事的王珪在神宗面前替他说几句话。在《与参政王禹玉(珪)书》中说:"顾自念行不足以悦众,而怨实归于亲贵之尤;智不足以知人,而险陂常出于交友之厚。"他深刻意识到昔日麾下曾与他朝夕与共,而他也待之以诚的人如吕惠卿、曾布、邓绾之辈,此时已成为追名逐利之徒并在关键时刻向他开刀,伤感之余也深责自己无知人之明。在他一再请求下终于得以再度罢相,以使相身份判江宁府,他又一次回到江宁。第二年,他又辞去了江宁府的职务,住在钟山,过起了日对南山白云的隐居生活。

（六）

王安石少壮时写过"谁似浮云知进退,才成霖雨便归山"(《雨过偶书》)的诗句。当时的心态是:应当如浮云一样该进则进,宜退则退,也应当像浮云一样以霖雨润泽世间万物,而后潇洒归山。少年壮志溢于言表。而今的情况是他奋斗过了,努力过了,如今也终于归山了,却并未感到一丝的潇洒,因为他深深地为新法未能普泽万民却中途搁浅而遗憾和自责;也因为经历了残酷的风雨之后感到了人生的艰险而不可能再有洒脱之态。他这时所需要的倒是一种寻求宁静归宿的精神上的解脱。于是,他开始把目光投向了佛学。

隐居生活闲云野鹤,他日与佛徒僧侣相过访,与他们谈禅论佛。他用佛理写《字说》、疏解《楞严经》,模仿唐高僧寒山、拾得,写了十九道偈语诗。王安石的心仿佛渐渐静下来了,其实他的心灵并不像他隐居的环境那样静。他关注着农业的收成,关心着百姓的饥寒,也在暗暗地留意着熔铸了差不多毕生心血的新法的命运。

自王安石罢相隐居钟山之后,朝廷内部斗争更为激烈残酷。表面上依然是变法派掌权,但变法活动已彻底演变为争权夺势的倾轧。特别是元丰二年,蔡确任参知政事之后,竟以大兴文字狱为能事,到处网罗罪状,陷害政敌。苏轼就因诗文而获罪,他们抓住苏轼部分诗作中的诗句,妄加附会,冠之以侮谩皇上讥嘲新法的罪名,将他从湖州任上逮捕押解到御史台(又称"乌台")定以重罪。虽没处死,但将他贬谪到黄州,后又量移到汝州任团练副使,并派人监视,实际上给软禁起来了。

伴随着隐居生活的闲适安恬,王安石开始写起诗文来,从而使他的诗歌产量在这一时期达到了高峰。他住在白下门外,离城7里,离蒋山也是

7里,所以他给自己取了个雅号——半山。平时他常骑驴游钟山,逛城里,纵情山水,流连诗酒,诗风也一变而为"雅丽精绝、脱去流俗"(胡仔《苕溪渔隐丛话》引黄庭坚语)。如他写的《初晴》一诗:

"幅巾慵整露苍华,度陇深寻一径斜。

小雨初晴好天气,晚花残照野人家。"

隐退之后,王安石空闲时光多了,他可以时常与家人通过诗文来沟通情感,寄寓所怀。他曾一手推动了北宋的政治经济变革,此时却默默地向亲人传递心曲,而且感情之深令人对他从另一方面肃然起敬。他的大妹嫁给工部侍郎张奎,多才而早寡,王安石对她感情很深,经常接她来叙旧。他在《示长安君》(张氏受封长安君)一诗中说:"少年离别意非轻,老去相逢亦怆情。草草杯盘供笑语,昏昏灯火话平生。自怜湖海三年隔,又作尘沙万里行。欲问后期何日是,寄书应见雁南征。"在《同长安君钟山望》中说:"惟有爱诗心未已,东归与续棣华篇。"他的长女吴氏、次女蔡氏也都擅长写诗,父女之间的诗歌往来也较频繁。如他在送别弟弟之际,想起女儿出嫁的情景,不禁写了一首诗寄给长女:"荒烟冷雨助人悲,泪染衣襟不自知。除却春风沙际绿,一如看汝过江时。"

元丰七年(1084),被贬至黄州的苏轼到筠州看望了弟弟苏辙之后,又取道金陵,在江宁同王益柔拜访了王安石。他见到王安石说:"我是野服来见大丞相啊!"王安石笑笑说:'礼仪难道是为我辈所设吗?"在王安石推行新法过程中,苏轼是个激烈的反对者。在杭州写的诗中,确有好多是讽刺新法的。他还和弟弟一道多次上书言新法中的不便百姓之处,矛盾一度十分尖锐。但苏轼兄弟一直也没有把政治上的歧见化移为对王安石个人品质的非议和攻击。王安石也没有将苏轼看做是不共戴天、必欲置之死地而后快的仇人。双方都有极高的政治雅量和品格修养。再加之对对方文学和成就的倾慕,心中也都是渴慕已久的,双方经历了宦海沉浮,而今倾盖自然十分融洽投机。他们谈诗论佛,互相唱酬,排除了政治歧见之后,苏轼此次真正领略了王安石的品格与胸襟,并写了《次荆公韵》一诗:"骑驴渺渺入荒陂,想见先生未病时。劝我试求三亩宅,从公已觉十年迟。"并在《上荆公书》中说:"某始欲买田金陵,庶几得陪杖屦,老于钟山之下。"渡尽劫波之后,两人相见,惺惺相惜,留下了不少文坛佳话。

元丰八年(1085)三月,少年英气的神宗病逝了。这给王安石的精神以很重的打击,十分悲痛地写下《神宗皇帝挽辞》,称赞神宗:"一变前无古,三登岁有秋。"并沉痛地写道:"老臣他日泪,湖海想遗衣。"

不满十岁的哲宗继位称帝,实权落在宣仁太后手中。她素对新法不满,而今得势,起用司马光为相,司马光上台后迅速废除新法。当住在秦淮河畔的王安石得知最后的免役法也被废除时,不由愕然失声道:"亦罢至此乎?"两年前患了重病的王安石此时病情更重了。元祐元年(1086)四月初六,王安石去世了,享年66岁。

(七)

如前所言,王安石作为一名政治家,在他的心目中,重要的是通过政治经济改革以拯黎民于水火之中,致君王在尧舜之上,所以他自然视文学为政治斗争的手段而处在从属地位。正因为他的这一认识,决定了他文章简明而实用的特点。又因为王安石的"博极群书"而尤长于治经,所以他的文章形成了"简古""雅洁"的风格。读王安石的文章,只觉峻峭如悬崖,气象森严,狷介独立而很少浮华的辞藻。

王安石的文章,依据他不同时期的各类作品来看,可分为"宣诏""制诰""表""书""启""传""记""序""赋、铭、赞""杂著",以及"祭""神道碑""墓表""墓志铭"等种类,其中文学成就较高的为"书""记""序""杂著""墓志铭"这几类。这当中"记"和"墓志铭"为记事散文,而"书""序""杂著"为议论文。

王安石的记事散文目前所存为26篇,较为著名的如《游褒禅山记》《度支副使西厅壁题名记》《通州海门兴利记》《君子斋记》等。他的记事散文不同于同时代的欧阳修和苏轼等人讲究辞藻、追求韵律之美,而更多地将注意力放在明道和阐理上,所以差不多每篇记事散文围绕着一个中心去写,而又以议论去架构"道""理"的框架,以便更有效地阐发自己的观点。如《游褒禅山记》在记叙了与友人游山洞的经历之后感慨道:"古之人观于天地、山川、草木、虫鱼、鸟兽,往往有得,以其求思之深,而无不在也。夫夷以近,则游者众;险以远,则至者少。而世之奇伟瑰怪非常之观,常在于险远,而人之所罕至焉。故非有志者,不能至也。有志矣,不随之止也,然力不足者,亦不能至也。有志与力而又不随以怠,至于幽暗昏惑,而无物以相之,亦不能至也。然力足以至焉,于人可为讥,而在己为有悔。尽吾志而不能至者,可以无悔矣,其孰能讥之乎?此予之所得也。""有志与力而又不随以怠","尽吾志""以无悔",这些阐述简直就是他个人倔强性格的写照,也是以自己所得告诉世人如何才能成就事业。

当尚书户部员外郎吕冲之要他给三司度支副使的西厅壁题记之时,他没有按一般的习惯格式去叙写厅壁的历史、由来、托请人的品格等等,而是以瘦硬之笔就三司度支副使的职位之重要性大发议论,就当前的朝政得失大发感慨。读之如观飞瀑直泻,欲止不能。

《通州海门兴利记》也抛开海门兴修水利之事不谈,却劈头兜出了君与臣、吏与民的关系展开议论,来阐明以"欲善之心出于至诚"而使"吏之能民、使君之所以待吏"的道理。在结尾又以"今天下之邑多矣,其能有遗其民而不愧于薗之吏者,果多乎"? 来强调并深化主题,从而隐约提出了改革朝廷吏制的必要性。《信州兴造记》讲明州县官吏要"有学"的道理,否则虽不是贪官污吏,也会给一方百姓带来损失与灾难,而官吏自己往往还謷然自喜,以至"民相与诽且笑而不知";《桂州新城记》通过侬智高叛乱时桂州失守,到平叛后不及一年建好桂州新城,说明要守住城,必须有善法、贤人和守卫之具的道理。

王安石的议论文是他实现自己政治理想的工具,他以这一工具参加政治斗争,以它直陈政见,揭露时弊,议政说理,论辩驳难,无不游刃有余,得心应手。他的议论文由于立意高远,思想深刻,排除一切浮辞而论理透辟,所以有极强的说服力。《答曾公立书》要讲明青苗钱需收取两分利的道理,他这样说:"然二分不及一分,一分不及不利而贷之,贷之不若与之。"先退了一步,然后笔锋一转:"然不与之而必至于二分者何也? 为其来日之不可继也。不可继,则是惠而不知为政,非惠而不费之道也。故必贷。然而有官吏之俸,輦运之费,水旱之遣,鼠雀之耗,而必广之以待其饥不足而直与之也,则无二分之息可乎?"议论透彻而犀利,令论敌于气于理不得不心口俱服。

简洁、直率、明了是王安石议论文的一大特点。刘熙载评论说,"半山文瘦硬通神","只下一二语,便可扫却他人数大段,是何简贵!"(《艺概·

文概》)《答司马谏议书》在这点体现尤为充分。除此之外,在《答李资深书》中有这样一段:"天下之变故多矣,而古之君子,敌受取舍之方不一,彼皆内得于己,有以待物,而非有待乎物者也。非有待乎物,故其迹时若可疑;有以待物,故其心未尝有悔也。若是者,岂以夫世之毁誉者概其心哉。"十分简明而雄辩地阐明了自己在纷繁复杂的世态面前所持的人生态势。

王安石的议论简洁而理周,不会令读之者"疑而有阙焉"。一千多字的《拟上殿札子》具备了万言书《上仁宗皇帝言事书》中的全部中心观点——"改易更革"和与之相适应的培养人才。王安石的议论文中,有相当一部分篇幅短小、结构谨严,又有尺寸之间波澜迭出之妙。《读孟尝君传》全文仅八十八字,竟出现三次转折,每一起落都围绕"得士"这两个字。第一波说世人称孟尝君能得士,并赖这些人脱险;第二波则明确指出"特鸡鸣狗盗之雄耳",根本谈不上得士;而最后的一波则更出人意料:"鸡鸣狗盗之出其门,此士之所以不至也。"《读柳宗元传》也不过百余字,但通过他独特的视角加以辩证,对"君子"的含义进行了一番校正,而笔力曲折之处用意十分独到。文章起笔看上去平静如常,引出了"士大夫欲为君子者"对八司马的态度,但也画出了士大夫苟同于世的轮廓。接着就称颂八司马的不同流俗独立特出之处。然后又指出了士大夫"欲为君子者"很少能不随波逐流而且很难区别于小人。两相对比,将"欲为君子"的士大夫面目刻画得清晰可见。最后一句一方面是对今之"士大夫"的贬损,而另一方面又将八司马提升到令人仰视的地位。语言干净爽快,结构严谨有度,观点深刻鲜明而行文一波三折,令人叹赏。

碑志类文章在王安石的散文中占有相当大的比重。这类文章大多为受人之托所作。一般的碑志作品都赞扬传主的德行、品格,生平业绩,而略去其不光彩的一面,所以要写出水平极其不易。唐代韩愈曾写过大量的碑志,但因多为溢美之词,所以有"谀墓"之称。王安石的近两百篇碑志作品也未能彻底摆脱此类文体的先天局限,但总体看来,还是符合传主实际情况的。王安石曾在《答钱公辅学士书》中亮明了他写碑志的严肃态度。王安石受钱公辅之托,为其去世的母亲写了一篇墓志铭,钱某看后觉得文中应当加上一些无关的内容,比如要写上她儿子中进士甲科为通判

王安石生平及创作简介

之官,"通判之署有池台竹林之胜",还要列上儿孙们的名单等等。王安石说:"鄙文自有意义,不可改也。"并要求他退回文稿而另请高明。他认为"得甲科为通判,通判之署有池台竹林之胜,此何足以为太夫人之荣,而必欲书之乎? 贵为天子,富有天下,苟不能行道,适足以为父母之羞,况一甲科通判苟粗知为辞赋,虽市井小人,皆可以得之,何足道哉……至于诸孙,亦不足列。谁有五子而无七孙者乎? 七孙业文有可道,固不宜略。若皆儿童,贤不肖未可知,列之于义何当也?"王安石正是以这种严肃认真而能校之史实的态度来写这类文章的。他曾在《徐韶州张殿丞书》中感慨:"近世非尊爵盛位,虽雄奇俊烈,道德满衍,不幸不为朝廷所称,辄不得见于史。"于是,他便乘写碑志的机会,为这些人立传。

"清风无力屠得暑,落日着翅飞上山。人固已惧江海竭,天岂不惜河汉干? 昆仑之高有积雪,蓬莱之远有遗寒。若能手提天下往,何忍身去游其间!"(《暑旱苦热》)钱钟书先生称这首诗口气雄壮,"仿佛能够昂头天外,把地球当皮球踢着似的",并称颂该诗的作者王令说:"大约是宋代里气概最阔大的诗人了。"如此富有才气的诗人却终身未仕。王安石爱其诗,更爱其人品的高洁,将自己的妻妹嫁他。王令后来贫病交加而死,年仅27岁。王安石在极度伤心之余写下了《王逢原墓志铭》,说:"盖无常产而有常心者,古之所谓士也。士诚有常心以操圣人之说而力行之,则道虽不明乎天下,必明于己;道虽不行于天下,必行于妻子。内有以明于己,外有以行于妻子,则其言必不孤立于天下矣。"以此开篇可谓奇崛非常而又辞情相称,既是在阐明道理,又是在为王令的品格与气节下定语。而后又说:"始予爱其文章,而得其所以言,中予爱其节行,而得其所以行;卒予得其所以言,浩浩乎其将言而不穷也,得其所以行,超超乎其将追而不至也。于是乎慨然叹,以为可以任世之重而有功于天下者,将在于此,予将友之而不得也。"激情澎湃,议论勃发,无一字叙其言行,而读者可想见。从此,王令虽早逝而未显,卒借王安石而为当时及后世所知。

医生杜婴看病"无穷富贵贱,请之辄往。与之财,非义辄谢而不受,时时穷空,几不能以自存,而未尝有不足之色"。靠占卜为生的徐仲坚"忠信笃实,遇人至谨",每天"得百数十钱则止,不更筮也。能为诗,亦好属文"。王安石欣赏这两位小人物的淡泊名利,毅然操笔为他们立传,写下了《处士征君墓表》。

王安石的碑志文章一般长于议论而忽于描写叙述，但一有描叙之文，又甚可称道。康州知州赵师旦在抗击侬智高反叛中殉难，王安石为他写的墓志铭中便描写了一段细节，以展示他视死如归的气节："至夜，君顾夫人取州印佩之，使负其子以匿，曰：'明日贼必大至，吾知不敌，然不可以去，汝留死无为也。'明日，战不胜，遂抗贼以死……初，君战时，马贵（兵马监押）惶扰，至不能饮，君独饱如平时，至夜，贵（马贵）卧不能着寝，君即大鼾，比明而后寤。"将赵师旦明知性命攸关而置生死于度外、安之若素的神态刻画得栩栩如生，尤其借马贵最初的胆怯映衬赵师旦的从容，可谓老于文章。

《司封郎中张君墓志铭》写张式"廉静好书"说："既老矣，终不肯治田宅，所得禄以置书，曰：'吾子业此，足以自活，不然，虽田宅何足？'"寥寥几笔，使张式廉洁达观、嗜书如命的性格跃然纸上。

由于王安石过分强调文学对于政治的从属地位，以文章为余事，再加之以性格中有执拗专断的一面，导致他在变法过程中将科举的以诗赋及明经诸科取士一律改为以经义和策论取士，影响了散文艺术的多样化。苏轼曾在给他的门生张耒的一封信中说："文字之衰未有如今日者也，而患在好使人同己。自孔子不能使人同，颜渊之仁，子路之勇，不能以相移，而王氏欲以其学同天下。地之美者，同于生物，不同于所生。惟荒瘠斥卤之地，弥望皆黄茅白苇，此则王氏之同也。"（《答张文潜书》）苏轼这段文字中肯地道出了王安石"好使人同己"所造成的负面影响。而王安石自己的文章在"瘦硬通神""简古""刚健"的同时，也存在不注重文采而显得干瘪、枯燥的毛病。

无论如何，王安石的文学成就是巨大的，对后世也产生了良好的影响，清代的"桐城派"文人便追慕他文章的"雅洁"之风，以致形成了一股文学潮流。明代的茅坤在《王文公文钞引》中称他的文章"湛深之识，幽渺之思，大较并本之古六艺之旨，而于其中别自为调，镂刻万物，鼓铸群情，以成一家之言者也"，并将他列为唐宋古文八大家之一。

王安石生平及创作简介

附《宋史·王安石传》

王安石,字介甫,抚州临川人。父益,都官员外郎。安石少好读书,一过目终身不忘。其属文动笔如飞,初若不经意,既成,见者皆服其精妙。友生曾巩携以示欧阳修,修为之延誉。擢进士上第,签书淮南判官。旧制秩满许献文求试馆职,安石独否。再调知鄞县,起堤堰,决陂塘,为水陆之利;贷谷与民,出息以偿,俾新陈相易,邑人便之。通判舒州。文彦博为相,荐安石恬退,乞不次进用,以激奔竞之风。寻召试馆职,不就。修荐为谏官,以祖母年高辞。修以其须禄养言于朝,用为群牧判官,请知常州。移提点江东刑狱,入为度支判官,时嘉祐三年也。

安石议论高奇,能以辨博济其说,果于自用,慨然有矫世变俗之志。于是上万言书,以为:"今天下之财力日以困穷,风俗日以衰坏,患在不知法度,不法先王之政故也。法先王之政者,法其意而已。法其意,则吾所改易更革,不至乎倾骇天下之耳目,嚣天下之口,而固已合先王之政矣。因天下之力以生天下之财,取天下之财以供天下之费,自古治世,未尝以财不足为公患也,患在治财无其道尔。在位之人才既不足,而闾巷草野之间亦少可用之才,社稷之托,封疆之守,陛下其能久以天幸为常,而无一旦之忧乎?愿监苟且因循之弊,明诏大臣,为之以渐,期合于当世之变。臣之所称,流俗之所不讲,而议者以为迂阔而熟烂者也。"后安石当国,其所注措,大抵皆祖此书。

俄直集贤院。先是,馆阁之命屡下,安石屡辞;士大夫谓其无意于世,恨不识其面,朝廷每次俾以美官,惟患其不就也。明年,同修起居注,辞之累日。阁门吏赍敕就付之,拒不受;吏随而拜之,则避于厕;吏置敕于案而去,又追还之;上章至八九,乃受。遂知制诰,纠察在京刑狱,自是不复辞官矣。

有少年得斗鹑,其侪求之不与,恃与之昵辄持去,少年追杀之。开封当此人死,安石驳曰:"按律,公取、窃取皆为盗。此不与而彼携以去,是盗也;追而杀之,是捕盗也,虽死当勿论。"遂劾府司失入。府官不伏,事下审刑、大理,皆以府断为是。诏放安石罪,当诣阁门谢。安石言:"我无罪。"不肯谢。御史举奏之,置不问。

时有召舍人院无得申请除改文字,安石争之曰:"审如是,则舍人不得复行其职，而一听大臣所为，自非大臣欲倾侧而为私，则立法不当如此。今大臣之弱者不敢为陛下守法；而强者则挟上旨以造令，谏官、御史无敢逆其意者，臣实惧焉。"语皆侵执政，由是益与之忤。以母忧去，终英宗世，召不起。

安石本楚士，未知名于中朝，以韩、吕二族为巨室，欲借以取重。乃深与韩绛、绛弟维及吕公著交，三人更称扬之，名始盛。神宗在藩邸，维为记室，每讲说见称，维曰："此非维之说，维之友王安石之说也。"及为太子庶子，又荐自代。帝由是想见其人，甫即位，命知江宁府。数月召为翰林学士兼侍讲，熙宁元年四月，始造朝。入对，帝问为治所先，对曰："择术为先。"帝曰："唐太宗何如？"曰："陛下当法尧、舜，何以太宗为哉？尧、舜之道，至简而不烦，至要而不迂，至易而不难。但末世学者不能通知，以为高不可及尔。"帝曰："卿可谓责难于君，朕自视眇躬，恐无以副卿此意。可悉辅联，庶同济此道。"

一日讲席，群臣退，帝留安石坐，曰："有欲与卿从容论议者。"因言："唐太宗必得魏征，刘备必得诸葛亮，然后可以有为，二子诚不世出之人也。"安石曰："陛下诚能为尧、舜，则必有皋、夔、稷、离；诚能为高宗，则必有傅说。彼二子皆有道者所羞，何足道哉？以天下之大，人民之众，百年承平，学者不为不多。然常患无人可以助治者，以陛下择术未明，推诚未至，虽有皋、夔、稷、离、傅说之贤，亦将为小人所蔽，卷怀而去尔。"帝曰："惟能辨四凶而诛之，此其所以为尧、舜也。若使四凶得肆其谗慝，则皋、夔、稷、离亦安肯苟食其禄以终身乎？"

登州妇人恶其夫寝陋，夜以刃斫之，伤而不死。狱上，朝议皆当之死，安石独援辨证明之，为合从谋杀伤，减二等论。帝从安石说，且著为令。

二年二月，拜参知政事。上谓曰："人皆不能知卿，以为卿但知经术，不晓世务。"安石对曰："经术正所以经世务，但后世所谓儒者，大抵皆庸人，故世俗皆以为经术不可施于世务尔。"上问："然则卿所施设以何先？"安石曰："变风俗，立法度，正方今之所急也。"上以为然。于是设制置三司条例司，令判知枢密院事陈升同领之。安石令其党吕惠卿预其事。而农田水利、青苗、均输、保甲、免役、市易、保马、方田诸役相继并兴，号为新法，遣提举官四十余辈，颁行天下。

青苗法者,以常平籴本作青苗钱,散与人户,令出息二分,春散秋敛。均输法者,以发运之职改为均输,假以钱货,凡上供之物,皆得徙贵就贱,用近易远,预知在京仓库所当办者,得以便宜蓄买。保甲之法,籍乡村之民,二丁取一,十家为保,保丁皆授以弓弩,教之战阵。免役之法,据家赀高下,各令出钱雇人充役,下至单丁、女户,本来无役者,亦一概输钱,谓之助役钱。市易之法,听人赊贷县官财货,以田宅或金、帛为抵当,出息十分之二,过期不输,息外每月更加罚钱百分之二。保马之法,凡五路义保愿养马者,户一匹,以监牧见马给之,或官与其直,使自市,岁一阅其肥瘠,死病者补偿。方田之法,以东、西、南、北各千步,当四十一顷六十六亩一百六十步为一方,岁以九月,令、佐分地计量,验地土肥瘠,定其色号,分为五等,以地之等,均定税数。又有免行户祗应。自是四方争言农田水利,古陂废堰,悉务兴复。又令民封伏增价以买坊场,又增茶监之额,又设措置河北籴便司,广积粮谷于临流州县,以备馈运。由是赋敛愈重,而天下骚然矣。

　　御史中丞吕诲论安石过失十事,帝为出诲,安石荐吕公著代之。韩琦谏疏至,帝感悟,欲从之,安石求去。司马光答诏,有"士夫沸腾,黎民骚动"之语,安石怒,抗章自辩,帝为罢辞谢,令吕惠卿谕旨,韩绛又劝帝留之。安石入谢,因为上言中外大臣、从官、台谏、朝士朋比之情,且曰:"陛下欲以先王之正道胜天下流俗,故与天下流俗相为轻重。流俗权重,则天下之人归流俗;陛下权重,则天下之人归陛下。权者与物相为轻重,虽千钧之物,所加损不过铢两而移。今奸人欲败先王之正道,以沮陛下之所为。于是陛下与流俗之权适争轻重之时,加铢两之力,则用力至微,而天下之权,已归于流俗矣,此所以纷纷也。"上以为然。安石乃视事,琦说不得行。

　　安石与光素厚,光援朋友责善之义,三诒书反覆劝之,安石不乐。帝用光副枢密,光辞未拜而安石出,命遂寝。公著员为所引,亦以请罢新法出颍州。御史刘述、刘琦、钱顗、孙昌龄、王子韶、张戬、陈襄、陈荐、谢景温、杨绘、刘挚、谏官范纯仁、李常、孙觉、胡宗愈皆不得其言,相继去。骤用秀州推官李定为御史,知制诰宋敏求、李大临、苏颂封还词头,御史林旦、薛昌朝、范育论定不孝,皆罢逐。翰林学士范镇三疏言青苗,夺职致仕。惠卿遭丧去，安石未知所托，得曾布，信任之，亚于惠卿。

三年十二月，拜同中书门下平章事。明年春，京东、河北有烈风之异，民大恐。帝批付中书，令省事安静以应天变，放遗两路募夫，责有司、郡守不以上闻者。安石执不下。

开封民避保甲，有截指断腕者，知府韩维言之，帝问安石，安石曰："此固未可知，就令有之，亦不足怪。今士大夫睹新政，尚或纷然惊异；况于二十万户百姓，固有蠢愚为人所惑动者，岂应为此遂不敢一有所为邪？"帝曰："民言合而听之则胜，亦不可不畏也。"

东明民或遮宰相马诉助役钱，安石白帝曰："知县贾蕃乃范仲淹之婿，好附流俗，致民如是。"又曰："治民当知其情伪利病，不可示姑息。若纵之使妄经省台，鸣鼓邀驾，恃众侥幸，则非所以为政。"其强辩背理率类此。

帝用韩维为中丞，安石憾曩言，指为善附流俗以非上所建立，因维辞而止。欧阳修乞致仕，冯京请留之，安石曰："修附丽韩琦，以琦为社稷臣。如此人，在一郡则坏一郡，在朝廷则坏朝廷，留之安用？"乃听之。富弼以格青苗解使相，安石谓不足以阻奸，至比之共、鲧。灵台郎尤瑛言天久阴，星失度，宜退安石，即黥隶英州。唐坰本以安石引荐为谏官，因请对极论其罪，谪死。文彦博言市易与下争利，致华岳山崩。安石曰："华山之变，殆天意为小人发。市易之起，自为细民久困，以抑兼并尔，于官何利焉。"阂其奏，出彦博守魏。于是吕公著、韩维，安石藉以立声誉者也；欧阳修、文彦博，荐己者也；富弼、韩琦，用为侍从者也；司马光、范镇，交友之善者也；悉排斥不遗力。

礼官议正太庙太祖东向之位，安石独定议还僖祖于祧庙，议者合争之，弗得。上元夕，从驾乘马入宣德门，卫士诃止之，策其马。安石怒，上章请逮治。御史蔡确言："宿卫之士，拱扈至尊而已，宰相下马非其处，所应诃止。"帝卒为杖卫士，斥内侍，安石犹不平。王韶开熙河奏功，帝以安石主议，解所服玉带赐之。

七年春，天下久旱，饥民流离，帝忧形于色，对朝嗟叹，欲尽罢法度之不善者。安石曰："水旱常数，尧、汤所不免，此不足招圣虑，但当修人事以应。"帝曰："此岂细事，朕所以恐惧者，正为人事之未修尔。今取免行钱太重，人情咨怨惧者，正为人事之未修尔。今取免役钱太重，人情咨怨，至出不逊语。自近臣以至后族,无不言其害。两宫泣下,忧京师乱起以为天旱,更失人心。"安石曰:"近臣不知为谁,若两宫有言,乃向经、曹佾所为尔。"冯京曰:"臣亦闻之。"安石曰:"士大夫不逞者以京为归,故京独闻其言,臣未之闻也。"监安上门郑侠上疏,绘所见流民扶老携幼困苦之状,为图以献,曰:"旱由安石所致。去安石,天必雨。"侠又坐窜岭南。慈圣、宣仁二太后流涕谓帝曰:"安石乱天下。"帝亦疑之,遂罢为观文殿大学士、知江宁府,自礼部侍郎超九转为吏部尚书。

吕惠卿服阕,安石朝夕汲引之,至是,白为参知政事,又乞召韩绛代己。二人守其成谟,不少失,时号绛为"传法沙门",惠卿为"护法善神"。而惠卿实欲自得政,忌安石复来,因郑侠狱陷其弟安国,又起李士宁狱以倾安石,绛觉其意,密白帝请召之。八年二月,复拜相,安石承命,即倍道来。《三经义》成,加尚书左仆射兼门下侍郎,以子雱为龙图阁直学士。雱辞,惠卿劝帝允其请,由是嫌隙愈著。惠卿为蔡承禧所击,居家俟命。雱风御史中丞邓绾复弹惠卿与知华亭县张若济为奸利事,置狱鞫之,惠卿出守陈。

十月,彗出东方,诏求直言,及询政事之未协于民者。安石率同列疏言:"晋武帝五年,彗出轸;十年,又有孛。而其在位二十八年,与《乙巳占》所期不合。盖天道远,先王虽有官占,而所信者人事而已。天文之变无穷,上下傅会,岂无偶合。周公、召公,岂欺成王哉。其言中宗享国日久,则曰'严恭寅畏,天命自度,治民不敢荒宁'。其言夏、商多历年所,亦曰'德'而已。裨灶言火而验,欲禳之,国侨不听,则曰'不用吾言,郑将火'。侨终不听,郑亦不火。有如裨灶,未免妄诞,况今星工哉?所传占书,又世所禁,誊写伪误,尤不可知。陛下盛德至善,非特贤于中宗,周、召所言,则既阅而尽之矣,岂须愚瞽复有所陈。窃闻两宫以此为忧,望以臣等所言,力行开慰。"帝曰:"闻民间殊苦新法。"安石曰:"祁寒暑雨,民犹怨咨,此无庸恤。"帝曰:"岂苦并祁寒暑雨之怨亦无邪?"安石不悦,退而属疾卧,帝慰勉起之。其党谋曰:"今不取上素所不喜者暴进用之,则权轻,将有窥人间隙者。"安石是其策。帝喜其出,悉从之。时出师安南,谍得其露布,言:"中国作青苗、助役之法,穷困生民。我今出兵,欲相拯济。"安石怒,自草敕榜诋之。

华亭狱久不成,雱以属门下客吕嘉问、练亨甫共议,取邓绾所列惠卿事,杂他书下制狱,安石不知也。省吏告惠卿于陈,惠卿以状闻,且讼安石曰:"安石尽弃所学,隆尚纵横之末数,方命矫令,罔上要君。此数恶力行于年岁之间,虽古之失志倒行而逆施者,殆不如此。"又发安石私书曰:"无使上知"者,帝以示安石,安石谢无有,归以问雱,雱言其情,安石怒之。雱愤恚,疽发背死。安石暴绾罪,云"为臣子弟求官及荐臣婿蔡卞",遂与亨甫皆得罪。绾始以附安石居言职,及安石与吕惠卿相倾,绾极力助攻惠卿。上颇厌安石所为,绾惧失势,屡留之于上,其言无所顾忌;亨甫险薄,谄事雱以进,至是皆斥。

安石之再相也,屡谢病求去,乃子雱死,尤悲伤不堪,力请解几务。上益厌之,罢为镇南军节度使、同平章事,判江宁府。明年,改集禧观使,封舒国公。屡乞还将相印。元丰二年,复拜左仆射、观文殿大学士。换特进,改封荆,哲宗立,加司空。

元祐元年,卒,年六十六,赠太傅。绍圣中,谥曰文,配享神宗庙庭。崇宁三年,又配食文宣王庙,列于颜、孟之次,追封舒王。钦宗时,杨时以为言,诏停之。高宗用赵鼎、吕聪问言,停宗庙配享,削其王封。

初,安石训释《诗》《书》《周礼》,既成,颁之学官,天下号曰"新义"。晚居金陵,又作《字说》,多穿凿傅会。其流入于佛、老。一时学者,无敢不传习,主司纯用以取士,士莫得自名一说,先儒传注,一切废不用。黜《春秋》之书,不使列于学官,至戏目为"断烂朝报"。

安石未贵时,名震京师,性不好华腴,自奉至俭,或衣垢不浣,面垢不洗,世多称其贤。蜀人苏洵独曰:"是不近人情者,鲜不为大奸慝。"作《辩奸论》以刺之,谓王衍、卢杞合为一人。

安石性强忮,遇事无可否,自信所见,执意不回。至议变法,而在廷交执不可,安石傅经义,出己意,辩论辄数百言,众不能诎。甚者谓"天变不足畏,祖宗不足法,人言不足恤。"罢黜中外老成人几尽,多用门下儇慧少年。久之,以旱引去,洎复相,岁馀罢,终神宗世不复召,凡八年。

翰林学士除三司使

　　三司使①,天下之盛选②也。自尚书六官③名存实去,而三司之职事所总④居多。则非夫仁明肃艾⑤足以辅世济物者,奚宜任此哉⑥?
　　具官某,有疏通之才,有真亮之操,闳言崇议,足以经纶⑦王家;高文典策,足以鼓动当世。遂以人望⑧,扬于禁林⑨。若夫施政之后先,生财之本末,盖尝深思而熟讲,殚见而洽闻⑩。则居天下之盛选,主朝廷之大计,询考在位,孰如汝宜⑪?
　　夫聚天下之众者莫如财,治⑫天下之财者莫如法,守天下之法者莫如吏,维予任汝,其听勿疑!法之不善者汝得以议而更⑬,吏之不良者汝得以察而去⑭。则夫调度之不时⑮,费出之无常⑯,邦用之不给⑰,元元⑱困于征求⑲而愁怨于下者,真汝之耻也。夫行己有耻⑳而后可以为士,矧㉑吾左右任信,询谋所同㉒,而观听之所在㉓者乎?往袛厥官㉔,其亡㉕以宠利㉖而为士耻!

　　这是王安石于嘉祐六年(1061)至嘉祐八年(1063)知制诰期间为宋仁宗写的诰词。诰词是古代朝廷十分重视且利用率很高的一种文体。诰词的写作要求质朴、典重、华贵且言之有物。
　　王安石这篇诰词褒奖了由翰林学士转任三司使的节操、学识以及名望,而更主要的是简约而恰当地阐述了三司使这一朝廷重要职位的职责、任务及其对国家的重要意义。读来铿锵有力而气韵饱满。

【注释】
①三司使:北宋统管户部、度支、盐铁事务的官职。因所涉皆中央财政,故权位甚重。
②盛选:重要的职位。
③尚书六官:尚书,官名。秦时为少府属官,掌殿内文书,职位很低。汉武帝时设尚书

员,总揽群臣奏章,位卑但权重。魏晋以后设中书省,尚书之权遂减。唐宋时尚书省与中书省、门下省合称为三省,长官称尚书令,负责宰相职务,副职为左右仆射;尚书省下统六部,分管国政。

④总:音zǒng,通"总"。统揽。

⑤乂:音yì,治理。

⑥奚宜任此哉:哪里适合担此重任呢?

⑦经纶:即经营管理。

⑧人望:众望所归的人。

⑨禁林:即朝廷。

⑩殚见而洽闻:即广闻博见。殚,竭、尽。洽,广博。

⑪询考在位,孰如汝宜:考察在位的诸官,谁比你合适呢?

⑫治:理也。

⑬议而更:议论并更改。

⑭察而去:鉴别并罢黜。

⑮不时:不能按时。

⑯无常:没有规律。

⑰邦用之不给:供不上国家财政开支。

⑱元元:黎民百姓。

⑲征求:横征暴敛。

⑳有耻:即知耻。有知耻之明。

㉑矧:音shěn,况且。

㉒询谋所同:向大臣征询,共同揣摩,都认为你是合适人选。

㉓观听之所在:大家都在看着你今后的作为,听着你今后的政声。

㉔往祗厥官:去恭敬地任职吧。

㉕亡:不要。

㉖以宠利:因为贪财。

起居舍人直秘阁同修起居注
司马光改天章阁待制

  扬雄①曰:"周之士也贵,秦之士也贱;周之士也肆②,秦之士也拘③。"盖言先王以礼让为国④,士之有为有守⑤,得伸其志,而在上不敢以势加焉⑥。朕率是道,以君多士⑦。以尔具官某,文学行义,有称于时,故明试以言,使司告命⑧。而乃固执辞让,至于八九。改序厥职⑨,以伸尔志。是亦高选,往其懋哉⑩!

  司马光由起居舍人直秘阁同修起居注改任为天章阁待制,这事件本身很平常,而在王安石写来却抑扬顿挫,曲折有致。
  扬雄的引语为该制诰定下了基调,说明"先王以礼让为国,士之有为有守,得伸其志,而在上不敢加焉"。强调了"士"的品节、操守的重要性。而"而乃固执辞让,至于八九"一句,又很生动地点画出司马光个性中的某些特点。

【注释】
①扬雄:西汉经学家、文学家。
②肆:随意施为而不出规矩。
③拘:受制约而行为拘谨。
④为国:治理国家。
⑤有守:即有所守,指志向,德操。
⑥以势加焉:以权位胁迫于他。
⑦此句意为:我用这种法则来统领百官。朕,天子自称。君,动词,君临,统率。
⑧使司告命:让你主管为朕起草敕令、文告,即"诰",天子的文告、训敕。

⑨改序厥职:序,按次序排列。宋代有任官磨勘法,一般官员如果在任内没有过错,三年任满可得升迁。因此官员升迁一般则按年次顺序而行。此处可理解为"安排"。厥职,这一职任。指天章阁待制。
⑩此句意为:这也是很重要的职位,你努力去任职吧!懋:勉励。

辞拜相表

臣某言：臣近上表辞免恩命①，伏蒙圣慈特降批答不允者。天地之施②，厚矣不訾③，蝼蚁之情，微而未达。重烦奖训④，弥集震兢⑤。臣某诚惶诚恐，顿首顿首。臣闻论德序官，明主所以御世，度能就位，忠臣所以事君⑥。臣偶以薄材，过私⑦荣禄。虽以捐躯而自誓，顾于诿上⑧而多惭。窃观圣制之所以褒扬，终非朽质之所能副称⑨。矧叨任遇⑩，稍历岁时⑪，必欲诡责⑫其后勋⑬，谓宜考观于已事⑭。今内或怵⑮奇邪之俗，无喻德宣誉⑯之忠，外或扇苟简⑰之风，有犯令陵政⑱之悖。百姓以安平无事之时，而未免流离饿莩，四夷⑲以衰弱仅存之势，而犹能跋扈飞扬。陛下以圣人之高材，有天下之利势，忧劳已积⑳，功化未昭㉑。此亦由臣陈力就列㉒以来，不能助国立经陈纪㉓之故。方谋自弛，以谢素餐㉔，岂意误恩，更加崇秩㉕。诚忧官谤㉖，能上累㉗于明时，所望天慈，遂收还于新命。庶以通贤者之路，且又协众人之言㉘。

熙宁三年(1070)十二月，朝廷以韩绛、王安石并任同中书门下平章事(宰相)，此前，王安石写了这篇辞表。

文章用骈文写成，但并不带有六朝习气。在自谦无任的同时，巧妙地抨击了当时官场的"奇邪之俗"和"苟简之风"。

【注释】

①臣近上表辞免恩命：据史载，在此以前，王安石曾上《辞参知政事表》及《辞仆射表》。辞免恩命，请求免去朝廷对他的任命。
②天地之施：指天子(宋神宗)对他所施的恩泽。
③不訾：无法计量。訾，音 zī。
④奖训：奖称、训示。

⑤弥集震兢:不胜恩泽,诚惶诚恐的样子。
⑥该句意为:我听说圣明的君主用依照臣子的德行来安排其官位的办法来统治国家。忠君的臣子用揣摩自己的才能而任适宜官位的办法来侍奉君主。
⑦过私:过分地贪图。
⑧诿上:推辞圣命。
⑨该句意为:我恭读了天子诏书中对我的称奖之辞,那不是我这不堪造就的人所能相配的。
⑩矧叨任遇:贪恋天子任职、知遇之恩。
⑪稍历岁时:稍稍经历一些时日。
⑫诡责:要求,责问。诡,要求。
⑬后勋:任职后的业绩。
⑭已事:已经干过的政事。
⑮怵:音 chù,担心。
⑯喻德宣誉:以优异的政绩,向百姓传达、张扬天子的美德和盛誉。
⑰苟简:胡乱应付,敷衍从事。
⑱犯令陵政:违反天子敕令,行事超越职分。
⑲四夷:对边疆少数民族的蔑称。
⑳积:累积,多。
㉑功化未昭:朝廷的事功和教化之效尚未令百姓看见。
㉒陈力就列:位列朝班为国家效力。
㉓立经陈纪:制定治理国家的大政方针。
㉔方谋自弛,以谢素餐:正打算解除自己的职任,以免得身处高位而无所成就。弛,放松,指卸职。素餐,白吃饭。《诗经》:"彼君子兮,不素餐兮。"
㉕岂意误恩,更加崇秩:谁料到误被皇恩,越发加高了官级。秩:官级。
㉖官谤:众官的谤议。
㉗累:牵赘。
㉘庶以通贤者之路,且又协众人之言:可以为真正有才能的人让路,并且还可以投合于众人的议论。

拟上殿进札子

臣蒙恩奉使①，归报陛下，敢因边事②之所及，冒言天下之事，伏惟陛下详思而择其中，天下幸甚！

臣切见陛下有恭俭之德，有聪明睿智之才，有仁民爱物之意。顾内不能无以社稷为忧，则外不能无患于夷狄。天下之才力日以穷困，而风俗日以衰坏，四方有智之士，偲偲然③常恐天下之不久安，此其故何也？患在无法度故也。今朝廷法严令具，无所不有，而臣以谓无法度者，方今之法度多不合于先王之法度也。孟子曰："有仁心仁闻而人不被其泽④者，为政不法⑤先王之道故也。"非此之谓乎？

以今之时，方⑥先王之时远矣。所遭之时、所遇之变不同，而欲一二修先王之政⑦，虽甚愚者犹知其难也。而臣以谓当今之失，患在不法先王之政者，以谓当法其意⑧而已。夫五帝、三王相去⑨，盖千有余岁，一治一乱，盛衰之时具矣。其所遭之变、所遇之时不同，其施设之方亦皆殊，而其为国家之意，本末先后未尝不同也。臣故曰，当法其意而已。法其意，则吾所改易更革，不至乎倾骇天下之耳目，嚣天下之口⑩，而固已合乎先王之政矣。

虽然，以方今之势揆⑪之，陛下虽欲改易更革天下之事，合于先王之意，其势未必能也。陛下有恭俭之德，有聪明睿智之才，有仁民爱物之意，则何为而不成，何欲而不得。而臣固以谓虽欲改易更革天下之事，合于先王之意，其势未必能者何也？方今天下之吏才少故也。朝廷之人才，固尝简在陛下之聪明。以臣使事⑫之所及，则一路数千里之间，能推行朝廷之法，知其所缓急，而一切能修其职事⑬者甚少；而不才苟简贪鄙之人至不可胜数；其能讲先王之意，以合当世之变者，盖阖郡⑭之间，往往而绝也。夫人才不足，则陛下虽欲改易更革天下之事，以合先王之意，大臣虽有能当陛下之意而领此者，九州之大，四海之远，万官之众，孰能一二推行之，使人人蒙其施⑮者乎?臣故曰,其势未必然也。

然则方今之急,在乎人才而已。今之天下,亦先王之天下,先王之时,人才尝众矣,盖其所以陶冶而成之者有道。所谓陶冶以成之者,诗书传记之所载,其大略可见矣。陛下尝试详延⑯大臣左右及天下智能才谞⑰之士,使其论先王所以成⑱天下之才者,其施设之方如何?今之所以异于先王而人才不足者,其咎安在?其欲变而通之以合于先王之意而成天下之才,宜何施为而可?陛下因择其言之近于理者,使之相与上下反复为论焉,因取其宜于时者施焉,则人才宜众矣。

夫成人之才甚不难。人所愿得者尊爵厚禄,而所荣者善行,所耻者恶名也⑲。今操利势以临天下之士,劝之以其所荣,而予之以其所愿⑳,则孰肯背而不为者?特患不能尔。而吾所以责之者,又中人㉑之所能为,则不能者又少矣。夫成人之才甚不难,而自古往往不能成人之才,何也?以人主之才不足故也。盖人主无恭俭之德,无聪明睿智之才,无仁民爱物之意,则嬖幸谄谀、奸罔蔽欺、残贼放恣之人,皆得志于时,而推其类㉒以乱天下,虽有良法不能成天下之才矣。

今陛下有恭俭之德,有聪明睿智之才。有仁民爱物之意,而又因㉓天下之所愿以为辅相者,公听并观,以进退天下之士,则所以成天下之才,特患无良法。而陛下推至诚恻怛之心㉔以行之,则臣虽愚固知人之才不难成也。人才既众,则陛下何为而不成?何欲而不得?夫然后改易更革天下之事,以合乎先王之意甚易也。陛下不能如此,苟于积敝㉕之末流,因㉖不足任之才,而修不足为之法,臣恐在军者日以劳,而士民愈以穷困污滥,而于天下国家愈其无补也。

臣幸以使事归报,徒举利害之一二,而无补于世,非臣之所以事陛下惓惓㉗之义也。辄不自知其驽下㉘,而敢言国家之大体,伏惟陛下详择其中,天下幸甚也。

嘉祐四年(1059),王安石担任了三司度支判官职务。在此期间,他写了大量的书、奏、札子,以表达对北宋建国至仁宗朝近百年来的政治、经济、社会等方面问题的担忧和见解。

《拟上殿进札子》就是进殿人对之前所写的文章。本篇重在说明当时

拟上殿进札子

人才缺乏的现象及其成因,阐明陶冶、培养天下之才对统治天下的重要性。

【注释】

①据史载:嘉祐四年,王安石伴北国使臣返回辽国。
②边事:宋与辽界地方的情况。
③惘惘然:惊惧的样子。
④人不被其泽:百姓感受不到他的恩泽。
⑤法:效法,模仿。
⑥方:比较。
⑦一二修先王之政:修举先王之政的十分之一二。谓不能全面仿效。
⑧法其意:效法先王之政的精神、精髓。
⑨相去:指时间距离。
⑩嚣天下之口:使天下之人嚣然反对。
⑪揆:音 kuí。揣测,考察。
⑫该句指作者任江南东路提点刑狱职事。
⑬修其职事:认真对待自己所从事的工作。
⑭阖郡:即全郡。
⑮蒙其施:享受他的计划、做法所带来的好处。
⑯详延:召集大臣并详细征求意见。
⑰諝:音 xū。才智。
⑱成:造就。
⑲此句意为:人们愿意得到高官厚禄,并且以好的品行为荣,以坏的名声为耻。
⑳此句意为:以他所引为光荣的东西来鼓励他,将他所想得到的东西给予他。
㉑中人:资质平常的人。
㉒推其类:使他们这种人越来越多。
㉓因:顺应。
㉔恻怛之心:诚惶诚恐的心情。
㉕积敝:各种弊端积聚在一起。
㉖因:凭借,依赖。
㉗惓惓:诚恳的样子。音 quán。
㉘驽下:愚笨无能,材质低下。

本朝百年无事札子

臣前蒙陛下问及本朝所以享国百年,天下无事之故。臣以浅陋①,误承②圣问,迫于日晷③,不敢久留,语不及悉④,遂辞而退。窃惟念圣问及此,天下之福,而臣遂无一言之献,非近臣所以事君之义,故敢昧冒而粗有所陈。

伏惟太祖躬上智独见之明⑤,而周知人物之情伪⑥。指挥付托,必尽其材;变置⑦施设,必当其务。故能驾驭将帅,训齐⑧士卒;外以捍⑨夷狄,内以平中国⑪。于是除苛赋,止虐刑,废强横之藩镇⑪,诛贪残之官吏,躬以简俭为天下先⑫。其于出政发令之间,一以安利元元⑬为事。太宗⑭承之以聪武;真宗守之以谦仁⑮;以至仁宗、英宗,无有逸德⑯。此所以享国百年而天下无事也。

仁宗在位,历年最久。臣于时实备从官⑰,施为本末,臣所亲见。尝试为陛下陈其一二,而陛下详择其可,亦足以申鉴于方今⑱。

伏惟仁宗之为君也,仰畏天,俯畏人;宽仁恭俭,出于自然,而忠恕诚悫⑲,终始如一。未尝妄兴一役,未尝妄杀一人。断狱⑳务在生之,而特恶吏之残扰。宁屈己弃财于夷狄,而终不忍加兵㉑。刑平而公,赏重而信;纳用谏官御史,公听并观而不蔽于偏至之谗㉒;因任㉓众人耳目,拔举疏远㉔,而随之以相坐之法㉕。盖监司之吏,以至州县,无敢暴虐残酷,擅有调发,以伤百姓。自夏人㉖顺服,蛮遂无大变,边人父子夫妇,得免于兵死;而中国之人,安逸蓄息㉗,以至今日者,未尝妄兴一役,未尝妄杀一人,断狱务在生之,而特恶吏之残扰,宁屈己弃财于夷狄,而不忍加兵之效也。大臣贵戚,左右近习㉘,莫敢强横犯法,其自重慎,或甚于闾巷之人㉙,此刑平而公之效也。募天下骁雄横猾㉚以为兵,几至百万,非有良将以御之,而谋变者辄败;聚天下财物,虽有文籍,委之府史,非有能吏以钩考,而断盗者辄发㉛,凶年饥岁,流者填道,死者相枕,而寇攘者㉜辄得,此赏重而信

本朝百年无事札子

之效也。大臣奸慝③，随辄上闻；贪邪横猾，虽间或见用，未尝得也，此纳用谏官御史，公听并观，而不蔽于偏至之谗之效也。自县令京官以至监司台阁，升擢之任，虽不皆得人；然一时之所谓才士，亦罕蔽塞而不见收举者④，此因任众人之耳目，拔举疏远，而随之以相坐之法之效也。升遐⑤之日，天下号恸⑥，如丧考妣⑦，此宽仁恭俭，出于自然，忠恕诚悫，终始如一之效也。

然本朝累世因循末俗之弊⑧，而无亲友群臣之议。人君朝夕与处，不过宦官女子⑨，出而视事，又不过有司之细故⑩，未尝如古大有为之君，与学士大夫讨论先王之法，以措之天下也。一切因任自然之理势，而精神之运，有所不加，名实⑫之间，有所不察。君子非不见贵，然小人亦得厕⑬其间；正论非不见容，然邪说亦有时而用。以诗赋记诵求天下之士⑭，而无学校养成之法；以科名资历叙⑮朝廷之位，而无官司课试之方。监司无检察之人，守将非选择之吏。转徙之亟⑯，既难于考绩⑰；而游谈之众⑱，因得以乱真。交私养望者⑲多得显官，独立营职者⑳或见排沮。故上下偷惰取容而已，虽有能者在职，亦无以异于庸人。农民坏于徭役，而未尝特见救恤；又不为之设官，以修其水土之利。兵士杂于疲老，而未尝申饬㉑训练；又不为之择将，而久其疆埸㉒之权。宿卫㉓则聚卒伍无赖之人，而未有以变五代姑息羁縻之俗㉔。宗室则无教训选举之实，而未有以合先王亲疏隆杀之宜㉕。其于理财，大抵无法，故虽俭约而民不富，虽忧勤而国不强。赖非夷狄昌炽㉖之时，又无尧汤水旱之变㉗，故天下无事，过于百年。虽曰人事，亦天助㉘也。盖累圣㉙相继，仰畏天，俯畏人，宽仁恭俭，忠恕诚悫，此其所以获天助也。

伏惟陛下躬上圣之质，承无穷之绪㉚，知天助之不可常恃，知人事之不可怠终㉛，则大有为之时，正在今日。臣不敢辄废将明之义㉜，而苟逃讳忌之诛。伏惟陛下幸赦而留神，则天下之福也。取进止㉝。

这是王安石为宋神宗总结历史经验、阐明变法主张的一篇札子。

宋神宗于1067年即位后，颇想振作有为。第二年，他催请王安石从江宁（今南京）入对（即当面回答皇帝的提问），征求王安石对改革政治的意见。王安石在入对后写了这个札子。

宋神宗提出本朝为什么百年来"太平无事"的问题,是想吸取历史的经验教训,以便制定路线、方针、政策。

札子的主要内容有三点。首先,王安石回顾北宋立国以来的历史,正面赞颂宋太祖的统一之功和改革措施,暗示宋神宗应该继承这些传统,才能有所作为,接着,王安石巧妙地以表面肯定、实际否定的手法,全面剖析了仁宗在位时期积贫积弱的局面。随后,又尖锐地揭露北宋王朝特别是仁宗统治时期政治上的种种弊病,并且透过"百年无事"的表面现象,痛切指出正酝酿中的严重危机。最后得出结论:"百年无事"只是由于天助,并不是因为策略对头,所以万万不能再苟且偷安,必须立即变法革新。这就为变法革新确立了理论根据。

【注释】

① 浅陋:学问浅薄,见识不广。
② 误承:旧时的应酬语,有辜负或误受的意思。
③ 日晷(guǐ规):日影,这里指时间。
④ 悉:详尽。
⑤ 太祖:指宋太祖赵匡胤,宋王朝的开国皇帝。躬:自身,这里作动词用,有"本人赋有"之意。
⑥ 情伪:真伪。情:真情,诚实。伪:虚伪。
⑦ 变置:变革旧的,设置新的。
⑧ 训齐:训练整齐。
⑨ 捍:抵抗。
⑩ 内以平中国:指宋太祖平定中原地区的统一战争。
⑪ 废强横之藩镇:指宋太祖为了加强中央集权,撤掉了藩镇大将石守信等的兵权。唐代中期在边境地方设置节度使,掌管军政大权,后来成为分裂割据势力,称为藩镇。
⑫ 先:带头,做榜样。
⑬ 安利元元:使老百姓安定和得到好处。元元:老百姓。
⑭ 太宗:太祖弟赵匡义,在位23年。聪武:聪明勇敢。
⑮ 谦仁:谦和仁爱。
⑯ 无有逸德:没有失德,即没有什么过错的意思。逸:失。
⑰ 臣于时实备从官:仁宗嘉祐六年时,王安石曾任知制诰,代皇帝起草文件,是侍从官。于时,在当时。

⑱申鉴于方今:作为今天的借鉴。

⑲诚悫:诚实,谨慎。

⑳断狱:判决案件。

㉑"宁屈己弃财于夷狄"二句:宁愿自己受委屈和拿出一些钱财给辽、夏统治者,而始终不忍对他们用兵。

㉒公听并观而不蔽于偏至之谗:多听多观察。偏至之谗:片面的谗言。

㉓因任:依靠。

㉔拔举疏远:提拔和自己疏远而有德才的人。

㉕相坐之法:相坐,即牵连犯罪。坐:犯罪。指推荐别人做官,如果被荐的人犯了罪,推荐人也得连带以犯罪论。

㉖夏人:即建立西夏贵族政权的党项族,是居住在今甘肃西北部和宁夏回族自治区一带的古代少数民族。

㉗蕃息:繁盛,指人口繁殖。

㉘左右近习:皇帝左右亲近的人,意指太监。

㉙闾巷之人:即里巷之人,指平民。

㉚骁(xiāo)雄横猾:勇健有力者。横猾:强横、奸诈者。

㉛"聚天下财物"五句:文籍,账册。府史,指专管仓库的小吏。钩考,查考。断盗者,从中盗窃者,即贪污中饱的人。发,揭发。

㉜寇攘(rǎng)者:强盗。攘,抢夺。

㉝奸慝(tè):奸邪。

㉞"自县令京官以至监司台阁"五句:监司台阁,官名。宋朝设转运使,最初专管国家财赋运输,后来职权扩大,兼理边防、狱讼、负有监察各州郡的责任,叫监司。台指御史台,主管监察的机关。阁指龙图阁、天章阁等,是收藏皇帝的图书或备顾问的机构。升擢(zhuó),提拔。蔽塞,埋没的意思。

㉟升遐:封建时代对皇帝的死叫升遐。

㊱号恸(tòng):痛哭。

㊲考妣:旧时父死后称考,母死后称妣。

㊳因循:沿习守旧。末俗:乱世的风俗习惯。

㊴宦官女子:指太监宫女等。

㊵细故:细小的事情。故,事情。

㊶"一切因任自然之理势"三句:意为一切听任客观发展的趋势,不作主观努力去改变它。

㊷名实:名义和实效。

㊸厕(cè):参与,混杂在里面。

㊹以诗赋记诵求天下之士:指宋代科举考试以考试赋和记诵经书来选拔士人的办法。王安石一向反对以"背诵章句"取人,认为这样选拔出来的人不识时务,"无用于世"。诗、赋,都是古代的文学体裁。记诵,默记背诵。

㊺叙:安排,排列。

㊻转徙(xǐ):迁移,调动。亟,急切,频繁。

㊼考绩:考核成绩。

㊽游谈之众:指夸夸其谈的人。

㊾交私养望者:私下交结,培植自己的威望的人。

㊿独立营职者:指不依靠后台,能忠于职守的人。

(51)申饬(chì):告诫,整顿的意思。

(52)久其疆埸(yì):让他们久守边疆。疆埸,边界。

(53)宿卫:保卫宫廷的人,即禁卫军。

(54)五代:指北宋以前的梁、唐、晋、汉、周。姑息羁縻(jī mí),纵容笼络的意思。

(55)未有人合先王亲疏隆杀之宜:意思是说先王是用人唯贤的,对于亲人和疏属的升官和降职,一概以德才为准;他认为宋朝的人事制度远不符合先王的原则。隆,厚,增多。杀,薄,减低。这里"隆杀"指官职的升、降。

(56)昌炽:兴旺势盛的意思。

(57)尧汤水旱之变:传说尧时有过九年的水灾,商汤时有过七年的旱灾。

(58)天助:上天的帮助。

(59)累圣:指上面提到的几位皇帝。累,是列的意思。

(60)无穷之绪:本义是无数的线头,这里指前人未完成的功业。

(61)常恃:经常依靠。怠终:以懒怠结束。

(62)将明之义:指人臣应该有奉行王命,向王辨明国事是非的责任。将,奉行。明,辨明。语本《诗·大雅·烝民》篇,原诗歌颂曾经辅佐周宣王的大臣仲山甫,说周宣王有命令时,仲山甫就贯彻执行它(将之);国家如有不妥当的事情,仲山甫就向王辨明它(明之)。

(63)取进止:这是封建时代写给皇帝奏章上的套语,相当于后来的"当否,请裁夺"的意思。

上仁宗皇帝言事书

臣愚不肖,蒙恩备使一路①,今又蒙恩召还阙廷②,有所任属,而当以使事归报陛下。不自知其无以称职,而敢缘使事之所及,冒言天下之事,伏惟陛下详思而择其中,幸甚。

臣窃观陛下有恭俭之德,有聪明睿智之才,夙兴夜寐,无一日之懈,声色狗马,观游玩好之事,无纤介之蔽③,而仁民爱物之意,孚④于天下,而又公选天下之所愿以为辅相者,属之以事,而不贰⑤于谗邪倾巧之臣,此虽二帝、三王之用心,不过如此而已,宜其家给人足,天下大治。而效不至于此,顾内则不能无以社稷⑥为忧,外则不能无惧于夷狄,天下之财力日以困穷,而风俗日以衰坏,四方有志之士,諰諰然⑦常恐天下之久不安。此其故何也?患在不知法度故也。

今朝廷法严令具,无所不有,而臣以谓无法度者,何哉?方今之法度,多不合乎先王之政故也。孟子曰:"有仁心仁闻,而泽不加于百姓者,为政不法于先王之道故也。"以孟子之说,观方今之失,正在于此而已。

夫以今之世,去先王之世远,所遭之变,所遇之势不一,而欲一二修先王之政,虽甚愚者,犹知其难也。然臣以谓今之失,患在不法先王之政者,以谓当法其意而已。夫二帝、三王,相去盖千有余载,一治一乱,其盛衰之时具矣,其所遭之变,所遇之势,亦各不同,其施设之方亦皆殊,而其为天下国家之意,本末先后,未尝不同也,臣故曰:当法其意而已。法其意则吾所改易更革,不至乎倾骇天下之耳目,嚣天下之口,而固已合乎先王之政矣。

虽然,以方今之势揆之,陛下虽欲改易更革天下之事,合于先王之意,其势必不能也。陛下有恭俭之德,有聪明睿智之才,有仁民爱物之意,诚加之意,则何为而不成,何欲而不得?然而臣顾以谓陛下虽欲改易更革天下之事,合于先王之意,其势必不能者,何也?以方今天下之才不足故也。

臣尝试窃观天下在位之人,未有乏于此时者也。夫人才乏于上,则有沈废伏匿在下,而不为当时所知者矣。臣又求之于闾巷草野之间,而亦未见其多焉。岂非陶冶而成之者非其道而然乎⑧?臣以谓方今在位之人才不足者,以臣使事之所及,则可知矣。今以一路数千里之间⑨,能推行朝廷之法令,知其所缓急,而一切能使民以修其职事者甚少,而不才苟简贪鄙之人,至不可胜数。其能讲先王之意以合当时之变者,盖阖郡之间,往往而绝也。朝廷每一令下,其意虽善,在位者犹不能推行,使膏泽加于民,而吏辄缘之为奸⑩,以扰百姓。臣故曰:在位之人才不足,而草野间巷之间,亦未见其多焉。夫人才不足,则陛下虽欲改易更革天下之事,以合先王之意,大臣虽有能当陛下之意而欲领此者,九州之大,四海之远,孰能称陛下之指,以一二推行此,而人人蒙其施乎?臣故曰:其势必未能也。孟子曰:"徒法不能以自行。"⑪非此之谓乎?然则方今之急,在于人才而已。诚能使天下人才众多,然后在位之才可以择其人而取足焉。在位者得其才矣,然后稍视时势之可否,而因人情之患苦⑫,变更天下之弊法,以趋⑬先王之意,甚易也。今之天下,亦先王之天下,先王之时,人才尝众矣,何至于今而独不足乎?故曰:陶冶而成之者,非其道故也。

商之时,天下尝大乱矣。在位贪毒祸败,皆非其人⑭,及文王⑮之起,而天下之才尝少矣。当是时,文王能陶冶天下之士,而使之皆有士君子之才,然后随其才之所有而官使之⑯。《诗》曰:"岂弟君子,遐不作人。"⑰此之谓也。及其成也,微贱兔罝之人,犹莫不好德⑱,《兔罝》之诗⑲是也。又况于在位之人乎?夫文王惟能如此,故以征则服,以守则治。《诗》曰:"奉璋峨峨,髦士攸宜。"⑳又曰:"周王于迈,六师及之。"㉑言文王所用,文武各得其才,而无废事。及至夷、厉㉒大乱,天下之才,又尝少矣。至宣王㉓之起,所与图㉔天下之事者,仲山甫㉕而已。故诗人叹曰:"德輶㉖如毛,维仲山甫举之,爱莫助之。"盖闵人才之少,而山甫之无助也。宣王能用仲山甫,推其类以新美天下之士㉗,而后人才复众。于是内修政事,外讨不庭㉘,而复有文、武㉙之境土㉚。故诗人美之㉛曰:"薄言采芑,于彼新田,于此菑亩。"㉜言宣王能新美天下之士,使之有可用之才,如农夫新美其田,而使之有可采之芑也。由此观之,人之才,未尝不自人主陶冶而成之者也。

所谓陶冶而成之者何也？亦教之、养之、取之、任之有其道而已。

所谓教之之道何也？古者天子诸侯，自国王至乡党皆有学③，博置教道之官㉞而严其选㉟。朝廷礼乐、刑政之事，皆在于学，学士所观而习者，皆先王之法言德行治天下之意，其材亦可以为天下国家之用。苟不可以为天下国家之用，则不教也。苟可以为天下国家之用者，则无不在于学。此教之之道也。

所谓养之之道何也？饶之以财㊱，约之以礼，裁之以法也。何谓饶之以财？人之情，不足于财，则贪鄙苟得，无所不至。先王知其如此，故其制禄㊲，自庶人之在官者㊳，其禄已足以代其耕㊴矣。由此等而上之，每有加焉，使其足以养廉耻，而离于贪鄙之行。犹以为未也，又推其禄以及其子孙，谓之世禄。使其生也，既于父子、兄弟、妻子之养，婚姻、朋友之接㊵，皆无憾矣；其死也，又于子孙无不足之忧焉。何谓约之以礼？人情足于财而无礼以节之，则又放僻邪侈，无所不至。先王知其如此，故为之制度。婚丧、祭养、燕享之事，服食、器用之物，皆以命数为之节㊶，而齐㊷之以律度量衡之法。其命可以为之，而财不足以具，则弗具也；其财可以具，而命不得为之者，不使有铢两分寸之加焉。何谓裁之以法？先王于天下之士，教之以道艺㊸矣，不帅㊹教而待之以屏弃远方终身不齿之法。约之法礼则待之以流㊺、杀之法。《王制》㊻曰："变衣服者，其君流。"《酒诰》㊼曰："厥或诰曰：'群饮㊽，汝勿佚。尽执拘以归于周，予其杀！'"夫群饮、变衣服，小罪也；流、杀，大刑也。加小罪以大刑，先王所以忍而不疑㊾者，以为不如是，不足以一天下之俗而成吾治。夫约之以礼裁之以法，天下所以服从无抵冒者，又非独其禁严而治察之所能致也。盖亦以吾至诚恳恻之心，力行而为之倡。凡在左右通贵之人㊿，皆顺上之欲而服行之，有一不帅者，法之加必自此始。夫上以至诚行之，而贵者知避上之所恶矣，则天下之不罚而止者众矣。故曰：此养之之道也。

所谓取之之道者，何也？先王之取人㉛也，必于乡党，必于庠序㉜，使众人推其所谓贤能，书之以告于上而察㉝之。诚贤能也，然后随其德之大小、才之高下而官使之。所谓察之者，非专用耳目之聪明，而私听于一人之口也。欲审知其德，问以行；欲审㉞知其才，问以言。得其言行，则试之以事。所谓察之者，试之以事是也。虽尧之用舜，亦不过如此而已，又况其下乎？若夫九州之大，四海之远，万官亿丑㉟之贱，所须士大夫之才则众矣，有天下者，又不可以一二自察之也，又不可以偏属于一人，而使之于一日二日之间考试其行能㊱而进退之也。盖吾已能察其才行之大者，以为大官矣，因使之取其类以持久试之，而考其能者以告于上，而后以爵命、禄秩予之而已。此取之之道也。

所谓任之之道者，何也？人之才德，高下厚薄不同，其所任有宜有不宜。先王知其如此，故知农者以为后稷㊲，知工者以为共工㊳。其德厚而才高者以为之长，德薄而才下者以为之佐属。又以久于其职，则上狃习㊴而知其事，下服驯而安其教，贤者则其功可以至于成，不肖者则其罪可以至于著㊵，故久其任而待之以考绩之法。夫如此，故智能才力之士，则得尽其智以赴功㊶，而不患其事之不终、其功之不就也。偷惰苟且之人，虽欲取容于一时，而顾谬㊷辱在其后，安敢不勉乎！若夫无能之人，固知辞避而去矣。居职任事之久，不胜任之罪，不可以幸而免故也。彼且不敢冒而知辞避矣，尚何有比周㊸、谗陷、争进之人乎？取之既已详，使之既已当，处之既已久，至其任之也又专焉，而不一二以法束缚之，而使之得行其意，尧、舜之所以理百官而熙众工㊹者，以此而已。《书》曰："三载考绩，三考，黜陟幽明。"㊺此之谓也。然尧、舜之时，其所黜者则闻之矣，盖四凶㊻是也。其所陟者，则皋陶㊼、稷㊽、契㊾皆终身一官而不徙。盖其所谓陟者，特加之爵命，禄赐而已耳。此任之之道也。

夫教之、养之、取之、任之之道如此，而当时人君，又能与㊿其大臣，悉㉑其耳目心力，至诚恻怛，思念而行之，此其人臣之所以无疑，而于天下国家之事，无所欲为而不得也㉒。

方今州县虽有学，取墙壁具而已㉓，非有教导之官，长育人才之事也。唯太学㉔有教导之官，而亦未尝严其选。朝廷礼乐刑政之事，未尝在于学。学者亦漠然自以礼乐刑政为有司之事，而非己所当知也。学者之所教，讲说章句㉕而已。讲说章句，固非古者教人之道也。而近岁乃始教之以课试之文章。夫课试之文章，非博诵强学穷日之力则不能。及其能工也，大则不足以用天下国家，小则不足以为天下国家之用。故虽白首于庠序㉖，穷日之力以师上之教㉗，及使之从政，则茫然不知其方者，皆是也。盖今之教者，非特不能成人之才而已，又从困苦毁坏之，使不得成才者，何也？夫人之才，成于专而毁于杂。故先王之处民才⑧：处工于官储，处农于畎亩，处商贾于肆⑨，而处士于庠序，使各专其业而不见异物，惧异物之足以害⑩其业也。所谓士者，又非特使之不得见异物而已，一示之以先王之道，而百家诸子之异说，皆屏之而莫敢习者焉。今士之所宜学者，天下国家之用也。今悉使置之不教，而教之以课试之文章，使其耗精疲神，穷日之力以从事于此。及其任之以官也，则又悉使置之，而责之以天下国家之事。夫古之人，以朝夕专其业于天下国家之事，而犹才有能有不能，今乃移其精神，夺其日力，以朝夕从事于无补之学⑪，及其任之以事，然后卒然责之以为天下国家之用，宜其才之足以有为者少矣。臣故曰：非特不能成人之才，又从而困苦毁坏之，使不得成才也。又有甚害⑫者，先王之时，士之所学者，文武之道也。士之才，有可以为公卿大夫，有可以为士。其才之大小、宜不宜则有矣，至于武事，则随其才之大小，未有不学者也。故其大者，居⑬则为六官之卿⑭，出⑮则为六军⑯之将也；其次则比、闾、族、党⑰之师，亦皆卒、伍、师、旅之师也。故边疆、宿卫⑱，皆得士大夫为之，而小人不得奸其任⑲。今之学者，以为文武异事，吾知治文事而已，至于边疆、宿卫之任，则推而属之于卒伍，往往天下奸悍无赖之人。苟其才行足以自托于乡里者，未有肯去亲戚而从召募者也。边疆、宿卫，此乃天下之重任，而人主之所当慎重者也。故古者教士，以射、御⑳为急，其他伎㉑能，则视其人才之所宜，而后教之，其才之所不能，则不强㉒也。至于射，则为男子之事。苟人之生，有疾则已，苟无疾，未有去射而不学者也。在庠序之间，固常从事于射也。有宾客之事则以射，有祭祀之事则以射，别士之行同能偶则以射㉓，于礼乐之事，未尝不寓以射，而射亦未尝不在于礼乐、祭祀之间也。《易》曰："弧矢之利，以威天下。"㉔先王岂以射为可以习揖让之仪而已乎㉕？固以为射者武事之尤大，而威天下、守国家之具也。居则以是习礼乐，出则以是从战伐。士既朝夕从事于此而能者众，则边疆、宿卫之任，皆可以择而取也。夫士尝学先王之道，其行义尝见㉖推于乡党矣，然后因其才而托之以边疆、宿卫之事，此古之人君，所以推干戈以属之人，而无内外之虞也。今乃以夫天下之重任，人主所当至慎之选，推而属之奸悍无赖、才行不足自托于乡里之人，此方今所以諰諰然常抱边疆之忧，而虞㉗宿卫之不足恃以为安也。今孰不知边疆、宿卫之士不足恃以为安哉？顾以为天下学士以执兵⑩为耻，而亦未有能骑射行阵之事者，则非召募之卒伍，孰能任其事者乎？夫不严其教，高其选，则士之以执兵为耻，而未尝有能骑射行阵之事，固其理也，凡此皆教之非其道也。

方今制禄⑩，大抵皆薄。自非朝廷侍从之列，食口⑩稍众，未有不兼农商之利而能充其养者也⑩。其下州县之吏，一月所得，多者钱八九千，少者四五千，以守选、待除、守阙⑩通之，盖六七年而后得三年之禄，计一月所得，乃实不能四五千，少者乃实不能及三四千而已。虽厮养之给⑩，亦窘于此矣，而其养生、丧死、婚姻、葬送之事，皆当出于此。夫出中人⑩之上者，虽穷而不失为君子；出中人以下者，虽泰⑩而不失为小人。唯中人不然，穷则为小人，泰则为君子。计天下之士，出中人之上下者，千百而无十一，穷而为小人，泰而为君子者，则天下皆是也。先王以为众不可以力胜也，故制行不以己，而以中人为制，所以因其欲而利道之⑩，以为中人之所能守，则其志可以行乎天下，而推之后世。以今之制禄，而欲士之无毁廉耻，盖中人之所不能也，故今官大者，往往交赂遗、营赀⑩产，以负贪污之毁；官小者，贩鬻⑩、乞丐，无所不为。夫士已尝毁廉耻以负累于世矣，则其偷堕取容之意起，而矜奋自强之心息，则职业安得而不弛，治道何从而兴乎？又况委法受赂，侵牟百姓者，往往而是也。此所谓不能饶之以财也。

婚丧、奉养、服食、器用之物，皆无制度以为之节，而天下以奢为荣，以俭为耻。苟其财之可以具，则无所为而不得，有司既不禁，而人又以此为荣。苟其财不足，而不能自称于流俗，则其婚丧之际，往往得罪于族人亲姻，而人以为耻矣。故富者贪而不知止，贫者则强勉其不足以追之。此士之所以重困，而廉耻之心毁也。凡此所谓不能约之以礼也。

方今陛下躬行俭约，以率天下，此左右通贵之臣所亲见。然而其闺门之内，奢靡无节，犯上之所恶，以伤天下之教者，有已甚者矣。未闻朝廷有所放绌，以示天下。昔周之人，拘群饮而被之以杀刑者⑬，以为酒之末流生害，有至于死者众矣，故重禁其祸之所自生。重禁祸之所自生，故其施刑极省，而人之抵⑭于祸败者少矣。今朝廷之法所尤重者，独贪吏耳。重禁贪吏，而轻奢靡之法，此所谓禁其末而弛其本。然而世之识者，以为方今官冗⑮，而县官财用已不足以供之，其亦蔽于理矣。今之人官诚冗矣，然而前世⑩置员盖甚少,而赋禄又如此之薄,则财用之所不足,盖亦有说矣。吏禄岂足计哉?臣于财利,固未尝学,然窃观前世治财之大略矣。盖因天下之力,以生天下之财,取天下之财,以供天下之费。自古治世,未尝以不足⑪为天下之公患也。患在治财无其道耳。今天下不见兵革之具⑫,而元元安土乐业,人致其力,以生天下之财,然而公私尝以困穷为患者,殆亦理财未得其道,而有司不能度世之宜而通其变耳。诚能理财以其道,而通其变,臣虽愚,固知增吏禄不足以伤经费也。方今法严令具,所以罗天下之士,可谓密矣。然而亦尝教之以道艺,而有不帅教之刑以待之乎?亦尝约之以制度,而有不循理之刑⑬以待之乎?亦尝任之以职事,而有不任事之刑以待之乎?亦尝约之以制度,而有不循理之刑以待之乎?亦尝任之以职事,而有不任事之刑以待之乎?夫不先教之以道艺,诚不可以诛其不帅教;不先约之以制度,诚不可以诛其不循理;不先任之以职事,诚不可以诛其不任事。此三者,先王之法所先急也,今皆不可得诛,而薄物细故,非害治之急者,为之法禁,月异而岁不同,为吏者至于不可胜记,又况能一二避之而无犯者乎?此法令所以滋而不行,小人有增而免者,君子有不幸而及者焉。此所谓不能裁之以刑也。凡此皆治之非其道也。

方今取士,强记博诵而略通于文辞,谓之茂才异等、贤良方正⑭,茂才异等、贤良方正者,公卿之选也。记不必强,诵不必博,略通于文辞,而又尝学诗赋,则谓之进士。进士之高者,亦公卿之选也。夫此二科所得之技能,不足以为公卿,不待论而后可知。而世之议者,乃以为吾常以此取天下之士,而才之可以为公卿者,常出于此,不必法古之取人然后得士也。其亦蔽于理矣。先王之时,尽所以取人之道⑮,犹惧贤者之难进,而不肖者之杂于其间也。今悉废先王所以取士之道,而驱天下之才士,悉使为贤良、进士,则士之才可以为公卿者,固宜为贤良、进士,而贤良、进士亦固宜有时而得才之可以为公卿者也⑯。然而不肖者,苟能雕虫篆刻之学⑰,以此进至乎公卿,才之可以为公卿者,困于无补之学⑱,而以此绌死于岩野,盖十八九⑲矣。夫古之人有天下者,其所慎择者,公卿而已。公卿既得其人,因使推其类以聚于朝廷,则百司庶府⑳,无不得其人也。今使不肖之人,幸而至乎公卿,因得推其类聚之朝廷,此朝廷所以多不肖之人,而虽有贤智,往往困于无助,不得行其意㉑也。且公卿之不肖,既推其类以聚于朝廷;朝廷之不肖,又推其类以备四方之任使;四方之任使者,又各推其不肖以布于州郡。则虽有同罪举官之科⑫,岂足恃哉?适足以为不肖之资而已。其次九经⑬、五经⑭、学究、明法之科,朝廷固已尝患其无用于世,而稍责之以大义矣。然大义之所得,未有以贤于故也⑮。今朝廷又开明经之选⑯,以进经术之士。然明经之所取,亦记诵而略通于文辞者,则得之矣。彼通先王之意,而可以施于天下国家之用者,顾未必得与⑰于此选也。其次则恩泽子弟⑱,庠序不教之以道艺,官司不考问其才能,父兄不保任其行义,而朝廷辄以官予之,而任之以事。武王数纣之罪,则曰:"官人以世。"⑲夫官人以世,而不计其才行,此乃纣之所以乱亡之道,而治世之所无也。又其次曰流外⑳。朝廷固已挤之于廉耻之外,而限其进取之路矣,顾属之以州县之事,使之临士民之上。岂所谓以贤治不肖者乎?以臣使事之所及,一路数千里之间,州县之吏,出于流外者,往往而有,可属任以事者,殆无二三,而当防闲㉑其奸者,皆是也。盖古者有贤不肖之分,而无流品㉒之别。故孔子之圣,而尝为季氏吏㉓,盖虽为吏,而亦不害其为公卿。及后世有流品之别,则凡在流外者,其所成立㉔,固尝自置于廉耻之外,而无高人之意㉕矣。夫以近世风俗之流靡,自虽士大夫之才,势足以进取,而朝廷尝奖之以礼义者,晚节末路,往往怵而为奸,况又其素所成立,无高人之意,而朝廷固已挤之于廉耻之外,限其进取者乎?其临人亲职㉖,放僻邪侈,固其理也。至于边疆、宿卫之选,则臣固已言其失矣。凡此皆取之非其道也。

方今取之既不以其道,至于任人,又不问其德之所宜,而问其出身之后先,不论其才之称否,而论其历任之多少。以文学进者,且使之治财。已使之治财矣,又转而使之典狱。已使之典狱矣,又转而使之治礼。是则一人之身,而责之以百官之所能备,宜其人才之难为也。夫责人以其所难为,则人之能为者少矣。人之能为者少,则相率而不为。故使之典礼,未尝以不知礼为忧,以今之典礼者未尝学礼故也。使之典狱,未尝以不知狱为耻,以今之典狱者,未尝学狱故也。天下之人,亦已渐渍于失教,被服于成俗,见朝廷有所任使,非其资序㉗,则相议而讪之,至于任使之不当其才,未尝有非之者也。且在位者数徙㉘,则不得久于其官,故上不能狃习而知其事,下不肯服驯而安其教,贤者则其功不可以及于成,不肖者则其罪不可以至于著。若夫迎新将故之劳⑮,缘绝簿书⑯之弊,固其害之小者,不足悉数也。设官大抵皆当久于其任,而至于所部者远,所任者重,则尤宜久于其官,而后可以责其有为。而方今尤不得久于其官,往往数日辄迁之矣。

取之既已不详⑰,使之既已不当,处之既已不久,至于任之则又不专,而又一二以法束缚之,使不得行其意,臣固知当今在位多非其人,稍假借之权,而不一二以法束缚之,则放恣而无不为。虽然,在位非其人,而恃法以为治,自古及今,未有能治者也。即使在位皆得其人矣,而一二以法束缚之,不使之得行其意,亦自古及今,未有能治者也。夫取之既已不详,使之既已不当,处之既已不久,任之又不专,而一二以法束缚之,故虽贤者在位,能者在职,与不肖而无能者,殆无以异。夫如此,故朝廷明知其贤能足以任事,苟非其资序,则不以任事而辄进之,虽进之,士犹不服也。明知其无能而不肖,苟非有罪,为在上者所劾,不敢以其不胜任而辄退之,虽退之,士犹不服也。彼诚不肖而无能,然而士不服者何也?以所谓贤能者任其事,与不肖而无能者,亦无以异故也。臣前以谓不能任人以职事,而无不任事之刑以待之者,盖谓此也。

夫教之、养之、取之、任之,有一非其道,则足以败乱天下之人才,又况兼此四者而有之?则在位不才、苟简、贪鄙之人,至于不可胜数,而草野闾巷之间,亦少可任之才,固不足怪。《诗》曰:"国虽靡止,或圣或否。民虽靡膴,或哲或谋,或肃或艾。如彼泉流,无沦胥以败。"⑱此之谓也。

夫在位之人不足矣,而闾巷草野之间,亦少可用之才,则岂特行先王之政而不得也,社稷之托,封疆之守,陛下其能久以天幸为常,而无一旦之忧乎?盖汉之张角⑲,三十六方同日而起,而所在郡国,莫能发其谋;唐之黄巢⑳,横行天下,而所至将吏,无敢与之抗者。汉、唐之所以亡,祸自此始。唐既亡矣,陵夷㉑以至五代,而武夫用事,贤者伏匿消沮而不见,在位无复有知君臣之义、上下之礼者也。当是之时。亦置社稷㉒,盖甚于弈棋之易,而元元肝脑涂地,幸而不转死于沟壑者无几耳㉓。夫人才不足,患盖如此,而方今公卿大夫,莫肯为陛下长虑后顾,为宗庙㉔万世计,臣切惑之。昔晋武帝㉕趣过目前㉖,而不为子孙长远谋,当时在位,亦皆偷合苟容,而风俗荡然,弃礼义,捐㉗法制,上下同失,莫以为非,有识固知其将必乱矣。而其后果海内大扰,中国列于夷狄者,二百余年⑬。伏惟三庙祖宗神灵所以付属陛下,固将为万世血食⑭,而大庇元元于远穷也。臣愿陛下鉴汉、唐、五代之所以乱亡,惩⑮晋武苟且因循之祸,明诏大臣,思所以陶成天下之才,虑之以谋,计之以数,为之以渐,期为合于当世之变,而无负于先王之意,则天下之人才不胜用矣。人才不胜用,则陛下何求而不得,何俗而不成哉?夫虑之以谋,计之以数,为之以渐,则成天下之甚易也。

臣始读《孟子》,见孟子言王政之易行,心则以为诚然⑯。及见与慎子论齐、鲁之地,以为先王之制国,大抵不过百里者,以为今有王者起,则凡诸侯之地,或千里,或五百里,皆将损之至于数十百里而后止⑰。于是疑孟子虽贤,其仁智足以一⑱天下,亦安能毋劫之以兵革,而使数百千里之强国,一旦肯损其地之十八九,而比于先王之诸侯?至其后,观汉武帝用主父偃⑲之策,令诸侯王地悉得推恩分其子弟,而汉亲临定其号名,辄别属汉。于是诸侯王之子弟,各有分土,而势强地大者,卒以分析⑳弱小。然后知虑之以谋,计之以数,为之以渐,则大者固可使小,强者固可使弱,而不至乎倾骇变乱败伤之衅。孟子之言不为过。又况今欲改易更革,其势非若孟子所为之难也。臣故曰:虑之以谋,计之以数,为之以渐,则其为甚易也。

然先王之为天下,不患人之不为,而患人之不能,不患人之不能,而患己之不勉。何谓不患人之不为,而患人之不能?人之情所愿得者,善行、美名、尊爵、厚利也,而先王能操之以临天下之士。天下之士,有能遵之以治者,则悉以其所愿得者以与之。士不能则已矣,苟能,则孰肯舍其所愿得,而不自勉以为才?故曰:不患人之不为,患人之不能。何谓不患人之不能,而患己之不勉;先王之法,所以待人者尽矣,自非下愚不可移之才㉑,未有不能赴者也。然而不谋之以至诚恻怛之心,亦未有能力行而应之者。故曰:不患人之不能,而患己之不勉。陛下诚有意乎成天下之才,则臣愿陛下勉之而已。

臣又观朝廷异时欲有所施为变革㉒,其始计利害未尝熟也,顾一有流俗侥幸之人不悦而非之,则遂止而不敢为。夫法度立,则人无独蒙其幸者,故先王之政,虽足以利天下,而当其承弊坏之后,侥幸之时,其创法立制,未尝不艰难也。以其创法立制,而天下侥幸之人亦顺悦以趋之,无有龃龉,则先王之法,至今存而不废矣。惟其创法立制之艰难,而侥幸之人不肯顺悦而趋之,故古之人欲有所为,未尝不先之以征诛,而后得其意。《诗》曰:"是伐是肆,是绝是忽,四方以无拂。"⑩此言文王先征诛而后得意于天下也。夫先王欲立法度,以变衰坏之俗而成人之才,虽有征诛之难,犹忍⑩而为之,以为不若是,不可以有为也。及至孔子,以匹夫游诸侯,所至则使其君臣捐所习⑬,逆所顺,强所劣⑭,憧憧如⑮也,卒困于排逐⑯。然孔子亦终不为之变,以为不如是,不可以有为。此其所守,盖与文王同意。夫在上之圣人,莫如文王,在下之圣人,莫如孔子,而欲有所施为变革,则其事盖如此矣。今有天下之势,居先王之位,创立法制,非有征诛之难也。虽有侥幸之人不悦而非之,固不胜天下顺悦之人众也。然而一有流俗侥幸不悦之言,则遂止而不敢为者,惑也。陛下诚有意乎成天下之才,则臣又愿断之而已。

夫虑之以谋,计之以数,为之以渐,而又勉之以成,断之以果,然而犹不能成天下之才,则以臣所闻,盖未有也。

然臣之所称,流俗之所不讲,而今之议者以谓迂阔而熟烂者也。窃观近世士大夫所欲悉心力耳目以补助朝廷者有矣。彼其意,非一切利害⑭,则以为当世所不能行。士大夫既以此希世⑮,而朝廷所取于天下之士,亦不过如此。至于大伦大法,礼义之际,先王之所力学而守者,盖不及也。一有及此,则群聚而笑之,以为迂阔。今朝廷悉心于一切之利害,有司法令于刀笔之间⑯,非一日也。然其效可观矣。则夫所谓迂阔而熟烂者,惟陛下亦可以少留神而察之矣。昔唐太宗贞观⑰之初,人人异论⑱,如封德彝⑲之徒,皆以为非杂用秦、汉之政,不足以为天下。能思先王之事,开⑳太宗者,魏郑公㉑一人尔。其所施设,虽未能尽当先王之意,抑其大略,可谓合矣。故能以数年之间,而天下几致刑措㉒,中国安宁,夷蛮顺服,自三王以来,未有如此盛时也。唐太宗之初,天下之俗,犹今之世也,魏郑公之言,固当时所谓有迂阔而熟烂者也,然其效如此。贾谊㉓曰:"今或言德教之不如法令,胡㉔不引商、周、秦、汉以观之?"然则唐太宗事亦足观矣。

臣幸以职事归报陛下,不自知其驽下㉕无以称职,而敢及国家之大体者,诚以臣蒙陛下任使,而当归报。窃谓在位之人才不足,而无以称朝廷任使之意,而朝廷所以任使天下之士者,或㉖非其理,而士不得尽其才,此亦臣使事之所及,而陛下之所宜先闻者也。释此一言,而毛举[13]利害之一二,以污陛下之聪明,而终无补于世,则非臣所以事陛下惓惓[14]之义也。伏惟陛下详思而择其中,天下幸甚!

嘉祐三年(1058),王安石自常州移任江东提点刑狱,负责督察江南东路的司法和行政。任职期间,所见所闻很多,同时也冷静地分析了宋王朝当时的各种矛盾,也感到了社会危机和民族危机的严重。在回京述职之际,写了这篇报告。实际上,《言事书》即是他要求变法革新具有纲领性的政治论文。

该文主要内容为:一、比较全面地分析了当时的政治形势,指出宋王朝之所以积贫积弱而内外交困,根本原因在于"不知法度"。他认为,只有"改易更革"才能扭转严重的政治、社会危机。二、强调选拔任用有革新思想的人,是"改易更革"的前提条件,并提出了关于人才教育、培养、选拔和使用的一系列方针、政策。三、着重分析了改革人才培养方法问题,提出摒弃"无补之学",提出了一整套改革教育制度和科举制度的措施,主张学以致用,把学者锻造成文武全才,以适应国家改革图强的需要。

【注释】

① 备:备位充数,谦词。路,行政区域名称,相当今天的省。王安石此次上书前曾任督察江南东路司法行政(即提点江东刑狱)之职。
② 阙廷:即朝廷。
③ 无纤介之蔽:没有一丁点儿遮挡光明的地方。天子如日,而不良习好、品行如同乌云遮日。故称其缺点为蔽。
④ 孚:信任。
⑤ 贰:别的心思和选择。
⑥ 社稷:土地之神和五谷之神。土地和五谷为国家的根本,故以社稷指代国家。
⑦ 愬愬然:惊惧的样子。
⑧ 此句意为:难道不是造就人才的方法不适当吗?
⑨ 该句意指江南东路的幅员。
⑩ 缘之为奸:借朝廷的法令行奸害百姓之事。
⑪ 徒法不能以自行:仅仅有了法,而让法令自己去实施是不可能的。谓需有得力的人

才来推行、贯彻。

⑫因人情之患苦：顺应人们渴求摆脱苦难的愿望。

⑬趋：趋向，接近。

⑭皆非其人：在位的官员都不适合他所担当的职事。

⑮文王：即周文王姬昌。

⑯该句谓按其才能任以职事。

⑰出自《诗·大雅·旱麓》。谓和乐简易的君子，不遗漏遐远之地的人才。

⑱兔罝之人：猎兔子的人。罝，音 jū，捕兽的网。此句言就连打兔子的猎人也知道羡慕美好的德操。

⑲《兔罝》之诗：《诗经》中的一篇。

⑳"奉璋峨峨，髦士攸宜"：见《诗经·大雅·棫朴》。璋，一种玉器，形状像半个圭。峨峨，高高的样子。髦士，即俊士。攸，所。

㉑周王：指周文王。迈，前往。六师，每师为二千五百人，六师者，言从之者多也。

㉒夷、厉：周夷王姬燮和周厉王姬胡。史载，周夷王继位三年，"烹齐哀公于鼎"。周厉王宠信奸佞荣夷公，暴虐侈傲，以刑止谤，为国人所袭，出奔于彘。

㉓宣王：周宣王姬静。

㉔图：谋划。

㉕仲山甫：周宣王的卿士，鲁献公的次子。《诗·大雅·烝民》一诗即为颂扬仲山甫美德政绩而作。

㉖輶：音 yóu。轻。

㉗此句意为：将仲山甫的美德推而广之，使天下之士皆有美德。

㉘不庭：不来朝廷进贡的诸侯国。

㉙文、武：周文王姬昌和周武王姬发。

㉚境土：国土，疆域。

㉛美之：赞美他。

㉜该诗出自《诗·小雅·采芑》。芑，音 qǐ，一种苦菜。新田，耕种两年的田。菑亩，耕种了一年的熟田。菑，音 zī。

㉝学：学校。

㉞教道之官：讲授王道之义的教官。

㉟严其选：严格选择教道之官。

㊱饶之以财：使其财富充足。

㊲制禄：制定分配俸禄的制度。

㊳庶人之在官者：指《周礼·春官》所说其位不及"王臣"的"府、史、胥、徒"四种充当徭

役的人。这些人没有俸禄。

㊴代其耕:与耕田的收获相当。

㊵接:交往,往来。

㊶以命数为之节:以固定的数目作为分寸。

㊷齐:划一,规范。

㊸艺:准则。

㊹帅:遵循。

㊺流:流放,即"屏弃远方终身不齿"。(见《礼记·王制》)

㊻《王制》:《礼记》中的一篇。原文为:"变礼易乐者,为不从,不从者君流。革制度衣服者为畔(通"叛"),畔者君讨。"

㊼《酒诰》:《尚书》的一篇。商纣酗酒,天下亦效之酗酒。妹土为商代的都城,其酗酒尤甚。周武王灭商而有天下之后,封康叔于妹土。恐康叔酗酒乱政,作《酒诰》以诫。

㊽群饮:聚众而饮。勿佚,别放纵。归于周,押解到镐京。

㊾忍而不疑:忍心去做而不迟疑犹豫。

㊿在左右通贵之人:指天子近边的臣僚、大夫等。

(51)取人:即取士,选拔有德行才干的人。

(52)乡党:一种小单位的居民组织。庠序,即学校。

(53)察:考察,察验。

(54)审:详细。

(55)丑:类。官的种类很多,故称"亿丑"。

(56)行能:德行,才能。

(57)后稷:舜时主农的官。

(58)共工:舜时的官名,掌天下百工之事。

(59)狃习:习惯。狃,nǐu。

(60)著:明显。

(61)赴功:致力于事业。

(62)谬:音 liáo。羞辱。

(63)比周:结伙营私。

(64)熙众工:使百工兴旺。

(65)见《尚书·舜典》。意为每三年考详一次政绩,经过九年,优劣自现而提升好的。黜落差的。

(66)四凶:共工、驩兜、三苗、鲧。《尚书·舜典》:"流共工于幽州,放驩兜于崇山,窜三苗于三危,殛鲧于羽山。"
⑥⑦皋陶:舜帝时为士,掌刑政。
⑥⑧稷:舜时农官。
⑥⑨契:舜帝时为司徒,掌土木水利。音 xiè。
⑦⑩与:赞成,嘉许。
⑦⑪悉:尽。
⑦⑫此句意为:没有什么想做而做不成的事。
⑦⑬此句意为:仅仅具备了校舍而已。
⑦⑭太学:北宋时期设置在京城的大学,其地位仅次于国子监。宋代规定,七品以上官员子弟可入国子监,八品以下官员子弟入太学。
⑦⑮讲说章句:即分析古书的章节句读。
⑦⑯白首于庠序:在学校学到白头。
⑦⑰师上之教:学习朝廷所颁行的教材。
⑦⑱处民才:措置百姓当中的各类人才。
⑦⑲肆:集贸市场。
⑧⑳害:影响。
⑧㉑无补之学:对国家没有补益作用的学问。
⑧㉒害:要害,关键。
⑧㉓居:处身于朝廷。
⑧㉔六官:即天官冢宰、地官司徒、春官宗伯、夏官司马、秋官司寇、冬官司空。
⑧㉕出:在朝廷之外任职。
⑧㉖六军:古时一万两千五百人为一军。天子掌六军。
⑧㉗比、闾、族、党:古时五家为比,五比为闾,四闾为族,五族为党。
⑧㉘卒、伍、师、旅:百人为卒,五人为伍,两千五百人为师,五百人为旅。
⑧㉙宿卫:皇宫中的警卫。
⑨㉚奸其任:即窃位。
⑨㉛射、御:即攻和防。
⑨㉜伎:通"技"。
⑨㉝强:音 qiǎng,勉强,强迫。
⑨㉞该句谓:偶尔也用"射"来区分士的德行,就像区分他的行事能力一样。
⑨㉟弧矢之利,以威天下:练好弓箭技术,用来威慑天下。
⑨㊱该句谓:先王不仅仅将"射"的活动看作是一种礼节仪式。
⑨㊲见:被。

⑧虞:担心,忧虑。
⑨兵:武器。
⑩制禄:规定的俸禄数额。
⑪食口:指享受官俸的人。
⑫兼农商之利而能充其养者也:敛取农者商人所上缴的利税用来满足官员一家消费。
⑬守选:等候由朝廷吏部量才授官。
⑭待除:等候新的任命。
⑮守阙:等候填补官位空缺。
⑯通:统计。
⑰厮养之给:给家中厮役人员的开支。
⑱中人:品行一般的人。
⑲泰:通顺。
⑳因其欲而利道之:顺着他们的愿望而以利益来引导他。道,通"导"。
⑪赀:音 zī。同"资"。
⑫贩鬻:即卖官鬻爵。
⑬见本文注㊵。
⑭抵:达,至。
⑮官冗:官吏过多过滥。
⑯前世:指唐、五代之际。
⑰不足:指财用不足。
⑱兵革之具:指战争。
⑲不帅教之刑:针对不服从朝廷教化行为的刑法。
⑳茂才异等、贤良方正:皆进士贡举中的特别强调才和德的科别。汉代时选举产生,到宋代时选举与考试并行。
㉑尽所以取人之道:选拔人才的方法很详细、周密。
㉒该句谓:贤良、进士当中当然也偶尔可以发现可以当公卿之任的有才能的人。
㉓雕虫篆刻之学:即指忽略古文大义,只务断章析句的学问。
㉔困于无补之学:被朝廷以"雕虫篆刻"之学取人的制度挡在门外。
㉕十八九:即十之八九。
㉖百司庶府:各级各类政府机构。
㉗行其意:实现他的抱负与才能。
㉘同罪举官之科:宋代举官担保制度。意为甲举荐乙为某官,乙如在官犯罪,则举荐者以同罪担保论处。目的在于慎重举官。

(129)九经：各代“九经”皆有不同，宋时九经为：《易》《书》《诗》《左传》《礼记》《仪礼》《周礼》《论语》《孟子》。

(130)五经：《诗》《书》《礼》《易》《春秋》。

(131)该句谓：仅仅懂得了经典文章的宏观意义，也未见到比以前强多少。

(132)明经之选：贡举中专门研究经学的科别。

(133)与：音 yù，参与，加入。

(134)恩泽子弟：指宋代的恩荫制度。父兄做官，死后乃至生前，其子弟可以借父兄的荫庇不通过科考而直接得到官职。如梅尧臣袭其叔梅询之荫而任河南县（洛阳）主簿。

(135)官人以世：将门阀地位的高低作为能否给予官职的标准。见《尚书·泰誓上》。

(136)流外：隋唐时期，一至九品的官职称为流内。《通典·职官·一官品》：“隋制九品，品各有从，自四品以下，每品分为上下，凡三十阶，自太师始焉，谓之流内。”流外，即指九品以下的官职。流外的官员也有品级，经考铨之后可递升为流内，称为入流。

(137)防闲：暗中察防。

(138)流品：级别。

(139)而尝为季氏吏：据史载，孔子在鲁大夫季孙氏家中当过委吏，即仓库保管员。

(140)其所成立：指流外的官员所做的政绩。

(141)高人之意：超过别人的打算。

(142)临人亲职：领导百姓，屡行职务。

(143)资序：为官的资历和程序。

(144)数徙：多次变动职务。

(145)迎新将故之劳：指由于官员的职位常常变换，手下人便不得不过多地忙于欢迎新官上任和送别离任官员的活动。将，送。

(146)缘绝簿书：指新旧交替之际，官府记载事务和账目的接续。

(147)不详：不清楚，不仔细。

(148)引文出自《诗·小雅·小旻》。意为，治理国家的主张虽然并不统一，但国人有的圣明有的愚笨。百姓虽然不多，但其中有明于事理的人，有善于谋划的人，有品德端正的人，也有长于治理的人。（这些人才却得不到任用）于是像泛然而流的泉水，任其流失而至于干枯。

(149)张角：东汉末年农民起义军首领。

(150)黄巢：唐代末年农民起义军首领。

(151)陵夷：由高山变为平地，喻衰败。

(152)变置社稷：更换朝代。

⑮㉃ 该句指由于战乱频仍,百姓多流离失所,死无葬身之地。
⑭ 宗庙:封建社会以皇族的宗庙代指国家。
⑮ 晋武帝:西晋的第一个皇帝司马炎。公元265年代魏即位称帝。
⑯ 趋过目前:只顾眼前享乐而无长远之计。
⑰ 捐:捐弃。
⑱ 据史载,自公元313年西晋灭亡,东晋南迁,中原大部为北方少数民族所辖,于五代之际战乱迭起。公元581年隋朝建立,中原始告统一,中间实为268年。
⑲ 血食:古时杀牲取血,用以祭祀。《汉书·高帝本纪》:"秦侵夺其地,使其社祭不得血食。"注:"祭者尚血腥,故曰血食也。"这里指拥有对国家的主宰、统治权。
⑯⓪ 惩:引以为戒。
⑯① 见《孟子·梁惠王上》。
⑯② 见《孟子·告子下》。
⑯③ 一天下:统一天下。
⑯④ 主父偃:汉武帝时官至中大夫,提出削弱诸侯王势力的"推恩法",主张抑制豪强贵族的兼并,建议设置朔方郡,抗击匈奴侵扰。后任齐王相,因揭发齐王与其姊的通奸行为,导致齐王自杀,以此获诛族之罪。
⑯⑤ 卒:最后。分析:分割、解析。
⑯⑥ 下愚:资质低下、愚笨。不可移:难以被教化所改变。
⑯⑦ 该句概指"庆历新政"。
⑯⑧ 见《诗·大雅·皇矣》篇。说的是周文王征伐当时崇国(在今西安附近)的故事。肆,通"袭",进攻。忽,灭绝之意。拂,抗拒。
⑯⑨ 忍:狠心。
⑰⓪ 捐所习:去掉了以往的不良习气。
⑰① 逆所顺、强所劣:即改变各诸侯业已形成而沿习下来的坏习惯、风俗,用力矫正诸侯们平时的劣习。
⑰② 憧憧如:神意不定的样子。
⑰③ 困于排逐:困于诸侯对他的排斥、驱逐。
⑰④ 非一切利害:(假如)不是事情的方方面面都有利。利害,文中用意重在于"利"字,"害"字无实义。
⑰⑤ 希世:迎合世俗。
⑰⑥ 该句意为朝廷决心为国家兴利除弊,但主管部门只是将法令行于纸笔公文之间,而不能落实。
⑰⑦ 贞观:唐太宗李世民年号。

⑱ 人人异论:即各执己见,不能统一看法。
⑲ 封德彝:唐渤海人,名伦,字德彝。初仕于隋,为杨素所赏,擢内史舍人。隋亡,仕于唐。太宗时官至右仆射。心怀狡诈,为正人不齿。卒谥明,改谥缪。
⑳ 开:启发。
㉑ 魏郑公:魏征,字玄成,太宗时任谏议大夫、秘书监。犯颜直谏,力说太宗养生息,施仁政,为一代名臣。赠郑国公,谥文贞。
㉒ 几致刑措:甚至达到有刑法而闲置不用的状态(非有法不用,而是民不违法,致使法无所施)。
㉓ 贾谊:汉洛阳人,文帝时迁太中大夫。主张改正朔、易服色、制法度、兴教化。为大臣所忌,贬为长沙王太傅,迁梁怀王太傅,卒年33岁。
㉔ 胡:为什么。
㉕ 驽下:资质低下。谦词。
㉖ 或:有些地方。
㉗ 毛举:言列举些许情况。
㉘ 惓惓:音 quán,诚恳的样子。

上时政书

年月日，具位臣某昧死再拜上疏尊号皇帝陛下：臣窃观自古人主享国日久，无至诚恻怛忧天下之心，虽无暴政虐刑加于百姓，而天下未尝不乱。自秦以下，享国日久者，有晋之武帝①、梁之武帝②、唐之明皇③。此三帝者，皆聪明智略有功之主也。享国日久，内外无患，因循苟且，无至诚恻怛忧天下之心，趋过目前，而不为久远之计，自以祸灾可以无及其身，往往身遇祸灾，而悔无所及。虽或仅得身免，而宗庙固已毁辱，而妻子固以困穷，天下之民，固以膏血涂草野，而生者不能自脱于困饿劫束之患矣。夫为人子孙，使其宗庙毁辱，为人父母，使其比屋④死亡，此岂仁孝之主所宜忍者乎？然而晋、梁、唐之三帝，以晏然⑤致此者，自以为其祸灾可以不至于此，而不自知忽然已至也。

盖夫天下至大器⑥也，非大明法度，不足以维持，非众建贤才，不足以保守。苟无志诚恻怛忧天下之心，则不能询考贤才，讲求法度。贤才不用，法度不修，偷假岁月⑦，则幸或可以无他，旷日持久，则未尝不终于大乱。

伏惟皇帝陛下，有恭俭之德，有聪明睿智之才，有仁民爱物之意，然享国日久矣，此诚当恻怛忧天下，而以晋、梁、唐三帝为戒之时。以臣所见，方今朝廷之位，未可谓能得贤才，政事所施，未可谓能合法度。官乱于上，民贫于下，风俗日以薄，才⑧力日以困穷，而陛下高居深拱⑨，未尝有询考讲求之意。此臣所以窃为陛下计而不能无慨然者也。

夫因循苟且，逸豫而无为，可以侥幸一时，而不可以旷日持久。晋、梁、唐三帝者，不知虑此，故灾稔⑩祸变，生于一时，则虽欲复询考讲求以自救，而已无所及矣！以古准⑪今，则天下安危治乱，尚可以有为。有为之时，莫急于今日。过今日，则臣恐亦有无所及之悔矣。然则以至诚询考而众建贤才，以至诚讲求而大明法度，陛下今日其可以不汲汲⑫乎？《书》

曰:"若药不瞑眩,厥疾弗瘳。"⑬臣愿陛下以终身之狼疾⑭为忧,而不以一日之瞑眩为苦。

臣既蒙陛下采擢,使备从官,朝廷治乱安危,臣实预其荣辱,此臣所以不敢避井越⑮之罪,而忘尽规⑯之义。伏惟陛下深思臣言,以自警戒,则天下幸甚。

本篇为作者于嘉祐六年(1061)写给宋仁宗的一封论析时政的信,实际上是一篇奏章。

在该文中,王安石从历史的经验教训出发,指出了因循苟且的危险性,论述了变法革新的迫切性。具有直面现实、针砭时弊、立意超群、鞭辟入理、径直峻切的特点。清人蔡上翔在《王荆公年谱考略》中称:"直举晋、梁、唐三帝为戒而无所忌讳,公非不能为也。"

【注释】

①晋武帝:司马炎,西晋的第一位皇帝,265年—290年在位。死后不久,西晋衰亡。
②梁武帝:萧衍,南朝梁的第一位皇帝,502年—549年在位。信佛荒政,被叛臣侯景之兵围在南京台城,不久饿死。
③唐明皇:即唐玄宗李隆基。712年—756年在位。晚年不理政事,导致"安史之乱"。
④比屋:挨家挨户。
⑤晏然:平安和乐的样子。
⑥至大器:最大的器物。
⑦偷假岁月:只图苟安享乐,无长远之计。参见前文注⑮。
⑧才:通"财"。
⑨高居深拱:即深居于宫禁之内。
⑩稔:音rěn。酝酿成熟。
⑪准:衡量,比较。
⑫汲汲:急切的样子。
⑬该句谓:药物如果不使人头晕目眩,便治不好疾病。
⑭狼疾:致命的疾病。
⑮进越:超越职分。
⑯尽规:墨守规矩。

上五事书

今陛下①即位五年②,更张改造者数千百事,而为书③具,为法立,而为利者何其多也。就其多而求其法最大、其效最晚、其议论最多者,五事也:一曰和戎④,二曰青苗⑤,三曰免役⑥,四曰保甲⑦,五曰市易⑧。

今青唐、洮河⑨,幅员三千余里,举戎羌之众二十万献其地,因为熟户⑩,则和戎之策已效矣。

昔之贫者,举息之于豪民⑪,今之贫者,举息之于官,官薄其息⑫,而民救其乏,则青苗之令已行矣。

惟免役也、保甲也、市易也,此三者有大利害焉。得其人而行之,则为大利,非其人而行之,则为大害;缓而图之,则为大利,急而成之,则为大害。传曰:"事不师古,以克永世,匪说攸闻"⑬。若三法者,可谓师古矣。然而知古之道,然后能行古之法,此臣所谓大利害者也。

盖免役之法,出于《周官》所谓府、史胥、徒⑭,《王制》⑮所谓"庶人在官"也。然而九州之民,贫富不均,风俗不齐,版籍⑯之高下不足据,今一旦变之,则使之家至户到,均平如一,举天下之役,人人用募,释天下之农,归于畎亩。苟不得其人而行,则五等⑰必不平,而募役必不均矣。

保甲之法,起于三代丘甲⑱,管仲用之齐⑲,子产用之郑⑳,商君用之秦㉑,仲长统言之汉㉒,而非今日之立异也㉓。然而天下之人,鸟居雁聚㉔,散而之四方而无禁也者,数千百年矣,今一旦变之,使行什伍相维㉕,邻里相属㉖,察奸而显诸仁㉗,宿兵而藏诸用㉘,苟不得其人而行之,则搔之以追呼㉙,骇之以调发㉚,而民心摇矣。

市易之法起于周之司市㉛、汉之平准㉜。今以百万缗之钱,权㉝物价之轻重,以通商而贳之㉞,令民以岁入数万缗息㉟。然甚知天下之货贿未甚行,窃恐希功幸赏㊱之人,速求成效于年岁之间,则吾法隳㊲矣。

臣故曰:三法者,得其人缓而谋之,则为大利;非其人急而成之,则为大害。故免役之法成,则农时不夺,而民力⑧均矣;保甲之法成,则寇乱息,而威势强矣;市易之法成,则货贿通流,而国用饶矣。

　　本篇写于宋神宗熙宁五年(1072)底。熙宁四五年间,新法实行已有三四年时间,在成功的背后,也产生了诸多弊端,朝野上下一片嚣然,批评、指责、谩骂不绝于耳。一名叫郑侠的官员甚至绘成"流民图"呈给皇帝,一时间,宋神宗以及革新派内部一些人对变法产生动摇。
　　王安石这篇书札对新法四年的实施情况作了小结,批驳了持不同见解者的偏见,从而坚定了宋神宗对新法的支持和信心。

【注释】

①陛下:宋神宗赵顼。
②即1072年。宋神宗于1068年即位。
③书:指朝廷推行新法的各种政令条例。
④和戎:与西部少数民族达成和平,以保持边疆安定。
⑤青苗:即熙宁新政中的"青苗法"。
⑥免役:即熙宁新政中的"免役法"。
⑦保甲:即熙宁新政中的"保甲法"。
⑧市易:即熙宁新政中的"市易法"。四法详见《王安石生平与创作》。
⑨青唐、洮河:青唐,藏族的一支,居住湟水一带。洮河,在今甘肃西南部。王安石于熙宁五年派王韶出师西征,收复大片失地,有20万藏族人归顺宋朝。此前西夏统治者利用藏族内部矛盾,乘机控制了青唐、洮河等地区,以此作为侵扰北宋陕西各路的走廊。
⑩熟户:北宋对西北游牧而不定居不接收王朝教化的少数民族以"生"冠之,如"生羌""生番"等等,对已归顺的则冠之以"熟"。熟户即指归顺的少数民族。
⑪举息之于豪民:向富豪大户借贷。
⑫薄其息:少收利息。
⑬传:指《尚书》。引文出自《尚书·说命下》。意为,办任何事如果不效法古人而能持之长久,没听说过。
⑭《周官》:即《周礼》。府,管仓库的;史,管文书的;胥,十个差役的差头;徒,差役。指各级部门募用的不具备王臣资格的四种人,他们都是官府从百姓中征调从事差役的人员。

⑮《王制》:《礼记》中的一篇。
⑯版籍:即户口登记册。
⑰五等:为了使役钱负担相对平均,新法采取按家产多少划分户等的办法。一共划分为五等,每年在夏、秋两季按等缴纳免役钱。
⑱丘甲:春秋时期鲁国的兵赋制度,于鲁成公元年三月创制。晋代杜预注《春秋》认为:"《周礼》九夫为井,四井为邑,四邑为丘,四丘为甸。"古制规定,每甸出长毂一乘,战马四匹,牛十二头,甲士三人,步卒七十二人。鲁成公推行丘甲制,就是要"丘"一级组织承担"甸"一级组织的赋税总量。
⑲管仲:名夷吾。相齐桓公,推行保甲法,以富齐,霸天下。
⑳子产:即公孙侨。郑简公时任子产为卿,曾在郑国实行按"丘"征赋的制度。
㉑商君:即商鞅,卫国人。秦国封他为商君。曾在秦国实行"什伍制",即早期的保甲法。
㉒仲长统:字公理。东汉末年哲学家。曾在《昌言》一文中说:"明版籍以相数阅,审什伍以相连持。"主张按军队编制组织壮丁,接近于后世的保甲法。
㉓此句意为保甲法不是今天的标新立异而是古已有之。
㉔凫居雁聚:像野鸭大雁一样群居。
㉕什伍相维:使居民按照什、伍的组织互相连在一起。
㉖邻里相属:邻居互相联结。
㉗察奸而显诸仁:清察坏人,以显示朝廷对百姓的仁爱之心。
㉘宿兵而藏诸用:寓兵于农,以备将来战事之需。
㉙搔之以追呼:以逼迫、叱责的手段去骚扰百姓。
㉚骇之以调发:用征调征派的办法来吓唬百姓。
㉛周之司市:西周管理市场的官员。
㉜汉之平准:指汉代曾实行的平衡价格的制度。
㉝权:称秤,衡量。
㉞以通商而贳之:贷款给商人,使之有钱做生意,用以流通商品。贳,音 shì,贷款。
㉟令民以岁入数万缗息:使商人每年向国家缴纳几千万文的利息。
㊱希功幸赏:希图有功劳和得到奖赏。
㊲隳:音 huī,毁坏。
㊳民力:民众为官府服役的劳动力。

上曾参政书

某闻古之君子立而相①天下,必因②其材力之所宜,形势之所安,而役使之。故人得尽其材,而乐出乎其时。今也,某材不足以任剧③,而又多病,不敢自蔽④,而数以闻⑤执事矣。而阁下必欲使之察一道之吏,而寄之以刑狱之事⑥,非所谓因其材力之所宜也。某亲老矣,有上气疾⑦之日久,比年⑧加之风眩,势不可以去左右⑨。阁下必欲使之奔走跋涉,不常乎亲之侧,非所谓因其形势之所安也。优惟阁下,由君子之道以相天下,故某得布其私焉。

论者或以为事君,使之左则左,使之右则右,害有至于死而不敢避,劳有至于病而不敢辞者,人臣之义也。某窃以为不然。上之使人也,既因其材力之所宜,形势之所安,则使之左而左,使之右而右可也。上之使人也,不因其材力之所宜,形势之所安,上将无以报吾君,下将无以慰吾亲,然且左右惟所使,则是无义无命,而苟悦之⑩为可也。害有至于死而不敢避者,义无所避之也;劳有至于病而不敢辞者,义无所辞之也。今天下之吏,其材可以备一道之使,而无不可为之势,其志又欲得此以有为者,盖不可胜数。则某之事,非所谓不可辞之地,而不可避之时也。

论者又以为人臣之事其君,与人子之事其亲,其势不可得而兼也。其材不足以任事,而势不可以去亲之左右,则致为臣而养可也。某又窃以为不然。古之民也,有常产矣,然而事亲者犹将轻其志、重其禄,所以为养。今也仕则有常禄,而居则无常产,而特将轻去其所以为养,非所谓为人子事亲之义也。且某之材,固不足以任使事矣,然尚有可任者,在吾君与吾相处之而已尔。固不可去亲之左右矣,然仕岂有不便于养者乎?在吾君与吾相处之而已尔。

然以某之贱，未尝得比于门墙之侧⑪，而慨然以鄙朴之辞，自通于阁下之前，欲得其所求⑫。自常人观之，宜其终龃龉而无所合也；自君子观之，由君子之道以相天下，则宜不为远近易虑，而不以亲疏改施⑬，如天下无不焘⑭，而施之各以其命之所宜，如地之无不载，而生之各以其性之所有。彼常人之心，区区好技⑮而自私，不恕己以及物者，岂足以量之邪？

伏惟阁下垂听念焉，使天下士无复思古之君子，而乐出乎阁下之时。而又使常人之观阁下者，不能量也。岂非君子之所愿而乐者乎？冒黩⑯威尊，不任惶恐之至。

宋仁宗至和二年（1055），曾公亮（字明仲，嘉祐年间拜同中书门下平章事，卒谥宣靖）为参知政事（副相），王安石写了这封信给他。

此信本意无非是求得曾公亮对自己的了解和知遇，但信中提出了为臣相君所应遵循的原则："上之使人也，既因其材力之所宜，形势之所安，则使之左而左，使之右而右可也。上之使人也，不因其材力之所宜，形势之所安，上将无以报吾君，下将无以慰吾亲，然且左右惟所使，则是无义无命，而苟悦之为可也。"显示了中国古代正统士大夫的刚正气节与倔强品格。

【注释】

①相：音 xiàng，辅佐。
②因：按照，依照。
③任剧：担当大事。
④自蔽：隐蔽自己的实情。
⑤闻：告知。
⑥据史载，当时参知政事曾公亮曾举荐王安石可提点某路刑狱。
⑦上气疾：上呼吸道疾病，盖气管炎之类。
⑧比年：近年。
⑨去左右：指离开母亲身旁。
⑩苟悦之：一味地讨天子的好。
⑪该句谓自己并没有同别人一样排队在人家门墙之下等候接见。
⑫所求：即不远离老母。

⑬改施:改变做法。
⑭焘:通"帱",覆盖。即泽被,施恩之意。
⑮忮:音jì。嫉妒。
⑯冒渎:冲犯、亵渎。谦词。

上田正言书

其 一

　　正言①执事：安石五月还家，八月抵官。每欲介西北之邮布一书②，道区区之怀，辄以事废。

　　扬，东南之吭也③，舟舆至自汴者，日十百数。因得问汴事与执事息耗④甚详。其间荐绅⑤道执事介然⑥立朝，无所跛倚⑦，甚盛，甚盛！顾犹有疑执事者，虽安石亦然。安石之学也，执事诲之；进也，执事奖之。执事知安石不为浅矣。有疑焉不以闻，何以偿执事之知⑧哉？

　　初，执事坐殿庑下，对方正策⑨，指斥天下利害，奋不讳忌。且曰："愿陛下行之，无使天下谓制科⑩为进取一涂耳！"方此时，窥执事意，岂若今所谓举方正者猎取名位而已哉？盖曰行其志云尔。

　　今联谏官⑫，朝夕耳目⑬天子行事。即一切是非，无不可言者。欲行其志，宜莫若此时。国之疵、民之病亦多矣，执事亦抵职⑭之日久矣。向之所谓疵者，今或痤⑮然若不可治矣；向之所谓病者，今或痼然⑯若不可起矣。曾未闻执事建一言寤主上也。何向者指斥之切而今之疏也？岂向之利于言而今之言不利邪？岂不免若今之所谓举方正者猎取名位而已邪？人之疑执事者以此。

　　为执事解者，或曰："造辟⑰而言，诡辞而出，疏贱之人，奚遽知其微哉⑱？"是不然矣。传所谓"造辟而言"者，乃其言则不可得而闻也，其言之效，则天下斯见之矣。今国之疵、民之病，有滋而无损焉，乌所谓言之效邪？

　　复有为执事解者曰："盖造辟而言之矣，如不用何？"是又不然。臣之事君，三谏不从则去之⑲，礼也。执事对策时，常用是著于篇。今言之而不从，亦当不翅⑳三矣。虽惓惓之义，未能自去，孟子不云乎："有言责者，不得其言则去。"盍亦辞其言责邪？执事不能自免于疑也必矣。虽坚强之辩，不能为执事解也。

乃如安石之愚，则愿执事不矜宠利，不惮诛责，一为天下昌言，以寤主上；起民之病，治国之疵，謇謇㊶一心，如对策时。则人之疑不解自判矣。惟执事念之。如其不然，愿赐教答，不宣。某顿首。

其 二

某闻公卿大夫，才名与宠兼盛于世，必有大功以宜之㊷，否则君子摅㊸之。执事姿略颖然㊹出常士之表，应进士中甲科，举方正为第一。将朝车通举刺史事，又入善策，得玺书㊺召。名与宠不已兼盛于世邪？所未较著者功尔。

本朝太祖㊻武靖天下㊼，真宗㊽以支持之，今上㊾接祖宗之成，兵不释鏊㊿者盖数十年，近世无有也。所当设张之具，犹若阙然。重以羌酋梗边㉛，主上方揽众策以济之。天下举首戴目，属心执事者难以一二计。为执事议者曰："朝廷借不吾以宜，且自赞以植显效，酬天下属己之意。矧上倦倦然命之乎？此固策大功之会也㉜。"抑闻之：峣峣者㉝易缺，皎皎者㉞易污。执事才名与宠，可谓易污、易缺者，必若策大功，适足宜之而已，可无茂㉟邪？

恭惟旦暮辅佐天子秉国事，修所当设张之具，复边人于安，称主上所以命之之意，使天下举首戴目者，盈其愿而退㊱，则后世之书，可胜传哉？董仲舒有是才名，顾不获此宠㊲；公孙季有此宠，不成此功㊳。有此宠而成此功者，宜在执事，不宜在它。草鄙之人，不达大谊，辱奖训之厚，敢不尽愚。

谏官，在封建王朝中属于士一级品秩，但其谏议弹劾之效、补偏救敝之功在王公、大夫之上，属官卑任重的职位，也是朝野瞩目的焦点。唐代韩愈指责谏议大夫阳城，开了正直文人厚期谏官的先例，欧阳修上书范仲淹，希望在司谏之位的范仲淹早有谏言，勿效阳城"一谏而去之"的塞责做法，更加推波助澜。王安石的两封给当时任正言之职的田况（字元均）的书信也是步其踵武,希望田况"不矜宠利,不惮诛责,一为天下昌言,以瘳主上;起民之病,治国之疵,謇謇一心,如对策时"。

王安石任淮南签判期满,于皇祐二年(1050)离开扬州,回临川探视母亲,料理家事,三个月后返回,此篇应作于此时。

【注释】

① 正言:谏官。分为左正言与右正言,相当于唐代左、右拾遗。
② 介:托付。西北之邮:来自汴京的邮差。扬州位于汴京东南,故称。布一书:寄封信表达我的意思。
③ 扬:即扬州。吭:音 háng,咽喉。
④ 息耗:音讯,情况。
⑤ 荐绅:即"缙绅",古时有一定社会身份地位的人。
⑥ 介然:耿直的样子。
⑦ 跛倚:偏倚,立不正。谓立身不正。
⑧ 偿执事之知:报答您的知遇之恩。
⑨ 对方正策:以方正科上殿与天子对策。方正,汉代选仕科目之一,举荐品行端正不阿的人入仕。宋因其制。
⑩ 制科:科举取士的政策。
⑪ 涂:通"途"。
⑫ 联谏官:联,对偶之意。因"正言"一职分为左右两人,如同对联,故称为"联谏官"。即与人并为谏官。
⑬ 耳目:动词,听到,看到。
⑭ 抵职:赴职任事。
⑮ 痤然:疾病顽固而深重。痤,音 cuó,疖子。
⑯ 痼然:积久难治的样子。
⑰ 造辟:面对君主。
⑱ 奚遽知其微哉:哪能迅速了解人家所说的详细内容呢?
⑲ 三谏不从则去之:三次进谏而不被君主采纳,就得离开谏官之位。
⑳ 翅:只,仅仅。通"啻"。
㉑ 謇謇:诚恳的样子。
㉒ 宜之:与之相适应。
㉓ 擖:裂开,破裂。引申为"远离","与之决裂"。

㉔颖然:突出的样子。
㉕玺书:加盖天子御章的诏书。
㉖太祖:宋太祖赵匡胤。
㉗武靖天下:以武力平定天下。
㉘真宗:宋真宗赵恒。
㉙今上:宋仁宗赵祯。
㉚兵不释翳:兵,武器。释,解脱,去除。翳:遮蔽。引申为保护兵器的罩具。意为止戈息兵,不用武力。
㉛羌:古时对青海、西藏一带藏族的蔑称。酋:部落首领。梗边:祸害、扰乱西部边境。
㉜这两句意为:假如朝廷不给我适当的机会,我将自我激励来建立显著的事业,以此来酬谢天下人对我寄予的期望。何况天子这样诚恳地嘱托于我呢?这正是建立大功的机会呀!借,假如。不吾以宜,不给我适当的机会。自赞,自我帮助。植,树立。矧,音 shěn,况且。悾悾然,诚恳的样子。
㉝峣峣者:高大的事物。
㉞皎皎者:洁白、明亮的事物。
㉟懋:通"懋",劝勉之意。
㊱盈其愿而退:满足了"策大功"的愿望,便可以抽身引退。
㊲《汉书·董仲舒》传曰:"董仲舒,广川人也。少治《春秋》,孝景时为博士。下帷讲通,弟子传以久次相援业,或莫见其面。盖三年不窥园,其精如此。进退容止,非礼不行,学士皆师尊之。

　　武帝即位,举贤良文学之士前后百数,而仲舒以贤良对策焉……对既毕,天子以仲舒为江都相。事易王……凡相两国,辄事骄王,正身以率下,数上疏谏诤,教令国中,所居而治。及去位归居,终不问家产业,以修学著书为事。"
㊳《汉书·公孙弘传》:"公孙弘(字季),淄川薛人也……年四十余,乃学《春秋》杂说。武帝初即位,招贤良文学士,是时弘年六十,以贤良征为博士。使匈奴,还报,不合意,上怒,以为不能,弘乃移病免归。

　　元光五年复征贤良文学士,淄川国复推上弘……弘至太常……策奏,天子擢弘对为第一。入召见,容貌甚丽,拜为博士,待诏金马门……一岁中至左内史……为内史数年,迁御史大夫……元朔中,代薛泽为丞相……然其性意忌,外宽内深,诸尝与弘有隙,无近远,虽阳与善,后竟报其过。杀主父偃,徙董仲舒胶西,皆弘力也……凡为丞相御史六岁,年八十,终丞相位。"

上龚舍人书

闰八月七日,具位①王某谨白书于安抚谏院舍人:某读《孟子》,至于"不见诸侯",然后知士虽厄穷贫贱,而道不少屈于当世,其自信之笃、自待之重也如此。是皆出处之义,上下之合,不可苟也。为人上者而不以是,不足与有为,为人下者而不以是,虽有材,不足以有为,其进几于祸矣。在上不骄,在下不谄,此进退之中道②也。某尝守此言,退而甘自处于为贱,夜思昼学,以待当世之求,而未尝怀一刺③、吐一言,以干公卿大夫之门,至于今十年矣。

已而思之,方孟子之时,天下纷乱,诸侯皆欲自以为王,强攻弱,大并小,战伐侵入,无岁无之。此乃存亡得失之秋,所谓得士则兴,失士则亡之时也,故下得以自重,而上下可以不求焉。方今席弈世之基业④,治虽未及三代、两汉,然亦可以谓之亡⑤事矣。其选才取士,外则贤良进士诸科之举,内则公卿提转郡守之荐。然皆不自媒绍⑥其所长,以干于当世,然后得充其选,未尝闻公卿大夫能自察其贤而荐之者。则士之包羞冒耻,栖栖屑屑,伺人之颜色,徇时之好尚,以谋进退者,世未尝为辱也。又岂知论出处进退之义者哉?今公卿大夫之取士,无问贤否,而媚于己者好之,今士之进退不以义,而惟务苟合而已。呼!可悲也。

方公卿大夫,据高明之势,外以富贵自尊,内以智能自负,必不欲求于人,欲人之求己,士不欲求于人,如此则上下之合,无时可得矣。某是以翻然⑦改曰:"苟一往公卿大夫之门,与之议论,察其为人,可与言则进,不可与言则退,于道宜未为屈也。"由是颇欲虚游于当世公卿大夫之间,以观可否而去就之。方自窜于穷远僻陋之地⑧,其势不得以往也。

比闻天子念东南之民,困于昏垫⑨,辍侍从之臣,亲至其地以劳徕安集之。某私切自喜,以其所谓当世之公卿大夫,将得而见之矣。既而问某者果谁邪?又有以阁下名告之者,而因含笑大喜曰:"以阁下之势,方用于朝廷,以阁下之贤,尝闻于天下,则某不待接其议论察其为人,而后知其可以说干⑪之也。"矧⑫阁下官曰谏诤,出宣霈泽⑫,当思所以副朝廷待之之意。则天下之利害,生民之疾苦,未宜忽之而不以夙夜疚怀也。傥⑬有意于此,则非夫士君子不可与论焉。然则某之言,可冀其合⑭矣。辄冒尊严,以进其说,阁下其择焉。某再拜。

龚舍人,即龚鼎臣,字辅之,景祐年间进士,授平阴县主簿,以荐任泰宁军节度掌书记。擢起居舍人,同知谏院,历吏部郎中、礼部郎中。居言路多年,细故不纠,大事面争而无所顾忌。神宗朝官终太中大夫。王安石在提点江东刑狱任上写了这封信,龚鼎臣当时为起居舍人,同知谏院。

王安石写这封信,一方面批评了当时士人"包羞冒耻,栖栖屑屑,伺人之颜色,徇时之好尚,以谋进退"的奔竞之风;一方面又表示了自己决不同俗自媚于众的态度。同时期望龚舍人"当思所以副朝廷待之之意",把"天下之利害,生民之疾苦",挂在心上而"夙夜疚怀"。行文刚健有力,表意隐约而婉转。

【注释】

①具位:也称"具官",为书信之类行文之前对自己官职的略称。此时王安石提点江东刑狱。
②中道:恰当的准则。
③怀一刺:怀中揣着自己的名片去干谒达官显贵。
④席:坐,据有。弈世:如同对弈般错综复杂的天下。
⑤亡:通"无"。
⑥媒绍:介绍,推荐。
⑦翻然:一下子领悟的样子。
⑧据史载,王安石进士及第之后为淮南路签判。期满后按例可进京求职,以争取留在京师。但他没去求职,却主动提出留外,历任鄞县(今宁波)知县、通判舒州、知常州。嘉祐二年,移提点江东刑狱。
⑨昏垫:陷溺,迷茫而无所适从。

⑩说干:音 shuì gān。游说,拜谒。
⑪矧:音 shěn,何况。
⑫出宣需泽:走出朝廷来广施天子的丰厚恩泽。
⑬傥:通"倘",假如。
⑭冀其合:希望我的言语能符合您的想法。

再上龚舍人书

闻八月九日,具位王某再白书于安抚舍人阁下:某前日辄以狂瞽之言[①],有闻于下吏。伏蒙阁下不间[②]疏贱,借之以颜色,接之以从容,使极论而详说之,是其可以吐胸中之有发露于左右之时也。然辞有所未尽,意有所未竭,盖将有以[③]。何哉?前日所与某言者,不过欲计校仓廪,诱民出粟,以纾[④]百姓一时之乏耳。某之所欲言者,非此之谓也。愿毕其说,阁下其择焉。

某尝闻善为天下计者,必建长久之策,兴大来之功,当世之人,涵濡盛德,非谓苟且一时之利,以邀浅鲜[⑤]之功而已。夫水旱者,天时之常有也。仓廪财用者,国家常不足也。以不足之用,以御常有之水旱,未见其能济焉,甚非治国养民之术也。

某不敢远引古昔,止于近者十数年间耳目之所经者论之。顷自庆历八年[⑥],河北、山东饥;皇祐二年、三年[⑦],两浙、淮南饥;三年、四年,江南饥;嘉祐三年[⑧],两浙饥;四年,福建饥;今年[⑨],淮南、两浙又饥。其川、广、夔、陕、京西、河东,则某闻见所不及,不可得而言也。某窃计之,历年才一纪[⑩],而岁之空匮,民至流亡殍死,居其太半,卒未闻朝廷有救之之术,岂非政失于苟且[⑪],而不建长久之策者哉?伏自庆历以来,南北饥馑相继,朝廷大臣,中外智谋之士,莫不恻然不忍民之流亡殍死,思所以存活之。其术不过发常平[⑫]、敛富民,为饘粥[⑬]之养,出糟糠之余,以有限之食,给无数之民。某[⑭]原其活[⑮]者,百未有一,而死者,白骨已被野[⑯]矣。此有惠人[⑰]之名,而无救患之实者也。

某窃谓百姓所以养国家也,未闻以国家养百姓者也。《记》曰:"君者所养,非养人者也。"[⑱]有子曰:"百姓不足,君孰与足?"[⑲]此之谓也。昔者梁惠王尝移粟以救饥馑,孟子论而非之,所谓"徒善不足以为政,徒法不能以自行。"[⑳]若夫治不由先王之道者,是徒善、徒法也。且五帝、三王之世,可谓极盛最隆,亦不能使五谷常登,而水旱不至。然而无冻馁之民者何哉？上有善政,而下有储蓄之备也。

某历观古者以还㉒,治日常少,而乱日多。今宋兴百有余年,民不知有兵革,四境之远者至万余里,其间可桑之野㉓,民尽居之,可谓至大至庶㉔矣。此诚旷世不可适之嘉会㉕,而贤者有为之时也。今朝廷公卿大夫,不以此时讲求治具㉖,思所以富民化俗之道,以兴起太平,而一切惟务苟且,见患而后虑,见灾而后救,此传所谓"毂既破碎,乃大其辐,事已败矣,乃重太息",其云益乎？

某于阁下,无一日之好㉗,论其相知,固已疏矣。然自阁下之来,以说干阁下再㉘矣。某固非苟有觊于阁下㉙者也。某尝谓大丈夫有学术才谋者,常患时之不遭㉚也,既遭其时,患言之不用也。今阁下势在朝廷,不可谓时不遭矣；居可言之地,不可谓言不用矣。惟阁下未为之尔。某故感激而屡干于左右㉛者以此。阁下其亮㉜之。某再拜。

这是距与龚鼎臣第一封信仅两天时间所写的又一封信。写这封信的原因在于上封信中他虽然"极论而评说之","然辞有所未尽,意有所未竭"。从而"愿毕其说"。

此信正文开始,便尖锐指出："夫水旱者,天时之常有也。仓廪财用者,国家常不足也。以不足之用,以御常有之水旱,未见其能济焉,甚非治国养民之术也。"在一连串的旱灾引例之后指出："百姓所以养国家也,未闻以国家养百姓者也。"一脉相承地继承了孟子"民为重,君为轻"的思想,因而表现了较为强烈的"民本"意识。而最后一段在厚责对方的同时,展示了作者刚正倔强的性格和品格。

此文与上文同作于嘉祐五年(1060)。

【注释】

①狂瞽之言：狂妄而不识时务的言语、文字。指"闻八月七日"的《上龚舍人书》。
②间：音 jiàn,隔离。
③有以：有原因。
④纾：缓解。

⑤鲜:音 xiǎn,少。
⑥庆历八年:1048 年。
⑦皇祐二年、三年:1050 年、1051 年。
⑧嘉祐三年:1058 年。
⑨今年:即嘉祐五年(1060 年)。
⑩一纪:即十年。
⑪苟且:得过且过。
⑫发常平:打开常平仓以救济饥民。宋代各级官储设常平仓,丰年有余,则收购谷物囤积于仓中,待饥年发给百姓,以平抑市场谷价。
⑬饘粥:《礼记·檀弓(上)》:"饘粥之食。"《疏》:"厚曰饘,稀曰粥。"《左传·鲁昭公七年》引正考父鼎铭:"饘于是,粥于是,以糊余口。"指最基本的生活保证。
⑭某:王安石自称。
⑮原其活:挽救、恢复他们的生命。
⑯被野:覆盖了原野。
⑰惠人:给百姓以恩惠。
⑱该句意为:《礼记》说:"君主是靠百姓来养活的,而不是养活百姓的。"
⑲该句意为:有子说:"如果百姓吃不饱,君主又怎能吃得饱呢?"有子,孔子的弟子。
⑳该句意为:仅凭善良的心地来治理国家是不够的,仅仅有法,而没有其他的条件、措施来贯彻、推行它,"法"也只是一纸空文,难奏实效。
㉑古者以还:自古及今。
㉒可桑之野:可以耕植的田地。桑,动词,为种桑之意,南方的桑,犹北方的谷,为当家作物。此以桑来指代所有植物,用作动词,即耕植之意。
㉓庶:众多。
㉔嘉会:大好时机。
㉕治具:治理国家的措施。
㉖一日之好:即一日之交。
㉗以说干阁下再:用言谈来干谒您。再,第二次。
㉘有觊于阁下:即有求于阁下。觊,偷视,希望得到。引申为"有求于……"
㉙遭:逢、遇。
㉚左右:即"执事"。古人写信不得直呼其名,往往称呼为他办事的人,即左右侍从。侍从之人亦称"执事",故以"左右""执事"来指代对方。
㉛亮:即"谅"。

上欧阳永叔书

今日造门①,幸得接余论,以坐有客,不得毕所欲言。

某所以不愿试职者,向时则有婚嫁葬送之故,势不能久处京师②。所图甫毕,而二兄一嫂相继丧亡③。于今窘迫之势,比之向时为甚。若万一幸被馆阁之选,则于法当留一年,借令④朝廷怜悯,不及一年,即与之外任,则人之多言,亦甚可畏。

若朝廷必复召试,某亦必以私急⑤固辞。切度宽政,必蒙矜允。然召旨既下,比及辞而得请,则所求外补⑥,又当迁延矣。亲老口众,寄食于官舟而不得躬养,于今已数月矣。早得所欲,以纾⑦家之急,此亦仁人宜有以相⑧之也。

翰林⑨虽尝被旨与某试,然某之到京师,非诸公所当知⑩。以今之体,须某自信,或有司以报,乃当施行前命耳。万一理当施行,遽为罢之,于公义亦似未有害,某私计为得⑪,窃计明公当不惜此。区区之意,不可以尽,唯仁明怜察而听从之。

《宋史·王安石传》:"通判舒州,文彦博为相,荐安石恬退,以激奔竞之风。寻召试馆职不就,修荐为谏官,以祖母年高辞。"欧阳永叔即欧阳修。此信写于任舒州通判期满之后的嘉祐元年(1056)。信中阐明了自己不愿留京任职的原因,含蓄地表达了希望欧阳修理解,并为其求补外任通融周施的愿望。文章叙事平平,但感情真挚朴实,语言婉转明畅,堪称书中佳品。

【注释】

①造门:登门拜访。
②皇祐三年(1051),王安石《乞免就试札子》:"臣祖母年老,先臣未葬,弟妹当嫁,家贫

口众,难住京师。"
③王安石长兄王安仁、次兄王安道相继在皇祐三年、四年去世。甫毕,刚结束。
④借令:假使。
⑤私急:家中急待处理的事务。
⑥外补:补任京城以外的职务。
⑦纾:缓解。
⑧相:帮助。
⑨翰林:指欧阳修,当时任翰林学士。
⑩知:了解。
⑪私计为得:个人的打算能够如愿。

上杜学士书

窃闻受命改使河北①,伏惟庆慰。国家东西南北,地各万里,统而维②之,止十八道③。道数千里而转运使独一二人。其在部中,吏无崇卑,皆得按举④。虽将相大臣,气势烜赫,上所尊宠,文书指麾,势不得恣。一有罪过,纠⑤诘按治,遂行不请⑥。政令有大施舍,常咨⑦而后定。生民有大利害,得以罢而行之。金钱粟帛、仓庾库府、舟车漕引,凡上之人,皆须我主。信乎是任之重也。而河北又天下之重处⑧,左河右山,强国之于邻,列而为藩⑨者皆将相大臣,所屯无非天下之劲兵悍卒,以惠则恣,以威则摇。幸时无事,庙堂之上,犹北顾而不敢忽;有事,虽天子其忧未尝不在河北也。

今执事按临东南⑩,无几何时,浙江东西四十有五州之吏士民,未尽受察,便宜当行,而害之可除去者,犹未毕也,而卒然举河北以付执事,岂主上与一二股肱之臣,不惟付予必久而后可要以效哉⑪?且以为世之士大夫无足寄以重⑫,独执事为能当之耳。

伏惟执事名行于天下,而材信于朝廷,而处之宜⑬,必有补于当世。故虽某蒙恩德最厚,一日失所依据,而释然于心,不敢恨望,唯公义之存,而忘所私焉。

杜学士,即杜杞,字伟长。金陵人。庆历六年(1046),任两浙转运使。在任期间,筑钱塘堤,从官浦一直延伸到沙陉,以除海患。庆历七年(1047),转任河北转运使。在此情况之下,王安石给杜杞写了这封信,即对杜杞表示了敬重,又对朝廷给予杜杞的新任命表示了疑问,但旋即对此又从全面角度给予了理解。文章重点提出了朝廷对官员任命"付予久而后可要以效"的观点,这本身也是对宋朝"三年一磨勘"制度所带来的官不久于位,而往往荒于政,却热衷于奔竞的弊端的怀疑和指责。

文章立意较高,气韵贯通,笔力曲折遒劲而具起伏跌宕之妙。

【注释】

①改使河北:即改任河北路转运使。

②维:同"惟",思考。此处引申为"计算"之意。

③十八道:即十八个省级区域。宋代的省级区划名为"路",唐代为"道"。这里为假借。

④据史载,杜衍在此前,曾任御史中丞,以纠举弹劾不法为职任。

⑤纠:举发,矫正。

⑥遂行不请:按法行事而不用向天子请示。

⑦咨:询问,征求意见。

⑧重处:重要地方。

⑨藩:樊篱,引申为镇守一方以防范外来侵扰的将军、节度使之类。

⑩按临东南:来东南方按察官吏政情。杜杞转任河北转运使之前,曾作为朝廷按察使巡行王安石当时所在的江南东路。

⑪主上:指宋仁宗。股肱之臣,即朝廷的辅佐大臣。惟,思考。付予必久而后可要以效,意即任命一位官员,一定要让他在此位上长久任职,然后才能要求他干出政绩来。此指朝廷不应过早地将杜杞从按察使任上调走。

⑫无足寄以重:担不起朝廷付予的重任。

⑬处于宜:使他处在适宜的位置。

上杜学士言开河书

十月十日,谨再拜奉书运使学士阁下:某愚不更事物之变①,备官节下②,以身得察于左右③,事可施设,不敢因循苟简,以孤大君子④推引⑤之意,亦其职宜也。

鄞之地邑,跨负江海,水有所去,故人无水忧。而深山长谷之水,四面而出,沟渠浍⑥川,十百相通。长老言钱氏时置营田吏卒⑦,岁浚治之,人无旱忧,恃以丰足。营田之废,六七十年,吏者因循,而民力不能自并⑧,向之渠川,稍稍浅塞,山谷之水,转以入海而无所潴⑨。幸而雨泽时至,田犹不足于水,方夏历旬不雨,则众川之涸,可立而须⑩。故今之邑民最独畏旱,而旱辄连年。是皆人力不至,而非岁之咎也。

某为县于此,幸岁大穰⑪,以为宜乘人之有余,及其暇时,大浚治川渠,使有所潴,可以无不足水之患。而无老壮稚少,亦皆惩旱之数⑫,而幸今之有余力,闻之翕然皆劝趋之,无敢爱力⑬。夫小人可与乐成,难与虑始,诚有大利,犹将强⑭之,况其所愿欲哉!窃以为此亦执事之所欲闻也。

伏惟执事⑮,聪明辨智,天下之事,小之为无间⑯,大之为无崖岸⑰,悉已讲⑱而明之矣,而又导利去害,汲汲若不足。夫此最长民⑲之利当致意者,故辄具以闻州,州既具以闻执事矣。顾其厝事⑳之详,尚不得彻㉑,辄条件其详㉒以闻。唯执事少留聪明。有所未安㉓,教而勿诛㉔,幸甚。

庆历七年(1047),王安石调任鄞县(今浙江宁波)县令,刚到任,就花了十三天时间跑了十四个乡,对全县的水利情况进行摸底调查。本文就是王安石当时写给他的地方上级——任两浙转运使的杜杞的一封信。信中向杜学士报告了鄞县的情况,并提出要发动百姓,兴修水利工程。他认为,只有动员民众,兴办农田水利,整治失修的河道,蓄水防旱,才能获得好收成。

本文叙事直白而顺畅,文笔朴实自然而又字字在理。

【注释】

①不更事物之变:阅历短浅,不懂世故。
②备官节下:在您的部下任职。节:节制,统辖。
③得察于左右:受您的监察。左右,即指杜学士,古人在信中称呼对方,不直呼其名,而以其左右之人代之,以示尊敬。
④孤:通"辜"。大君子,指杜学士。
⑤推引:推荐、引进。
⑥浍:音 kuài。田间水道。
⑦长老:老一辈人。钱氏,指五代十国时吴越王钱氏。营田吏卒,官府招收破产农民,给以房舍,替官府种田,称为营田。营田设有专人管理,为营田吏卒。
⑧自并:自己组织起来。
⑨潴:音 zhū,水停蓄的地方。
⑩该句谓众川不久便可干涸。
⑪穰:丰收。
⑫惩旱之数:以大旱曾多次到来为教训。
⑬爱力:惜力,舍不得出力。
⑭强:强迫。
⑮执事:这里指杜学士。
⑯小之为无间:办小事没有照顾不到的地方。指对方辨别事物的智慧与办事周全。
⑰大之为无崖岸:办大事无边无岸。指对方办事举业能力之大。
⑱讲:熟习。
⑲长民:为民之长。
⑳厝事:办事。厝,同"措"。
㉑彻:透彻。
㉒条件其详:将详细情况逐条逐件呈上。
㉓安:妥当。
㉔教而勿诛:给我以指数而别指责我。

上运使孙司谏书

伏见阁下令吏民出钱购人捕盐①,窃以为过矣。海旁之盐,虽日②杀人而禁之,势不止也。今重诱之使相捕告,则州县之狱必蕃③,而民之陷刑者将众,无赖奸人将乘此势,于海旁渔业之地搔动艚户④,使不得成其业。艚户失业,则必有合而为盗,贼杀以相仇者,此不可不以为虑也。

鄞于州为大邑⑤,某令县于此两年,见所谓大户者,其田多不过百亩,少者至不满百亩。百亩之真⑥,为钱百千,其尤良田,乃直二百千而已。大抵数口之家,养生送死,皆自田出,州县百须⑦,又出于其家。方今田桑之家,尤不可时得⑧者,钱也。今责购而不得,则其间必有鬻田以应责⑨者。夫使良民鬻田以赏无赖告讦之人,非所以为政也。又其间必有捍⑩州县之令而不时出钱⑪者,州县不得不鞭械以督之。鞭械吏民,使之出钱,以应捕盐之购,又非所以为政也。

且吏治宜何所师法也,必曰:"士之君子。"重告讦之利以败俗⑫,广诛求之害,急较固⑬之法,以失百姓之心,因国家不得已之禁而又重之,古之君子盖未有然者也。犯者不休,告者不止,巢盐之额⑭不复于旧,则购之势未见其止也。购将安出哉? 出于吏之家而已,吏固多贫而无有也,出于大户之家而已,大家将有由此而破产失职⑮者。安有仁人在上,而令下有失职之民乎? 在上之仁人有所为,则世辄指以为师⑯,故不可不慎也。使世之在上者,指阁下之为此而师之,独不害阁下之义乎? 上好是物,下必有甚焉。阁下之为方尔,而有司或以谓将请于阁下,求增购赏,以励告者。故某窃以谓阁下之欲有为,不可不慎也。

天下之吏,不由先王之道而主于利⑰。其所谓利者,又非所以为利也,非一日之积也。公家日以窘,而民日以穷而怨。常恐天下之势,积而不已,以至于此,虽力排之,已若夫奈何,又从而为之辞⑱,其与抱薪救火何异? 窃独为阁下惜此也。在阁下之势,必欲变今之法,令如古之为,固未能也。非不能也,势不可也。循今之法而无所变,有何不可,而必欲重之乎?

伏惟阁下,常立天子之侧,而论古今所以存亡治乱,将大有为于世,而复之乎二帝、三代之隆,顾欲为而不得者也。如此等事,岂待讲说而明?今退而当财利责⑲,盖迫于公家用调之不足,其势不得不权事势而为此,以纾一切之急也。虽然,阁下亦过矣,非所以得财利而救一切之道。阁下于古书无所不观,观之于书,以古已然之事⑳验之,其易知较然㉑,不待某辞说也。枉尺直寻而利㉒,古人尚不肯为,安有此而可为者乎?

今之时,士之在下者浸渍成俗,苟以顺从为得,而上之人,亦往往憎人之言,言有忤己者,辄怒而不听之,故下情不得自言于上,而上不得闻其过,恣所欲为。上可以使下之人自言者惟阁下,其职不得不自言者某㉓也,伏惟留思而幸听之。文书虽已施行,追而改之,若犹愈于遂行㉔而不反也。干犯㉕云云。

浙江为产盐重地。宋代对盐、茶、酒类产品实行官府专卖,即"榷",以牺牲百姓利益为代价来满足国库的需求。因此在这方面,朝廷与百姓的矛盾一直很尖锐,民间私贩盐、茶情况也一直未能有效制止。杜杞赴河北转运使任后,继任者孙何(字汉公,累官右司谏,历两浙转运使知制诰。史称其"在浙专务峻刻,州郡病焉")一反杜杞的作法,而"令吏民出钱购人捕盐"。这令王安石忧虑不安,于是他写了这封《上运使孙司谏书》,以累进叠加、愈出愈奇的笔法深刻剖析了"令吏民出钱购人捕盐"这种做法的危害:"重告讦之利以败俗,广诛求之害,急较固之法,以失百姓之心。"最后提醒孙何说:"文书虽已施行,追而改之,若犹愈于遂行而不反也。"

清人蔡上翔评此文曰:"是时公时年二十八,与上大夫言,绝无忌讳如此。观其上孙、杜二书及《收盐》一诗,其为爱民恻怛之心,筹画利害之明,虽复老成谋国者弗如。宜乎欧阳修荐安石疏云:'议论通明,兼有时才之用,所谓无施不可者。'洵非虚誉。无如后人录公文,鲜有及之者也。"

【注释】
①宋初,朝廷对盐、茶、酒等实行专卖,与百姓争盐茶之利。百姓所食皆无好盐,于是

私贩盐、茶等事件屡有发生。购人,即雇人。捕盐,搜捕私自贩盐者。

② 日:每天。

③ 蕃:众、多。

④ 艚户:有货船的人家。艚,货船,这里指贩盐用的船只。

⑤ 此句意为:鄞县在州里来说是大县。鄞县,今浙江宁波附近。当时隶属于明州(治所在浙江宁波)。

⑥ 直:通"值"。价钱。

⑦ 百须:各种需要。

⑧ 不可时得:不能够按时得到。

⑨ 应责:供应官府的征求。

⑩ 捍:抗拒。

⑪ 不时出钱:不在规定时间内缴纳金钱。

⑫ 此句意为:重赏告发揭发者,导致败坏民风。

⑬ 较固:即"校锢"。校,古时刑具,即木枷。锢:监禁。

⑭ 粜盐之额:即朝廷规定的由官府盐仓中发售给百姓的数额。

⑮ 失职:即失业。

⑯ 师:可效法的范例。

⑰ 主于利:以追逐利润为目标。

⑱ 为之辞:为之辩解,开脱。

⑲ 退而当财利责:退,不得已而求其次。当财利责,督责各级官府为国敛财收利。

⑳ 已然之事:已经发生、出现过的事。

㉑ 较然:明显的样子。较,音 jué。

㉒ 枉尺直寻而利:为求得八尺的好处,而不得不伤害一尺的利益。寻,古代以八尺为一寻。

㉓ 某:王安石自称。当时王安石提点江东刑狱,即掌管江东路司法刑政之事。官储榷盐,致使百姓起而为盗。故王安石说,其职不得不自言者某也。

㉔ 遂行:一意孤行。

㉕ 干犯:冒犯。

上浙漕孙司谏荐人书

某今日遂出城①以西,度②到润州③必得复望履舄④,故不敢造辞以变起居。

明州⑤司法吏汪元吉者,其为吏廉平⑥,州人无贤不肖,皆推信其行,喜近文史,而尤明吏事。有《论利害事》一编,今封献左右。伏惟暇日略赐观省,其言有可采者,不以某之言为妄,则傥可以收备从吏役,使有仕进望乎?

盖薄恶之俗,士大夫之修行义者少矣,况身处污贱之势,而清议⑦所不及者乎!劝奖之道,亦当先录小善⑧,务以下流⑨之有善者为始。今世胥吏⑩,士大夫之论议常耻及之⑪,惟通古今而明者,当不以世之所耻而废人之为善尔。

浙漕,即两浙转运使,孙司谏即孙何,"下令吏民出钱购人捕盐"者。

荐人书一般写明被荐者才能行谊、推荐理由便可,而王安石在推荐一个州里的司法官员的同时,却突破常规,以大量笔墨借题发挥,对现实吏制中的不合理现象给予抨击,指出:"劝奖之道,亦当先录小善,务以下流之有小善者为始。"从而使这篇二百字的短文具备了深刻的思想性而显得非同一般。

【注释】

①城:指王安石供职所在的江南东路府署所在地——江宁(今南京市)。
②度:估计。
③润州:今江苏镇江。
④履舄:即鞋子。指代行踪。舄:音xì,有木底的鞋子,泛指鞋子。
⑤明州:治所在鄞县(今宁波)。

⑥廉平:廉洁,公正。
⑦清议:社会上公正的议论。
⑧录:采取,汲取。小善,点滴美德。
⑨下流:不入于上流社会的普通人群。
⑩胥吏:备职官府的低级皂吏。
⑪该句谓:士大夫以谈到胥吏为可耻的事。

上人书

　　尝谓文者,礼教治政云尔①。其书诸策②而传之于人,大体归然而已③。而曰"言之不文行之不远"④云者,徒谓"辞之不可以已也",非圣人作文之本意也。

　　自孔子之死久,韩子⑤作,望圣人于百千年中⑥,卓然⑦也,独子厚⑧名与韩并,子厚非韩比也,然其文卒配韩以传,亦豪杰可畏⑨者也。韩子尝语人文⑩矣,曰云云,子厚亦曰云云。疑二子者,徒语人以其辞耳,作文之本意,不如是其已也⑪。孟子曰:"君子欲其自得之也,自得之,则居之安;居之安,则资之深;资之深,则取诸左右逢其源。"⑫独谓孟子之云尔,非直施于文而已,然亦可托以为作文之本意。且自谓文者,务为有补于世而已矣。所谓辞者,犹器之有刻镂绘画也。诚使巧且华,不必适用;诚使适用,亦不必巧且华。要之⑬以适用为本,以刻镂绘画为之容⑭而已。不适用,非所以为器也。不为之容,其亦若是乎?否也。然容亦未可已⑮也,勿先之⑯,其可也。

　　某学文久,数挟此说以自治⑰。始欲书之策而传之人,其试于事者,则有待⑱矣。其为是非邪?未能自定也。执事正人也,不阿其所好者,书杂文十篇献左右,愿赐之教,使之是非有定焉。

　　王安石被人称为"有高于千古之才,有博于千古之识,其文洋洋洒洒,根本经术,而浑然泯然,辄以遗其迹而取其神,世之论其文者,仅以幽远之意,峭刻之笔目之,所谓见其表而不见其里,知其委而不知其源也。"(明·茅坤《王介甫文·揭要》)虽如此,王安石很少与人谈及为文,偶为之亦不甚经意。盖王安石一生所重在于政,而不在于文。这篇写于其入仕初期的《上人书》谈及为文,不像韩、柳、欧、苏谈为文之法以及在字面强调文与道的关系,但行文中却毋庸置疑地阐述了他的思想:"文者,务为有补于世而已矣。所谓辞者,犹器之有刻镂绘画也。诚使巧且华,不必适用;诚使适用,亦不必巧且华。要之以适用为本,以刻镂绘画为之容而已。"

【注释】

①礼教治政:礼制、教育和政治。云尔,句末语气词,相当于"罢了"。
②诸策:"之于"两字的连用,指礼、教、治政。策,古代供书写的竹简,这里指书本。
③大体归然而已:大体属于礼、教、治政罢了。归,归属。然,如此。
④言之不文行之不远:语见《左传·襄公二十五年》。意指言语不文雅,就不会被人引用和流传。文,指修辞。
⑤韩子:指唐代文学家韩愈。
⑥望圣人于百千年中:指韩愈以直接继承儒家道统自居。
⑦卓然:不平凡。
⑧子厚:柳宗元,字子厚。
⑨可畏:可以敬畏。
⑩语人文:告诉别人写文章的技巧和道理。语人,告诉人。语,音 yù,动词。
⑪不如是其已也:不仅仅是这些内容。
⑫语见《孟子·离娄下》。意为君子对学问要有高深的修养和自己的心得,应用起来就能左右逢源,头头是道。
⑬要之:关键在于。
⑭容:修饰。
⑮未可已:不可以忽视。
⑯勿先之:不把形式放在首位。
⑰数:音 shuò。多次,引申为"经常"。自治,研究自己为文之道。
⑱有待:须依赖外在条件。

上凌屯田书

俞柎①，疾医之良者也。其足之所经，耳目之所接，有人于此，疾焉而不治②，则必欿然③以为己病也。虽人也，不以病④。俞柎焉则少矣。隐而虞⑤俞柎之心，其族姻旧故有狼疾⑥焉，则何如也？未如之何，其已⑦，未有可以治焉而忽⑧者也。

今有人于此，弱而孤⑨，壮而屯蹶困塞⑩，先大父⑪弃馆舍⑫于前，而先人从之，两世之柩，窭⑬而不能葬也。尝观传记，至《春秋》过时而不葬，与子思⑭所论未葬不变服⑮，则戚然不知涕之流落也。窃悲夫古之孝子慈孙，严亲之终，如此其甚也。今也乃独以窭故，犯《春秋》之义，拂⑯子思之说，郁其为子孙之心而不得伸，犹人之狼疾，奚有间哉？

伏惟执事，性仁而躬义，悯艰而悼厄，穷人之俞柎也，而又有先人一日之雅⑰焉，某之疾，庶几可以治焉者也。是敢不谋于龟，不介于人，跋千里之途，犯不测之川，而造执事之门，自以为得所归也。执事其忽之欤？

该文当写于王安石入仕早期。凌屯田，未详；代谁作，难考。文章以上古善医者俞柎比喻凌屯田，而以患疾者比喻上书人，以况喻凌屯田的品行、雅量和上书者的危苦境遇，虽夸张但并无矫情造作之感。而叙述上书者的窘困情状，以及求见心切的样子，又让读者体会到小人物的可悲可怜大人物的位高难及之"尊"，其中地位的悬殊，间隔之阔令人一品即知。

【注释】
①俞柎：传说黄帝时的良医。治病不用汤药，只给病人割皮解肌，洗涤内脏。
②不治：治不好。
③欿然：愁苦的样子。欿，音 kǎn。
④病：责怪。

⑤隐:暗中,私下。虞,揣测,推断。
⑥狼疾:如狼般凶猛的疾病,即重病。
⑦其已:到最后。
⑧忽:忽视,不经意。
⑨弱而孤:未成年而丧父。
⑩屯蹶困塞:人生中充满艰难困苦。屯,音 zhūn,艰难。蹶,音 jué,跌倒。塞,音 sè,不通。
⑪先大父:即祖父。
⑫弃馆舍:抛家舍业,指去世。
⑬窭:音 jù,贫寒。
⑭子思:孔子之孙,其父为鲤,名伋。相传《中庸》为子思所述。
⑮服:指丧服。此句谓亲人去世而不得葬,就不能改变守孝的丧服。
⑯拂:违逆。
⑰一日之雅:一日之交。

与马运判书

　　运判①阁下：比奉书②，即蒙宠答③，以感以怍④，且承访⑤以所闻，何阁下逮下之周⑥也！尝以谓方今之所以穷空，不独费出之无节，又失所以生财之道故也。富其家者资之国⑦，富其国者资之天下，欲富天下则资之天地。盖为家者，不为其子生财⑧，有父之严而子富焉⑨，则何求而不得？今阖门而与其子市⑩，而门之外莫入焉，虽尽得子之财，犹不富也。盖近世之言利虽善矣，皆有国者资天下之术⑪耳，直相市于门之内而已，此其所以困与⑫？在阁下之明⑬，宜已尽知，当患不得为耳⑭。不得为，则尚何赖于不肖者⑮之言耶？

　　今岁东南饥馑⑯如此，汴水⑰又绝，其经画固劳心。私窃度之，京师兵食宜窘，薪刍百谷⑱之价亦必踊，以谓宜料⑲畿兵⑳之弩怯者就食诸郡㉑，可以舒漕挽㉒之急。古人论天下之兵，以为犹人之血脉，不及则枯，聚则疽㉓，分使就食，亦血脉流通之势也。傥㉔可上闻行之否？

　　庆历七年（1047），王安石在鄞县知县任上，给当时任江淮荆湖两浙制置发运判官马遵（字仲涂，饶州人）写了这封复信。作者认为，国家之所以财力困乏，不仅由于开支无度，更由于没有从根本上发展生产，开辟财源，而只顾无限度地榨取百姓以增加岁入。他诮刻地将这种做法比喻为父亲关起门来与儿子做买卖。指出，这样做"虽尽得子之财，犹不富也"。

【注释】

①运判：马运判，名遵，字仲涂，饶州人（在今江西省内），时任"江淮荆湖两浙制置发运判官"。
②比奉书：近来给您写了封信。
③即蒙宠答：立即得到了您的复信。

④以感以怍:既感动又惭愧。
⑤访:询问。
⑥逮下:施恩惠给下属。当时王安石任鄞县知县,财政等方面受马仲涂协调,所以有上下之别。
⑦资之国:取资于国。
⑧不为其子生财:不向他儿子谋索钱财。
⑨有父之严而子富焉:有父亲的严格管教,儿子便可生财致富。
⑩阖门而与其子市:关起门来与他儿子两人间做交易。
⑪有国者资天下之术:治理国家的人从百姓身上榨取财富的办法。
⑫该句意为:这大概就是财政困乏的原因吧!
⑬在阁下之明:对于您这样精明的人。
⑭当患不得为耳:只不过难以做得来罢了。
⑮不肖者:王安石自称。
⑯饥馑:饥荒。
⑰汴水:古水名。指当时从江苏扬州通向汴京(今河南开封)的运河。
⑱薪刍百谷:人、马所需柴草粮食。
⑲料:料理。此处为"检查"之意。
⑳畿兵:驻守汴京的士兵。
㉑就食诸郡:到其他州郡驻扎,在那里解决吃饭问题。
㉒舒:缓解。漕,水路运输。挽,拉车,指陆路运输。
㉓疽:音 jū,一种毒疮。指血脉瘀阻。
㉔傥:即"倘",或许。

与刘原父书

辱手教勤勤,尤感愧,伏承动止万福,又良慰也。河役①之罢,以转运赋功本狭②,与雨淫不止,督役者以病告,故止耳。昔梁王堕马,贾生悲哀③;沺鱼伤人,曾子涕泣④。今劳人费财于前,而利不遂于后,此其所以恨愧无穷也。

若夫事求遂,功求成,而不量天时人力之可否,此某所不能也。不能,则论某者之纷纷,岂敢恶哉?阁下乃以初不能无意为有憾⑤,此非某之所敢闻也。方今万事所以难合而易坏,常以诸贤无意耳,如鄙宗夷甫辈稍稍骛于世矣⑥。仁圣在上,故公家元海⑦未敢跋扈耳。阁下论为世师⑧,此虽戏言,愿勿广也。前月被使江东⑨,朝夕走左右,自余须面请。

嘉祐二年(1057),王安石在常州知州任上受命开凿一条运河,以缓解漕运之急,但工程很不顺利,导致半途而废。劳民伤财已愧于心,谤议不止更令他痛苦难堪。第二年(1058),他赴任江东提点刑狱一职,刚刚安顿下来,他给好朋友刘敞(字原父,时任集贤院学士,御史台判官)写了这封信,诉说自己的痛悔心情,但又坚决表示,自己决不会像晋代的王衍那样只尚清淡而不务实事。

【注释】

①河役:王安石在常州知州任上,于嘉祐二年(1057)动工开凿一条运河。
②转运:指他的上级转运使。赋功,所给予的工程期限。狭,指时间短。
③据史载:汉代贾谊为权贵所忌,出为长沙王太傅,后转为任梁怀王太傅。梁怀王堕马而死,贾谊认为自己身为太傅,与有罪责,伤悼不已,不久抑郁而死。
④据《荀子·大略》:"曾子食鱼有余,曰:'沺之。'门人曰:'沺之伤人,不如奥之。'曾子涕泣曰:'有异心乎哉?'伤其闻之晚也。"《注》曰:"曾子自伤不知以食鱼伤人,故泣

涕深自引过。"泔,用米汁浸渍。奥,藏在瓶中,用酒泡或用盐腌上。后引申为检点过失,悔改前非。

⑤刘原父在信中认为,王安石决定修建运河之初,就不应把此事特别放在心上。"初不能无意"盖指此。

⑥鄙宗:我们王姓当中。夷甫,东晋王衍字夷甫,尚清谈,而不务实事。骛,追求。此句谓:比起我们东晋时期只尚玄谈的老本家王衍等人来,我算得上是追逐功利的了。

⑦故公家元海:元海,不详。王安石之子王雱字元泽,疑元海为其族侄。

⑧世师:一世之师表。

⑨被使江东:任江南东路提点刑狱。

与祖择之书

　　治教政令,圣人之所谓文也。书之策,引而被①之天下之民,一也。圣人之于道也,盖心得之,作而为治教政令也,则有本末先后,权势制义,而一之于极②。其书之策也,则道其然而已矣。彼陋者不然,一适焉,一否焉,非流③焉则泥④,非过焉则不至。甚者置其本⑤,求之末,当后者后先之,无一焉不悖于极。彼其于道也,非心得之也,其书之策也,独能不悖耶?故书之策而善,引而被之天下之民反不善焉,无矣。二帝、三王引而被之天下之民而善者也,孔子、孟子书之策而善者也,皆圣人也,易地则皆然。

　　某生十二年而学,十四年矣。圣人之所谓文者,私有意焉⑥,书之策则未也。间或怫然动于事而出于词,以警戒其躬⑦若施于友朋,褊迫陋庳,非敢谓之文也。乃者,执事欲收而教之使献焉,虽自知明,敢自盖⑧邪?谨书所为书、序、原、说若干篇,因叙所闻与所志献左右,惟赐览观焉。

　　该文作于庆历六年(1046)王安石在淮南签判任满之后逗留京师之际。祖择之,名无择,字择之,上蔡人,历官直集贤院,知通进银台司,出忠正军节度副使,不久知信阳军而卒。王安石受祖无择之情,将自己的部分早期作品呈给他,并在同时呈上的这封信中批评了当时好多文人对于圣人之道"非流焉则泥,非过焉则不至","置其本,求其末"的混乱、悖谬的做法。认为写文章应当对圣人之道首先做到"心得之",然后"书之策,引而被之天下之民",强调的是文章的社会功能,教化作用。

【注释】
①被:覆盖,施泽。
②一之于极:用最高的道来统一它们。

③流:脱离。
④泥:拘泥。
⑤置其本:将根本性的东西弃置不顾。
⑥私有意焉:在心中有所领会。
⑦躬:自身。
⑧自盖:自我遮掩,即羞于赐教之意。

与孙莘老书

某昨日相见,殊匆匆。所示及讯狱事,深思如此难处,足下试思其方,因书示及。今世人相识,未见有切磋琢磨如古之朋友者,盖能受善言者少,幸而其人有善人之意,而与游者犹以为阳不信也①。此风甚可患②。如某之不肖,虽不为有道,计足下犹当以善言处我,而未尝有善言见赐,岂以为不足语乎?足下尚如此,复何望于今世人也!是为事,某亦虽多复辨论,非敢自强蔽以所识③,直以为不如是,则亦有所未悟,彼此之理,不尽在他人,恐以不能敬受其说,而欲是者因而已。在足下聪明,想宜知鄙心,要当往复穷究道理耳。

古之人,未有不须友以成者。盖无朋友,则不闻其过,不闻其过,最患之大者。况某之不肖,所学者非世之所可用,而所任者非身之所能为,忍心拂性,苟取衣食,而冒人之寄属④,其大过宜日日有,方理稽求可以自脱,冀足下时以见谕也。

盐秤子骚扰事⑤,幸疏示其详,不敢作足下文字施行,要约束今后耳。足下既受人民社稷于上官,势亦不得有所避,避太过,则其事将不直⑥,而职事亦何由理也。如盐秤子事,悉望疏示,自足下职事,然某不敢漏露也。至麾岭乡诗,奉寄一览也。秋冷,自爱。

此文作于王安石提点江东刑狱之时。

孙莘老,名觉,字莘老,高邮人。受业于胡瑗,举进士,调合肥主簿,早年与王安石相友善。神宗即位,直集贤院。王安石执政行新法,议不合,出知广德军,徙知湖州。哲宗时,累官至龙图阁学士。

该文中心说明:"盖无朋友,则不闻其过,不闻其过,最患之大者。"他希望孙觉能如"古之朋友者"待他,互相切磋琢磨,同时指出:"既受人民社稷于上官,势亦不得有所避。"表明了自己为官的严肃态度。

【注释】

①与游者：与之交往的人。阳，通"佯"，假装。不信，不以为是真的。
②可患：值得忧虑。
③非敢自强蔽以所识：不敢自以为是，从而以自己所了解到的一些知识来掩盖自己其他方面的短缺。
④冒人之寄属：谓以自己之不才，而居于众人所寄予厚望的位置。
⑤盐秤子骚扰事：未详。盖安石所在之地盐贩聚众纠纷。
⑥事将不直：谓孙觉处理盐秤子纠纷如果回避太过，将影响事情的公正解决。直，公正。

请杜醇先生入县学书

其 一

人之生久矣,父子、夫妇、兄弟、宾客、朋友其伦①也。孰持其伦?礼乐、刑政、文物、数制、事为其具也。其具孰持之?为之君臣,所以持之也。君不得师,则不知所以为君;臣不得师,则不知所以为臣。为之师,所以并持之也。君不知所以为君,臣不知所以为臣,人之类其不相贼杀以至于尽者,非幸欤?信乎其为师之重也。

古之君子,尊其身,耻在舜下。虽然,有鄙夫问焉而不敢忽②,敛③然后其身似不及者,有归之以师之重而不辞,曰:"天之有斯道,固将公之④,而我先得之,得之而不推余于人,使同我所有,非天意,且有所不忍也。"

某得县于此逾年矣⑤,方因孔子庙为学⑥,以教养县子弟,愿先生留听而赐临之以为之师,某与有闻焉。伏惟先王不与古之君子者异意也。幸甚。

其 二

惠书何推褒之隆而辞让之过也⑦。仁人君子,有以教人,义不辞让,固已为先生道也。今先生过引孟子、柳宗元之说以自辞。孟子谓"人之患在好为人师"者,谓无诸中而为有之者⑧,岂先生之谓哉⑨!彼宗元恶知道⑩?韩退之毋为师,其孰能为师?天下士将恶乎师哉⑪?

夫谤与誉,非君子所恤⑫也,适于义而已矣。不曰适于义,而唯谤之恤,是薄世终无君子,唯先生图之。示诗质而无邪,亦足见仁人之所存⑬,甚善,甚善!

中国古代是儒家一统天下的文化局面,教育、教化是历代有作为的王朝以及知识分子所看重的,在韩愈的"师者,传道、授业、解惑也"三种功能中,最重要的还是"传道"。他们认为只要儒家所提倡的先王之道薪火相传,王朝的统治就具备了坚实的思想基础。在宋代的大文学家与政治家中,很少有人在儒家经典的研究与应用方面可与王安石媲美。而王安石一生都在为先王之道与北宋现实的结合而做不懈的探索与努力。所以,他到鄞县任县令刚一年,便利用孔子庙作为县学的校舍,并延请在县内颇负声望的杜醇任县学教官。

第一封信中将持人伦以风化世俗的老师与君主的作用相提并论,阐述"师"的得道而推之于人的重大责任。

第二封信在论述孟子"人之患在好为人师"的确指意义的前提下,更进一步阐述了"人不可无师"的道理,认为,如果过分拘泥于圣人的某些言论,"天下士将恶乎师哉!"

【注释】

① 伦:次序、伦常。
② 忽:不在意。
③ 敛:回顾自身。
④ 公之:谓让所有的人都共同享用、接受先王之道。
⑤ 此句谓:我在鄞县任知县已经一年多了。
⑥ 方因孔子庙为学:刚刚利用孔子庙做县里的学校。
⑦ 惠书:来信。推褒之隆,谓信中称扬王安石的为政之举。辞让之过,对入县学为师之事过分推辞。
⑧ 此句意为:孟子所说的"人们的缺点在于好为人师",指的是自身没有做别人老师的资格和能力而偏要为人师的人。
⑨ 岂先生之谓哉:哪里指您这种情况呢?
⑩ 恶知道:哪里懂得先王之道?
⑪ 天下士将恶乎师哉:天下的人将向谁求学呢?
⑫ 恤:顾虑,担心。
⑬ 所存:谓心中所存有的是圣贤先王之道。

答吕吉甫书

　　某与公同心,以至异意,皆缘国论①,岂有它哉?同朝纷纷,公独助我,则我何憾于公?人或言公,我无与②焉,则公何尤③于我?趋时便事④,则吾不知其说焉,考实论情,则公宜照其如此。开喻重悉,览之怅然。昔之在我者,既无细故可疑;则今之在公者,尚何旧恶足念?然公以壮烈,方进为⑤于圣世,而某苶然⑥衰疾,特待尽⑦于山林,趣舍异路⑧,则相呴以湿⑨,不如相忘之愈也。相趣召在朝夕⑩,惟良食,为时自爱。

　　承累幅⑪勤勤,为礼过当,非所敢望于故人也,不敢视此以为报礼,想蒙恕察。承已祥除,优惟尚有余慕。知有所论著,恨未见之。惟赖恩覆,以得优游,然以疾疢弃日,茫然未有获也。诸令弟⑫各想禔福⑬。

　　吕惠卿字吉甫,熙宁间佐王安石变法,后两人由于政见分歧,逐渐冷淡。吕惠卿在朝冒言边事,神宗不悦,出知陈州。时王安石罢相居家,与吕仍有书信往来。吕惠卿即将除太原新职,王安石与吕有此书信。
　　王安石一生刚正磊落,至晚年不曾稍改。清蔡上翔说:"此书温厚和平,其德量亦略可见于斯。"
　　该书写于元丰三年(1080)。

【注释】
①皆缘国论:都缘于对国家大事的看法。
②无与:不参加,不同意。
③尤:怪罪。
④趋时便事:随俗俯仰,见机行事。
⑤进为:进取,作为。
⑥苶然:精神萎靡的样子。苶,音nié,疲倦。

⑦待尽:等待生命终结。
⑧趣舍异路:趣,同"取"。你在进取,而我已退居无事,我们两者道路不同。
⑨相呴以湿:即"相濡以沫",言两人友情。
⑩此句谓:朝廷早晚会重新起用吕惠卿。此时,吕惠卿因论陕西边事,忤帝意,被贬出知单州。元丰六年果然复知太原府。
⑪累幅:谓书信之多。
⑫诸令弟:指吕惠卿的两个弟弟吕升卿和吕和卿。皆因吕惠卿而得位。
⑬禔福:安乐、幸福。禔:音 tí,安。

答王深甫书

其 一

　　某拘于此①,郁郁不乐,日夜望深甫之来,以豁吾心。而得书,乃不知所冀。况自京师去颍②良不远,深甫家事,会当有暇时,岂宜爱数日之劳而不顾我乎?朋友道丧久矣,此吾于深甫不能无望也。

　　向说③天民④,与深甫不同。虽蒙丁宁相教,意尚未能与深甫相合也。深甫曰:"事君者,以容于吾君为悦;安社稷者,以安吾之社稷为悦;天民者,以行之天下而泽被于民为达。三者皆执其志之所殖⑤而成善者也,而未及乎知命,大人则知命矣。"某则以谓善者,所以继道而行之可善者也。孔子曰:"智及之,仁能守之,庄以莅⑥之,动之不以礼⑦,未善也。"又曰:"《武》尽美矣,未尽善也。"⑧孔子之所谓善者如此,则以容于吾君为悦者,未可谓能成善者也,亦曰容而已矣。以容于吾君为悦者,则以不容为戚;安吾社稷为悦,则以不安为戚。吾身之不容,与社稷之不安,亦有命也,而以为吾戚,此乃所谓不知命也。夫天民者,达可行于天下而后行之者也。彼非以达可行于天下为悦者也。则其穷而不行也,岂以为戚哉?视吾之穷达,而无悦戚于吾心,不知命者,其何能如此?且深甫谓以民系⑨天者,明其性命莫不禀于天⑩也。有匹夫求达其志于天下,以养全其类⑪,是能顺天者,敢取其号亦曰天民。安有能顺天而不知命者乎?

　　深甫曰:"安有能视天⑫以去就⑬,而德顾贬于大人⑭者乎?"某则以谓古之能视天以去就,其德贬于大人者有矣,即深甫所谓管仲是也。管仲,不能正己者也。然而至于不死子纠而从小白⑮,其去就可谓知天矣。天之意,故尝甚重其民。故孔子善⑯其去就,曰:"岂若匹夫匹妇为谅⑰也,自经于沟渎⑱而莫之知也。"此乃吾所谓德不如大人,而尚能视天以去就者。

　　深甫曰:"正己以事君者,其道足以致容而已,不容,则命也,何悦于吾心哉？正己而安社稷者，其道足以致安而已，不安，则命也，何悦于吾心哉？正己以正天下者，其道足以行天下而已，不行，则命也，何穷达于吾心哉？"某则以谓大人之穷达，能无悦戚于吾心，不能毋欲达⑲。孟子曰："我四十不动心。"又曰："何为不豫⑳哉？然而千里而见王㉑，是予所欲也。不遇㉒故去，岂予所欲哉？王庶几改之，予日望㉓之。"夫孟子可谓大人矣，而其言如此，然则所谓夫穷达于吾心者，殆非也，亦曰天悦戚而已矣。

深甫曰："惟其正己而不期于正物㉔，是以使万物之正焉。"某以谓期于正己而不期于正物，而使万物自正焉，是无治人之道也。无治人之道者，是老、庄之为也。所谓大人者，岂老、庄之为哉？正己不期于正物者，非也；正己而期于正物，是无命也。是谓大人者，岂顾无义命哉？扬子㉕曰："先自治而后治人之谓大器。"扬子所谓大器者，盖孟子之谓大人也。物正焉者，使物取正乎我㉖而后能正，非使之自正也。武王曰："四方有罪无罪，惟我在，天下曷敢有越厥志！"㉗一人横行于天下，武王耻之。孟子所谓"武王一怒而安天下之民"不期于正物而使物自正，则一人横行于天下，武王无为怒也。孟子殁，能言大人而不放于老、庄者，扬子而已。

深甫常试以某之言与常君㉘论之，二君犹以为未也，愿以教我。

其 二

某学未成㉙而仕㉚，仕又不能俯仰以赴时事之会，居非其好㉛，任非其事㉜，又不能远引㉝以避小人之谤谗，此其所以为不肖而得罪于君子者，而足下之所知也。往者，足下邈不弃绝㉞，手书勤勤，尚告以其所不及，幸甚，幸甚。顾私心尚有欲言，未知可否，试尝言之：

某尝以谓古者至治之世㉟，然后备礼而致刑㊱。不备礼之世，非无礼也，有所不备耳；不致刑之世，非无刑也，有所不致耳。故某于江东㊲，得吏之大罪有所不治，而治其小罪。不知者谓好伺人之小过以为明，知者又以为不果于除恶，然使怨者不资㊳此以为言乎？某异于此，以为方今之理势，未可以致刑。致刑则刑重矣，而所治者㊴少，不致刑则刑轻矣，而治者多，理势固然也。一路㊵数千里之间，吏方苟简自然，狃㊶于养交取容之俗，而吾之治者五人，小者罚金，大者才绌一官，而岂足以多乎？工尹商阳㊷非嗜杀人者,犹杀三人而止,以为不如是不足以反命。某之事,不幸而类此。若夫为此纷纷,而无预㊸于道之废兴,则既亦知之矣。抑所谓君子之仕行其义者,窃有意焉。足下以为如何?

自江东日得毁㊹于流俗之士,顾吾心未尝为之变。则吾之所存,固无以媚斯世㊺,而不能合乎流俗也。及吾朋友亦以为言,然后怵然㊻自疑,且有自悔之心。徐自反念㊼,古者一道德以同天下之俗,士之有为于世也,人无异论。今家异道,人殊德㊽,又以爱憎喜怒变事实而传之,则吾友庸讵㊾非得于人之异论变事实之传,而后疑我之言乎?况足下知我深,爱我厚,吾之所以日夜向往而不忘者,安得不尝试言吾之所自为,以冀足下之察㊿我乎?使吾自为如此,而可以无罪,固大善,即足下尚有以告我,使释然㊿知其所以为罪,虽吾往者已不及,尚可以来者之戒。幸留意报我,无忽。

王回,字深甫,亦作"深父"(详见王安石所作《王深父墓志铭》)。王深甫与王安石交往很深,且都对经学有很高造诣,因此,二人常就先王之道与现实中的问题以书往返探讨。此选第一封信所探讨的即为如何"事君"的问题。第二封信则表达了自己"无以媚斯世,而不能合乎流俗"的信念。

【注释】
① 拘于此:言为官事所累,不便于走访。
② 颍:即颍州,在安徽阜阳。
③ 向说:以前所讨论的。
④ 天民:生活在圣王之世的百姓。
⑤ 殖:树立。
⑥ 莅:音 lì,临。
⑦ 动之不以礼:行为不合乎"礼"的标准。
⑧《武》:歌颂周武王以武力克殷的乐曲。《论语·八佾》:"谓《武》,'尽美矣,未尽善也'。"
⑨ 系:是。
⑩ 性命莫不禀于天:人的性、命都受之于天。
⑪ 以养全其类:养,供养。全,保全。其类,同类人。

⑫天:指"天命","天的意志"。
⑬去就:离开官位还是就任官位。
⑭德顾贬于大人:其品德回头被德行高洁的人所贬低。
⑮据史载:齐国乱,公子纠与公子小白(齐桓公)俱出逃于外。管仲辅佐公子纠,鲍叔牙辅佐公子小白。齐国平定,二公子争为君。小白先入,管仲被执。因鲍叔牙数言于齐桓公,管仲遂为齐相。不死子纠,不为公子纠而死。
⑯善:称赞。
⑰谅:诚、信。
⑱自经于沟渎:在河沟里上吊自杀。
⑲不能毋欲达:不想没有"达"的欲望。
⑳豫:高兴。
㉑王:指齐宣王。孟子曾游说于齐宣王,劝其施仁政,齐王不用。
㉒不遇:合不来,谈不拢。
㉓望:期待。
㉔不期于正物:不以端正世间万物为目的。
㉕扬子:汉代扬雄。
㉖取正乎我:以我作为端正自身的榜样。
㉗见《尚书·泰誓(上)》。
㉘常君:即常秩,字夷甫。以明经善辩获誉于时,后被王安石延之入朝,却无所建树。
㉙学未成:指没有在圣人先王之道方面达到很好的造诣。
㉚仕:动词,做官。
㉛居非其好:所得官位并非自己所喜欢的。
㉜任非其事:所从事的职任也并不是自己所能胜任的。
㉝远引:退避到远处。
㉞遽不弃绝:不和我迅速断绝往来。
㉟至治之世:指人们道德水平和物质生活水平都很高的太平世界。
㊱致刑:使刑法达到完备状态。
㊲指王安石任江南东路提点刑狱之时。
㊳资:借助。
㊴所治者:接受统治的百姓。
㊵一路:指江南东路范围之内。
㊶狃:音niǔ。习惯。
㊷工尹商阳:工尹,官名,掌百工之事。商阳,人名。见《礼记·檀弓(下)》。

㊷无预:无关。
㊹毁:诽谤、诋毁。
㊺固无以媚斯世:本来没什么东西来取悦于这样的世俗。
㊻怵然:恐惧的样子。
㊼徐自反念:慢慢地回过头来琢磨。
㊽家异道,人殊德:言王道不行,而道德不统一的状况。
㊾庸讵:语气词。怎么,何以。
㊿察:检查、仔细分辨。
㉛释然:解脱而轻松的样子。

答李资深书

某启:辱书勤勤,教我以义命之说,此乃足下忠爱于故旧①,不忍捐弃,而欲诱之以善②也。不敢忘,不敢忘。虽然,天下之变故多矣,而古之君子,辞受取舍之方不一,彼皆内得于己③,有以待物④,而非有待乎物⑤者也。非有待乎物,故其迹时若可疑;有以待物,故其心未尝有悔也。若是者,岂以夫世之毁誉者概⑥其心哉?若某者,不足以望此,然私有志焉,顾非与足下久相从而熟讲之,不足以尽也耳。多病无聊,未知何时得复晤语,书不能一一,千万自爱!

该书作于熙宁变法初期。当时,攻击新法者纷纷将矛头对准王安石,李定劝王安石以"义命"之说,王安石认为,应如古之君子,"内得于己,有以待物"不"以世之毁誉概其心"表达了将改革坚持下去的决心。

李定,字资深,曾附庸王安石。母死不奔丧,为君子诟责。曾参与罗织苏轼"乌台诗案"。

【注释】
①忠爱于故旧:对老朋友存有忠爱之心。
②诱之以善:以善的品德劝导我。
③内得于己:内心达到充实、完善的状态。
④有以待物:用自己的德才来等待施展的机会。
⑤有待乎物:心中不充实而期待借假外部条件。
⑥概:总结、推断。

答王该秘校书

某不思其力之不任①也,而唯孔子之学,操行之不得,取正于孔子②焉而已。宦为吏,非志也,窃自比古之为贫者,不知可不可耶?今之吏,不可以语古。拘于法,限于势,又不得久③,以不见信于民,民源源然④日入贫恶。借令孔子在,与之百里⑤,尚恐不得行其志于民。故凡某之施设⑥,亦苟然而已,未尝不自愧也。足下乃从而誉之,岂其听之不详耶?且古所谓蹈之⑦者,徒若是而止耶?殆不若是而止也。易子之事⑧,未之闻也。幸教之,亦未敢忽也。

对熙宁变法,毁之者指责王安石"生事、争利、侵官、拒谏",誉之者亦不乏其人。但王安石一意于眼下的改革事业,而不以世之毁誉为是非。当秘书省校书郎王该对变法予以称赞之时,王安石认为:"古之所谓蹈之(指施仁于民)者,徒若是而止耶?"

【注释】
①不任:不能担当。
②取正于孔子:以孔子的言行来校正自己。
③拘于法,限于势,又不得久:拘于法:为法令所拘束。限于势:为时势所局限。不得久:指在一官位上任职时间短。宋代有磨勘制度,官员一般情况下三年一考核,之后或升迁或转任,很少留任原职。
④源源然:连续不断的样子。
⑤该句意为将方圆一百里的一片地方交给孔子去治理。
⑥施设:即政绩,作为。
⑦蹈之:蹈道。即实践先王之道。
⑧易子之事:未详。

答孙长倩书

  孙君足下：比①过江宁②，家兄③道足下虽稚年有奇意，欲务行古人事今世，发为词章，尤感切今世事，荦荦④有可畏爱者。语未究，足下来门，见示以文，见责以教诲。观足下所为文，探足下志，信然⑤，独责教诲为失其所焉尔⑥。

  古之道废蹐⑦久矣。大贤间起废蹐之中，率常位庳泽狭⑧，万不救一二，天下日更薄恶，宦学者⑨不谋道⑩，主禄利⑪而已。尝记一人焉，甚贵且有名，自言少时迷，喜学古文，后乃大寤，弃不学，学治今时文章⑫。夫古文何伤⑬？直与世少合耳⑭，尚不肯学，而谓学者迷。若行古之道于今之世，则往往困矣，其又肯行邪？甚贵且有名者云，况其下碌碌者⑮邪？反于是，其亦几何矣。足下何觉之早邪？而独反于是邪？其亦谋道而不主利禄者邪？语曰："涂之人皆可以为禹。"⑯道人人有善性，而未必善自充⑰也。若足下者，充之不已，不惑以变⑱，其又可量邪？某将企警嗟慕之不遑⑲，于教诲乎何敢！

  此书写于何时未详，盖在提点江东刑狱之后，熙宁二年（1069）之前。

  王安石文名早出，求其指点为文之道者很多。此书以言文为其表，而以言道为其实。强调的是，学者宜"谋道而不主禄利"。对于孙长倩的好学而"谋道"，王安石表示称赞。

【注释】

①比：近来，最近。
②江宁：今南京市。
③家兄：指王安石之兄王安仁，皇祐元年（1049）中冯京榜进士。
④荦荦：超俗不群的样子。荦，音 luò。

⑤信然:确实如此。
⑥此句意谓孙长倩请王安石给他教诲是不恰当的。失其所,找错了人。王安石这里以为自己担当不起教诲之请,乃谦词。
⑦踣:音 bó,灭,破。
⑧位庳泽狭:官位较低,而接受他教化的人也较少,即影响面较小。
⑨宦学者:做官的读书人。
⑩不谋道:不打算推先王之道于天下。
⑪主禄利:以希求俸禄、捞取实惠为目标。
⑫今时文章:宋初盛行的骈体文。
⑬何伤:有什么问题。
⑭直:仅仅。与世少合,与当今的时俗不相适宜。
⑮碌碌者:平庸之辈。
⑯涂之人皆可以为禹:大道上来来往往的每一个人都具备成为大禹那样人物的可能性。
⑰善自充:善于充实、完善自己。
⑱不惑以变:不被变化的时俗好尚所迷惑。
⑲企:攀登。警,提醒自己。不遑,来不及。

答李参书

　　李君足下:留书奖引甚渥,卒曰:"教之育之,在执事耳。"某材德薄,不能堪,足下望之又何过也? 夫教之育之,某之所以望于人也①。足下曾某之望乎②? 岂欲享尪人以尪壮者之食,而强之负重乎③? 然足下自言不乐雷同,不喜趋竞④。审如是⑤,某诚爱焉,诚慕焉,诚欲告足下所闻焉。曰其人诚甚贵,有它人,稍近于谀⑥,则疾之若数世之仇。审如是,亦过矣。天下靡靡然⑦,足下之仇岂少邪? 君子不为已甚者⑧,求中⑨焉其可也。

　　此书写作年月未详。
　　王安石在这封信中,强调求人不可太苛,指出"君子不为甚者,求中焉其可也"。而推让奖引所喻"享尪人以壮者之食,而强之负重",很生动地表达了他谦于为师的心情。

【注释】
①此句意为:我还得期待着高明的人来教育我呢!
②此句意为:您怎么还期望我来教人育人呢? 曾,语气词。岂,何。
③此句意为:难道您拿强壮人的饭给重病人吃,然后强迫他负以重行吗?
④趋竞:指在仕途上急于求进,与人竞争。
⑤审如是:果真如此。
⑥谀:以言语吹捧、逢迎别人。
⑦靡靡然:互相随顺的样子。形容天下之人都无主见随人而行的状态。
⑧君子不为己甚者:君子不去做过头的事。
⑨求中:做到既不过分,又不能不及。

答司马谏议书

某启：昨日蒙教①，窃以为与君实②游处相好之日久，而议事每不合，所操之术③多异故也。虽欲强聒④，终必不蒙见察⑤，故略上报，不复一一自辩。重念蒙君实视遇⑥厚，于反复不宜卤莽，故今具道所以⑦，冀君实或见恕也。

盖儒者所重，尤在于名实。名实已明，而天下侵官⑧、生事、征利⑨、拒谏以致天下怨谤，皆不足问也。某则以谓受命于人主，议法度而修之于朝廷，以授之于有司，不为侵官。举先王之政，以兴利除弊，不为生事。为天下理财，不为征利。辟邪说，难任人⑪，不为拒谏。至于怨诽之多，则固前知其如此也。

人习于苟且非一日，士大夫多以不恤⑪国事，同俗自媚于众为善。上乃欲变化，而某不量⑫敌之众寡，欲出力助上以抗之，则众何为而不汹汹然⑬？盘庚之迁⑭，胥⑮怨者民也，非特朝廷士大夫而已。盘庚不为怨者改其度。盖度义而后动⑯，是以不见可悔故也。如君实责我以在位久，未能助上大有为，以膏泽斯民⑰，则某知罪矣。如曰今日当一切不事事，守前所为而已，则非某之所敢知。无由会晤⑱，不任区区向往之至。

司马光，字君实，当时任谏议大夫，为朝廷内反对派阻挠熙宁变法的首要人物。熙宁三年（1070），司马光给王安石写了一封三千三百多字的长信——《与王介甫书》，指责王安石改革是"侵官、生事、争利、拒谏"劝王安石改弦易辙，放弃新法。同时警告王安石，如固执己见，一意孤行，"一旦失势，必有卖介甫以自售者"。

王安石针对司马光的指责，用简洁峻拔的语言和不容置辩的气概，作了有力的答复。

王安石此信没有感情用事，也没有面面俱到，而是就几个关键问题，据理以辩,说理鲜明,辞气饱满,又具有无懈可击的逻辑性。

【注释】

① 蒙教:承蒙教诲。
② 君实:司马光字君实。
③ 术:指治理国家的方针、措施。
④ 强聒:高声辩论。
⑤ 不蒙见察:得不到您的理解。
⑥ 视遇:看待。
⑦ 具道所以:详备地说出原委。
⑧ 侵官:侵夺其他官员的权限。
⑨ 征利:征发民利以实官仓。
⑩ 任人:即小人。
⑪ 恤:体恤,关心。
⑫ 不量:不估计。
⑬ 汹汹然:叫嚣吵闹的样子。
⑭ 盘庚之迁:盘庚为商朝君主,成汤九世孙祖丁之子,继其兄阳甲而即天子位。当时王室衰乱,盘庚不顾怨诽,率众自奄(山东曲阜)迁都于殷(今河南安阳),商朝复兴,史称殷商。《史纪·殷本纪》:"帝盘庚之时,殷已都河北,盘庚渡河南,复居成汤之故居,乃五迁,无定处。殷民咨胥皆怨,不欲徙。盘庚乃告谕诸侯大臣曰:'昔高后成汤与尔之先祖俱定天下,法则可修。舍而弗勉,何以成德!'乃遂徙河南,治亳,行汤之政,然后百姓由宁,殷道复兴。"
⑮ 胥:互相。
⑯ 度义而后动:考虑其行为合于国家百姓的大义,然后才迁都。
⑰ 膏泽斯民:为百姓带来好处。
⑱ 无由会晤:没机会见面。

答曾公立书

示及青苗①事。治道②之兴,邪人不利,一兴异论③,群聋④和之,意不在于法也。孟子所言利者⑤,为利吾国,如曲防遏籴⑥,利吾身耳。于狗彘食人食则检之,野有饿莩则发之⑦,是所谓政事。所以理财,理财乃所谓义也。一部《周礼》,理财居其半⑧,周公⑨岂为利哉?奸人者因名实之近⑩,而欲乱之,眩惑上下,其如民心之愿何?始以为不请,而请者不可遏;终以为不纳,而纳者不可却⑪。盖因民之所利而利之,不得不然也。然二分⑫不及一分,一分不及不利而贷之⑬,贷之不若与之⑭。然不与之而必至于二分者,何也?为其来日之不可继⑮也。不可继则是惠而不知为政,非惠而不费⑯之道也,故必贷。然而有官吏之俸,輦运之费,水旱之逋⑰,鼠雀之耗,而必欲广之⑱,以待其饥不足而直与之也,则无二分之息可乎?则二分者,亦常平⑲之中正也,岂可易哉?公立更与深于道者论之,则某之所论无一字不合于法,而世之诡诡⑳者,不足言也。因书示及,以为如何?

此书写作于熙宁三年(1070)底。

熙宁变法引起争议最大的莫过于"青苗法",就连积极参加过"庆历革新"的欧阳修,也曾在晚年知青州之际上书言"青苗法"于民不便。指责"青苗法"者多言其与民争利,曾公立给王安石的信就是众多指责的声音之一。王安石这封信就是针对众多的批评者所作的回答。

文章既雄健犀利,又循循善诱。《宋史·王安石传》说王安石"属文动笔如飞,初若不经意,既成,见者皆服其精妙"。《答曾公立书》在这方面尤为典型。

【注释】

①青苗：王安石变法所推行的一项重要政策——青苗法。详见《王安石生平及创作》。
②治道：治理国家的正确方法。
③一兴异论：一个人说出奇怪的言论。
④群聋：不明事理的人们。
⑤该句见《孟子·梁惠王》。指孟子对梁惠王说的要施仁政，不必言利。
⑥曲防遏籴：语出《孟子·告子下》。据说齐桓公在葵丘与诸侯会盟，订下互相遵守的几项协议，其中有一条，规定各诸侯国之间"无曲防，无遏籴"。意为在两国边境双方不得设立关卡，刁难邻国商人，不得禁止邻国来收购粮食。
⑦语出《孟子·梁惠王上》。意为在连猪狗都食人吃的饭的丰年情况下，官府就应当将多余的粮食收藏起来，等到歉收的年头人们挨饿的时候打开粮仓，散发给百姓。检，同"敛"，收藏。饿莩，饿死者的尸体。莩，音piǎo，同殍。
⑧在《周礼》（即《周官》）一书中，谈到理财的内容占了一半的篇幅。
⑨周公：周文王之弟，武王之叔，姓姬名旦。相传《周礼》乃周公所制定，而由后人追述的。
⑩因名实之近：借理财的实际工作和"利"这个字很接近的机会。
⑪此句意为：开始，（反对新法的人）认为百姓不愿领取青苗款，但实际上领款之人多得无法制止。后来又认为人们不能交还贷款，结果还款的人多到几乎无法应付。请，领取。
⑫二分：指青苗钱发给百姓后每次所收的十分一二的利息。
⑬不利而贷之：贷给人们钱而不收利息。
⑭贷之不若与之：贷款给百姓不如将钱干脆赠送给百姓。
⑮来日之不可继：往后的日子没办法再继续办下去。
⑯惠而不费：既惠泽于民，又不耗费国财。
⑰逋：音bū，拖欠，逃亡。
⑱广之：扩充本钱。
⑲常平：指常平仓，即丰收时官储籴谷贮存，荒年时开仓出粜，以平定市场粮价。
⑳譊譊：争辩的声音。引申为起哄，无理取闹。譊，音náo。

答韶州张殿臣书

伏蒙再赐书,示及先君①韶州②之政,为吏民称诵,至今不绝,伤③今之士大夫不尽知,又恐史官不能记载,以次前世④良吏之后。此皆不肖之孤⑤,言行不足信于天下,不能推扬先人之绪功余烈,使人人得闻知之,所以夙夜愁痛,疢心疾首而不敢息者以此也。

先人之存,安石尚少⑥,不得备闻为政之迹。然尝侍左右,尚能记诵教诲之余。盖先君所存,尝欲大润泽于天下,一物枯槁,以为身羞。大者⑦既不得试⑧,已试乃其小者耳,小者又将泯没而无传,则不肖之孤,罪大衅⑨厚矣,尚何以自立于天地之间邪?阁下勤勤恻恻,以不传不念,非夫仁人君子乐道人之善,安能以及此?

自三代之时,国各有史,而当时之史,多世其家,往往以身死职,不负其意。盖其所传,皆可考据。后既无诸侯之史,而近世非尊爵盛位,虽雄奇峻烈,道德满衍,不幸不为朝廷所称,辄不得见于史。而执笔者又杂出一时之贵人,观其在廷论议之时,人人得讲其然不,尚或以忠为邪,以异为同,诛当前而不栗,讪在后而不羞,苟以厌其忿好之心而止耳。而况阴挟翰墨⑩,以裁前人之善恶,疑⑪可以贷褒,似可以附毁,往者⑫不能讼当否,生者不得论曲直,赏罚谤誉,又不施其间⑬,以彼其私,独安能无欺于冥昧之间⑭邪?善既不尽传,而传者又不可尽信如此。唯能言之君子,有大公至正之道,名实足以信后世者,耳目所遇,一⑮以言载之,则遂以不朽于无穷耳。

伏惟阁下于先人非有一日之雅⑯,余论所及,无党私之嫌,苟以发潜德⑰为己事,务推⑱所闻,告世之能言而足信者,使得论次以传焉,则先君之不得列于史官,岂有恨哉?

王安石的父亲王益,字损之,曾在韶州为官(详见王安石《先大夫述》)。王安石给张某的回信,在简述其父亲韶州之政及其品节之后,重点谈到史官应如何修史的问题,尖锐地批判了某些史官"以忠为邪,以异为同,诛当前而不栗,讪在后而不羞,苟以厌其忿好之心而止耳",以及"阴挟翰墨,以裁前人之善恶,疑可以贷褒,似可以附毁"等等歪曲史实的荒唐行为。

【注释】

①先君:古人称已经过世的父亲为先君。王安石之父王益,宋真宗大中祥符八年(1015)进士,曾任韶州知州事。事迹详见王安石《先大夫述》。
②韶州:在今广东省境内。
③伤:为……而感慨。
④前世:指宋仁宗在位年间。
⑤不肖之孤:王安石自称。无父之子为孤。
⑥王安石之父王益卒于天圣六年(1028),王安石当时8岁。
⑦大者:指王益的志向才略。
⑧试:施展。
⑨衅:罪过。
⑩阴挟翰罪:出于私心而写史。
⑪疑:指在人、事记载过程中的可疑而不确定之处。
⑫往者:指已死而将被载入史册的人。
⑬该句指不加公正的评价。
⑭该句指已死而不在人世的被传之人。
⑮一:都,所有。
⑯雅:交往,相好。
⑰潜德:不为人知的美德。
⑱推:推广。

答钱公辅学士书

比蒙以铭文见属①,足下于世为闻人②,力足以得显者铭父母③,乃以属于不腆④之文,似其意非苟然⑤,故辄为之而不辞。不图⑥乃犹未副⑦所欲,欲有所增损。鄙文自有意义,不可改也。宜以见还⑧,而求能如足下意者为之耳。

家庙以今法准之,恐足下未得立也⑨。足下虽多闻,要与识者讲之。如得甲科⑩为通判⑪,通判之署⑫,有池台竹林之胜,此何足以为太夫人之荣,而必欲书之乎?贵为天子,富有天下,苟不能行道,适足以为父母之羞。况一甲科通判,苟粗知为辞赋,虽市井小人,皆可以得之,何足道哉?何足道哉?故铭以谓闾巷之士,以为太夫人荣,明天下有识者不以置悲欢荣辱于其心也,太夫人能异于闾巷之士,而与天下有识同,此其所以为贤而宜铭者也。至于诸孙,亦不足列。孰有五子而无七孙者乎?七孙业文⑬有可道,固不宜略。若皆儿童,贤不肖未可知,列之⑭于义何当也?诸不具道,计足下当与有识者讲之。南去愈远,君子惟慎爱自重。

墓志铭,是古人常用的文体,用来记述墓主的生平事迹、德行、操守等,因此,真实也就成了这一文体的生命。撰写墓志铭,也应当像书写历史一样严肃、负责。也因其似史而非史,所以在撰写当中,不少作者因受情托之故,便一味投请托者之好,只言其善,不著其恶。唐代大古文家韩愈就曾因此而被人称之为"谀墓"。

王安石这篇《答钱公辅学士书》不仅让我们了解到撰写墓志铭背后的情况,也表现了王安石对墓志铭的严肃认真态度,对钱学士的无理请求,王安石给予逐条批驳,仿佛随意写来,却又机锋凌厉,将钱学士贪功名、喜虚荣的性格展示得淋漓尽致。

【注释】

①此句意为:近来承蒙您嘱托我以写墓志铭的事。

②闻人:知名人士。

③此句意为:以您的实力,完全能够请地位显达之人为您的父母写墓志铭。

④不腆:学识浅薄。此乃谦称。

⑤苟然:随意、苟简的样子。

⑥不图:没想到。

⑦副:称,符合。

⑧见还:还给我。

⑨家庙:古代有官爵者可以建立家庙,用来祭祀祖先。《礼记·王制》:"天子七庙……诸侯五庙……大夫三庙……士一庙。"后代泛指一个宗族所建立的宗祠。以王安石行文看,宋代家庙制度有所变更。如钱公辅登第进士,为"士"一级,按宋制盖不得建家庙。

⑩甲科:指钱公辅中进士甲科,为进士考试得第之高者。

⑪通判:官名。宋初,鉴于五代藩镇权力太大,威胁朝廷,于是用文臣知州事,并设置州、府通判,与知府、知州共理政事。以京朝儒官充之。小郡称签判。知府公事,须由长史和通判签议连书,始得在州内实施。

⑫署:办公场所,官署。

⑬业文:以文为业。

⑭列之:指逐个列在墓志铭的文后。

答王景山书

  安石愚不量力,而唯古人之学,求友于天下久矣。闻世之文章者,辄求而不置①,盖取友不敢须臾忽也。其意岂止于文章耶?读其文章,庶几得其志之所存。其文是也,则又欲求其质②,是则固将取以为友焉。故闻足下之名,亦欲得足下之文章以观。不图③不遗而惠赐之,又语以见存之意④。幸甚,幸甚。
  书称欧阳永叔、尹师鲁、蔡君谟诸君以见比⑤。此数公今之所谓贤者,不可以某比。足下又以江南士大夫为无能文者,而李泰伯、曾子固豪士,某与纳焉。江南士大夫良多,度足下不遍识。安知无有道与艺闭匿不自见于世者乎?特以二君概之,亦不可也。况如某者,岂足道哉?恐伤足下之信,而又重某之无状,不敢当而有也。孔子曰:"十室之邑,必有忠信如丘者。"圣人之言如此,唯足下思之而已。闻将东游,它语须面尽之。

  这是一封语重心长、循循善诱的书信。
  作者在否认了王景山对自己的过誉之后,提出人要正确地对待自己,正确对待别人。告诉对方,也在提醒自己,人应当如何立身处世,如何求学求友。本信篇幅短小,内容丰富,言简意赅。

【注释】
①不置:不已。
②求其质:探究文章中的思想。
③不图:没想到。
④语:告诉。见存,被接纳,指交往。
⑤据文意,盖王景山来信认为安石的文章可与欧阳修、尹洙、蔡襄等不相上下。

答段缝书

段君足下：某在京师时，尝为足下道曾巩善属文，未尝及其为人也。还江南①，始熟而慕焉友之，又作文粗道其行②。惠书③以所闻④诋巩行无纤完⑤，其居家，亲友惴畏焉，怪某无文字规⑥巩，见谓有党⑦。果哉，足下之言也！

巩固不然。巩文学论议，在某交游中，不见可敌⑧。其心勇于适道，殆不可以刑祸利禄动也。父在困厄中，左右就养无亏行，家事铢发以上皆亲之⑨。父亦爱之甚，尝曰："吾宗敝⑩，所赖者此儿耳。"此某之所见也。若足下所闻，非某之所见也。巩在京师，避兄而舍⑪，此虽某亦罪之⑫也，宜足下之深攻之也。于罪之中有足矜者⑬，顾不可以书传也。事固有迹，然而情不至是⑭者，如不循其情而诛焉，则谁不可诛耶？巩之迹固然耶？然巩为人弟，于此不得无过。但在京师时，未深接之⑮，还江南，又既往不可咎，未尝以此规之也。巩果于从事，少许可，时时出于中道，此则还江南时尝规之也。巩闻之，辄蹵然⑯。巩固有以教某也。其作《怀友书》两通，一自藏，一纳某家，皇皇焉⑰求相切劘⑱，以免于悔者略见矣。尝谓友朋过差，未可以绝，固且规之。规之从则已，固且为文字自著见然后已邪，则未尝也。凡巩之行，如前之云，其既往之过，亦如前之云而已，岂不得为贤者哉？

天下愚者众而贤者希，愚者固忌贤者，贤者又自守，不与愚者合，愚者加怨焉。挟忌怨之心，则无之焉而不谤⑲，君子之过于听⑳者，又传而广之，故贤者常多谤，其困于下者尤甚，势不足以动俗㉑，名实未加于民，愚者易以谤，谤易以传也。凤道巩之云云者，固忌固怨固过于听者也。家兄未尝亲巩也，顾亦过于听耳。足下乃欲引忌者、怨者、过于听者之言，县断㉒贤者之是非，甚不然也。孔子曰："众好之，必察焉；众恶之，必察焉。"孟子曰："国人皆曰可杀，未可也，见可杀焉，然后杀之。"匡章㉓，通国以为

答段缝书

不孝,孟子独礼貌之㉒以为孝。孔、孟所以为孔、孟者,为其善自守,不惑于众人也。如惑于众人,亦众人耳,乌在其为孔、孟也?足下姑自重,毋轻议巩㉓!

  王安石与曾巩友情深厚,曾巩曾作《怀友》诗赠王安石。庆历三年,王安石23岁时,写了《同学一首别子固》一文,称曾巩为"江之南"的"贤人",说:"予友而慕之。"王安石24岁时,曾巩曾几次上书欧阳修,推荐王安石,欧阳修以此与王安石有交往,并为之延誉。王、曾二人友情完全出于道义上的共识,所以两人之间的友情也就十分纯真。当曾巩的名誉受到攻击,而段缝随而非之的时候,王安石站出来为朋友辩护。与此同时,推而广之,对官场中的不正当风气予以批判,"愚者众而贤者希,愚者固忌贤者,贤者又自守,不与愚者合,愚者加怨焉。挟忌怨之人,则无之焉而不谤,君子之过于听者,又传而广之,故贤者常多谤"。而文末"足下姑自重,勿轻议巩"九个字,字字千钧,有不可置辩的气势与威严。

【注释】

①据史载:皇祐二年(1050),王安石在鄞县任满,归临川探视母亲。"还江南"即指此。
②作文粗道其行:写篇文章大体上谈了曾巩的品行。
③惠书:来信。
④所闻:所听到的情况。
⑤行无纤完:品行没一点好地方。
⑥规:规劝。
⑦见谓有党:被说成我两人之间结为朋党。
⑧敌:匹敌,相当。
⑨此句谓家中大事小情曾巩都得自己处理。
⑩吾宗敝:我们家族衰败了。
⑪避兄而舍:不愿同他哥哥住在一起。
⑫罪之:责怪他。
⑬有足称者:有值得称道的地方。
⑭情不至是:实际情况没到传说的程度。
⑮未深接之:没有更深地与他交往。

⑯矍然：惊恐的样子。
⑰皇皇焉：急切的样子。
⑱切劘：即切磋，交流。
⑲无之焉而不谤：没有不加以谤毁的。
⑳过于听：不加分辨地听取，以致被传闻所蒙蔽。
㉑动俗：影响、改变世俗。
㉒县断：即悬断。凭空得出结论。县，通"悬"，凭空之意。
㉓匡章：战国时齐国人，曾为齐威王将，率兵御秦，大败秦兵。宣王时又曾将五都之兵以取燕国，其年岁大体和孟子相当。
㉔礼貌之：以礼貌待他。
㉕毋轻议巩：不要轻率地议论曾巩。

答曾子固书

某启:久以疾病不为问①,岂胜向往。前书疑子固于读经有所不暇,故语及之。连得书,疑某所谓经者佛经也,而教之以佛经之乱俗②。某但言读经,则何以别于中国圣人之经,子固读吾书每如此,亦某所以疑子固于读经有所不暇也。

然世之不见全经久矣,读经而已,则不足以知经③。故某自百家诸子之书,至于《难经》《素问》《本草》、诸小说④,无所不读;农夫女工,无所不问,然后于经为能知其大体而无疑。盖后世学者,与先王之时异矣。不如是,不足以尽圣人故也⑤。扬雄虽为不好非圣人之书⑥,然而墨、晏、邹、庄、申、韩⑦,亦何所不读?彼致其知而后读⑧,以有所去取,故异学⑨不能乱也。惟其不能乱,故能有所去取者,所以明吾道而已。子固视吾所知,为尚可以异学乱之者乎?非知我也。

方今乱俗不在于佛,乃在于学士大夫沉没利欲,以言相尚⑩,不知自治⑪而已。子固以为如何?苦寒,比日侍奉万福⑫,自爱。

写作年代不可确考。蔡上翔将此文附于元丰六年(1083),时王安石63岁。

曾子固即曾巩(1019—1083),建昌南丰人。王安石与曾巩关系最初很密切,熙宁变法以后,由于政见不同,二人关系逐渐疏远。

本文是同曾巩讨论治学态度与方法的一封回信,信中作者阐明了正确的治学之道:一、博览群书;二、注重调查。同时阐明了这样做的原因。篇幅简短,语言简练明快,说理深刻而透彻。

【注释】

①不为问:没有写信问候。

②乱俗:迷惑世人。
③"读经而已"二句:一味死读儒家的经典章句传注,还是不能懂得什么实际知识。下句"则不足以知经"的"经",指的是对社会有实际用处的学问。
④《难经》《素问》《本草》:都是古代的医药书。诸,众。小说,指笔记小说,一般记载琐碎、怪异的故事,也有考证事物的文字。
⑤"不如是"二句:不这样学习(指广泛阅读百家诸子的书向农夫女工请教),就不能完全懂得圣人所讲的道理。
⑥虽为不好非圣人之书:他虽然说过不喜欢非议圣人著作的书。为:谓,说。语见扬雄《自序传》:"非圣哲之书不好也。"
⑦墨:墨子(约前468—前376),名翟(dí 狄),战国鲁人,是墨家的创始人。著作有《墨子》。晏:晏子(?—前500),名婴,春秋时齐国大夫。后人搜集他的言行,编成《晏子春秋》。邹:邹衍(约前305—前240),战国齐人,是阴阳家的代表人物。著有《邹子》《邹子终始》。庄:庄子(约前369—前286),名周,战国宋人,是道家的代表人物。著有《庄子》。申:申不害(约前385—前337),战国韩人,是早期的法家。著有《申子》。韩:韩非(约前280—前233),战国韩人,战国法家的主要代表人物。著有《韩非子》。
⑧彼致其知而后读:意为扬雄知识渊博之后才去读诸子百家的书。
⑨异学:指儒家以外的其他学说。
⑩以言相尚:以言语互相推崇,意思是高谈阔论,互相吹捧。尚,推崇。
⑪治:治学,下工夫去做学问。
⑫比日侍奉万福:祝双亲近日万福。这是当时写信给有父母的人的一种客套语。侍奉,侍奉父母。

与王子醇书（其三）

某启：得书，喻①以御寇之方。上固欲公毋涉难冒险②，以百全取胜，如所喻，甚善，甚善！

方今熙河③所急，在修守备，严戒诸将勿轻举动。武人多欲以讨杀取功为事，诚如此而不禁，则一方忧未艾④也。窃谓公厚以恩信抚属羌⑤，察其材者收之为用。今多以钱粟养成卒，乃适足备属羌为变，而未有以事秉常、董毡也⑥。诚能使属羌为我用，则非特无内患，亦宜赖其力以乘⑦外寇矣。自古以好坑杀⑧人致叛，以能抚养收其用，皆公所览见。且王师⑨以仁义为本，岂宜以多杀敛⑩怨耶？喻及青唐⑪既与诸族作怨，后无复合，理固然也。然则近董毡诸族事定之后，以兵威临之，而宥其罪，使讨贼自赎，随加厚赏，彼亦宜遂为我用，无复与贼合矣。与讨而驱之，使坚附贼为患，利害不侔也。事固有攻彼而取此者⑫，服诚能挫董毡⑬，则诸羌自服，安所事讨哉？

又闻属羌经讨者，既亡蓄积，又废耕作，后无以自存，安得不屯聚为寇，以梗商旅⑭往来？如募之力役及伐材之类⑮，因以活之，宜有可为，幸留意念恤⑯。边事难遥度⑰，想公自有定计，意所及，尝试言之。春暄⑱，为国自爱，不宣。

这是王安石写给王韶的四封信中的第三封。

熙宁五年（1072），王安石派王韶领兵出征，收复熙河地区（今甘肃临夏、临洮一带）。到次年冬，共收复已失陷200多年的土地2000多里，招附藏族人民30多万人，是北宋80年来最大的一次军事胜利。

王安石这封信是在熙宁六年二月王韶攻克河州（今甘肃临夏）后写的。信中指示王韶要注意在收得地区加强守备，和藏族搞好关系，鼓励生产，以争取他们共同抵抗西夏统治者。这对于熙河地区社会经济的恢复发展、边防建设和汉藏人民的交流、合作,起了良好的作用。

【注释】

①喻:告知。
②上固欲公毋涉难冒险:皇上(即宋神宗)本来就希望你不要冒险轻进。公:指王韶(1030—1081),字子醇,江西德安人。他于熙宁元年(1068)向宋神宗提出《平戎策》,指出西夏统治者正将熙河地区变为侵扰内地的走廊,建议出兵收复熙河地区。这个建议在王安石支持下被宋神宗采纳。毋:不要。涉难,即冒险。
③熙河:指熙河路。熙宁五年冬十月,宋朝新置熙河路,这是以王韶收复的熙河地区为中心的新行政区。王韶被任为该路的经略安抚使。
④艾:止,尽。
⑤抚属羌:安抚归附的羌人。
⑥秉常:北宋时西夏的国主,在位(1069—1086)期间,曾多次对宋发动掠夺性的战争。董毡:北宋时吐蕃青唐族首领。
⑦乘:防守。
⑧坑杀:活埋。
⑨王师:指北宋的军队。
⑩敛:积聚。
⑪青唐:族名,藏族吐蕃的一支。9世纪中叶,藏族奴隶主建立的吐蕃政权在奴隶大起义中灭亡后,吐蕃分散四方,藏族地区出现了割据局面。11世纪初,居住在今青海、甘肃湟水流域的青唐族在首领唃厮罗的统治下一度强大,曾和宋朝协力抵御西夏统治者的侵扰。董毡是唃厮罗的儿子。
⑫攻彼而取此者:意把北宋与西夏之间的董毡争取过来,其他的藏族自然归附。
⑬服诚:说服。挫:挫败。
⑭梗:阻塞,妨碍。商旅:商贩,流动的商人。
⑮募之力役:招收他们做工。伐材:砍伐木材。
⑯恤(xù):周济。
⑰遥度(duó):在远处估计。
⑱春暄:春暖。暄,暖和。

虔州学记

　　虔①于江南地最旷,大山长谷,荒翳险阻,交、广、闽、越②铜盐之贩,道所出入,椎埋③、盗夺、鼓铸④之奸,视天下为多。庆历中,尝诏立学州县,虔亦应诏,而卑陋褊迫不足为美观。州人欲合私财迁而大之久矣。然吏尝力屈于听狱⑤,而不暇顾此,凡二十一年,而后改筑于州所治之东南,以从州人之愿。盖经始于治平元年⑥二月,提点刑狱⑦宋城⑧蔡侯行州事⑨之时;而考之以十月⑩者,知州事钱塘元侯也。二侯皆天下所谓才吏,故其就此不劳,而斋祠、讲说、侯望、宿息,以至庖湢⑪,莫不有所。又斥余财市⑫田及书,以待学者,内外完善矣。于是州人相与乐二侯之适己,而来请文以记其成。

　　余闻之也,先王所谓道德者,性命之理而已。其度数⑬在乎俎豆、钟鼓、管弦之间,而常患乎难知,故为之官师,为之学,以聚天下之士,期命辨说,诵歌弦舞,使之深知其意。夫士,牧民者也。牧⑭知地之所在,则彼不知者⑮驱之尔。然士学而不知,知而不行,行而不至,则奈何?先王于是乎有政矣。夫政,非为劝沮⑯而已也,然亦所以为劝沮。故举⑰其学之成者,以为卿大夫,其次虽未成而不害其能至者,以为士,此舜所谓庸⑱之者也。若夫道隆而德骏者⑲,又不止此⑳,虽天子,北面㉑而问焉,而与之迭为宾主㉒,此舜所谓承之者也。蔽陷畔逃㉓,不可与有言㉔,则挞之以诲其过、书之以识㉕其恶,待之以岁月之久而终不化,则放弃杀戮之刑随其后,此舜所谓威之者也。盖其教法,德则异㉖之以智、仁、圣、义、忠、和,行则同之以孝友、睦、姻、任、恤㉗,艺则尽之以礼、乐、射、御、书、数㉘。淫言诐行诡怪之术,不足以辅世,则无所容乎其时。而诸侯之所以教,一皆听于天子,命之教,然后兴学。命之历数㉙,所以时其迟速;命之权量㉚,所以节其丰杀㉛。命不在是,则上之人不以教而为学者不道也。士之奔走、揖让、酬酢、笑语、升降,出入乎此,则无非教者。高可以至于命㉜,其下亦不失为人用，其流及乎既衰矣，尚可以鼓舞群众，使有以异于后世之人。故当是时，妇人之所能言，童子之所可知，有后世老师宿儒之所惑而不瘠者也⑩；武夫之所道，鄙人之所守，有后世豪杰名士之所惮而愧之者也。尧、舜、三代，从容无为，同四海于一堂之上⑪，而流风余俗咏叹之不息，凡以此也。

周道微，不幸而有秦，君臣莫知屈己以学，而乐于自用，其所建立悖⑫矣，而恶夫非之者⑬。乃烧《诗》《书》，杀学士，扫除天下之庠、序，然后非之者愈多，而终于不胜⑭。何哉？先王之道德，出于性命之理，而性命之理，出于人心。《诗》《书》能循而达之，非能夺其所有而予之以其所无也。经虽亡，出于人心者犹在，则亦安能使舍己之昭昭，而从我于聋昏哉？然是心非特秦也⑮，当孔子时，既有欲毁乡校者⑯矣。盖上失其政，人自为义，不务出至善以胜之，而患乎有为之难，则是心非特秦也。墨子区区，不知失者在此。而发《尚同》之论，彼其为愚，亦独何异于秦。

呜呼！道之不一久矣。扬子曰："如将复驾其所说，莫若使诸儒金口而木舌。"⑰盖有意乎辟雍⑱学校之事，善乎其言，虽孔子出，必从之矣。今天子以盛德新即位，庶几能及此乎？今之定吏，实古之诸侯，其异于古者，不在乎施设之不专，而在乎所受于朝廷未有先王之法度；不在乎无所于教，而在乎所以教未有以成士大夫仁义之材。

虔虽地旷以远，得所以教，则虽悍昏嚚凶，抵禁触法而不悔者，亦将有聪明其耳目而善其心，又况乎学问之民？故余为书二侯之绩，因道古今之变及所望乎上者，使归而刻石焉。

此文盖作于宋英宗治平三年（1066）王安石在江宁（今南京）讲学之际。

王安石长于经学，深于儒术，且主张学以致用。宋兴近百年，承五代之弊，对教育一直没能予以重视，而虔州兴办学校，以儒家学说化育学者，王安石当然十分高兴，所以，当州学落成，州人来请他记述此事时便欣然命笔。

文章在叙述了两届知州蔡侯、元侯兴建州学的背景及简单经过之后，重点将笔墨落在兴建州学的教化作用方面，既而又将笔锋回到知州兴建州学上来,扩而广之,提出了知州在正风俗、兴儒学面所肩负的使命。

文章前后呼应,说理透辟而叙事繁简有度。

【注释】

①虔:虔州。即赣州。在江西省境内。

②交、广、闽、越:地处江南或岭南的交州、广州(在今广东省)、闽州(在福建省)、越州(在浙江省)。

③椎埋:杀人之后掩埋。椎,音 chuí。

④鼓铸:鼓风煽火,冶炼铜铁以铸钱。此谓私铸钱币。

⑤力屈于听狱:每天光办理官司、案件都忙不过来。

⑥治平元年:1064年。治平,英宗(赵曙)年号。

⑦提点刑狱:掌一路司法事务的官员。

⑧宋城:今河南商丘。春秋时期为宋国都城。

⑨行州事:代理或兼领虔州一职。

⑩考之以十月:用十个月时间将州学建设并落成。考:落成。

⑪庖湢:厨房和浴室。湢,音 bì。

⑫市:购买。

⑬度数:礼节,分寸。

⑭牧:治理一方百姓的官员。

⑮彼不知者:不被百姓所知的人,即官员。彼,百姓。

⑯劝沮:劝,鼓励,鼓励百姓务正业。沮,阻止,阻止百姓为不法。"劝"和"沮",指为政的两种功能。

⑰举:提拔。

⑱庸:通"用",任用。《尚书·舜典》:"舜生三十征庸。三十在位,五十载,陟方乃死。"

⑲道隆而德骏者:道德很高尚美好的学者。

⑳不止此:不仅仅为卿大夫。

㉑北面:古时天子坐北朝南,称为南面。大臣立于南边面朝北而事之,称北面。

㉒与之迭为宾主:与天子交相替换宾与主的位置。迭:交替。

㉓蔽陷畔逃:指各种不法行为。畔:通"叛"。

㉔不可与有言:不能够再施之以教。

㉕识:音 zhì,记载。

㉖异:区分,区别。

㉗该句出于《周礼·地官·大司徒》:"二曰六行:孝、友、睦、姻、任、恤。"六种品行。孝,敬父母。友,善朋友。睦,和睦邻里。姻,善姻亲。任,肯担重任。恤,救济贫弱。

㉘礼、乐、射、御、书、数:古代"六艺"的内容。射,乡射。御,驾车御马,数,算术。

㉙历数:日历。

㉚时其迟速:限定时日的快慢。

㉛权量:即权衡、称类。

㉜节其丰杀:限制其日用消耗的过多或过少。《礼记·礼器》:"礼不同,不丰,不杀。"杀:省、少。

㉝高可以至于命:学识高的可以直接受天子的任命。

㉞此句谓:那时候连小孩、妇女都可以言说、领悟的道理,到今天,就连老师宿儒对有些问题都不明白。

㉟同四海于一堂之上:四海之人好像都和帝王同处一堂般平等、接近、和乐。

㊱悖:指有悖于先王之道。

㊲恶夫非之者:厌恶对他表示不满的人。

㊳不胜:指秦始皇终于烧杀不尽。

㊴是心非特秦也:有这种想法的不仅秦始皇一人。

㊵据史载:春秋时期,郑国有人欲毁掉乡校,宰相子产说之以理,终存乡校。孔子称子产"善哉"。

㊶扬子:汉代经学家,儒家阐释、发扬者扬雄,字子云。其《法言·学行》曰:"天之道不在仲尼乎?仲尼驾说者也。不在兹儒乎?如将复驾其所说,则莫若使诸儒金口而木舌。"《论语·八佾》:"天将以夫子为木铎。"木铎以金为铃,以木为舌,摇振则出声。故称木铎为金口木舌。古代为政施教之时,振木铎以引人注意。

㊷辟雍:周代为贵族子弟所设的大学。取四周有水,形如璧环以为名。

太平州新学记

　　太平①新学在子城东南,治平三年②,司农少卿③建安李侯某仲卿所作。侯之为州也,宽而有制,静而有谋,故不大罚戮,而州既治。于是大姓相劝出钱,造侯之廷,愿兴学以称侯意。侯为相地迁之,为屋若干间,为防环之,以待水患。而为田若干顷,以食学者。自门徂④堂,闳壮丽密,而所以祭养之器具。盖往来之人,皆莫知其经始⑤,而特见其成。既成矣,而侯罢去,州人善侯无穷也,乃来求文以识其功。

　　嗟乎!学之可以已也久矣,世之为吏者或不足以知此,而侯知以为先,又能不费财伤民,而使其自劝以成之,岂不贤哉!然世之为士者知学矣,而或不知所以学,故余于其求文而因以告焉。

　　盖继道莫如善,守善莫如仁,仁之施自父子始。积善而充之,以至于圣而不可知之谓神,推仁而上之,以至于圣人之于天道,此学者之所当以为事也,昔之造书者实告之矣。有闻于上,无闻于下,有见于初,无见于终,此道之所以散,百家⑥之所以成,学者之所以讼⑦也。学乎学⑧,将以一⑨天下学者,至于无讼而止。游于斯,餔⑩于斯,而余说之不知,则是美食逸居而已者也。李侯之为是⑪也,岂为士大夫之美食逸居而已哉?

　　此篇作于治平三年(1066)稍晚时间。
　　全文由新学之建论到学不可已,再论到学的内容应是儒家所推重的先王之道,应当以"仁"为中心。先叙后议,层层深入,使所记在议论中升华,揭示了兴办州学的意义,议论在记的基础上展开,使文章言之有据,记议结合,使文章富于哲理和思辨色彩。

【注释】
①太平:即今安徽当涂。

②治平三年:1066年。治平,宋英宗年号。
③司农少卿:朝廷内分管农事的佐官,此为李仲卿的虚衔。
④徂:音 cú,往、到。
⑤经始:当初建设的情况。
⑥百家:指战国时期各执其说的诸子百家。
⑦讼:争辩。
⑧学乎学:在学校里学习。前"学"为动词,"学习"之意;后"学"为名词,各级政府所设学校。
⑨一:统一。
⑩餔:音 bū。吃饭,就食。
⑪为是:建这所学校。为,音 wéi。

繁昌县学记

　　奠①先师先圣②于学③而无庙,古也④。近世之法,庙事孔子而无学。古者自京师至于乡邑皆有学,属其民人相与学道艺其中,而不可使不知其学之所自⑤,于是乎有释菜⑥、奠币⑦之礼,所以著其不忘。然则事先师先圣者,以有学也,今也无有学,而徒庙事孔子,吾不知其说⑧也。而或者以谓孔子百世师,通天下州邑为之庙,此其所以报⑨且尊荣之。夫圣人与天地同其德,天地之大,万物无可称其德,故其祀,质而已,无文也。通州邑⑩庙事之,而可以称⑪圣人之德乎？则古之事先圣,何为而不然也？

　　宋因⑫近世之法而无能改,至今天子⑬,始诏天下有州者皆得立学,奠孔子其中,如古之为。而县之学士满二百人者,亦得以为之。而繁昌⑭,小邑也,其士少,不能中律⑮。旧虽有孔子庙,而庳下⑯不完,又其门人之像,惟颜子⑰一人而已。今夏君希道太初⑱至,则修而作之,具为子夏、子路十人像。而治其两庑⑲,为生师之居,以待县之学者。以书属其故人临川王某,使记其成之始。夫离上之法⑳,而苟欲为古之所为者,无法；流于今俗而思古者,不闻教之所以本,又义之所去也。太初于是无变今之法,而不失古之实,其不可以无传也。

　　王安石的文章长于议论,而每议论必本于儒家之道。该篇以记为名,以议为实,重在以记引起而发其议论。
　　一县之学兴,本无甚可张扬表显之处,而其意义却大有说道。于是王安石借题发挥,落笔在"夫离上之法,而苟欲为古之所为者,无法；流于今俗而思古者,不闻教之所以本,又义之所去也"。大中之法是："无变今之法,而不失古之实。"妙笔点画,小记出神。

【注释】

①奠:用酒食祭祀死者。
②先圣先师:指孔子。
③学:学校。
④古也:那是古时候的做法。
⑤学之所自:兴办学校的由来。
⑥释菜:以芹藻之类祭奠先师。古时入学,行释菜礼。因不用牲牢币帛,故为礼之轻者。
⑦奠币:以币帛类物品祭奠先师。为礼之重者。
⑧吾不知其说:我不知道这样做有何道理。
⑨报:报答,酬谢。
⑩通州邑:通天下之州邑,即全天下的州邑。
⑪称:音 chèn,匹敌,配得上。
⑫因:承袭。
⑬今天子:指宋仁宗。朝廷于庆历年间诏告天下有州者皆立学。
⑭繁昌:在今安徽省境内。
⑮不能中律:不符合要求。
⑯庳下:即低矮。庳,音 bēi。
⑰颜子:即颜回,后人以他配享孔子。
⑱夏君希道太初:即夏希道,字太初。
⑲庑:堂下四周的走廊、廊屋。
⑳"离上之法"六句:脱离了朝廷所颁行的法令,如果想一味追寻古代的做法,等于没法可循;被现实凡俗所左右而打算行古代做法,而不知道教育的原始来历,这又是被道义所远离和抛弃的做法。

明州慈溪县学记

天下不可一日而无政教,故学不可一日而亡于天下。古者井天下之田①,而党庠、遂序、国学之法立乎其中。乡射饮酒、春秋合乐、养老劳农、尊贤使能、考艺选言之政,至于受成②、献馘③、讯囚之事,无不出于学。于此养天下智仁圣义忠和之士,以至一偏之伎④,一曲之学⑤,无所不养。而又取士大夫之材行完洁,而其施设已尝试于位⑥而去者,以为之师。释奠、释菜,以教不忘其学之所自。迁徙逼逐,以勉其怠而除其恶。则士朝夕所见所闻,无非所以治天下国家之道。其服习必于仁义,而所学必皆尽其材。一日取以备公卿大夫百执事之选,则其材行皆已素定;而士之备选者,其施设亦皆素所见闻而已,不待阅习而后能者也。古之在上者,事不虑而尽,功不为而足,其要如此而已。此二帝、三王所以治天下国家而立学之本意也。

后世无井田之法,而学亦或存或废。大抵所以治天下国家者,不复皆出于学。而学之士,群居、族处,为师弟子之位者,讲章句、课文字而已。至其陵夷⑦之久,则四方之学者,废而为庙,以祀孔子于天下,斫木抟土,如浮屠、道士法,为王者象。州县吏春秋帅其属释奠于其堂,而学士者或不豫⑧焉。盖庙之作,出于学废,而近世之法然也。

今天子即位若干年,颇修法,度而革近世之不然者。当此之时,学稍稍立于天下矣,犹曰县之士满二百人,乃得立学。于是慈溪⑨之士,不得有学,而为孔子庙如故,庙又坏不治。今刘君居中言州⑩,使民出钱,将修而作之,未及为而去,时庆历某年也。

后林君肇至,则曰:"古之所以为学者,吾不得而见,而法者,吾不可以毋循也。虽然,吾有人民于此,不可以无教。"即因民钱作孔子庙,如今之所云,而治其四旁为学舍,构堂其中,帅县之子弟,起⑪先生杜君醇为之师,而兴于学。噫!林君其有道者耶!夫吏者,无变今之法,而不失古之实,此有道者之所能也。林君之为,其几于此矣。

　　林君固贤令,而慈溪小邑,无珍产、淫货⑫以来⑬四方游贩之民;田桑之美,有以自足,无水旱之忧也。无游贩之民,故其俗一而不杂;有以自足,故人慎刑而易治。而吾所见其邑之士,亦多美茂之材,易成也。杜君者,越⑭之隐君子,其学行宜为人师者也。夫以小邑得贤令,又得宜为人师者为之师,而以修醇一易治之俗,而进美茂易成之材,虽拘于法,限于势,不得尽如古之所为,吾固信其教化之将行,而风俗之成也。夫教化可以美风俗,虽然,必久而后至于善。而今之吏其势不能以久也。吾虽喜且幸其将然,而又忧夫来者之不吾继⑮也,于是本其意⑯以告来者。

　　此篇作于王安石任鄞县令之际。
　　开宗明义:"天下不可一日而无政教,故学不可一日而亡于天下。"以此立题,后逐渐展开,从古之庠序之学的内容,其化人之美,到后世先王之道废,孔氏之学受冷落,再至今刘居中、林肇兴学,请杜醇为师,化育子弟,修心复古,最后又提出忧虑,担心"今之吏其势不能以久也"。文章妙在天成,此篇娓娓叙来,似不经意。随之而下却顺畅而有曲意,加之排比、对偶、反诘等手法的运用自如,使文章气势充沛,有一泻而下之感。

【注释】
①井天下之田:即"井田制",西周时所创。每块田分为九块,成"井"字形。四周八块为私田,中间一块为公田,而由八家营之。
②受成:接受已定的谋略。《礼记·王制》:"天子将出征……受命于祖,受成于学。"《疏》曰:"受成学者,谓在学谋论兵事好恶可否,其谋成定。受此成定之谋,在于学里,故云受成于学。"
③献馘:古时战争中割取敌人左耳,以计功行赏。馘,音 guó,俘虏或敌方死者被割取的左耳。
④伎:通"技"。
⑤一曲之学:较为冷僻的学问。
⑥位:官位。
⑦陵夷:逐渐衰败。
⑧豫:同"预""与",参加之意。

⑨慈溪:县名,在浙江省,吏属宁波。
⑩言州:言于州,向州一级请示。
⑪起:请来。
⑫淫货:奇巧珍稀的产品。
⑬来:招徕。
⑭越:慈溪为古越国之地,故称。
⑮忧夫来者之不吾继:担心后来的继任者不能像林肇这样兴学为政。
⑯本其意:叙述林肇兴学为政的原本用心。

君子斋记

　　天子诸侯谓之君,卿大夫谓之子,古之为此名也,所以命天下之有德。故天下之有德,通谓之君子。有天子、诸侯、卿大夫之位,而无其德,可以谓之君子,盖称其位也。有天子、诸侯、卿大夫之德而无其位,可以谓之君子,盖称其德也。位在外也①,遇而有之,则人以其名予之,而以貌事之。德在我也,求而有之,则人以其实予之,而心服之。夫人服之以貌而不以心,与之名而不以实,能以其位终身而无谪②者,盖亦幸而已矣。故古之人以名为羞,以实为慊③,不务服人之貌,而思有以服人之心。非独如此也,以为求在外者,不可以力得也。故虽穷困屈辱,乐之而弗去,非以夫穷困屈辱为人之乐者在是也,以夫穷困屈辱不足以概吾心④为可乐也已。

　　河南裴君主簿于洛阳⑤,治斋于其官而命之曰"君子"。裴君岂慕夫在外者,而欲有之⑥乎?岂以为世之小人众,而躬行君子者独我乎?由前则失己⑦,由后则失人⑧,吾知裴君不为是也,亦曰:勉于德而已。盖所以榜于前⑨,朝夕出入观焉,思古人之所以为君子,而务及之也。独仁不足以为君子,独智不足以为君子,仁足以尽性,智以穷理,而又通乎命,此古之人所以为君子也。虽然,古之人不云乎:"德輶如毛,毛犹有伦"⑩,未有欲之而不得也。然则裴君之为君子也,孰御焉⑪。故作嘉其志,而乐为道之。

　　"宋诗好议论",宋文又何尝不如此?唯其好议论,则必寓妙理于其中,而加之以反复论辩说理周详,妙处也自在其中。这是宋文的特点,也是它的长处。

　　河南县的一名主簿官不谓高,而他在自己官署附近治一斋而名曰"君子",事不谓大,而妙理便在于小官小事之中。于是王安石由此阐发开去引证古今,将"君子"的含义发挥得略无余裕。盖王安石借裴君治"君子

君子斋记

斋"有矫世之意而抒发他对现实中所谓"君子"的鄙薄之慨,且以其文其思矫于世俗,所以文章立意皎然,议论绚然,而气势如江河倾泻,文虽止而有不尽之意。

【注释】

①位在外也:官位、爵位乃身外之物。
②无谪:不受人谴责。谪,谴责。
③慊:音 qiàn,心满意足。
④不足以概吾心:不值得放在心上。概,牵挂,系念。
⑤此句谓:裴君在洛阳任河南县主簿。洛阳在北宋时为西京,而河南县治所也在洛阳。
⑥有之:有高官显位。
⑦由前:指走希求高官显位之路。王安石认为,这样就失去了独立的人格。
⑧由后:即认为世上小人多,而自命清高。王安石认为这样虽保持了自我,但却将自己与社会隔绝,以致于"失人"。
⑨榜于前:将"君子斋"标榜于官署门前。
⑩出自《诗经·大雅》。意为:"德行轻如羽毛,但羽毛也有它的次序。"輶,音 yóu,轻。
⑪孰御焉:谁能阻挡得了呢? 御,阻挡。

石门亭记

　　石门亭在青田县①若干里,令朱君为之②。石门者,名山也,古之人咸刻其观游之感慨,留之山中,其石相望③。君至而为亭,悉取古今之刻,立之亭中,而以书与其甥之婿王安石,使记其作亭之意。

　　夫所以作亭之意,其直④好山乎?其亦好观游眺望乎?其亦于此问民之疾忧乎?其亦燕闲以自休息于此乎?其亦怜夫人之刻暴⑤偃蹐⑥而无所庇障且泯灭乎?夫人物之相好恶必以类,广大茂美,万物附焉以生,而不自以为功者,山也。好山,仁也。去郊而适野,升高以远望,其中必有慨然者。《书》⑦不云乎:"予耄逊于荒。"《诗》不云乎:"驾言出游,以写我忧。"⑧夫环顾其身无可忧,而忧者必在天下,忧天下亦仁也。人之否⑨也敢自逸⑩?至即深山长谷之民,与之相对接而交言语,以求其疾忧,其有壅⑪而不闻者乎?求民之疾忧,亦仁也。政不有小大,不以德则民不化服,民化服然后可以无讼⑫,民不无讼,令⑬其能休息无事,优游以嬉乎?古今之名⑭者,其石幸在,其文信善,则其人之名与石且传而不朽,成仁之名而不夺其志,亦仁也⑮。作亭之意,其然乎?其不然乎?

　　在王安石诸记文字中,该篇可谓独树一帜,它通过一系列的排比设问句式,揣度建亭者的本意,而阐明他所主张的"仁"字。
　　全篇字数不多,激情饱满且简约明快,行文之妙可比苏轼《喜雨亭记》,寓意深远可追范仲淹《岳阳楼记》,惜墨如金乃此文独得,读之令人回肠荡气。南宋陈在《文则》中评价说:"文简而理周,斯得其简也。"

【注释】
①青田县:在浙江省境内。石门山又称青田山。道教称之为"三十六洞天"之一。
②为之:修建。

石门亭记

③其石相望:言刻石很多。
④直:仅仅。
⑤刻暴:苛刻、暴虐。谓人性恶劣。
⑥偃踣:仰倒、僵仆。音 yǎn bó。谓民生潦倒。
⑦《书》:指《尚书》。
⑧出自《诗经·邶风·泉水》。意为我驾车出游,以宣泄我心中的苦闷。写:通"泻"。读 xiè。相传此诗为许穆夫人所作。
⑨否:音 pǐ。命运不佳。
⑩自逸:自我放纵。
⑪壅:阻塞。
⑫讼:争辩,申诉,引申为冤情。
⑬令:县令。本篇起始"令朱君为之"之"令"亦同。
⑭名:通"铭"。
⑮此句谓朱县令将古今刻石聚之于亭,而成就刻石者的仁名,这行为本身也是仁德的一种表现。

芝阁记

祥符①时,封泰山②以文③天下之平,四方以芝④来告者万数。其大吏,则天子赐书以宠嘉之,小吏若民,辄锡金帛。方是时,希世⑤有力之大臣,穷搜而远采,山农野老,攀缘狙杙⑥,以上至不测之高,下至涧溪壑谷,分崩裂绝,幽穷隐伏,人迹之所不能,往往求焉。而芝出于九州、四海之间,盖几于尽矣。

至今上⑦即位,谦让不德⑧。自大臣不敢言封禅,诏有司以祥瑞告者皆勿纳,于是神奇之产,销藏委翳于蒿藜榛莽之间,而山崿⑨野老不独知其为瑞也。则知因一时之好恶,而能成天下之风俗,况于行先王之治哉?

太丘⑩陈君学文而好奇。芝出于庭,能识其为芝,惜其可献而莫售⑪也,故阁于其居之东偏⑫,掇取而藏之。盖其好奇如此。噫!芝一也⑬,或贵于天子,或贵于士,或辱于凡民,夫岂不以时⑭乎哉?士之有道,不役志于贵贱⑮,而卒所以贵贱⑯者,何以异哉⑰?此予之所以叹也。皇祐五年⑱十月日记。

杜甫的诗到宋代才为人瞩目,而王安石在自己的一本唐诗选本中极力推崇当时尚不为人深识的杜甫诗。盖王安石偏爱杜甫的正是诗中的批判精神,以及"朱门酒肉臭,路有冻死骨"的对现实的无情揭露。《芝阁记》正是绍承了杜甫的思想和作者自己的感慨而成的。

此篇作于王安石任舒州通判之际。当时的舒州(今安徽潜山县)荒僻贫困,民生凋敝,王安石到任后忧虑民生,在《杜甫画像》一诗中表达了"愿起公死从之游"的强烈愿望,《芝阁记》所表达的正是这种济世救民的思想。

文章以"芝"为线索展开议论,提出君主应行"先王之治",有道之士亦应"不役志于贵贱"。与君主共行"先王之治"。

芝阁记

【注释】

①祥符：即大中祥符，宋真宗年号。
②封泰山：古时天子在泰山上筑土为坛以祭天，报答上天的辅祐之功。《五经通义》："异姓而王，致太平，必封泰山，禅梁甫。"
③文：旧读 wèn，粉饰，装点。
④芝：灵芝。古人以灵芝为祥瑞之物，灵芝出现，预兆年景太平祥和。
⑤希世：迎合世俗所好。
⑥狙杙：音 jū yì。把绳子拴在木桩上，而后像狙猿一般荡崖攀山。
⑦今上：当今皇上，即宋仁宗赵祯。
⑧谦让不德：对于类似献芝等有悖于仁德的事则谦退，责备。
⑨嵒：音 yán，通"岩"。
⑩太丘：地名，在今河南永城县境内。
⑪莫售：卖不出去。引申为无人赏识。
⑫阁于其居之东偏：在他住所偏东地方建一阁。
⑬芝一也：灵芝都是一样的呀！
⑭以时：因为时俗好尚不同。
⑮不役志于贵贱：不费心思琢磨所处地位的贵与贱。役志：用心谋虑。
⑯而卒所以贵贱：但终于还是有了贵与贱的区别。
⑰何以异哉：（这道理与灵芝的以时贵贱）有什么不同呢？
⑱皇祐五年：1053年。皇祐，宋仁宗赵祯年号。

度支副使厅壁题名记

　　三司副使①,不书前人名姓。嘉祐五年②,尚书户部员外郎吕君冲之③,始稽之众史④,而自李纮⑤已上至查道⑥,得其名,自杨偕⑦以上,得其官,自郭劝⑧已下,又得其在事之岁时⑨,于是书石而镵⑩之东壁。

　　夫合天下之众者财,理天下之财者法,守天下之法者吏也。吏不良,则有法而莫守;法不善,则有财而莫理。有财而莫理,则阡陌闾巷之贱人,皆能私取予之势,擅万物之利,以与人主争黔首⑪,而放其无穷之欲,非必贵强桀大而后能。如是而天子犹为不失其民者,盖特号而已耳⑫。虽欲食蔬衣弊⑬,憔悴其身,愁思其心,以幸⑭天下之给足,而安吾政,吾知其犹不行也。然则善吾法,而择吏以守之,以理天下之财,虽上古尧、舜犹不能毋以此为先急,而况于后之纷纷⑮乎?

　　三司副使,方今之大吏⑯,朝廷所以尊宠之甚备。盖今理财之法,有不善者,其势皆得以议于上而改为之。非特当守成法,咨出入⑰,以从有司之事而已。其职事如此,则其人之贤不肖,利害施于天下如何也!观其人,以其在事之岁时,以求其政事之见于今者,而考其所以佐上理财之方,则其人之贤不肖,与世之治否,吾可以坐而得矣。此盖吕君之志也。

　　本文作于宋仁宗嘉祐五年(1060),当时王安石在朝任三司度支判官。"三司",即盐铁、户部和度支三个部门的合署,而度支是朝廷的财政收支部门。王安石这篇文章的中心是反对越来越重的豪强兼并势力,通过善法、择吏、理财,达到治财政、兴王室、强国家的目的。

　　全文立意高远,论辩说理反复出之,环环相扣,富有逻辑力量。

【注释】

①三司副使:三司,宋代主管财经的中央机构,包括盐铁、度支、户部三个部门。咸平

六年(1006),宋朝规定这三个部门各设副使一人,为本部门主管官员。
②嘉祐五年:1053年。嘉祐,宋仁宗赵祯年号。
③吕君冲之:即吕冲之,名景初,于嘉祐五年以尚书户部员外郎的官衔,被任为度支副使,管理全国财政、税收。其职务相当于财政部长。
④稽之众史:求考于众多掌管案卷、资料和抄写文件的职员。
⑤李纮:字仲刚,仁宗时曾任度支副使。
⑥查道:字湛然,咸平六年第一任度支副使。
⑦杨偕:字次公,宝元元年(1038)任度支副使。
⑧郭劝:字仲褒,庆历六年(1046)任度支副使。
⑨在事之岁时:在度支副使职任的年月。
⑩镵:音chán。凿刻。
⑪黔首:指百姓。
⑫特号而已耳:仅仅留下个"天子"的空名罢了。
⑬食蔬衣敝:吃青菜,穿破旧衣服。谓过俭约的生活。
⑭幸:希望。
⑮纷纷:混乱的样子。
⑯大吏:三司副使主掌天下财政,故称。
⑰吝出入:收支抓得很紧。这里主要是吝惜开支的意思。

抚州通判厅见山阁记

  通判抚州、太常博士施侯,为阁于其舍之西偏,既成,与客升①以饮,而为之名曰"见山"。且言曰:"吾人②脱于兵火③,洗沐仁圣之膏泽④,以休其父子者,余百年。于今天子⑤恭俭,陂池、苑囿、台榭之观,有堙毁而无改作,其不欲有所骚动,而思称祖宗所以悯仁元元之意殊甚。故人得私其智力,以遂于利而穷其欲。自虽蛮夷湖海山谷之聚,大农富工豪贾之家,往往能广其宫室,高其楼观,以与通邑大都之有力者争无穷之侈。夫民之富溢矣,吏独不当⑥因其有余力,有以娱乐、称上施⑦耶?又况抚之为州,山耕而水莳⑧,牧牛马,田虎豹⑨,为地千里,而民之男女以万数者五六十⑩,地大人众如此,而通判与为之父母,则其人奚可不贤,虽贤岂能无能劳于为治,独无观游食飨之地,以休其暇日,殆非⑪先王使小人以力养君子之意。吾所以乐为之就此⑫而忘劳者,非以为吾之不肖能长有此⑬,顾不如是不足以待后之贤者尔。且夫人之慕于贤者,为其所乐与天下之志同而不失,然后能有余以与民,而使皆得其所愿。而世之说者曰:'召公⑭为政于周,方春舍于蔽芾之棠⑮,听男女之讼焉,而不取自休息于宫,恐民之从我者勤,而害⑯其田作之时。盖其隐约穷苦,而以自媚于民如此。故其民爱思咏歌之,至于不忍伐其所舍之棠,今《甘棠》之诗是也。'嗟乎!此殆非召公之实事,诗人之本指⑰,特墨子之余言赘行⑱,吝细褊迫者⑲之所好,而吾之所不能为。"

  于是酒醋⑳,客皆欢,相与从容誉施侯所为,而称其言之善。又美大㉑其阁,而嘉其所以名之者曰:"阁之上,流目而环之㉒,则邑屋草木川原阪隰㉓之无蔽障者皆见,施侯独有见于山,而以为之名,何也?岂以山之在吾左右前后,若蹯若踞,若伏鸯,为独能适吾目之所观邪?其亦吾心有得于是而乐之也。"

  施侯以客为知言㉔,而以书抵予曰:"吾所以为阁而名之者如此,子其

抚州通判厅见山阁记

为我记之。"数辞不得止,则又因吾叔父之命以取⑳焉,遂为之记,以示之贤者,使知夫施侯之所以为阁而名之者,其言如此。

抚州通判施某修建见山阁,给在京师工作的王安石写信,请他写文章记述此事。此文当作于嘉祐四年(1059)到熙宁二年(1069)之间。

文章完全借施某及其宾客之言而成篇,而其中多夸美之词,张大之言。以此较《芝阁记》《石门亭记》等篇所寓,则知作者心意在于篇末"数辞而不得止",以不情愿,又不得已而作,则作者实乃以其自言之夸谩,展示其张大其事,喜欢奢华的性格,实寓贬于褒之作。

【注释】

①升:登上。
②吾人:我们这代人。扩而引至"大宋百姓"。
③兵火:指五代末年与宋初的战乱。
④沐浴仁圣之膏泽:意即享受着几代天子所建太平盛世给我们带来的好处。
⑤今天子:当今天子。指宋仁宗赵祯。
⑥不当:不应该。
⑦称上施:称,音 chèn,匹配,有"应该享受"之意。上施:天子施与百姓的恩泽。
⑧水莳:即种水稻。莳,音 shì。栽植。
⑨田虎豹:把虎、豹都驱赶到田里耕地。言其尽所有力量以务农。
⑩以万数者五六十:言抚州之地有男女百姓五六十万人。
⑪殆非:大概不是。
⑫就此:修建这座"见山阁"。
⑬长有此:谓长期在抚州任职,而享受这里的一切。
⑭召公:姓姬,名奭,与周公姬旦共同辅佐周天子以兴致太平。
⑮此句谓:开春的时候住在田边很小的甘棠树下。蔽芾,幼小。《诗经·召南·甘棠》:"蔽芾甘棠,勿剪勿伐,召伯所茇。"茇,音 bá,居住。
⑯害:耽误。
⑰诗人之本指:诗人写《甘棠》一诗的本来意思。
⑱余言赘行:不经意说出的话和不小心所做的事。
⑲吝细褊迫者:心胸局促狭小,喜欢鼓捣小玩艺的人。
⑳酢:音 zuò,古作"酢",客人以酒酬谢主人。

㉑美大:称赞,赞美。
㉒流目而环之:以目光环视四周。
㉓阪:音 bǎn,山坡。隰:音 xí,低湿之地。
㉔以客为知言:认为客人之言,是理解他心情的话。
㉕取:音 cù,催促。

桂州新城记

侬智高反南方①,出入十有二州,而十有二州之守吏,或死或不死,而无一人能守其州者,岂其才皆不足欤?盖夫城郭之不设②,兵甲之不戒,虽有智勇,犹不能胜③一日之变也。为天子亦以为任其罪者非独吏,故特推恩褒广死节④,而一功贷⑤其失职。于是遂推选士大夫所论以为能者,付之经略⑥,而今尚书工部郎中余公靖⑦当广西焉。

寇平之明年,蛮越接和,乃大城桂州⑧。其木、甓、瓦、石之材,以枚数之,至四百万有奇⑨。用人之力,以工数之,至二十余万。凡所以守之具,无一求而不给者焉。以至和元年⑩八月始作,而以二年之六月成。夫其为役亦大矣,盖公信于民也久,而费之欲以卫其材⑪,劳之欲以休其力,以故为是有大费与大劳,而人莫或以为勤也。

古者君臣、父子、夫妇、兄弟、朋友之礼失,则夷狄横⑫而窥中国⑬。方是时,中国非夫城郭也,卒于陵夷、毁顿、陷灭而不救。然则城郭者,先王有之,而非所以恃为存也。及至喟然觉寤,兴起旧政,则城郭之修也,又尝不敢以为后。盖有其患而图之⑭无其具,有其具而守之非其人,有其人而治之非其法,能以久存而无败者,未之闻也。故文王之起也,有四夷之难,则城于朔方⑮,而以南仲;宣王之起也,有诸侯之患,则城于东方,而以仲山甫⑰。此二臣之德,协于其君,于其为国之本末与所先后,可谓知之矣。虑之以悄悄之劳,而发之以赫赫之名,承之以翼翼之勤,而续之以明明之功,卒所以攘夷狄,而中国以全安者,盖其君臣如此,而守卫之有其具也。

今余公亦以文武之才,当明天子承平日久,欲补弊立废之时,镇抚一方,修扞⑱其民,其勤于今,与周之有南仲、仲山甫盖等矣,是宜有纪也。故其将吏相与谋而来取文,将镂之城隅,而以告后之人焉。

此篇作于嘉祐元年(1056),当时王安石在京城做群牧判官。

文章通过侬智高叛乱桂州失守,至乱平后不到一年建好桂州新城,说明要守城安全,使夷狄不得窥中国,必须要有善法、贤人和守卫之具的道理。

【注释】

①侬智高:广源州少数民族。其祖自唐初即雄踞于西原,自此世代为州首领。唐代末年,傥犹州知州侬全福被交州人杀死。其妻改嫁商人,生子名智高,冒姓侬。交州人推其知广源州,侬智高就任后,袭击安德州,据有广南,又攻邕州。建国号为"南天"。僭称"仁惠皇帝"。皇祐年间,大将狄青夜度昆仑关,在邕州大破侬智高,侬智高败逃至大理并死于此。广南自此恢复。

②不设:不修缮。

③胜:抵挡、抗御。

④褒广死节:多多褒奖战死而不降的人。

⑤贷:宽恕,宽免。

⑥付之经略:交付给他经略安抚使的权力。经略:筹划、治理之意。北宋设置经略安抚司,其首领为经略安抚使,掌管一路(相当于今之"省")军政民政。皇祐以后,西南两边大将皆代经略。

⑦余靖:宋曲江人,字安道,天圣初年登进士第,擢右正言,以论范仲淹谪官一事忤权相吕夷简,与尹诛、欧阳修同被贬出。自此越发知名,与欧阳修、蔡襄、王素称为"四谏"。三使契丹,熟少数民族语言。侬智高反,经略南事。为帅十年,不载南海一物。广州有"八贤堂",余靖为其中之一,官至工部尚书。卒谥"襄",人称余襄公。

⑧大城桂州:加大修建桂州城。

⑨奇:音 jī。多余之意。

⑩至和元年:1054年。至和,宋仁宗赵祯年号。

⑪卫其材:保护百姓的财产。材,通"财"。

⑫横:音 hèng,强横。

⑬中国:即中原。

⑭图之:此处意为提防并消除祸患。

⑮据《史记·周本纪》:"明年,伐犬戎。明年伐密须。明年,攻耆国……明年,伐邘。明年,伐崇侯虎。而作丰邑,自歧下而徙都丰。"朔方:即北方。

⑯南仲:未详,盖佐文王兴国业者。
⑰据《史记·周本纪》:"宣王不修籍于千亩(注,古者,天子耕籍田千亩,为天下先)。三十九年,战于千亩(今山西介休),王师败绩于姜氏之戎。宣王既亡南国之师,乃料民于太原。仲山甫谏曰:'民不可料也。'宣王不听,卒料民。"料,数也。
⑱扦:插。修扦,即移植、安插。

信州兴造记

　　晋陵张公治信①之明年，皇祐二年②也，奸强怙柔③，隐诎发舒④，既政大行，民以宁息。夏六月乙亥，大水。公徙囚⑤于高岳，命百隶戒⑥，不共⑦有常诛。夜漏半⑧，水破城，灭府寺，包人民庐居。公趋谯门⑨，坐其下，敕⑩吏士以桴⑪收民，鳏寡孤老癃⑫与所徙之囚，咸得不死。

　　丙子，水降。公从宾佐⑬按行隐度⑭，符⑮县调富民水之所不至者夫钱户七百八十，收佛寺之积材一千一百三十二。不足，则前此公所命富民出粟以赒⑯贫民者三十三人，自言曰："食新矣，赒可以已，愿输⑰粟直以佐材费。"于是募人城水之所入⑱，垣郡府之缺⑲，考监军之室、立司理之狱，营州之西北亢爽之墟⑳，以宅㉑屯驻之师，除其故营，以时教士刺伐坐作之法，故所无也。作驿曰"饶阳"，作宅曰"回车"。筑二亭于南门之外，左曰仁，右曰智，山水之所附也㉒。梁㉓四十有二，舟于两亭之间㉔，以通车徒㉕之道。筑一亭于州门之左，曰宴月吉㉖，所以属宾㉗也。凡为城垣九千尺，为屋八。以楹数之，得五百五十二。自七月甲午，卒九月丙戌，为日五十二，为夫㉘一万千四百二十五。中家㉙以下，见城郭室屋之完，而不知材之所出，见徒㉚之合散，而不见役使之及已。凡故之所有必具，其无也，乃今有之。公所以救灾补败之政如此，其贤于世吏则远矣。

　　今州县之灾相属㉛，民未病灾㉜也，且有治灾之政出焉。施舍之不遍，哀㉝取之不中㉞，元奸宿豪舞手以乘民㉟，而民始病。病矣，吏乃始警然自德㊱，民相与诽且笑而不知也。吏而不知为政，其重困民多如此。此予所以哀民，而闵㊲吏之不学也。由是而言，则为公之民㊳，不幸而遇害灾，其亦庶乎无憾矣。某月某日临川王某记。

　　本文作于宋仁宗皇祐二年（1050）之后，当时王安石在鄞县任上。《东都事略》记载：王安石在鄞县时"好读书，三日一治县事，起堤堰，决陂塘为

信州兴造记

水陆之利;贷谷于民,立息以偿,俾新陈相易;兴学校,严保伍,吏人便之"。以仁政宽民为己任,批评那种轻视州县工作的看法。文中以张公治信州(今江西上饶)为论述的依据,提出吏者应"哀民",知"为政"之道,为政者必须学习,否则病疲百姓,为人讪笑而不自知。

文章的突出特点是,详写张公治信州之政,以为其议论提供充分的事实论据,再以今之吏不知为政给百姓带来灾难作对比,从而使立论具有较强的说服力。

【注释】

① 信:信州,今江西上饶市。
② 皇祐二年:1050 年。
③ 奸强怙柔:奸猾凶恶的人变得和顺了。
④ 隐讪发舒:隐忍受屈的人扬眉吐气了。
⑤ 囚:囚徒,罪犯。
⑥ 命百隶戒:使众多差役监押囚徒以行。
⑦ 不共:不一同随徙。
⑧ 夜漏半:古人以沙漏计时。夜漏半,夜间的沙漏中,沙土已漏下一半,即时至半夜。
⑨ 谯门:上有望楼的城门。供瞭望用。
⑩ 敕:命令。
⑪ 桴:木筏子。
⑫ 癃:音 lóng,衰弱多病。
⑬ 宾佐:随从人员。
⑭ 按行隐度:悄悄地渡水巡行。按行,即"巡行"。
⑮ 符:古代朝廷传令、调遣用的凭证。这里用作动词,即"传令"。
⑯ 赒:音 zhōu。周济。以财物帮助别人。
⑰ 输:缴纳。
⑱ 城水之所入:把水冲坏的城墙修复好。
⑲ 垣郡府之缺:把郡府公署被水冲破的墙垣缺口堵好。这里,"墙""垣"皆作名词动词用。
⑳ 营州之西北亢爽之墟:在州城西北干燥通风的废墟上建兵营。营:动词。
㉑ 宅:安顿。
㉒ 古人云:智者乐水,仁者乐山。故临山之亭曰仁,滨水之亭曰智。

㉓梁：动词，修复、兴建桥梁。
㉔舟：动词，行船。
㉕车徒：乘车行路和徒步行路。
㉖日晏月吉：吉利和顺的日、月。晏，平安之意。
㉗所以：用来。属宾：聚集宾客。
㉘为夫：用人力。
㉙中家：经济状况中等的家庭。
㉚徒：指受灾群众。
㉛相属：相连接。
㉜病灾：被灾所害。
㉝裒：音póu。减少，消除。此处引申为"敛取"。
㉞中：音zhòng。合度。
㉟元奸：大奸。宿豪：多年的豪强大户。舞手：指毫不顾忌地动手。乘民：欺压百姓。
㊱謷然：傲慢的样子。謷，音ào，同"傲"。自德：自以为是德行君子。
㊲闵：通"悯"，哀怜。
㊳为公之民：做张公治下的百姓。

越州余姚县海塘记

　　自云柯而南①,至于某,有堤若干尺,截然令海水之潮泛不得冒②其旁田者,知县事谢君为之也。始堤之成,谢君以书属予记其成之始,曰:"使来者有考焉,得卒任完之以不隳③。"谢君者,阳夏④人也,字师厚,景初⑤其名也。其先以文学称天下,而连世为贵人,至君遂以文学世其家⑥。其为县,不以材自负而忽其民之急。方作堤时,岁丁亥十一月也,能亲以身当风霜氛雾之毒,以勉民作而除其灾,又能令其民翕然皆劝趋之,而忘其役之劳,遂不逾时,以有成功。其仁民之心,效见于事如此,亦可以已,而犹自以为未也,又思有以告后之人,令嗣续而完之,以求其存。善夫!仕人长虑却顾图民之灾,如此其至,甚不可以无传。而后之君子考其传,得其所以为,其亦不可以无思。

　　而异时予尝以事至余姚,而君过⑦予,与予从容言天下之事。君曰:"道之闳大隐密,圣人之所独鼓万物以然而皆莫知其所以然者,盖有所难知也。其治政教令施乎⑧之详,凡与人共,而尤丁宁以急者,其易知较然者也。通涂⑨川,治田桑,为之堤防沟浍渠川以御水旱之灾,而兴学校,属其民人相与习礼乐其中,以化服之,此其尤丁宁以急,而较然易知者也。今世吏者,其愚也固不知所为,而其所谓能者,务出奇为声威,以惊世震俗,至或尽其力以事刀笔簿书之间而已,而反以谓古所为尤丁宁以急者,吾不暇以为,吾曾为之,而曾不足⑩以为之,万有一人为之,且不足以名于世而见其材。嘻!其可叹也。夫为天下国家且⑪百年,而胜残去杀之效,则犹未也,其不出于此乎?"予良以其言为然。既而闻君之为其县,至则为桥于江,治学者以教养县人之子弟,既又有堤之役,于是又信其言之行而不予欺也已。为之书其堤事,因并书其言终始而存之以告后之人。庆历八年⑫七月日记。

文章通过对余姚县筑堤截海为塘一事,写县令谢景初的政绩以及他的"仁民"之说,借此表达作者自己的"仁民之道"。全文大多篇幅用来叙述谢景初的为人政绩及其思想,给读者展示了一个个性鲜明而仁民爱物的县令形象,人物身上明显寄托着作者自己的理想,在很大程度上有着作者自己的影子。后人称赞王安石说:"其为爱民恻怛之心,筹画利害之明,虽复老成谋国者弗如,宜乎欧阳修荐安石疏云:'议论通明,兼有时才之用。'"(蔡上翔《王荆公年谱考略》)

【注释】

① 自云柯而南:从云柯向南。云柯,余姚县内一地。
② 冒:侵犯。
③ 隳:音 huī。毁坏。
④ 阳夏:今河南太康县。
⑤ 谢景初:谢绛之子,庆历年间进士。任浙江余姚知县有政绩。以屯田郎致仕,博学能文,长于诗。
⑥ 世其家:继承其家传。
⑦ 过:拜访。
⑧ 施为:作为,办实事。
⑨ 涂:通"途"。道路。
⑩ 不足:不屑。
⑪ 且:将近。
⑫ 庆历八年:1048 年。

通州海门兴利记

余读豳诗①,"以其父子,馌彼南亩,田畯至喜"②。嗟乎!豳③之人帅其家人戮力以听吏,吏推其意以相④民,何其至也。夫喜者非自外至,乃其中心固有以然也。既叹其吏之能民⑤,又思其君之所以待吏,则亦欲善之心出于至诚而已,盖不独法度有以驱之也。以赏罚用天下,而先王之俗废。有士于此,能以豳之吏自为,而不苟于其民⑥,岂非所谓有志者邪?

以余所闻,吴兴沈君兴宗海门之政⑦,可谓有志矣。既堤北海七十里以除水患,遂大浚渠川,酾取江南⑧,以灌义宁等数乡之田。方是时,民之垫于海,呻吟者相属。君至,则宽禁缓求⑨,以集流亡。少焉,诱起之以就功,莫不蹶蹶然奋其惫⑩而来也。由是观之,苟诚爱民而有以利之,虽创残穷敝⑪之余,可勉而用也,况于力足者乎?

兴宗好学知方⑫,竟其学⑬,又将有大者焉,此何足以尽吾沈君之才,抑可以观其志矣⑭。而论者或以一邑之善不足书⑮,今天下之邑多矣,其能有以遗⑯其民而不愧于豳之吏者,果多乎?不多,则予不欲使其无传也。至和元年⑰六月六日,临川王某记。

此篇作于至和元年(1054),当时王安石在京城任群牧判官。

此文熔议论与叙事于一炉,而在夹叙夹议当中,又隐含着作者的抒情成分,在写作方法上很像《史记·伯夷叔齐列传》的笔法。议论源于所述人物、事件;人物、事件的叙述又因与议论的结合而深化了内涵,可谓相辅相成,相得益彰。

【注释】

①豳诗:即《诗经·豳风》中的诗篇。
②诗出《诗经·豳风·七月》。原句为:"同我妇子,馌彼南亩,田畯至喜。"意为:"妻子

和孩子,去村南地里给劳作者送饭,主管耕田的官员看到后很高兴。"

③豳:通"邠"。古国名,在今陕西旬邑县、彬县一带。

④相:帮助,辅佐。

⑤能民:能教化、劝导百姓。

⑥苟于其民:拿他治下的百姓不当回事。

⑦吴兴:地名,在浙江省。沈君兴宗:姓沈,字兴宗。余不详。海门之政:在海门的政绩。海门,即浙江海门。

⑧釃取江南:从江南引水。釃:音 shī,斟酒。此比喻开川引水。

⑨宽禁缓求:放宽法令禁律,延缓税赋征求。

⑩奋其惫:振奋起疲乏的身躯。

⑪创残穷敝:指百姓遭各种灾害后的困苦状态。

⑫知方:懂得为政的方法、策略。

⑬竟其学:完成他的学业。这里引申为将先王之道融会贯通。

⑭此句意为:海门兴利的事怎么能充分展示沈兴宗的才能呢?不过,或许从中可以看出沈君的志向来。

⑮一邑之善不足书文:仅仅治理好一个小城,这样的政绩不值得写于史籍,书以文字。

⑯遗:音 wèi。赠予。引申为"给……好处"。

⑰至和元年:1052 年。至和,宋仁宗年号。

游褒禅山记

　　褒禅山①亦谓之华山,唐浮图慧褒②始舍于其址③,而卒葬之,以故其后名之曰褒禅。今所谓慧空禅院者,褒之庐冢④也。距其院东五里,所谓华山洞者,以其乃华山之阳⑤名之也。距洞百余步有碑仆道⑥,其文漫灭⑦,独其为文犹可识,曰花山。今言"华"如"华实"之"华"者⑧,盖音谬也。其下平旷,有泉侧出,而记游⑨者甚众,所谓前洞也。由山以上五六里,有穴窈然,入之甚寒。问其深,则其好游者不能穷也,谓之后洞。余与四人拥火以入,入之愈深,其进愈难,而其见愈奇。有怠而欲出者,曰:"不出,火且尽。"遂与之俱出。盖予所至,比好游者尚不能十一⑩,然视其左右⑪,来而记之者已少。盖其又深,则其至又加少矣。方是时,予之力尚足以入,火尚足以明也。既其出,则或咎其欲出者,而予亦悔其随之,而不得极夫游之乐⑫也。

　　于是予有叹焉。古之人观于天地、山川、草木、虫鱼、鸟兽,往往有得⑬,以其求思之深,而无不在也。夫夷以近⑭,则游者众;险以远,则至者少。而世之奇伟瑰怪非常之观,常在于险远,而人之所罕至焉。故非有志者,不能至也。有志矣,不随以止⑮也,然力不足者,亦不能至也。有志与力而又不随以怠⑯,至于幽暗昏惑,而无物以相⑰,亦不能至也。然力足以至焉,于人可为讥,而在己为有悔。尽吾志也而不能至者,可以无悔矣,其孰能讥之乎?此予之所得也。余于仆碑,又以悲夫古书之不存,后世之谬其传而莫能名⑱者,何可胜道也哉!此所以学者不可以不深思而慎取⑲之也。

　　四人者:庐陵萧君圭君玉⑳、长乐王回深父㉑,余弟安国平父、安上纯父㉒。至和元年㉓七月某日临川王某记。

此文作于至和元年(1054),当时王安石任舒州(今安徽潜山)通判。王安石的文章无不具有理性色彩,而该篇是叙事以言志的典型之作。

作者通过游褒禅山洞所感所悟告诉人们:在人生路上要实现远大理想,在治学当中要有所创造,就必须有坚强不屈的意志,不盲从他人,并善于利用客观条件。"尽吾志也而不能至者,可以无悔矣,其孰能讥之乎?"这不仅是一时的感悟,简直就是作者辛勤探索、努力奋进、不屈不挠的一生的写照!

【注释】

① 褒禅山:在安徽省境内。
② 浮图慧褒:叫慧褒的和尚。
③ 舍于其址:在这个地方居住。
④ 庐冢:房舍和墓地。
⑤ 华山之阳:华山的南面。
⑥ 仆道:仆倒在路旁。
⑦ 其文漫灭:碑文模糊不清。
⑧ "华实"之"华":汉字初时有"华"字而无"花"字,读"华"为"花"音。后来造了"花"字,两字才得以不同音调区分开来。碑文上的"花山"是按古音而写今字;如把它念作"华实"的"华",是读了"华"的今音,故此王安石以为读错了音。
⑨ 记游:在洞壁上题字纪念。
⑩ 该句谓王安石所到的地方尚不及喜欢游览者所行游程的十分之一。
⑪ 左右:指左右洞壁。
⑫ 极夫游之乐:极尽游玩的乐趣。
⑬ 有得:精神上有所收获。
⑭ 夷以近:平坦而且距离短。
⑮ 不随以止:不随着别人而停止前进。
⑯ 不随以怠:不随别人的怠惰而不前。
⑰ 相之:帮助、辅佐他。
⑱ 谬其传而莫能名:以讹传讹而弄不清真相。
⑲ 慎取:对事物取舍要慎重。
⑳ 庐陵:今江西吉安县。萧君圭,字君玉,生平不详。
㉑ 长乐:今福建长乐县。王回,字深父,宋代理学家,王安石好友。
㉒ 即其弟王安国(字平父)、王安上(字纯父)。
㉓ 至和元年:1054 年。至和,宋仁宗年号。

扬州龙兴寺十方讲院记

予少时,客游金陵①,浮屠慧礼②者,从予游③。予既吏淮南④,而慧礼得龙兴佛舍,与其徒日讲其师之说。尝出而过焉⑤,庳⑥屋数十椽,上破而旁穿,侧出而视后,则榛棘出入,不见垣端。指以语予曰:"吾将除此而宫之⑦。虽然,其成也,不以私吾后⑧,必求时之能行吾道者付之。愿记以示后之人,使不得私焉⑨。"当是时,礼方丐食饮以卒日⑩,视其居枵然⑪。余特戏曰⑫:"姑成之,吾记无难者。"后四年来,曰:"昔之所欲为,凡百二十楹⑬,赖州人蒋氏之力,既皆成,盍⑭有述焉?"噫!何其能也?

盖慧礼者,予知之,其行谨洁,学博而才敏,而又卒之以不私,宜成此不难也。世既言佛能以祸福,语倾天下,故其隆向之⑮如此,非徒然也,盖其学者之材,亦多有以动世耳。今夫衣冠⑯而学者,必曰自孔氏。孔氏之道易行也,非有苦身窘形,离性禁欲,若彼⑰之难也。而士行可一乡、才足一官⑱者常少,而浮图之寺庙被⑲四海,则彼其所谓材者,宁独礼耶?以彼其材,由此之道⑳,去至难而就甚易,宜其然也。呜呼!失之此而彼得焉㉑,其有以也夫!

此篇作于庆历五年(1045),当时王安石在扬州任淮南路签判。"十方"为佛家用语,即东、南、西、北、东南、西南、东北、西北与上、下十个方位。

作者叙述浮屠慧礼修讲院期在必成的经过,而后采取卒章显志的手法,在最后一段批评当时官吏虽自名儒徒,但大多胸中无志,有志又乏其毅力,致使"行可一乡,才足一官者常少"。最后的结论是:今世的儒者一事无成,而浮屠之辈却能有所建树,不是没有原因的,通过儒释两相对照,层层深入,巧妙地展现了"不私其成"的主题。

【注释】

①据史载:景祐四年(1037),其父任江宁(即金陵,今南京)通判,王安石随父往江宁。时年17岁。
②浮屠慧礼:名叫慧礼的僧人。
③游:交往。
④据史载:庆历二年(1042),王安石得进士第,同年签书淮南判官。淮南路,治所在扬州。
⑤此句意为:我曾经去拜访过他。
⑥庳:音bēi,低矮。
⑦宫之:把它修成像样的宫室。宫,动词。
⑧私吾后:传给我的徒弟。
⑨私焉:占有它。
⑩丐食饮以卒日:乞讨吃喝以度日。
⑪枵然:空落落的样子。枵,音xiāo。
⑫特戏曰:只是开玩笑说。
⑬楹:量词。一间屋为一楹。
⑭盍:为什么不,何不。
⑮隆向之:人们都纷纷信仰它。
⑯衣冠:指世俗之人。与佛徒相提,故称。
⑰彼:指佛教。
⑱行可一乡,才足一官:品行为一乡之人认可,才能足以任某个官职。
⑲被:覆盖,遍布。
⑳彼其材:谓僧徒的材干。此之道:谓儒家的御世之道。
㉑失之此而彼得焉:儒家之御世之道被人冷落,而佛教却大得其势。

涟水军淳化院经藏记

道之不一①久矣,人善其所见②,以为教于天下,而传之后世。后世学者或徇乎身之所然,或诱乎世之所趋,或得乎心之所好,于是圣人之大休,分裂而为八九。博闻该见③有志之士,补苴调胹④,冀以就完而力不足,又无可为之地⑤,故终不得。盖有见于无思无为,退藏于密,寂然不动者,中国之老、庄,西域之佛也。既以此为教于天下而传后世,故为其徒者,多宽平不忮⑥,质静而无求,不怯似仁,无求似义。当士之夸漫盗夺,有己而无物⑦者多于世,则超然高蹈,其为有似乎吾之仁义者,岂非所谓贤于彼⑧,而可与言者邪?若通之瑞新、闽之怀琏⑨,皆今之为佛而超然,吾所谓贤而与之游者也。此二人者,既以其所学自脱于世之淫浊,而又皆有聪明辩智之才,故吾乐以其所得者间语焉⑩,与之游,忘日月之多也。

琏尝谓余曰:"吾徒有善因⑪者,得屋于涟水⑫之城中,而得吾所谓经者五千四十八卷于京师,归市瓯⑬而藏诸屋,将求能文者为之书其经藏者之岁时,而以子之爱我也,故使其徒来属,能为我强记之乎?"善因者,盖常为屋于涟水之城中,而因瑞新以予记其岁时,予辞而不许者也。于是问其藏经之日,某年月日也。夫以二人者与余游,而善因属我之勤,岂有它哉!其不可以终辞,乃为之书,而并告之所以书之意,使镵诸石⑭。

此篇主题在于以记述市经藏经的经过来宣传儒家的仁义之道。

涟水军即今江苏省北部的涟水县。"军"是宋代行政区划名,分为两类,一类与州、府同级,一类属县一级。

文章特点是开门见山,直入主题,然后通过儒释两家比较,对主题进一步突出深化。

【注释】

① 一:统一,一致。
② 善其所见:以其所见为善。
③ 该见:完备的见识。该,通"赅",完备。
④ 补苴调胹:补苴,补缀。胹,音ér,煮。调胹,即调理肉锅的滋味。此谓修补先王之道残敝的学说,阐发先王之道被幽闭的精神思想。
⑤ 可为之地:指可以施展儒家思想济世治国功能的条件和机会。
⑥ 忮:音zhì。嫉恨。
⑦ 有己而无物:只知为己而不愿利人。
⑧ 彼:指"有己而无物者"。
⑨ 通之瑞新:通州的瑞新和尚。闽之怀琏:闽州的怀琏和尚。
⑩ 此句意为:所以我喜欢就他们所信奉的佛教问题偶尔和他们聊聊天。
⑪ 善因:一和尚名。
⑫ 涟水:在江苏省清江市附近。
⑬ 市匦:买了个匣子。匦:音guǐ,匣子。
⑭ 镵诸石:刻在石碑上。

新田诗序

唐①治四县,田之人于草莽者十九②,民如寄客③,虽简其赋缓其徭,而不可以必留。尚书比部郎中赵君尚宽之来,问弊于民,而知其故,乃使推官张君恂以兵士兴大渠之废者一,大陂之废者四,诸小渠陂教民自为者数十。一年,流民④作而相告以归。二年而淮之南、湖之北操囊耜⑤以率其妻子者,其来如雨。三年而唐之土不可贱取,昔之菽粟者多化而为秫⑥。环唐皆水矣,唐独得岁⑦焉。船漕车挽负担出于四境,一日之间,不可为数,而唐之私廪⑧固有余。循吏之无称于世久矣,予闻赵君如此,故为作诗,诗曰:

离离⑨新田,其下流水。孰知其初,灌莽千里。其南背江,其北逾淮。父抱子扶,十百其来。其来仆仆,镘⑩我新屋。赵侯劭⑪之,作者不饥。岁仍大熟,饱及鸡鹜,僦船与车,四鄙⑫出谷⑬。今游者处,昔止者流。维昔牧⑭我,不如今侯。侯来适野⑮,不有观者。税⑯于水滨,问多鳏寡。侯其归矣,三岁于兹。谁能止侯,我往求之。

这是作者为歌颂施仁政于民的知州所写的诗并序。大约作于王安石签书淮南路判官期间。

尚书比部郎中赵尚宽来治唐州,三年之后百姓生活不复往日之凋敝破败。作者有感于"循吏之无称于世久矣"乃作"新田"之诗以讴歌之,并冠以序说明写诗的原因。

【注释】

①唐:地名,在今江苏宜兴县附近。
②此句意为:十分之九的田地化为草莽荒地。
③民如寄客:言苦于荒莽无收,百姓去归不时,居其乡犹居于旅社,故曰民如寄客。

④流民：出逃的百姓。
⑤囊耜：行囊和农具。
⑥稌：水稻的一种，性黏。音 tú。
⑦得岁：获得好收成。
⑧私廪：百姓自家粮仓。
⑨离离：庄稼茂盛的样子。
⑩镘：音 màn，涂墙的工具。用作动词，整修房屋。
⑪劬：勤劳。音 qú。
⑫四鄙：四周边境。
⑬出谷：向境外运输谷物。
⑭牧：统治。
⑮适野：来到田野。
⑯说：通"悦"。音 yuè。和乐的样子。

灵谷诗序

  吾州①之东南有灵谷者,江南之名山也。龙蛇之神,虎豹、翚翟②之文章③,楩④楠、豫章⑤、竹箭之材,皆自山出。而神林、鬼冢、魑魅之穴,与夫仙人、释子⑥、恢谲⑦之观⑧,咸付托焉。至其淑灵和清之气,盘礴委积于天地之间,万物之所不能得者,乃属⑨之于人,而处士君⑩实生其阯⑪。

  君姓吴氏,家于山阯,豪杰之望,临吾一州者,盖五六世,而后处士君出焉。其行,孝悌忠信;其能,以文学知名于时。惜乎其老矣,不得与夫虎豹、翚翟之文章,楩楠、豫章、竹箭之材,俱出而为用于天下,顾藏其神奇,而与龙蛇杂此土以处也。然君浩然有以自养,邀游于山川之间,啸歌讴吟,以寓其所好,终身乐之不厌,而有诗数百篇,传诵于闾里。他日,出其灵谷三十二篇,以属其甥⑫曰:"为我读而序之。"惟君之所得,盖有伏而不见者,岂特尽于此诗而已?虽然,观其镂刻⑬万物,而接之以藻缋⑭,非夫诗人之巧者,亦孰能至于此。

  《灵谷诗》是王安石的舅父吴君的诗集,作者受长辈之命而作是序。与作者的其他类似文章相比,该篇更多地着重描写了吴君所居处的雄奇灵秀的自然环境,以此来印证吴君的诗风、人品,突出强调了文学作品与其作者同其所处环境的联系。

  此文豪迈洒脱,似不染尘世,这种风格在王安石文章中较为罕见。

【注释】

①吾州:王安石称其故乡所在的州,即今江西抚州。
②翚:音 huī,五彩的山雉。翟:音 dí,长尾的山鸡。这里泛指鸟类。
③文章:鸟兽皮毛的花纹。
④楩:音 pián,一种大树。

⑤豫章:樟类树木的一种。
⑥释子:和尚,佛教徒。
⑦恢诡:离奇神异。
⑧观:音 guàn,庙宇、殿堂类建筑物。
⑨属:音 zhǔ,聚集。
⑩处士君:指吴氏,因其有才德而未仕,故尊称"处士君"。
⑪阯:音 zhǐ,山脚。
⑫属其甥:托付给他外甥,即作者自己。
⑬镵刻:即雕琢、描摹。镵:音 chǎn,同"铲"。
⑭藻缋:即辞采。缋,音 huì,通"绘"。

张刑部诗序

　　刑部张君①诗若干篇,明而不华,喜讽道而不刻切②,其唐人善诗者之徒欤!君并杨、刘生③,杨、刘以其文词染当世,学者迷其端原④,靡靡然穷日力以摹之,粉墨青朱,颠错丛庞,无文章黼黻⑤之序,其属情藉事,不可考据也。方此时,自守不污者少矣。君诗独不然,其自守不污者邪。子夏曰:"诗者,志之所之也。"⑥观君之志,然则其行亦自守不污者邪,岂唯其言而已!昇⑦予诗而请序者,君之子彦博也。彦博字文叔,为抚州司法⑧,还自扬州⑨识之,日与之接⑩云。庆历三年八月序。

　　此文作于庆历三年(1043)。此时,王安石23岁,任淮南路签判。

　　作者评介张刑部的诗,将其放在杨亿、刘筠的"西昆体"独霸文坛的背景下,以突出其"自守不污"的诗风。虽是评诗,也在评人,更在借评诗、评人来表达自己对诗与人的态度,这是该文与其他类似文章的显著不同之处。

　　张刑部名保雍,字粹之,景德年间中进士甲科。历山阴主簿,齐州通判,知汉州,任荆湖北路转运使,更两浙转运使,加刑部郎中,年59而卒。曾巩曾为他撰神道碑。

【注释】

①刑部张君:见"题解"。
②刻切:雕琢。
③言张君与宋初的"西昆体"诗人杨亿、刘筠年龄相当。
④学者迷其端原:学"西昆体"的人迷失了诗歌的创作动机和目的。
⑤黼黻:音 fǔ fú。古代礼服上绣的花纹。此指华丽的辞藻。
⑥子夏:孔子的弟子,姓卜,名商,字子夏。其言为:诗歌是寄托人的志向和情感的。

⑦畀:音bì,给予。
⑧司法:即司法参军,辅助知州管理司法事务的佐官。
⑨王安石在鄞县任满后,于皇祐二年(1050)回抚州省亲。
⑩接:交往。

善救方后序

孟子曰:"先王有不忍人之心,斯有不忍人之政。"[1]臣某伏读《善救方》[2]而窃叹曰:此可谓不忍人之政矣!夫君者,制命[3]者也。推命而致之民者,臣也。君臣皆不失职,而天下受其治。

方今之时,可谓有君矣。生养之德[4],通乎四海,至于蛮夷荒忽,不救之病,皆思有以救而存之。而臣等虽贱,实受命治民,不推陛下之恩泽而致之民,则恐得罪于天下而无所辞诛。谨以刻石[5],树之县门外左,令观赴者自得而不复求有司云。皇祐元年二月二十八日序。

此文作于皇祐元年(1049),此时王安石任鄞县令,年29岁。《善救方》为庆历八年(1048)朝廷为督责百官解救民难而颁布的。第二年,王安石将它刻在石上,"树之县门外左,令观赴者自得而不复求有司云"。清蔡上翔评曰:"其言简而明,大而非夸。"

【注释】

① 语出《孟子·公孙丑(上)》:"人皆有不忍人之心。先王有不忍人之心,斯有不忍人之政矣。"意为:每个人都有怜恤别人的心情。先王因为有了怜恤别人的心情,这就有了怜恤百姓的政治措施。
②《善救方》:北宋朝廷于庆历八年(1048)二月颁发的政策,皇祐元年(1049)刻之于石刊布施行。其意在于督责官员尽其职守,推广朝廷恩泽,广救百姓于困顿之中。
③ 制命:发布命令。
④ 生养之德:指天子生养百姓的恩德。
⑤ 此句意谓将朝廷所颁"善救方"刻在石碑上。

送陈升之序

今世所谓良大夫者有之矣：皆曰是宜任大臣之事者，作①而任大臣之事，则上下一②失望，何哉？人之材有小大，而志有远近也。彼其行者小而责之近，则煦煦然③仁而有余于仁矣，孑孑然④义而有余于义矣。人见其仁义有余也，则曰是其任者小而责之近，大任将有大此者⑤。然上下俟⑥之云尔，然后作而任大臣之事。作而任大臣大事，宜大此者焉，然则煦煦然而已矣，孑孑然而已矣，故上下一失望。岂惟失望哉！后日诚有堪大臣之事，其名实烝然⑦于上，上必惩⑧前日之所俟而逆疑⑨焉。暴于下，下必惩前日之所俟而逆疑焉。上下交疑诚有堪大臣之事者而莫之或任⑩。幸欲任，则左右小人得引前日之所俟惩之矣。噫！圣人谓知人难，君子恶名之溢⑪于实为此。则奈何？亦精之⑫而已矣。恶之则奈何？亦充之⑬而已矣。知难而不能精之，恶之而不能充之，其亦殆哉！

予在扬州，朝⑭之人过焉者，多堪大臣之事，可信而望者，陈升之⑮而已矣。今去官于宿州⑯，予不知复几何时乃一见之也。予知升之作而任大臣之事，固有时矣。煦煦然仁而已矣，孑孑然义而已矣，非予所以望于升之也。

此篇作于陈升之赴宿州（安徽宿县）任职之际。考其文，具体写作时间当在作者离扬州任不久。

序文显示出王安石高出同时代人的见解与胆略和他缜严、犀利而峭拔的文风。

【注释】

①作：起，引申为"起用"。
②一：皆，都。

③煦煦然:和乐的样子。
④孑孑然:特出的样子。
⑤大此者:即大于此者。谓委之大事,则成大功。
⑥俟:期待。
⑦烝然:兴盛的样子。烝,同"蒸"。
⑧惩:通"征","以……验证"。
⑨逆疑:推测而怀疑。
⑩莫之或任:没有谁能胜任。
⑪溢:超出。
⑫精之:精心于职事。
⑬充之:充实自己的能力、学识,使名实相副。
⑭朝:音 cháo,朝廷。朝之人,即在朝廷做官的人。
⑮陈升之:建阳人,初名旭,字旸叔,景祐年间进士。累官侍御使,任谏官五年,所上数十百事,神宗时拜同中书门下平章事。封秀国公。深狡多智数,初与安石善,为相之后,与王安石有歧见,时人谓之"筌(钓鱼竿)相"。卒谥成肃。
⑯宿州:今安徽省宿县。

送孙正之序

时然而然,众人也,已然而然,君子也。已然而然,非私已①也,圣人之道在焉尔。夫君子有穷苦颠跌,不肯一失诎②己以从时者,不以时胜道也。故其得志于君,则变时而之道若反手然,彼其术素修而志素定也。时乎杨、墨③,已不然者,孟轲氏而已。时乎释、老④,已不然者,韩愈氏而已。如孟、韩者,可谓术素修而志素定也,不以时胜道也,惜也不得志于君,使真儒之效不白⑤于当世,然其于众人也卓矣。呜呼!予观今之世,圆冠峨如,大裙襜如,从而尧言,起而舜趋⑥,不以孟、韩之心为心者,果异众人乎?

予官于扬,得友曰孙正之⑦。正之行古之道,又善为古文,予知其能以孟、韩之心为心而不已者也。夫越人之望燕,为绝域也⑧。北辕而首之⑨,苟不已,无不至。孟、韩之道去吾党⑩,岂若越人之望燕哉?以正之之不已,而不至焉,予亦未之信也。一日得志于吾君,而真儒之效不白于当世,予亦未之信也。正之之兄官于温⑪,奉其亲以行,将从之,先为言以处予⑫。予欲默,安得而默也?庆历二年闰九月十一日送之云尔。

这篇赠序写于庆历二年(1042),作者时年22岁。

孙正之,即孙侔,初字正之,后改字少述。吴兴人,早年丧父,为文奇而近古,内行孤高,与王安石、曾巩结为挚友。事母尽孝,志在得官,以禄养母。几次举进士不果。母亲死后便绝意仕途,客居于江淮之间,虽多人多次荐其为官,坚辞不就。

王安石给好友的赠序,在赠友以言的同时,也寄托了自向志向,"处处用繁复之笔,骨力坚凝,自是临川本色"(林纾《选评〈古文辞类纂〉》)。

送孙正之序

【注释】

①私己:自以为是。

②诎:同"屈"。

③时乎杨、墨:时俗推重杨朱和墨子的学说。杨朱主张"拔一毛利天下而不为"。墨子主张"兼爱""尚俭",反对为父母守孝、治丧等繁文缛节。

④释:佛教;老:老庄之学。

⑤白:显示、昭示。

⑥峨如:高高的样子。襜如:衣裙晃动的样子。坐而尧言:坐着谈话像帝尧。起而舜趋:站起来走动像帝舜。

⑦正之:即孙侔,字正之。

⑧此句意为:地处南境的赵人看北国的燕地,就像不可到达的地方。

⑨北辕而首之:把车辕的朝向调到朝北的方向。谓方向对头。

⑩吾党:我们这些儒生。

⑪官于温:在温州做官。

⑫为言以处予:写了赠言留给我。

送胡叔才序

叔才铜陵大宗①，世以赀名②。子弟豪者，驰骋渔弋③为己事；谨④者，务多辟田以殖其家⑤。先时，邑之豪子弟有命儒⑥者，耗其千金之产，卒无就。邑豪以为谚，莫肯命儒者，遇儒冠者，皆指目远去，若将浼⑦己然，虽胡氏亦然。独叔才之父母不然，于叔才之幼，捐重币，逆良⑧先生教之。既壮可以游，资而遣之无所靳⑨。居数年，朋试于有司⑩，不合而归，邑人之訾⑪者半，窃笑者半。其父母愈笃，不悔，复资而遣之。

叔才纯孝人也，怵然⑫感父母所以教己之笃，追四方才贤，学作文章，思显其身以及其亲。不数年，遂能褎然⑬为材进士，复朋试于有司，不幸复诎于不己知。不予愚而从之游⑭，尝为予言父母之思，而惭其邑人，不能归。予曰："归也，夫禄与位，庸者所待以为荣者也。彼贤者道弸⑮于中，而襮之以艺⑯，虽无禄与位，其荣者固在也。子之亲，矫⑰群庸而置子于圣贤之途，可谓不贤乎？或訾或笑而终不悔，不贤者能之乎？而舍道德而荣禄与位，殆不其然！然则子之所以荣亲而释惭者，亦多矣！昔之訾者窃笑者，固庸者尔，岂子所宜惭哉？姑持予言以归为父母寿，其亦喜无量，于子何如？"因释然寤，治装而归，予即书其所以为父母寿者送之云尔。

"序"，也称"赠序""送序"，是临别酬赠的一种相对独立的文体。王安石的这篇序，在赠人以情的同时，又针砭时弊，砥砺志向，立意高远，见解独到，在记叙与对话当中揭示深刻的题旨，从而与一般"序文"比较起来，明显高出一筹。

【注释】

①铜陵：今安徽铜陵。大宗：家族的长门之宗。
②世以赀名：他的祖先历代都以做买卖而出名。赀：音 zī，财货，引申为做买卖。

③渔:钓鱼。弋:打鸟。
④谨者:谦谨的人。
⑤殖其家:扩大他的家业。
⑥命儒:习文章求仕进。
⑦浼:音 měi,污染。
⑧逆:迎接,接来。
⑨靳:吝惜。
⑩朋试于有司:参加主管部门的科举考试。朋试:比试。朋:比。
⑪訾:诋毁,非议。訾音 zǐ。
⑫悱然:有话说不出来的样子。
⑬褒然:学识广大的样子。
⑭不予愚:不认为我愚蠢。从之游:与我交往。
⑮弸:音 péng,充满。
⑯襮:bó,表明,显示。艺:才能。
⑰矫:矫正。

送李著作之官高邮序

君之才,缙绅多闻之。初,君视金陵酒政①,人皆惜君不试于剧②,而沦于卑冗,君将优为之③,曰:"孔子尝为乘田、委吏矣,会计而已矣,牛羊蕃而已矣④。"既下,又得调高邮关吏⑤,人复惜君不试于剧,而沦于卑冗,君言如初,色滋⑥蔓喜。

于戏!今之公卿大夫,据徼⑦乘机,钻隙抵巇⑧,仅不盈志,则戚戚以悲,君乃暾然⑨反之,此蒙所以高君也⑩。抑有猜焉,古之柄国家者⑪,有戢景藏采⑫,恬处于列,拔而致之朝,使相谟谋⑬。今岂不若古邪?奚遂君请⑭而弗拔也?

　　著作郎李某以多才而不得显位,沦于卑冗。在李某赴高邮任市场税务官员之时。王安石为之序以赠,并为之鸣不平。
　　其文主题在于以李著作郎的官虽卑而色滋喜的胸怀,反衬公卿大夫之辈的为谋高位而投机钻营。文虽简短而寓意丰富,且笔力曲折,有一唱三叹之妙。
　　此文盖作于签书淮南路判官期间。

【注释】

①视金陵酒政:即在金陵(今南京)监酒税。
②试于剧:任更高的职位。
③优为之:优然处之。
④语出《孟子·万章(下)》:"孔子尝为委吏矣,曰:'会计当而已矣。'尝为乘田矣,曰:'牛羊茁壮长而已矣!'"委吏:古代负责仓库保管、会计事务的小吏。乘田:春秋时期鲁国管理牧场、饲养六畜的小吏。
⑤高邮:在今江苏省。关吏:市场管税的低级官吏。
⑥滋:越发。

⑦据徼:凭借侥幸。徼:音 jiǎo,同"侥"。
⑧巇:音 xī,缝隙。
⑨皦然:洁白、鲜明的样子。皦:音 jiǎo。
⑩蒙:承蒙,谦词。高君:以君为高。
⑪柄国家者:掌握治国权柄的人。
⑫戢景藏采:把自己的形迹和才华隐藏起来。戢,jí,隐匿。景,同"影"。采,才华,才气。
⑬谟谋:谋划。指谋划国家大事。
⑭遂君请:顺应李君不愿显于高位的心意。

送丘秀才序

古之人以婚姻之兢兢①,合异德②以复万世③之故。春秋世,此礼始寝废。不亲迎④者,吾闻之矣;先配而后祖者⑤,吾闻之矣。时其遂不复振,人皆直情而径行⑥,乌识所谓兢兢者乎?至隋文中子⑦喟然伤之曰:"昏礼废,天下无家道矣。"始采周公、孔子之旧,续而存之,贾琼⑧者乃曰:"今皆亡,焉用续?"夫琼何人也,世之所谓贤人也,亲炙子之教⑨也。贤而亲炙子之教,然且云尔,其不在于程、仇、董、薛⑩之列也宜。今世之读《中说》者,皆知琼之言非是,然而不为琼之所为者亦未矣。

夫人万一有喜事者,追⑪古之昏礼而行之,世心指目,以怪迂之名被之矣,若之何其肯拂所习⑫而从之也?于戏!古既往,后世不可期,安得法度士,与之奋不顾世独行古之所行也!南丘子⑬学于金陵,以亲之命归逆妇⑭,吾望其能然,以是谂之。

王安石在江宁讲学期间,一名丘姓秀才受父母之命归家迎娶新妇。事情虽小,作者认为意义重大。《周礼》规定各种礼仪节度,婚礼为其重要内容之一。儒家认为,欲治国平天下,必先齐其家,欲齐其家必先修身,而一切按古先王礼仪办事是前提。所以,王安石特别褒奖丘生的遵古礼、循古制,同时批判了现时浇薄而违古的世风。

此文作于治平三年(1066)前后。王安石母亲吴氏于嘉祐归葬江宁。居丧期满后,他没有赴京,而是在江宁收徒讲学,丘秀才是学生之一。

【注释】
①兢兢:小心谨慎的样子。
②合异德:为合和男女阴阳之大德。
③复万世:将人类延续千秋万代。《礼记·昏义》:"昏(即婚)礼者,将合二性之好,上

送丘秀才序

以事宗庙,而下以继后世也,故君子重之。"

④不亲迎:谓新郎不自行迎娶新妇。《礼记·昏义》:"父亲醮子而命之迎,男先于女也。子承命以迎,主人筵几于庙,而拜迎于门外。"

⑤该句谓男女先行交合,而后补办婚礼。

⑥直情而径行:谓不顾礼义,任性恣为。

⑦文中子:隋王通(584—618),绛州龙门人。字仲淹,王勃祖父。任蜀郡司户书佐,弃官归,以讲学著书为业。仿《春秋》著《元经》,又仿《孔子家语》和扬雄《法言》体例,著《中说》。门人薛收等商议谥之文中子。《中说》书中多隋唐将相名臣请益之语,有人疑《中说》为其弟王凝之子王福畤依并时事,附益成书。

⑧贾琼:未详。

⑨亲炙子之教:谓亲自接受熏陶、教化。《孟子·尽心(上)》:"奋乎百世之上,百世之下,闻者莫不兴起也;非圣人而能若是乎?而况于亲炙之者乎?"炙:熏陶,教化。

⑩程、仇、董、薛:未详。

⑪追:羡慕,绍承。

⑫拂所习:违逆他平日养成的习惯。

⑬商丘子:即丘秀才。

⑭归逆妇:回家迎娶他的新娘子。

石仲卿字序

子生而父名之,以别于人云尔。冠而字,成人之道也。奚而为成人之道①也?成人则贵其所以成人而不敢名之,于是乎命以字之。字之为有可贵焉,孔子作《春秋》,记人之行事,或名之,或字之,皆因其行事之善恶而贵贱之,二百四十二年之间,字而不名者十二人而已。人有可贵而不失其所以贵,乃尔其少也!

闽人石仲卿来请字,予以子正字之,附其名之义而为之云尔。子正于进士中名知经②,往往脱传注③而得经所以云之意。接之久,未见其行已有阙也,庶几不失其所以贵者欤!

古人始生而取名,20岁成人,行冠礼加字。闽人石仲卿年已弱冠,请王安石为他加字,借此机会,作者从古礼出发,阐明了加字的重要性。序文虽简短却底蕴丰厚,令人掩卷之余寻味不已。

写作年月未详。

【注释】
① 成人之道:古人冠而字时为20岁。其意为不仅生理成熟,更重道德、行义、学识、志向、修养等的成熟。
② 中名知经:指考进士,在"知经"科榜上有名。
③ 脱传注:不受前人对经典加以传、注的局限。

历山赋 并序

余姚县①人,有与季父争田②,于县、于州、于转运使③,不直④,提点刑狱⑤令余来直之⑥。将归⑦,闵然⑧望历山⑨而赋之。历山在县⑩西上虞县⑪界中,或曰舜所耕云。

历山之峨峨⑫兮,予汝⑬耕之,孰汝强之⑭?此匪⑮予私云然兮谁汝使,子人之子兮余师⑯。历山之峨峨兮则维其常⑰。人之子⑱兮云曷而亡⑲,云曷而亡兮我之思。今孰继⑳兮我之悲,呜呼已矣兮来者为谁?

此篇作于庆历六年至八年(1046—1048)作者任鄞县县令期间。

相传,历山是帝舜耕作过的地方。舜是上古时期的孝子(事见《史记·五帝本纪》)。余姚县农民与其季父争田,而历县、州、转运使皆不得公正判决,而请他去裁定,归来路上,作者见历山在前,想到帝舜忍辱负重的孝行,于是作此赋,慨叹帝舜死后"今孰继兮","来者为谁"。

【注释】

①余姚县:在今浙江省。
②与季父争田:与他最小的叔父就田产发生纠纷。
③转运使:宋代在全国设路一级建制而在各路设转运司,督运赋税、物产等。转运司除对中央财政负责外,还兼领地方民政。转运司之最高首领叫转运使。
④不直:处理得不公正。
⑤提点刑狱:一路之中掌司法刑狱的主官。
⑥直之:为之公断。
⑦将归:处理完之后即将返回鄞县。
⑧闵然:怜悯的样子。
⑨历山:《史记·五帝纪》:"舜耕历山,历山之人皆让畔。"让畔:谦让田界。
⑩指余姚县。

⑪上虞县:在浙江省。
⑫峨峨:高耸的样子。
⑬予:给予。汝:指舜帝。
⑭孰汝强之:谁强迫你耕种呢?
⑮匪:不是。
⑯此句谓:你也是人的儿子,是我的先师。
⑰维其常:同以往一样。
⑱人之子:指舜帝。
⑲云曷而亡:为什么却不见了呢?
⑳孰继:谁来继承你勤劳谦让的美德呢?

伍子胥庙铭

予观子胥①出死亡逋窜之中,以客寄之一身,卒以说吴,折不测之楚,仇执耻雪,名震天下,岂不壮哉!及其危疑之际,能自慷慨不顾万死,毕谏于所事,此其志与夫自恕以偷一时之利者异也。孔子论古之士大夫,若管夷吾②、臧武仲③之属,苟志于善而有补于当世者,感不废也。然则子胥之义曷可少耶?

康定二年④,予过所谓胥山⑤者,周行⑥庙庭,叹吴亡千有余年,事之兴坏废革者不可胜数,独子胥之祠不徒不绝,何其盛也!岂独神之事吴之所兴,盖亦子胥之节有以动后世,而爱尤在于吴也。后九年⑦,乐安蒋公为杭使⑧,其州人力而新之,余与为铭也。

烈烈子胥,发节穷逋⑨。遂为册臣⑩,奋不图躯。谏合谋行,隆隆之吴。厥废不遂,邑都俄墟。以智死昏⑪,忠则有余。胥山之巅,殿屋渠渠。千载之祠,如祠之初。孰作新之,民劝而趋。维忠肆怀,维孝肆孚⑫。我铭祠庭,示后不诬⑬。

此篇写于宋仁宗皇祐二年(1050)作者归临川之时。特点是构思新颖,文字简约,抒情、议论、叙事巧妙结合,感人肺腑,发人深省。

【注释】

①子胥:即伍子胥,春秋时期楚国人,名员。其父伍奢为楚平王太子建之太傅,遭谗被囚。伍子胥出逃于宋国,而其父兄俱被害。
②管夷吾:即管仲,相齐桓公成霸业。
③臧武仲:即春秋时期鲁国大夫臧孙纥。鲁襄公时诸侯伐齐,季武子(鲁大夫)将从齐国收缴的兵器铸为林钟,铭鲁功于钟上。纥以为不合于礼。后因受责诘盗事,为季武子所攻,出奔于邾。卒谥武仲。

④康定二年:1041年。
⑤胥山:胥山在江苏吴县、浙江嘉兴县、浙江杭州都有,此处指后者。
⑥周行:即环绕而行。
⑦后九年:即皇祐二年(1050年)。
⑧为杭使:即任杭州知州。
⑨发节穷逋:在无路可走、出逃国外时立下志向。
⑩册臣:古时三品以上的官员由皇帝当面册封,称为册臣。谓伍子胥在吴国取得高位。
⑪以智死昏:言明智的伍子胥死在昏聩的吴王夫差手中。
⑫孚:诚、信。
⑬不诬:即不假,言所传关于伍子胥的事是真实的。

鲧　说

　　尧咨①孰能治水,四岳②皆对曰:"鲧。"然则在廷之臣可治水者,惟鲧耳。水之患不可留而俟③人,鲧虽方命圯族④,而其才则群臣皆莫及,然则舍鲧而孰使哉?当此之时,禹盖尚少,而舜犹伏于下而未见乎上也⑤。夫舜禹之圣也,而尧之圣也,群臣之仁贤也,其求治水之急也,而相遇之难如此。后之不遇者,亦可以无憾矣。

　　嘉祐八年,王安石之母吴氏去世,安石于该年十月奉母返江宁归葬。守孝期满,他无志于赴京请职,而是于治平三年(1060)在江宁收徒讲学,向学生讲授儒家经典。此间,王安石边讲学边撰写大量经义论文。《鲧说》即此间所作。

　　鲧,相传是大禹的父亲。《尚书·尧典》说,洪水肆虐,尧帝请"四岳"推荐治水人才,"四岳"同声举荐鲧,尧帝认为鲧时常违命,也搞不好同族间的关系,四岳说可以让他尝试一下,不行再替换。鲧去治水,由于方法不当,治水失败,后被舜帝殛死于羽山。

　　王安石的《鲧说》一方面驳斥了鲧为"四凶"的说法,认为在当时他是唯一可用的人才,另一方面则感慨君臣相遇之难。

【注释】
①咨:征询。
②四岳:主掌四时、方岳的官员。
③俟:音 sì,等待。

④方命:逆命而不行。古人以圆则行,方则难行。圮族:圮,败坏。族,同类。谓鲧性刚愎自用,不合群。
⑤"当此之时"三句:那时候,禹大概还年轻,而舜还隐没在众人当中,尚未在尧面前显示出他的才能和德行。

伯 夷

　　事有出于千世之前,圣贤辩之甚详而明,然后世不深考之,因以偏见独识,遂以为说①,既失其本,而学士大夫共守之不为变者,盖有矣,伯夷是已②。

　　夫伯夷,古之论有孔子孟子焉,以孔孟之可信而又辩之反复不一,是愈益可信也。孔子曰:"不念旧恶,求仁而得仁,饿于首阳之下,逸民③也。"孟子曰:"伯夷非其君不事,不立恶人之朝,避纣居北海之滨,目不视恶色,不事不肖,百世之师也。"故孔孟皆以伯夷遭纣之恶。不念以怨,不忍事之,以求其仁,饿而避,不自降辱,以待天下之清,而号为圣人耳。然则司马迁以为武王④伐纣,伯夷叩马而谏,天下宗周⑤,而耻之⑥,义不食周粟而为《采薇之歌》,韩子⑦因之⑧,亦为之颂,以为微二子⑨,乱臣贼子接迹于后世,是大不然也。

　　夫商衰而纣以不仁残天下,天下孰不病⑩纣?而尤者,伯夷也。尝与太公⑪闻西伯⑫善养老,则往归焉。当是之时,欲夷⑬纣者,二人⑭之心岂有异邪?及武王一奋,太公相之,遂出元元于涂炭之中⑮,伯夷乃不与⑯,何哉?盖二老⑰,所谓天下之大老,行年八十余,而春秋固已高矣。自海滨而趋文王之都⑱,计亦数千里之远,文王之兴以至武王之世,岁亦不下十数,岂伯夷欲归西伯而志不遂,乃死于北海邪?抑来而死于道路邪?抑其至文王之都而不足以及武王之世而死邪?如是而言伯夷,其亦理有不存者也。

　　且武王倡大义于天下,太公相而成之,而独以为非,岂伯夷乎⑲?天下之道二,仁与不仁也。纣之为君,不仁也;武王之为君,仁也。伯夷固不事不仁之纣,以待仁而后出。武王之仁焉,又不事之,则伯夷何处乎?余故曰圣贤辩之甚明,而后世偏见独识者之失其本也。呜呼,使伯夷之不死,以及武王之时,其烈⑳岂减太公哉!

对于历史,王安石在不违背"义"的同时,向来持现实而客观的态度,正如他诗中所说:"不畏浮云遮望眼,只缘身在最高层。"对伯夷的评价便是如此。伯夷和弟弟叔齐不事二主,武王克殷之后,他俩"义不食周粟",饿死于首阳山,历来受到儒家的称颂。而王安石则认为:"伯夷固不事不仁之纣,以待仁而后出。武王之仁焉,又不事之,则伯夷何处乎?"

【注释】

①以为说:以自己的偏见独识对千世之前的人或事做出错误结论。
②伯夷是已:对于伯夷的结论就是个例子。
③逸民:德才兼备而不仕于朝的人。
④武王:周武王姬发。
⑤宗周:以周朝为宗主,即为诸侯的首领。
⑥耻之:指伯夷以天下宗周为可耻的事。
⑦韩子:韩愈。
⑧因之:继承了司马迁的说法。
⑨微二子:如果没有伯夷和叔齐。
⑩病:痛恨。动词,"以……为病"。
⑪太公:姜尚。
⑫西伯:周文王姬昌。
⑬夷:铲平。引申为讨伐。
⑭二人:指周文王姬昌与其弟武王姬发。
⑮出:拯救。元元:百姓。
⑯不与:不参加。
⑰二老:指伯夷和叔齐。
⑱文王之都:即今陕西岐山县。
⑲岂伯夷乎:这难道是伯夷应有的行为吗?
⑳烈:功业。

周　公

甚哉,荀卿之好妄①也!载周公之言曰:"吾所执贽而见者十人,还贽而相见者三十人,貌执者百有余人,欲言而请毕事千有余人。"②是诚周公之所为,则何周公之小也!

夫圣人为政于天下也,初若无为于天下,而天下卒以无所不治者,其法诚修也。故三代之制,立庠于党,立序于遂,立学于国③,而尽其道以为养贤教士之法,是士之贤虽未及用者,而固无不见尊养者矣。此则周公待士之道也。诚若荀卿之言,则春申④、孟尝⑤之行,乱世之事也,岂暇于游公卿之门哉?彼游公卿之门,求公卿之礼者,皆战国之奸民,而毛遂⑥、侯嬴⑦之徒也。荀卿生于乱世,不能考论先王之法,著之天下,而惑于乱世之俗,遂以为圣世之事亦若是而已,亦过也。且周公之所礼者,大贤与,则周公岂唯执贽见之而见,固当荐之天子,而共天位⑧也。如其不贤,不足与共天位,则周公如何其与之为礼也?

子产听⑨郑国之政,以其乘舆济人于溱洧⑩,孟子曰:"惠而不知为政。"⑪盖君子之为政,立善法于天下,则天下治,立善法于一国,则一国治,如其不能立法,而欲人人悦之,则日亦不足⑫矣。使周公知为政,则宜立学校之法于天下矣;不知立学校而徒能劳身以待天下之士,则不唯力有所不足,而势亦有所不得,周公亦可谓愚也。

又曰:"仰禄之士犹可骄,正身之士不可骄也。"⑬夫君子之不骄,虽暗室不敢自慢⑭,岂为其人之仰禄而可以骄乎?

呜呼,所谓君子者,贵其能不易乎世也。荀卿生于乱世,而遂以乱世之事量圣人。后世之士,尊荀卿以为大儒而继孟子者,吾不之信⑮矣。

周公,姓姬,名旦,周文王姬昌之弟,武王姬发之子。武王死后,相周成王,平管叔、蔡叔之乱,封于鲁。

该文通过对荀卿所言周公之事的辩证，指出："夫君子之不骄，虽暗室不敢自慢，岂为其人之仰禄而可以骄乎？"

【注释】

①妄：荒诞不经。
②该句见《荀子·尧问》，有删节。其大意为：周公伯禽说，我告诉你，我是文王的儿子、武王的弟弟、成王的叔父，我在天下不算卑贱了，但我带着礼物去见的尊长十二人，还礼会见的平辈三十人，以礼接待的士人一百多人，想提意见而我请他把事情说完的有一千多个。在这诸多人中，我只得到三个贤士，靠他们来端正我的身心，来安定天下。
③庠、序、学：古代不同等级、规模的学校。党、遂：古代五百家为一"党"，城市郊外的行政区域谓之"遂"。
④春申：即春申君黄歇，战国楚人。楚顷襄王之时，使秦，止秦攻楚。考烈王即位，以黄歇为相，封春申君，曾救赵却秦，攻灭鲁国。相楚25年，有门客三千。与齐国孟尝君、魏国信陵君、赵国平原君并称战国四公子。
⑤孟尝：即孟尝君田文。参见王安石《读孟尝君传》。
⑥毛遂：战国赵平原君食客。赵孝成王九年，秦攻赵，平原君赵胜求救于楚，毛遂自请随往。平原君与楚王言合纵，半日不决。毛遂按剑迫楚王，说以利害，遂成纵约。平原君称毛遂"以三寸之舌，强于百万之师"，遂为上客。
⑦侯嬴：战国魏隐士。年七十余被信陵君延为门客。魏安釐王二十年，秦攻赵，安釐王派将军晋鄙率兵救赵，晋鄙观望犹豫。侯嬴献计信陵君，窃得兵符，推荐力士朱亥，击杀晋鄙，夺得兵权，却秦救赵。旋自经死。
⑧共天位：共掌朝政。
⑨听：治理。
⑩"济人于溱洧"句：郑国相子产用他的车轿来帮助别人渡河。溱洧：音zhēn wèi，郑国今河南省内的两条河流。
⑪此句谓：子产乐于助人，却不知如何治国。
⑫日亦不足：一天也维持不下去。
⑬此句谓：人主可以侮慢的态度对待做官只图俸禄的人，而不可以侮慢正身知耻之士。
⑭此句谓：君子独处之时也要抑制自己的简慢之气。
⑮不之信：不相信这种说法。

子 贡

予读史所载子贡事,疑传①之者妄②,不然子贡安得为儒哉?夫所谓儒者,用于君则忧君之忧,食于民则患民之患,在下而不用则修身而已。当尧之时,天下之民患于洚水③,尧以为忧,故禹于九年之间三过其门而不一省④其子也。回之生⑤,天下之民患有甚于洚水,天下之君忧有甚于尧,然回以禹之贤⑥,而独乐陋巷之间⑦,曾不以天下忧患介其意也。夫二人者,岂不同道哉?所遇之时则异矣。盖生于禹之时而由⑧回之行,则是杨朱⑨也;生于回之时而由禹之行,则是墨翟⑩也。故曰贤者用于君则以君之忧为忧,食于民则以民之患为患,在下而不用于君则修其身已,何忧患之与哉⑪?夫所谓忧君之忧、患民之患者,亦以义⑫而后可以为之谋也;苟不义而以能释君之忧、除民之患,贤者亦耻为之矣。

《史记》曰:齐伐鲁,孔子闻之,曰:"鲁,坟墓之国⑬,国危如此,二三子何为莫出⑭?"子贡因行,说⑮齐伐吴,说吴以救鲁,复说越,复说晋,五国由是交兵,或强,或破,或乱,或霸,卒以存鲁。观其言,迹其事,乃与夫仪、秦、轸、代⑯无以异也。嗟乎,孔子曰:"己所不欲,勿施于人",己以坟墓之国而欲全之,则齐、吴之人岂无是心哉,奈何使之乱欤?吾所以知传者之妄,一也。于史考之,当是时,孔子、子贡穷为匹夫,非有卿相之位、万钟⑰之禄也,何以忧患为哉?然则异于颜回之道矣。吾所以知其传者之妄,二也。坟墓之国,虽君子之所重,然岂有忧患为谋之义哉?借使有忧患为谋之义,则可以变诈之说⑱亡人之国而求自存哉?吾所以知其传者之妄,三也。子贡之行虽不能尽当⑲于义,然孔子之贤弟子也。孔子之贤弟子之所为固不宜至于此,矧⑳曰孔子使之也。

太史公曰:"学者多称七十子之徒,誉者或过其实,毁者或损其真。"子贡虽好辩,讵㉑至于此邪?亦所谓毁损其真者哉!

这是一篇读史札记,具体当为读《史记·仲尼弟子列传》的感想,目的在于辩驳"传者之妄",即指出所传子贡言行当中作者认为一些荒诞不经的说法,以正视听。整个辩论据实剖析,有的放矢,行文跌宕,气势如虹。虽是读史小札却能令人手不释卷,反复玩味。

【注释】

①传:音 zhàn,为人作传记。

②妄:虚妄,无根据。

③洚水:即洪水。洚,音 hóng。

④省:音 xǐng,顾视。

⑤回之生:在颜回的年代。颜回,孔子弟子。

⑥此句谓:颜回有大禹一样的德行和才能。

⑦而独乐陋巷之间:孔子称赞颜回"一箪食,一瓢饮,居陋巷,人不堪其忧,回也不改其乐也"。

⑧由:遵从。

⑨杨朱:战国时魏人,其说重在爱己,不为物累。与墨子"兼爱"相反,主张"拔一毛以利天下而不为",被儒家斥为异端。此句意为颜回的行为如果处在大禹的时代,无疑是自私的。

⑩墨翟(音 dí):即墨子,战国鲁人,主张兼爱、非攻、尚同、尚贤,反对儒家的繁礼厚葬,提倡薄葬、节俭。此句意为如果大禹的行为处在颜回的时代,无疑是简慢无礼的。

⑪何忧患之与哉:与忧患有何相干呢?

⑫义:指儒家的君臣之义。

⑬坟墓之国:即祖国,父母之邦。因祖先世代死葬于此,故称。

⑭二三子何为莫出:弟子们,你们为什么不以你们的才能为国效力呢?见《史记·仲尼弟子列传》。

⑮说:音 shuì,劝说。

⑯仪、秦、轸、代:战国时期的四个纵横家:张仪、苏秦、陈轸、苏代。

⑰钟:一种容器,六石四斗为一钟。

⑱变诈之说:狡诈善变的言语。

⑲当:相称。

⑳矧:音 shěn,何况。

㉑讵:音 jù,难道,哪里。

三不欺

昔论者曰:"君任德①,则下不忍欺;君任察,则下不能欺;君任刑,则下不敢欺,而遂以德察刑为次②。"盖未之尽也。此三人者之为政,皆足以有取于圣人矣,然未闻圣人为政之道。夫未闻圣人为政之道,而足以有取于圣人者,盖人得圣之一端耳。且子贱③之政使人不忍欺,古者任德之君宜莫如尧也,然则驩兜犹或以类举于前④,则德之使人不忍欺岂可独任也哉⑤?子产⑥之政使人不能欺,夫君子可欺以其方⑦,故使畜鱼而校人烹之⑧,然则察之使人不能欺岂可独任也哉?西门豹⑨之政使人不敢欺,夫不及于德而任刑以治,是孔子所谓"民免而无耻"者也,然则刑之使人不敢欺岂可独任也哉?故曰此三人者未闻圣人为政之道也。

然圣人之道有出此三者乎?亦兼用之而已。昔者尧舜之时,比屋⑩之民皆足以封,则民可谓不忍欺矣。放齐以丹朱称于前,曰:"嚚讼可乎?"⑪则民可谓不能欺矣。四罪而天下咸服⑫,则民可谓不敢欺矣。故任德则有不可化⑬者,任察则不可周者⑭,任刑则有不可服者。然则子贱之政无以正暴恶⑮,子产之政无以周隐微,西门豹之政无以渐柔良⑰,然而三人者能以治者,盖足以治小具而高乱世耳⑱,使当尧舜之时所大治者,则岂足用哉?盖圣人之政,仁足以使民不忍欺,智足以使民不能欺,政足以使民不敢欺,然后天下无或欺之者矣。

或曰:"刑亦足任以治乎?"曰:"所任者,盖亦非专用之而足以治也。"豹治十二渠以利民,至乎汉,吏不能废,民以为西门君所为,不从吏以废也,则豹之德亦足以感于民心矣。然则尚刑,故曰任刑焉耳。使无以怀之而惟刑之见⑲,则民岂得或不能欺之哉?

此篇所探讨的是为政之道。王安石认为,作为君主,其治理国家之术应该德、察、刑兼而用之而不可偏废,从而使人不忍欺、不能欺、不敢欺。

只取其一端而不得其全,则不免像宓子贱、子产、西门豹一样,虽有政声,终不免欺于人。结论为:"盖圣人之政,仁足以使民之不忍欺,智足以使民不能欺,政足以使民不敢欺。"

【注释】

①任德:以德治天下。
②遂以德察刑为次:意为任刑不如任察,任察不如任德。
③子贱:宓不齐,字子贱,孔子弟子之一。《说苑》记载宓子贱政绩说:"宓子贱理单父,身不下堂,单父理。"《史记·仲尼弟子列传》:"孔子曰:'惜哉不齐所治者小,所治者大则庶几矣。'"单父,春秋时期诸侯国之小者,在今河南省境内。
④此句意为:古代以德治天下谁也比不上帝尧,但驩兜仍然把与他同样邪恶的人向尧推荐。驩兜:尧帝时代恶人。《尚书·尧典》:"帝曰:'畴咨,若予采。'驩兜曰:'都!共工方鸠僝功。'帝曰:'吁! 静言庸违,象恭。'"共工,与驩兜同为尧时恶人。
⑤此句意为:仅仅以德治天下是不够的。
⑥子产:即公孙侨,春秋时期郑国宰相。
⑦欺以其方:用合乎人情的方法来欺骗他。
⑧《孟子·万章上》:"昔者有馈生鱼(活鱼)于郑子产,子产使校人(管池塘的小官)畜之池。校人烹之,反命曰:'始舍之,圉圉焉;少则洋洋焉;攸然而逝。'子产曰:'得其所哉! 得其所哉!'校人出,曰:'孰谓子产智? 予既烹而食之,曰,得其所哉,得其所哉。'"
⑨西门豹:战国时期魏国人,复姓西门,名豹,曾任魏相,以严刑密法治国。
⑩比屋:挨家挨户。
⑪《尚书·尧曰》:"帝曰:'畴咨! 若时登庸。'放齐曰:'胤子朱,启明。'帝曰:'嚚讼,可乎。'"帝尧问臣属:"你们谁能为我寻访可以顺时为治之人而让他继我的帝位呢?"大臣放齐说:"您的嫡子丹朱很开明,可以继位。"舜说:"丹朱简慢无礼,行为乖张,且又喜欢和人争辩,怎么可以登帝位呢?"
⑫《尚书·舜典》:"(帝舜)流共工于幽州,放驩兜于崇山,窜三苗于三危,殛鲧于羽山,四罪而天下咸服。"共工、驩兜、三苗、鲧为尧时四凶,帝舜将他们处罚了以后,天下百姓皆服舜的威望。
⑬不可化者:以德教化不了的人。
⑭不可周者:察不到的。
⑮此句谓:宓子贱治理国家并没有因为他的不用邪术而使恶人暴露于世。

⑯该句谓:子产治理国家并没有因为他的周密而掩盖政事的不足之处。
⑰该句谓:西门豹治理国家并没有因为他的对坏人施以诈术就对善良的百姓采取怀柔政策。渐:音 jān,狡诈。
⑱治小具:干些小事。高乱世:在那个纷乱的年代显得突出。
⑲该句谓:假如西门豹没给百姓留下值得怀念的东西,而老百姓只记得他当年对百姓采取的严刑密法。

荀　卿

　　荀卿载孔子之言曰："'由，智者若何？仁者若何？'子路曰：'智者使人知己，仁者使人爱己。'子曰：'可谓士矣。'子曰：'赐，智者若何？仁者若何？'子贡曰：'智者知人，仁者爱人。'子曰：'可谓士君子矣。'曰：'回，智者若何？仁者若何？'颜渊曰：'智者知己，仁者爱己。'子曰：'可谓明君子矣。'"①是诚孔子之言欤？吾知其非也。夫能近见而后能远察，能利狭而后能泽广②，明天下之理也。故古之欲知人者必先求知己，欲爱人者必先求爱己，此亦理之所必然，而君子之所不能易者也。请以事之近而天下之所共知者谕③之。

　　今有人于此，有能见太山于咫尺之内者，则虽天下之至愚，知其不能察秋毫于百步之外也，盖不能见于近则不能察于远明矣。而荀卿以谓知己者贤于知人者，是犹能察秋毫于百步之外者为不若见太山于咫尺之内者之明也。今有人于此，食不足以餍④其腹、衣不足以周其体者，则虽天下至愚，知其不能以赡足乡党⑤也，盖不能利于狭则不能泽于广明矣。而荀卿以谓爱己者贤于爱人者，是犹以赡足乡党为不若食足以餍腹、衣足以周体者之富也。由是言之，荀卿之言，其不察理已甚矣。故知己者，智之端⑥也，可推以知人也；爱己者，仁之端也，可推以爱人也。夫能尽智、仁之道，然后能使人知己、爱己，是故能使人知己、爱己者，未有不能知人、爱人者也。今荀卿之言，一切反之，吾是以知其非孔子之言而为荀卿之妄矣。

　　杨子曰："自爱，仁之至⑦也。"盖言能自爱之道，则足以爱人耳，非谓不能爱人而能爱己者也。噫，古之人爱人不能自爱者有之矣，然非吾所谓爱人，而墨翟之道⑧也。若夫能知人而不能知己者，亦非吾所谓知人矣。

　　儒家主张、一切先从自身出发"修身、齐家、治国、平天下"，而排斥墨家"兼爱"之说。王安石以为,荀子所引孔子之言乃谬传,而无异于墨家的舍本逐末。

【注释】

① 见《荀子·尧问》。由:孔子弟子子路。赐:端木赐,孔子弟子。颜渊:即颜回,孔子弟子。
② 利狭:给予自己最近的人带来利益。泽广:施恩于广大的人群。
③ 谕:告诉,说明白。
④ 餍:饱,足。
⑤ 乡党:邻里乡亲。
⑥ 端:开头。
⑦ 仁之至:仁者的最高境界。
⑧ 墨翟之道:墨子不惜损伤自己以兼爱天下的主张。墨翟(音 dí),即墨子。

杨　墨

　　杨墨之道,得圣人之一而废其百者是也。圣人之道,兼杨墨而无可无不可者是也。墨子之道,摩顶放踵①以利于天下,而杨子之道,利天下拔一毛而不为也。夫禹之于天下,九年之间三过其门,闻呱呱之泣而不一省其子,此亦可谓为人矣。颜回之于身,箪食瓢饮以独乐于陋巷之间,视天下之乱若无见者,此亦可谓为己矣。杨墨之道,独以为人、为己得罪于圣人者,何哉?此盖所谓得圣人之一而废其百者也。是故由杨子之道则不义,由墨子之道则不仁,于仁义之道无所遗而用之不失其所者,其唯圣人之徒欤?

　　二子之失于仁义而不见天地之全,则同矣,及其所以得罪,则又有可论者也。杨子之所执者为己,为己,学者之本也。墨子之所学者为人,为人,学者之末也。是以学者之事必先为己,其为己有余而天下之势可以为人矣,则不可以不为人。故学者之学也,始不在于为人,而卒所以能为人也。今夫始学之时,其道未足以为己,而其志已在于为人也,则亦可谓谬用其心矣。谬用其心者,虽有志于为人,其能乎哉?由是言之,杨子之道虽不足以为人,固知为己矣。墨子之志虽在于为人,吾知其不能也。呜呼,杨子知为己之为务,而不能达于大禹之道也,则亦可谓惑矣。墨子者,废人物亲疏之别,方以天下为己任,是其所欲以为利人者,适所以为天下害患也,岂不过甚哉?故杨子近于儒,而墨子远于道,其异于圣人则同,而其得罪则宜有间也。

　　杨朱主张拔一毛利天下而不为,似乎像颜回的穷处陋巷,对天下之乱视而不见;墨子摩顶放踵以利天下,似乎像大禹的三过家门而不入。其所以见弃于圣人,就在于他们各执一端。王安石从传统儒学的观点对此予以分析,认为应做到"独善其身"与"兼济天下"兼而有之,不可偏废。

【注释】

①摩顶放踵:从头到脚都受到损伤。《孟子·尽心上》:"墨子兼爱,摩顶放踵,利天下为之。"谓墨子为推行"兼爱"的学说,损伤身体也在所不惜。

老　子

　　道有本有末①。本者②，万物之所以生也；末者③，万物之所以成也。本者，出之自然，故不假乎人之力而万物以生也；末者，涉乎形器④，故待人力而后万物以成也。夫其不假人之力而万物以生，则是圣人可以无言也、无为也；至乎有待于人力而万物以成，则是圣人之所以不能无言也、无为也。故昔圣人之在上而以万物为己任者，必制四术⑤焉。四术者，礼、乐、刑、政是也，所以成万物者也。故圣人唯务修其成万物者，不言其生万物者，盖生者尸之于自然⑥，非人力之所得与矣。

　　老子者，独不然，以为涉乎形器者皆不足言也、不足为也，故抵去礼乐刑政而唯道之称焉。是不察于理而务高之过矣。夫道之自然者，又何预乎？唯其涉乎形器，是以必待于人之言也、人之为也。其书⑦曰："三十辐共一毂，当其无，有车之用。"⑧夫毂辐之用，固在于车之无用，然工之琢削未尝及于无者，盖无出于自然之力，可以无与也。今之治车者知治其毂辐，而未尝及于无也，然而车以成者，盖毂辐具，则无必为用矣。如其知无为用而不治毂辐，则为车之术固已疏矣⑨。

　　今知无之为车用，无之为天下用，然不知所以为用也。故无之所以为用者，以有毂辐也；无之所以为天下用者，以有礼乐刑政也。如其废毂辐于车⑩，废礼乐刑政于天下，不坐⑪求其无之为用也，则亦近于愚矣。

　　王安石既从现实政治出发，也从儒家经义出发，对老子的空幻的虚无、取消之道给予驳斥，认为生万物者，即造物不由人的意志为转移，专务于此，不啻专务屠龙之技，学成亦无用，人们应该将精力放在人能左右的现实之中，如礼、乐、刑、政之类，庶几有补于天下。

老子

【注释】

①道有本有末:"道"有根本(原始)的和具体后来生成的两种。

②本者,万物之所以生也:根本的道,是用以生成万物的元气。

③末者,万物之所以成也:具体的道,是元气变化、运动而生成的万事万物。

④涉乎形器:涉及了具体可感的事物。

⑤术:治国手段。

⑥尸之于自然:被自然主宰。尸,主宰。

⑦其书:指老子的《道德经》,即《老子》。

⑧见《老子》第十一章。意为30根辐条集中在一个毂上,把车轴穿进毂中间的空处(即轴孔),车子才有作用。老子借车轴穿进毂间空("虚""无")处,来阐发其哲学意义上"无"的概念。

⑨为车之术:造车的技巧。疏:不对头。

⑩废毂辐于车:取消了车子的毂和辐。

⑪坐:徒然。

庄　周（上）

　　世之论庄子者不一，而学儒者曰："庄子之书，务诋孔子以信其邪说，要焚其书、废其徒而后可，其曲者①固不足论也。"学儒者之言如此，而好庄子之道者曰："庄子之德，不以万物干其虑②而能信其道者也。彼非不知仁义也，以为仁义小而不足行已；彼非不知礼乐也，以为礼乐薄而不足化天下。故老子曰：'道失后德，德失后仁，仁失后义，义失后礼。'③是知庄子非不达④于仁义礼乐之意也，彼以为仁义礼乐者，道之末也，故薄之云耳。"夫儒者之言善也，然未尝求庄子之意也；好庄子之言者固知读庄子之书也，然亦未尝求庄子之意也。

　　昔先王之泽⑤，至庄子之时竭矣，天下之俗，谲诈大作，质朴并散，虽世之学士大夫，未有知贵己贱物之道者也。于是弃绝乎礼义之绪，夺攘乎利害之际，趋利⑥而不辱，殒身而不以为怨，渐渍陷溺，以至乎不可救已。庄子病⑦之，思其说以矫天下之弊而归之于正也。其心过虑⑧，以为仁义礼乐皆不足以正之，故同是非，齐彼我，一利害，而以足乎心为得，此其所以矫天下之弊者也。既以其说矫弊矣，又惧来世之遂实⑨吾说而不见天地之纯、古人之大体也，于是又伤其心于卒篇⑩以自解⑪。故其篇曰："《诗》以道志，《书》以道事，《礼》以道行，《乐》以道和，《易》以道阴阳，《春秋》以道名分。"⑫由此而观之，庄子岂不知圣人者哉？又曰："譬如耳目鼻口，皆有所明，不能相通，犹百家众技，皆有所长，时有所用。"用是以明圣人之道其全在彼而不在此，而亦自列其书于宋钘、慎到、墨翟、老聃之徒⑬，俱为不该不遍⑭一曲之士⑮，盖欲明吾之言有为⑯而作，非大道之全云耳。然则庄子岂非有意于天下之弊而存圣人之道乎？伯夷之清，柳下惠之和⑰，皆有矫于天下者也，庄子用其心亦二⑱圣人之徒矣。然而庄子之言不得不为邪说比者，盖其矫之过矣。夫矫枉者，欲其直也，矫之过则归于枉矣。庄子亦曰："墨子之心则是也。墨子之行则非也。"推庄子之心以求⑲其行,则独何异于墨子哉?

后之读庄子者,善⑳其为书之心,非其为书之说㉑,则可谓善读矣,此亦庄子之所愿于后世之读其书者也。今之读者,挟庄以谩㉒吾儒曰:"庄子之道大哉,非儒之所能及知也。"不知求其意,而以异于儒者为贵㉓,悲夫!

作者辩庄子之道,可谓深入庄子之心。他没有简单地指斥庄子,而是看到了在庄子所处时代其言行的合理之处。指出,庄子之过在于矫枉过正,以枉矫枉,他之所以没达到圣人那种中庸之道,原因在于他想让人们从自己乖悖与世的言行当中去品味他所处时代的乖悖。从此出发,王安石批评了简单否定庄子的言论,更批驳了现实当中"以异于儒者为贵"的浅薄观点。

【注释】
①曲直:指庄周主张的正确与乖谬。
②不以万物干其虑:他的思想不受混乱现实的干扰。
③该句谓:(老子所提倡的)道不复存在了,才能提到德这一层次,德不复存在了,才能提到仁这一层次,仁不复存在了,才能提到义这一层次,义不复存在了,才能提到礼这一层次。
④达:通晓。
⑤先王之泽:指三代时期圣贤君王的教化恩泽。
⑥趋利:追逐财利。
⑦病:痛恨。
⑧其心过虑:庄子的思考超过了合适的分寸。
⑨实:核对。
⑩卒篇:最后一篇。
⑪自解:为自己辩解。
⑫该句谓:《诗经》用来抒发志向、情怀,《尚书》用来记载史事,《周礼》用来说明行为规范,《乐经》用来和合万物,《周易》以阴阳交替来阐释事物规律,《春秋》用来区别正统和邪伪。
⑬宋钘:战国宋人,与孟子同时,荀子将他划入墨家一派,也有人把他列入名家或小说

家一派。慎到：战国赵人，其学说以齐万物为首，循自然而立法，法之行，则有赖于统治者的威势。有威势则令行禁止，达于至治。老聃，即老子。

⑭不该不遍：指他们的学说不精深、全面。

⑮一曲之士：处于沟坑之内的人。意为宋钘、慎到、墨子、老聃等人见识不广。

⑯有为：有目的，有所针对。

⑰《孟子·万章下》："孟子曰：'伯夷，圣之清者也；伊尹，圣之任者也；柳下惠，圣之和者也；孔子，圣之时者也。'"

⑱二：不同于，有别于。

⑲求：推究。

⑳善：称赞，以……为善。

㉑非其为书之说：排斥庄子书中的主张。

㉒谩：诋毁。

㉓以异于儒者为贵：只要是与儒家的主张不同，这些人就认为有价值。

庄 周(下)

学者诋周非尧、舜、孔子①,余观其书,特有所寓②而言耳。孟子曰:"说《诗》者,不以文害辞,不以辞害意,以意逆志,是为得之。"③读其文而不以意原之④,此为周者之所以讼也⑤。

周曰:"上必无为而用天下,下必有为而为天下用。"⑥又自以为处昏上乱相之间⑦,故穷而无所见其材。孰谓周之言皆不可措乎君臣父子之间,而遭世遇主终不可使有为也?及其引太庙牺以辞楚之聘使⑧,彼盖危言⑨以惧⑩衰世之常人也。夫以周人才,岂迷出处之方⑪而专畏牺⑫者哉?盖孔子所谓隐居放言者,周殆其人也⑬。然周之说,其于道既反之,宜其得罪于圣人之徒也。

夫中人之所及者⑭,圣人详说而谨行之,说之不详,行之不谨,则天下弊。中人之所不及者,圣人藏乎其心而言之略,不略而详,则天下惑。且夫谆谆而后喻⑮、谆谆而后服者⑯,岂所谓可以语上者⑰哉?惜乎,周之能言而不通乎此也!

此篇肯定了庄子言论的某些合理性,且推其行迹以论之,以为庄子并非一味超脱于世,而是欲用于世而不得用,所以才在痛苦的折磨中"隐居放言"。庄子之所以见弃于圣人,在于他违反圣人主张的"大中"之道。其言之所以不可取,也在于没能把握像圣人那样的分寸,以至于"以文害辞,以辞害义"为后学者所迷惑。

【注释】
①学者因为庄子的主张不同于尧、舜、孔子而诋毁他。
②有所寓:有所寄托。
③语出《孟子·万章上》。意为:解说诗的人,不要拘于文字而误解词句,也不要拘于

词句而误解原意。用自己的切身体会去推测作者的本意,这就可以了。
④原之:推测庄周文章的本义。
⑤此句谓:这就是庄子的信徒们为庄子鸣不平的原因。
⑥此句谓:人主一定要无为而治才能统御天下,而百姓必须有所作为才能对国家有益处。
⑦处昏上乱相之间:谓庄子自己处在君主和宰相昏暗不明的乱世。
⑧《史记·老子韩非列传》:"楚威王闻庄周贤,使使厚币迎之,许以为相。庄周笑谓楚使者曰:'千金,重利;卿相,尊位也。子独不见郊祭之牺牛乎?养食之数岁,衣以文绣,以入太庙。当是之时,虽欲为孤豚,岂可得乎?子亟去,无污我。我宁游戏污渎之中自快,无为有国者所羁,终身不仕,以快吾志焉。'"
⑨危言:高出于世俗的言语。
⑩惧:惊醒。
⑪出处之方:即做官与隐居之道。
⑫畏牺:害怕像当作祭品的牛那样被羁縻、利用而不得自由。
⑬此句谓:大概庄周就是孔子所说的隐居不仕而无顾忌地说话的那种人。
⑭此句谓:一般的人所能理解得了的道理。
⑮谆谆而后喻:耐心开导而后才明白。
⑯说说而后服者:经过反复开导、辩论才服气的人。
⑰可以语上者:可以和他谈论高深道理的人。

扬 孟

贤之所以贤，不肖之所以不肖，莫非性也；贤而尊荣寿考，不肖而厄穷死丧，莫非命也。论者曰："人之性善，不肖之所以不肖者，岂性也哉？"此学乎孟子之言性，而不知孟子之指①也。又曰："人为不为命也，不肖而厄穷死丧，岂命也哉？"此学乎扬子之言命，而不知扬子之指者也。孟子之言性，人之性善；扬子之言性，人之性善恶混。孟子言命，莫非命也；扬子之言命，人为不为命也。孟、扬之道未尝不同，二子之说非有异也，其所以异者，其所指者异耳。此孔子所谓言岂一端而已，各有所当者也。故孟子之所谓性者，独正性也；扬子之所谓性者，兼性之不正者言之也。扬子之所谓命者，独正命也；孟子之所谓命者，兼命之不正者言之也。

夫人之生，莫不有羞恶②之性，且以羞恶之一端以明之。有人于此，羞善行之不修，恶善名之不立，尽力乎善，以充其羞恶之性，则其为贤也孰御③哉？此得乎性之正者，而孟子之所谓性也。有人于此羞利之不厚，恶利之不多，尽力乎利，以弃羞恶之性，则其为不肖也孰御哉？此得乎性之不正，而扬子之兼所谓性者也。有人于此，才可以贱而贱，罪可以死而死，是人之所自为也。此得乎命之不正者，而孟子之兼所谓命者也。有人于此，才可以贵而贱，德可以生而死，是非人之所为也④。此得乎命之正者，而扬子所谓命也。今夫羞利之不厚，恶利之不多，尽力乎利而至乎不肖，则扬子岂以为其人哉，亦必恶其失性之正也。才可以贱而贱，罪可以死而死，则孟子岂以为其人之命，而不以其人之罪哉，亦必恶其失命之正也。孟子曰："口之于味也，目之于色也，耳之于声也，四支之于安逸也，性也，有命焉，君子不谓之性也。仁之于父子也、义之于君臣也、礼之于宾主也、知之于贤者也、圣人之于天道也，命也，有性焉，君子不谓之命也。"然则孟、扬之说果何异乎？

今学者是孟子则非扬子，是扬子则非孟子；盖知读其文而不知求其指耳,而曰我知性命之理,诬⑤哉!

扬,扬雄;孟,孟子。王安石在《对难》一文中曾解释说:"予为《扬孟论》以辩言性命者之失。"可见,该文是具有现实针对性的。这是一篇阐发"性命之道"的文章。

性命观是一个十分抽象而又古老的哲学命题。作者在阐述自己性命观的同时,以扬、孟为评论对象,抓住时人对扬、孟的曲解、尖锐指出论者的偏颇,然后入细入微地评论,阐明了自己的观点。

【注释】
①孟子之指:即孟子谈"性"的本义。
②羞恶:以恶为羞耻。
③御:阻挡。
④此句谓:他的才学应该被人轻贱而受到轻贱,他的罪过应该死去因而死去,这是他自己行为导致的结果。
⑤诬:欺骗。

性　情

　　性情一也。世有论者曰"性善情恶",是徒识性情之名而不知性情之实也。喜、怒、哀、乐、好、恶、欲未发于外而存于心,性也;喜、怒、哀、乐、好恶、欲发于外而见于行,情也。性者情之本,情者性之用①,故吾曰性情一也。

　　彼曰性善无它,是尝读孟子之书,而未尝求孟子之意耳。彼曰情恶无它,是有见于天下之以此七者②而入于恶,而不知七者之出于性耳。故此七者,人生而有之,接于物而后动焉。动而当于理,则圣也、贤也;不当于理③,则小人也。彼徒有见于情之发于外者为外物之所累,而遂入于恶也,因曰情恶也,害性者情也。是曾不察于情之发于外而为外物之所感,而遂入于善者乎?盖君子养性之善,故情亦善;小人养性之恶,故情亦恶。故君子之所以为君子,莫非情也;小人之所以为小人,莫非情也。彼论之失者,以其求性于君子,求情于小人耳。

　　自其所谓情者,莫非喜、怒、哀、乐、好、恶、欲也。舜之圣也,象④喜亦喜,使舜当喜而不喜,则岂足以为舜乎?文王之圣也,王赫斯怒⑤,使文王当怒而不怒,则岂足以为王乎?举此二者而明之,则其余可知矣。如其废情,则性虽善,何以自明哉?诚如今论者之说,无情者善,则是若木石者尚矣。是以知性情相须,犹弓矢之相待而用,若夫善恶,则犹中与不中也。曰:"然则性有恶乎?"曰:"孟子曰:'养其大体为大人,养其小体为小人。'⑥扬子曰:'人之性善恶混。'⑦是知性可以恶也。"

　　这篇短论是从性与情的关系探讨对人的本性的认识问题。作者认为,性与情是统一的。"情","未发于外而存于心,性也";"性","发于外而见于行,情也"。所以,"性者情之本,情者性之用"二者是互为表里的关系。因此他认为,把两者分割对立起来,从而主张"性善情恶"是荒谬的。

【注释】

①用：功能，外在表现。
②七者：即喜、怒、哀、乐、好、恶、欲。
③当于理：合于理。
④象：舜帝之弟。其父瞽叟偏爱象而欲置舜于死地。舜帝则不怨不妒。当象假装着像对待兄长一样对待舜时，舜也高兴。见《孟子·万章(上)》。
⑤王赫斯怒：周文王因为密国侵略阮、共等小国而勃然震怒。见《诗经·大雅·皇矣》。
⑥语出《孟子·告子(上)》。
⑦语出扬雄《法言·修身》。

性　说

　　孔子曰："性相近也，习相远也。"①吾是以与②孔子也。韩子之言性③也，吾不有取焉。然则孔子所谓"中人以上可以语上，中人以下不可以语上"④，"惟上智与下愚不移"⑤，何说也？曰：习于善而已矣，所谓上智者；习于恶而已矣，所谓下愚者：一习于善，一习于恶，所谓中人者。上智也、下愚也、中人也，其卒也命之而已矣⑥。有人于此，未始为不善也；谓之上智可也；其卒也去而为不善，然后谓之中人可也。有人于此，未始为善也，谓之下愚可也；其卒也去而为善，然后谓之中人可也。惟其不移，然后谓之下愚，皆于其卒也命之，夫非生而不可移也。

　　且韩子之言弗顾⑦矣，曰："性之品三⑧，而其所以为性五。"夫仁、义、礼、智、信，孰⑨而可谓不善也？又曰："上焉者之于五，主于一而行之四⑩；下焉者之于五，反于一而悖于四⑪。"是其于性也，不一失焉⑫，而后谓之上焉者，不一得焉，而后谓之下焉者。是果性善，而不善者，习也。

　　然则尧之朱⑬、舜之均⑭、瞽瞍之舜⑮、鲧之禹⑯、后稷⑰、越椒⑱、叔鱼⑲之事，后所引者皆不可信邪？曰：尧之朱、舜之均，固吾所谓习于恶而已者；瞽瞍之舜、鲧之禹，固吾所谓习于善而已者。后稷之诗以异云⑳，而吾之所论者常㉑也。《诗》之言，至以为人子而无父，人子而无父，犹可以推其质常乎？夫言性，亦常而已矣；无以常乎，则狂者蹈火而入河，亦可以为性也。越椒、叔鱼之事，徒闻之左丘明㉒，丘明固不可信也。以言取人，孔子失之宰我；以貌，失之子羽㉓。此两人者，其成人也，孔子朝夕与之居，以言貌取之而失。彼其始生也，妇人者以声与貌定，而卒得之㉔，妇人者独有过孔子者邪？

　　荀、孟、韩、扬皆后儒命之为圣贤，是继承儒家道统的人，但对于孔子的"道"，其所继所传各有偏颇。王安石认为必辩之而后明。《性说》便是辩论韩愈言性有违于圣人的文章。

【注释】

①语出《论语·阳货》。意为：人初生时本性都近于善，后天所受社会习染不同才出现了差异。
②与：赞同。
③韩子之言性：唐韩愈著有《原道》《原性》，强调自尧舜至孔孟一脉相传的道统，维护儒家传统思想。
④语出《论语·雍也》。
⑤语出《论语·阳货》。
⑥其卒也命之而已矣：根据他最后的表现来称呼他是上智、下愚还是中人。
⑦弗顾：指不顾这些实际情况。
⑧性之品三：人性分为上、中、下三等。上等人是全善，无杂质，越学越好；下等人是全恶，只能强制教化。上下两种人天生不变，而中等人则可上可下。
⑨孰：哪一样。
⑩主于一而行于四：以"仁"为核心，而通于"义""礼""智""信"。
⑪反于一而悖于四：违反了"仁"这一核心内容，其他四种也就自然背离了。
⑫不一失焉：没有一样失去，即"完备"。
⑬尧之朱：朱，丹朱，尧的儿子，帝尧本当将位传于丹朱，但丹朱傲慢荒淫，尧遂传位于舜。
⑭舜之均：均，商均，舜之子，帝舜本当将位传于商均，但商均傲慢荒淫，舜遂传位于禹。
⑮瞽叟之舜：瞽叟，舜的父亲，多次设计杀死舜，舜仍十分孝顺于他而不敢违逆。
⑯鲧之禹：鲧，禹之父，刚愎自用，治水无功，舜殛杀之于羽山，而派其子禹去治洪水。
⑰后稷：周族的始祖。邰氏之女姜嫄踏上帝足迹而孕，生后稷。
⑱越椒：春秋时期楚国令尹子文的侄子，子良的儿子。《左传》称他生时有熊虎之状，发豺狼之声。子文预言他必将破家败族，主张及早杀掉，子良不听。越椒长成，果起兵攻楚王，被灭族。
⑲叔鱼：姓羊舌，春秋晋大夫叔向之弟。生时相凶，其母认为将因财而死，后果因受贿被杀。典出《左传·昭公十三年》。
⑳后稷之诗以异云：记载后稷没有父亲也能出生那首诗，是从怪异方面说的。诗，指《诗经·大雅·生民》篇。
㉑常：正常情况。

㉒左丘明:春秋鲁人,著有《国语》《春秋左氏传》。
㉓《史记·仲尼弟子列传》:"以言取人,失之宰我,以貌取人,失之子羽。"宰我,孔子学生。以言语见长,孔子收为徒。宰我反对孔子提出的"守孝三年"以及主张"仁"。故孔子称之为"朽木不可雕也,粪土之墙不可圬也"。子羽,即澹台灭明。他求为孔子弟子,因貌丑被拒收,后勉强收徒。学成后广泛传播孔子主张,有弟子三百人。失:错。
㉔卒得之:最后都验证了。

推命对

吴里^①处士有善推命知贵贱祸福者,或俾予问之^②,予辞焉。他日复以请,予对曰:"夫贵若贱,天所为^③也;贤不肖,吾所为^④也。吾所为者,吾能自知之;天所为者,吾独懵乎哉?吾贤欤,可以位公卿欤,则万钟之禄固有焉。不幸而贫且贱,则时也。吾不贤欤?不可以位公卿欤?则箪食豆羹无歉^⑤焉,若幸而富且贵,则咎也^⑥。此吾知之无疑,奚率于彼者哉^⑦?且祸与福,君子置诸外焉。君子居必仁,行必义,反仁义而福,君子不有也,由仁义而祸,君子不屑^⑧也。是故文王拘羑里^⑨,孔子畏于匡^⑩,彼圣人之智,岂不能脱祸患哉?盖道之存焉耳。"

曰:"子以为贵若贱,天所为也,然世贤而贱,不肖而贵,亦天所为欤?"曰:"非也,人不能合于天耳。夫天之生斯人也,使贤者治不贤,故贤者宜贵,不贤者宜贱,天之道也;择而行之者,人之谓也。天人之道合,则贤者贵,不肖者贱;天人之道悖,则贤者贱而不肖者贵也;天人悖合相半,则贤不肖或贵或贱。尧舜之世,元凯^⑪用而四凶^⑫殛,是天人之道合也;桀纣之世,飞廉^⑬进而三仁^⑭退,是天人之道悖也;汉魏而下,贤不肖或贵或贱,则天人之道悖合相半也。盖天之命一,而人之时不能率合焉,故君子修身以俟命,守道以任时^⑮,贵贱祸福之来,不能沮也。子不力^⑯于仁义以信其中,而屑屑焉甘意于诞谩虚怪之说,不以溺^⑰哉?"

"对",是古代文体名,本为朝廷对策之文,后来的作者将一般的应对答疑之文也称作"对"。王安石这篇文章实际是利用这种灵活的文体,生动地谈出自己对"推命"及"命"的看法。他认为,天命有常,人的时运却不一定与天命相合。君子应当努力自修,"俟命任时",而不必为贵贱祸福改变自己的初衷。

推命对

【注释】

①吴里:指春秋时期吴国,在今苏州。
②或俾予问之:有人让我请求处士指点。
③天所为:天命注定的。
④吾所为:靠我们自己来决定。
⑤无歉:不认为贫乏。
⑥此句意为:一旦侥幸富贵,就会招致灾祸。
⑦奚率于彼者哉:何必非去向占卜者讨教呢?
⑧不屑:不当回事儿。
⑨《史记·周本纪》记载:"崇侯虎谮西伯于殷纣曰:'西伯积善累德,诸侯皆向之,将不利于帝。'帝纣乃囚西伯于羑里。"西伯,即周文王姬昌。
⑩《史记·孔子世家》记载:孔子"将适陈过匡(在今河南滑县一带),颜刻为仆,以其策指之曰:'昔吾入此,由彼缺也。'匡人闻之,以为鲁之阳虎。阳虎尝暴匡人,匡人于是遂止孔子。孔子状类阳虎,拘焉五日"。
⑪元凯:即八元八凯。《左传·鲁文公十八年》:"高辛氏有才子八子:伯奋、仲堪、叔献、季仲、伯虎、仲熊、叔豹、季狸……天下之民,谓之八元。"古史相传帝高阳氏有才子八人,即苍舒、隤敳、梼戭、大临、龙降、庭坚、仲容、叔达。称,八凯。元,"善"之意。凯,通"恺","和"之意。
⑫四凶:即传说尧帝时四凶。《尚书·舜典》:"流共工于幽州,放驩兜于崇山,窜三苗于三危,殛鲧于羽山。"
⑬飞廉:殷纣大臣。《孟子·滕文公(下)》:"周公相武王,诛纣伐奄……驱飞廉于海隅而戮之。"《注》曰:"飞廉,纣谀臣。"
⑭三仁:指商纣王的三个忠臣:微子、比干和箕子。
⑮俟命:听任天命。任时:遵循天时。
⑯力:致力于。
⑰溺:沉迷不悟。

王　霸

仁义礼信，天下之达道①，而王、霸之所同②也。夫王之与霸，其所以用者③则同，而其所以名者则异，何也？盖其心异④而已矣。其心异则其事异，其事异则其功⑤异，其功异则其名不得不异也。

王者之道，其心非有求于天下也，所以为仁义礼信者，以为吾所当为已矣。以仁义礼信修其身而移之政，则天下莫不化之也。是故王者之治，知为之于此⑥，不知求之于彼⑦，而彼固已化矣。霸者之道则不然：其心未尝仁也，而患天下恶其不仁，于是示之以仁；其心未尝义也，而患天恶其不义，于是示之以义。其于礼信，亦若是而已矣。是故霸者之心为利，而假⑧王者之道以示其所欲；其有为也，唯恐民之不见而天下之不闻也。故曰："其心异也"。

齐桓公劫于曹沫之刃而许归其地⑨，夫欲归其地者，非吾之心也，许之者，免死而已。由王者之道，则勿归焉可也，而桓公必归之地。晋文公伐原，约三日而退，三日而原不降⑩，由王者之道则虽待其信示于民者也。凡所为仁义礼信，亦无以异于此矣。故曰："其事异也"。

王者之大，若天地然，天地无所劳于万物，而万物各得其性，万物虽得其性，而莫知其为天地之功也。王者夫所劳于天下，而天下各得其治，虽其治，然而莫知其为王者之德也。霸者之道则不然，若世之惠人⑪耳，寒而与之衣，饥而与之食，民虽知吾之惠，而吾之惠亦不能及夫广也。故曰："其功异也"。

夫王、霸之道则异矣，其用至诚，以求其利，而天下与之。故王者之道，虽不求利，而利之所归。霸者之道，必主于利，然不假王者之事以接天下⑫，则天下孰与之哉？

"王"与"霸"这两种行为的结果，从孟子开始，一直为儒者所乐于谈

王霸

论。王安石认为,"王道"与"霸道"之所以不同,"盖其心异而已矣"。"其心异则其事异,其事异则其功异,其功异则其名不得不异矣"。通过齐桓公被曹沫所劫,晋文公伐原的事例,说明了王道与霸道的区别在于是否以天下之心为心。

【注释】

①达道:即大道、通途。
②该句谓欲行王道或称霸于世,都要实行仁、义、礼、信四德。
③所以用者:指行王道或称霸于世采取的措施、手段。
④其心异:他们的用意不同。
⑤功:行为结果。
⑥知为之于此:只管按自己的善良愿望行事。
⑦彼:指天下百姓。
⑧假:假借……名义。
⑨《史记·齐太公世家》:"五年,伐鲁,鲁将师败。鲁庄公请献遂邑以平,桓公许,与鲁会柯而盟。鲁将盟,曹沫以匕首劫桓公于坛上,曰:'反鲁之侵地!'桓公许之。已而曹沫去匕首,北面就臣位。桓公后悔,欲无与鲁地而杀曹沫。管仲曰:'夫劫许之而倍信杀之,愈一小快耳,而弃信于诸侯,失天下之援,不可。'于是遂与曹沫三败所亡地于鲁。"
⑩《左传·鲁僖公二十五年》:"冬,晋侯围原,命三日之粮。原不降,命去之。谍出,曰:'原将降矣。'军吏曰:'请待之。'公曰:'信,国之宝也,民之所庇也。得原失信,何以庇之,所亡滋多。'退一舍而原降。"
⑪惠人:周济别人。
⑫接天下:以实惠来笼络天下人心。接,结交,引申为"笼络人心"。

仁 智

　　仁者圣之次也，智者仁之次也，未有仁而不智者也，未有智而不仁者也，然则何智、仁之别哉？以其所以得仁者异也。仁，吾所有也，临行而不思，临言而不择，发之于事而无不当于仁也，此仁者之事也。仁，吾所未有也，吾能知其为仁也，临行而思，临言而择，发之于事而无不当仁也，此智者之事也。其所以得仁则异矣，及其为仁则一也。

　　孔子曰："仁者静，智者动"，何也？曰：譬今有二贾①也，一则既富矣，一则知富之术而未富也，即富者虽焚舟折车无事于贾可也，知富之术而未富者则不得无事也，此仁智之所以异其动静也。吾之仁足以上格乎天②，下浃乎草木③，旁溢乎四夷④，而吾之用不匮也，然则吾何求哉？此仁者之所以能静也。吾之知欲以上格乎天，下浃乎草木，旁溢乎夷，而吾之用有时而匮也，然则吾可以无求乎？此智者之所以必动也。故曰："仁者乐山，智者乐水。"山者，静而利物⑤者也；水者，动而利物者也。其动静则异，其利物同矣。

　　曰："仁者寿，智者乐。"然则仁者不乐，智者不寿乎？曰："智者非不寿，不若仁者之寿也；仁者非不乐，乐不足以尽仁者之盛也。"

　　能尽仁之道，则圣人矣，然不曰仁而目之以圣⑥者，言其化⑦也。盖能尽仁道则能化矣，如不能化，吾未见其能尽仁道也。颜回，次孔子者也，而孔之称之曰"三月不违仁"而已，然则能尽仁道者非若孔子者谁乎？

　　本篇所论为"仁"与"智"两种境界的区别。作者本意在于赞扬和肯定"智者"勇于变革的精神，批评那种听任自然、因循苟且的观点，但落笔却先让一步，将"仁者"的静置于"智者"的"动"之上。然后将"仁者"推到无法可攀的地步，而"智者"却执著于实际，于世有补，以虚衬实，以退为进，使论敌无懈可击。

仁智

【注释】

①二贾:两个商人。贾,音 gǔ。
②格乎天:达到和天一样高的境界。
③浃:沾湿,湿透。该句意为"仁"德惠及草木。
④四夷:四方偏远之地。
⑤静而利物:以静态形式造福万物。
⑥目之以圣:把他看做圣人。
⑦言其化:就圣人的教化之大而言。

勇　惠

　　世之论者曰："惠者轻与,勇者轻死,临财而不訾①,临难而不避者,圣人之所取,而君子之行也。"吾曰不然。惠者重与,勇者重死,临财而不訾,临难而不避者,圣人之所疾,而小人之行也。

　　故所谓君子之行者有二焉:其未发也,慎而已矣;其既发也,义而已矣。慎则待义而后决,义则待宜而后动,盖不苟而已也。《易》曰"吉凶悔吝生乎动",言动者贤不肖之所以分,不可以苟尔。是以君子之动,苟得已②,则斯静矣。故于义有可以不与不死之道而必与必死者,虽众人之所谓难能,而君子未必善也;于义有可与可死之道而不与不死者,虽众人之所为易出,而君子未必非也。是故尚难而贱易者,小人之行也;无难无易而惟义之是③者,君子之行也。《传》曰:"义者,天下之制也。"制行而不以义,虽出乎圣人之所不能,亦归于小人而已矣。

　　季路④之为人,可谓贤也,而孔子曰:"由也好勇过我,无所取材。"⑤夫孔子之行,惟义之是,而子路过之,是过于义也,为行而过于义,宜乎孔子之无取于其材也。勇过于义,孔子不取,则惠之过于义,亦可知矣。

　　孟子曰:"可以与,可以无与,与伤惠;可以死,可以无死,死伤勇。"⑥盖君子之动,必于义无所疑而后发,苟有疑焉,斯无动也。《语》曰"多见阙殆,慎行其余,则寡悔",言君子之行当慎处于义尔。而世于有言孟子者曰:"孟子之文,传之者有所误也。孟子之意当曰'无与伤惠,无死伤勇'。"呜呼,盖亦弗思而已矣。

　　该篇所论"勇"与"惠"乃道德范畴的两个命题,这是古人所说的君子应当具备的两种品德。梁启超说王安石"论述说理之文刻入峭厉似韩非子"(《王安石评传》)。此文语气果断,行文精严,不容置解,确如梁氏所言。

【注释】

①訾:音 zǐ,计算,估量。引申为计较。
②苟得已:但能够停止的。苟:假如。
③无难无易而惟义之是:无所谓难与易,而只是合于"义"就趋而不返。
④季路:即孔子的学生子路,字仲田。
⑤见《论语·公冶长》。
⑥见《孟子·离娄(下)》。

中 述

  君子所求于人者薄,而辨是与非也无所苟。孔子罪①宰予曰"于予与何诛"②,罪冉有曰"小子鸣鼓而攻之可也"③。二子得罪于圣人若当绝④也,及为科以列其门弟子,取者不过数人,于宰予有辞命之善⑤则取之,于冉求有政事之善⑥则取之,不以不善而废其善。孔子岂阿⑦其所好哉?所求于人者薄也。管仲功施天下,孔子小之⑧;门弟子三千人,孔子独称颜回为好学,问其余,则未为好学者,闵损⑨、原宪⑩、曾子⑪之徒不与⑫焉;冉求、宰予我之得罪又如此。孔子岂不乐道人之善哉?辨是与非所苟也。

  所求于人者薄,所以取人者厚;盖辨是与非者无所苟,所以明圣人之道。如宰予、冉求二子之不得列其善⑬,则士之难全者众矣,恶足以取人善乎?如管仲无所贬⑭,则从政者若是而止矣;七十子之徒皆称好学,则好学者若是而止矣,恶足以明圣人之道乎?取人如此,则吾之自取者重,而人之所处者易。明道如此,则吾之与人,其所由⑮可知已。故薄于责人,而非匿其过,不苟于论人,而非求其全,圣人之道本乎中而已。《春秋》之旨,岂易于是哉?⑯

  "中",乃儒家所推重的行为准则,即不偏不倚,无过之也无不及的"大中之道"。王安石在这里实是借此以谈论用人之道,即"薄于责人,而非匿其过,不苟于论人,而非求其全,圣人之道本乎中而已"。

【注释】

①罪:指责。
②宰予:孔子弟子,一名宰我。《论语·公冶长》:"宰予昼寝。子曰:'朽木不可雕也,粪土之墙不可圬也;于予与何诛?'"于予与何诛:对于宰予,我不值得去责备他。
③冉有:孔子弟子,一名冉求。《论语·先进》:"季氏富于周公,而求也为之聚敛而附

益之。子曰:'小子鸣鼓而攻之,可也。'"
④绝:断绝师徒关系。
⑤辞命之善:善于辞令,即好辩。
⑥政事之善:擅长从政。
⑦阿:顺应。
⑧管仲:春秋时期齐国宰相,相齐桓公而霸天下。《论语·八佾》:"管仲之器小哉!"孔子认为管仲器量很小。
⑨闵损:字子骞。
⑩原宪:字子思。
⑪曾子:即曾参,字子舆。
⑫与:加入。
⑬列其善:称道他的优点。
⑭此句意为:如果孔子不较低地评价管仲。
⑮所由:所遵从的行为原则。
⑯此句意为:孔子写《春秋》的主旨难道与"本乎中"的原则有所不同吗?

行　述

　　古之人仆仆然①劳其身以求行道于世,而曰"吾以学孔子者",惑矣。孔子之始也,食于鲁,鲁乱②而适齐,齐大夫欲害己③,则反而食乎鲁。鲁受女乐不朝者三日④,义不可以留也,则乌乎之⑤?曰:"甚矣,卫灵公之无道也!其遇贤者,庶乎其犹有礼耳⑥。"于是之卫。卫灵公不可与处也⑦,于是不暇择而之曹,以适于宋、郑、陈、蔡、卫、楚之郊。其志犹去卫而之曹也,老矣,遂归于鲁以卒。孔子之行如此,乌在其求行道也?

　　夫天子、诸侯不以身先于贤人⑧,其不足与有为明也,孔子而不知,其何以为孔子也?曰:"沽⑨之哉!沽之哉!我待价者⑩也。"仆仆然劳其身以求行道于世者,是沽也。子路⑪曰:"君子之仕,行其义也;道之不行,已知之矣。"盖孔子之心云耳⑫。然则孔子无意于世之人乎?曰:道之将兴欤,命也;道之将废欤,命也。苟命矣,则如世之人何?

　　此文采取评述的手法,分析孔子之道不行于当时的原因,从而得出结论:"天子诸侯不以身先于贤人,其不足与有为。"意在指出,道行于世,固然有孔子这样的行道者,但人君是否为他提供了有利于行道的条件,则是决定"道"行与不行的关键。

【注释】

①仆仆然:忙碌无暇的样子。
②鲁乱:指鲁定公十三年季孙氏、公山不狃等作乱。
③齐大夫:指黎鉏等人。孔子为鲁司寇三月,"鬻羔豚者弗饰贾;男女行者别于途;途不拾遗。四方之客至乎邑者不求有司,皆予之以归。齐人闻而惧……黎鉏曰:'请先尝沮之;沮之而不可则致也,庸迟乎?'"
④齐国黎鉏等人设计将80个美女和30匹马贿赠鲁国国君,鲁定公、季桓子等受美

行述

女、马匹而怠于政事,对士大夫无礼,孔子遂离开鲁国。
⑤乌乎之:到哪里去?
⑥此句谓:孔子说:"卫灵公是无道之极的君主,好在他在对待贤人方面还算有些知礼。"
⑦《史记·孔子世家》:"居(卫)顷之,或谮孔子于卫灵公。灵公使公孙余假一出一入。孔子恐获罪焉,居十月,去卫。"
⑧以身先于贤人:他自己的德行比贤人还要高。
⑨沽:卖。
⑩待价:等待好的价钱。此句意为"谁用我?谁用我!我在等待着赏识我的君主"。
⑪子路:孔子弟子,以勇见长。
⑫此句意为:这大概也是孔子的心里话。

禄　隐

　　孔子叙逸民，先伯夷、叔齐而后柳下惠①，曰："不降其志，不辱其身，伯夷、叔齐也，柳下惠降志辱身矣。"②孟子叙三圣人者，亦以伯夷居伊尹之前③，而扬子④亦曰："孔子高饿显，下禄隐。"⑤夫圣人之所言高者，是所取于人而所行于己者也；所言下者，是所非于人而所弃于己者也。然而孔、孟生于可避之世而未尝避也，盖其不合则去，则可谓不降其志不辱其身矣。至于扬子，则吾窃有疑焉尔。当王莽之乱，虽乡里自喜者知远其辱，而扬子亲屈其体为其左右之臣⑥，岂君子固多能言而不能行乎？抑亦有以处之，非必出于此言乎？

　　曰：圣贤之言行，有所同，而有所不必同，不可以一端求也。同者道也，不同者迹⑦也，知所同而不知所不同，非君子也。夫君子岂固欲为此不同哉？盖时不同，则言行不得无不同，唯其不同，是所以同也。如时不同而固欲为之同，则是所同者迹也，所不同者道也。迹同于圣人而道不同，则其为小人也孰御⑧哉？

　　世之士不知道之不可一迹⑨也久矣。圣贤之宗于道，犹水之宗于海也。水之流，一曲焉，一直焉，未尝同也；至其宗于海，则同矣。圣贤之言行，一伸焉，一屈焉，未尝同也；至其宗于道，则同矣。故水因地而曲直，故能宗于海；圣贤因时而屈伸，故能宗于道。

　　孟子曰："伯夷、柳下惠，圣人也，百世之师也。"如其高饿显，下禄隐，而必其出于所高⑩，则柳下惠安拟伯夷哉？扬子曰："涂⑪虽曲而通诸夏⑫，则由诸，川虽曲而通诸海，则由诸。"⑬盖言事虽曲而通诸道，则亦君子所当同也。由是而言之，饿显之高，禄隐之下，皆迹矣，岂足以求⑭圣贤哉？唯其能无系累于迹⑮，是以大过人也。如圣之道皆出于一而无权时之变⑯，则又何圣贤之足称乎？圣者，知权之大者也；贤者，知权之小者

禄隐

也。昔纣之时,微子去之,箕子为之奴,比干谏而死⑰。此三人者,道同也,而其去就若此者,盖亦所谓迹不必同矣。《易》曰"或出或处,或默或语",言君子之无可无不可。使扬子宁不至于耽禄于弊时⑱哉?盖于时为不可去,必去⑲,则扬子之所知亦已小矣。

  此篇所论为"道"与"迹"的关系问题。王安石认为:是选择"饿显",还是选择"禄隐",这只是行迹的不同,只要由乎"道",本于"义","隐"也罢,"显"也罢,看时势而定,而不能"出于一而无权时之变"。

【注释】

① 柳下惠:即春秋时期鲁大夫展禽。鲁僖公时人,又字委。因食邑柳下,谥惠,故称。任士师时三次被黜,与伯夷并称黄惠。《论语·微子》:"柳下惠为士师,三黜。人曰:'子未可以去乎?'曰:'直道而事人,焉往而不三黜?枉道而事人,何必去父母之邦'!"士师,即法官。逸民,未被官府所用的人才。
② 见《论语·微子》。
③《孟子·万章下》:"孟子曰:'伯夷,圣之清者也;伊尹,圣之任者也;柳下惠,圣之和者也;孔子,圣之时者也。'"清,清高。任,负责。和,随和。时,识时务。
④ 扬子:即汉代经学家扬雄。
⑤ 孔子高饿显,下禄隐:孔子高看像伯夷那样义不食周粟以致饿死于首阳山的人,而认为像柳下惠那样恋食官禄的志士,他认为就不如伯夷了。
⑥ 据史载,扬雄在王莽当政之际任大夫,校书于天禄阁。
⑦ 迹:具体行为。
⑧ 御:控制,抵挡。
⑨ 道之不可一迹:"道"和人的具体行为不能视为同一种事物而强求一律。
⑩ 出于所高:从他所认为"高"的那个水平来看人、事。
⑪ 涂:通"途"。道路。
⑫ 诸夏:即古代华夏民族的各个部落之统称,即华夏、中原之意。
⑬ 两句意为:道路虽弯曲,但都通往中原,顺路走就可以了;河流虽弯曲,但都通向海,顺河道流就可以了。
⑭ 求:苛责之意。
⑮ 无系累于迹:不被具体行为的是非所牵挂。
⑯ 权时之变:随时代或具体事理的不同而变换自己的具体行为方式。

⑰微子、箕子、比干：皆商纣王臣属，纣暴虐无道，微子离纣即周，封于宋，为春秋时期宋国之始祖。箕子则佯狂为奴。比干则屡谏，卒被纣剖心而死。
⑱耽禄于弊时：在朝纲大坏不可修复之际，尚心怀利禄，屈事不可事之君。
⑲必去：假设必须离开不可事之君，而扬雄却没有离开。

太 古

太古之人不与禽兽朋①也几何,圣人恶之也,制作焉②以别之。下而庋③于后世,侈裳衣,壮宫室,隆④耳目之观,以嚣天下⑤,君臣、父子、兄弟、夫妇皆不得其所当然,仁义不足泽⑥其性,礼乐不足锢⑦其情,刑政不足网⑧其恶,荡然⑨复与禽兽朋矣。圣人不作⑩,昧者不识所以化之之术⑪,顾引而归之太古。太古之道果可行之万世,圣人恶⑫用制作于其间?必制作于其间,为太古之不可行也。顾欲引而归之,是去禽兽而之禽兽也⑬,奚补于化哉⑭?吾以为识治乱者当言所化之之术,曰:归之太古,非愚则诬⑮。

儒家推崇古先王之道,止于三代而已,并非越古越好。王安石在这篇文章中批驳了那种将儒家所奉行的先王之道推至太古而"归真返朴"的"非愚即诬"的论调。

【注释】

①与禽兽朋:与禽兽相类。
②制作焉:指制作礼、乐。
③庋:同"茌",至,到。
④隆:丰盛。
⑤嚣天下:轰动天下。
⑥泽:滋润。引申为培育。
⑦锢:限制,禁锢。
⑧网:防范。
⑨荡然:净尽的样子。指礼、乐不复存在。
⑩作:兴起,出来。
⑪化之之术:用以教化他们的方法。

⑫恶:疑问代词,同"何"。
⑬顾欲引而归之,是去禽兽而之禽兽也:之所以打算将人们拉回到太古状态,这是将本来已经区别于禽兽的人拉回到无别于禽兽的野蛮状态。
⑭奚:哪里。补于化:对教化有帮助。
⑮非愚则诬:不是愚蠢就是故意欺骗人。

周秦本末论

周强末弱本以亡①,秦强本弱末以亡②,本末惟其称也③。

周有天下,疆其地为千八百国④,制方伯⑤、连率⑥之职,诸侯有不享⑦者,举天下之人以临之,有不道⑧者,合天下之兵以诛之,自以为善计也。及其敝⑨,巨吞细,盛凭弱,而莫之能禁也,以至于亡,无异焉,强末弱本之势然也。

秦戒周之亡,郡而不国⑩,削诸侯之城,销天下之兵聚咸阳⑪,使奸人虽有觊心,无所乘而起,自以为善计也。及其敝,役夫穷匠⑫操鉏櫌棘矜⑬以鞭笞天下,虽欲全节本朝,无坚城以自婴⑭也,无利兵以自卫也,卒顿颡而臣之⑮。彼驱天下之众以取区区孤立之咸阳⑯,不反掌而亡,无异焉,强本弱末之势然也。

后之世变秦之制,郡天下而不国,得之矣⑰,圣人复起不能易也。销其兵,削其城,若犹一也,万一逢秦之变,可胜讳哉?

本文作为一篇透彻而精辟的史论,很明显有着现实针对性。篇首便点明主题,更增加了所提问题的警世作用。周朝因为诸侯国强大而中央力量的削弱最后导致分崩离析;秦朝因为过分强调中央集权而无限度地榨取地方百姓,且销天下之兵聚之咸阳,最后导致"役夫穷匠操鉏櫌棘矜以鞭笞天下",终亡于秦汉之间的战火之中。结论是只有本末相称不厚此薄彼,庶几可使江山永固。

宋朝一开始便打下了积弱之基。赵匡胤非有御世之才,被黄袍加身才得尊位,开国一始便惧怕武人生事而"杯酒释兵权",各类武职皆自文官出之,或由文官监之,致使边备削弱,"四夷"侵扰,北宋、南宋皆亡于异族之手。安石之论可谓深且远了。

【注释】

①周强末弱本以亡:周朝灭亡的原因在于过分纵容了诸侯国的势力而削弱了王朝自身的控制力。指后来诸侯国攻伐兼并,纷纷称霸,周室终于亡于战乱之中。

②秦强本弱末以亡:秦朝灭亡的原因在于过分强调中央集权,而无限制地榨取百姓。指后来集权暴政导致陈胜、吴广起义,并引发了原诸侯国戮力攻秦,终亡于楚汉争霸之中。

③此句意为:(要想保持江山永固)得使王朝的权力和地方诸侯相均衡才行。

④这里的"国"指周朝的各大小诸侯国。

⑤方伯:一方诸侯之长。《礼记·王制》:"千里之外设方伯。"《史记·周纪》:"平王之时,周室衰微,诸侯强并弱,齐楚秦晋始大,政由方伯。"后来泛指地方长官。

⑥连率:即连帅,古代十个诸侯国的总首领。《礼记·王制》:"十国以为连,连有帅。"后泛指地方长官。

⑦不享:不向周室缴贡。

⑧不道:即"无道"。指不遵守王室的统一规矩。

⑨敝:凋敝,衰微。

⑩郡而不国:只设郡县的行政建制,而取消了周朝的分封诸侯于四境的做法。

⑪据史载,秦统一中国之后,收缴天下兵器聚于咸阳,铸成十二尊铜人。兵,兵器。

⑫役夫穷匠:指秦末农民起义的发动者陈胜、吴广等人。详见《史记·陈涉世家》。

⑬鉏櫌棘矜:各种农具。这里指陈胜、吴广等人所执武器。贾谊《过秦论》:"鉏櫌棘矜,非铦于钩戟长铩也。"铦,锋利;铩,长矛。

⑭婴:环绕,羁绊。引申为保卫。《汉书·蒯通传》:"必将婴城固守,皆为金城汤池,不可攻也。"

⑮《史记·秦始皇本纪》:"子婴为秦王四十六日,楚将沛公(刘邦)破秦军入武关,遂至霸上,使人约降子婴,子婴即系以组(以宽丝带勒住自己脖颈),白马素车,秦天子玺符,降轵道旁……居月余,诸侯兵至,项籍为从长,杀子婴及秦诸公子宗族。"顿颡:即勒住嗓子。颡,同嗓。

⑯咸阳:今陕西咸阳,秦时为都城。

⑰该句谓秦虽灭亡,但其郡县制还是合理的,所以后来各朝尽管废除了秦朝的严刑峻法等好多做法,但这一点却被沿用下来。

乞制置三司条例

窃观先王之法①,自畿②之内,赋入精粗,以百里为之差③。而畿外邦国,各以所有为贡,又为经用通财之法以懋迁之④。其治市之货财⑤,则亡⑥者使有,害者使除;市之不售、货之滞于民用,则吏为敛之⑦,以待不时⑧而买者。凡此非专利也。盖聚天下之人,不可以无财;理天下之财,不可以无义⑨。夫以义理天下之财,则转输之劳逸不可以不均,用度之多寡不可以不通,货贿⑩之有无不可以不制,而轻重敛散⑪之权不可以无术。

今天下财用窘急无余,典领之官拘于弊法⑫,内外不以相知,盈虚不以相补。诸路上供,岁有定额,丰年便道,可以多致,而不敢不赢;年俭⑬物贵,难于供备,而不敢不足。远方有倍蓰⑭之输,中都⑮有半价之鬻。三司发运使⑯按簿书、促期会而已⑰,无所可否增损于其间。至遇军国郊祀之大费,则遣使划刷⑱,殆无余藏,诸司财用事往往为伏匿不敢实言,以备缓急。又忧年计⑲之不足,则多为支移折变⑳,以取之民,纳租税数至或倍其本数。而朝廷所用之物多求于不产,责于非时,富商大贾因时乘公私之急,以擅轻重敛散之权。

臣等以谓发运使总六路㉑之赋入,而其职以制置㉒茶盐矾税为事,军储国用多所仰给㉓,宜假㉔以钱货,继其用之有给,使周知六路财赋之有无而移用之。凡籴买税敛上供之物,皆得徙贵就贱,用近易远,令在京库藏年支见在之定数所当供办者得以从便变卖㉕,以待上令。稍收轻重敛散之权,归之公上,而制其有无,以便转输,省劳费,去重敛,宽农民,庶几国用可足,民财不匮矣。所有本司合置官属,许令辟举㉖,及有合行㉗事件,令依条例以闻,奏下制置司㉘参议施行。

本篇为王安石熙宁二年(1069)七月向宋神宗提交的一份报告。他于该年二月任参知政事并主管"制置三司条例司",文中,他以主管官员名义,请求准予推行"均输法"的条例,这是王安石执政后制定的第一个政策法令。

其主旨:一、针对积贫积弱的局面,指出变法必首先"理财";二、以"收轻重敛散之权,归之公上"的手段,来抑制兼并;三、以均输法来补救中央财政管理及物资供输方面的弊病。

【注释】

①先王之法:指《周礼·大司徒》里关于均齐贡赋的一段。王安石认为,征收贡赋要按远近、多少、先后、缓急不同,由政府统筹管理,以达到均齐的目的。

②畿:音 jī。国都附近的地区。

③赋入精粗,以百里为之差:征收的赋税实物有精有粗,按一百里来分等级。

④通财移用:指货币和其他实物可以灵活通用的办法。懋迁:交易。

⑤治市之财货:管理市场上的货物。

⑥亡,通"无"。

⑦吏为敛之:官府把它收购。

⑧不时:临时,随时。

⑨义:指正当的办法。

⑩货贿:古人以金玉为货,以布帛为贿。货贿皆当时之通货。

⑪轻重:指物价的低与高。敛散:指货物的收购和卖出。

⑫典领之官拘于弊法:主管官员拘守已不适用的旧办法。

⑬年俭:收成不好。

⑭倍蓰:五倍为蓰(音 xǐ),倍蓰连用意为数倍。

⑮中都:北宋首都开封。

⑯发运使:宋代掌货物运输供应的机关叫发运司,主政官员为发运使。

⑰此句意为:只不过按照规定额数和期限来催收。

⑱划刷:即搜到。划,同"铲"。

⑲年计:年度预算。

⑳支移折变:让缴粮户把粮食送到本地以外的其他地区缴纳,称为支移。官府收缴粮帛中将实物与实物之间互相折合作价称折变。

㉑六路:北宋在长江中下游地区所设相当于今之省级的六个行政区。六路分别为两浙路、江南东路、江南西路、淮南路、荆湖南路、荆湖北路。相当于今天浙江、江苏、江西、安徽、湖南、湖北六省。当时这里经济最为发达。

㉒制置:设立。
㉓仰给:依赖供应。
㉔假:借。这里为"拨给"。
㉕变卖:指货物或蓄或卖,根据情况变通处理。
㉖许令辟举:指该置设的官员,允许他们征聘和推荐。
㉗合行:该办的。
㉘制置司:指制置三司条例司。

议茶法

国家罢榷茶之法①,而使民得自贩,于方今实为便,古义实为宜,而有非之者②,盖聚敛之臣,将尽财利于毫末之间而不知与之为取之过③也。夫茶之为民用,等于米盐,不可一日以无,而今官场所出皆粗恶不可食,故民之所食大率私贩者。夫夺民之所甘④,而使不得食,则严刑峻法有不能止者,故鞭扑流徙之罪未尝少弛,而私贩、私市⑤者亦未尝绝于道路也。既罢榷之之法,则凡此之为患,皆可以无矣。然则虽尽充岁入之利,亦为国者⑥之所当务也,况关市之入⑦,自足侔⑧昔日之利乎。

昔桑羊兴榷酤之议⑨,当时以为财用待此而给⑩,万世不可易者,然至霍光不学无术之人,遂能屈其论而罢其法,盖义之胜利⑪久矣。今朝廷之治,方欲划⑫百代之弊,而复尧、舜之功,而其为法度,乃欲出于霍光之所羞为者,则可乎?以今之势,虽未能尽罢榷货,而能缓其一,亦所以示上之人恤民之深而兴治之渐也。彼区区聚敛之臣,务以求利为功,而不知与之为取,上之人亦当断以义,岂可以人人合其私说⑬然后行哉?

扬雄曰:"为人父而榷其子⑭,纵利,如子何?"以雄之聪明,其讲天下之利害宜可信,然则今虽国用甚不足,亦不可以复易已行之法矣。是以国家之势,苟修其法度,以使本盛而末衰,则天下之财不胜用,庸讵而必区区于此哉?

宋朝对茶、盐、铁、酒等实行专卖,设置榷物官署掌管专卖税利收入,后来官府无力经营,不得不依赖大商人组织专卖。王安石曾著《茶商十二说》,分析了依靠商人专卖的十二条弊病,又设立了"市易法",由官府控制市场,调整物价,以防止大商人垄断市场,扶持中小商人,同时一度废除茶叶专卖,该措施受到一些官员的反对和攻击。《议茶法》就是为废除茶叶专卖法而辩护的。

议茶法

【注释】

①据史载:嘉祐四年朝廷下令,取消有关国家对茶叶实施专卖的法令。
②非之者:不主张取消专卖的人。
③不知与之为取之过:错误在于不明白欲取先予的道理。
④夺民之所甘:不让百姓做他们愿做的事。
⑤市:买。
⑥为国者:主持国家政务的人。
⑦关市之入:来自集贸市场的收入。
⑧侔:相等。
⑨桑羊,即桑弘羊,西汉洛阳人。世代经商。汉武帝时任治粟都尉,领大司农。主张重农抑商,推行盐、铁、酒类国家专卖政策。武帝临终,授御史大夫,与大将军霍光等受遗诏辅佐汉昭帝。始元六年,诏问诸郡贤良文士,皆要求取消盐铁专卖,桑弘羊力主专卖之利,终不罢。后因与上官杰等谋立燕王刘旦、夺霍光权而被杀。霍光擅政,尽罢盐、铁、茶国家专卖政策。榷酤之议:有关酒类国家专卖的辩论。
⑩给:能够供应。
⑪义之胜利:道义战胜财利。
⑫划:音 chǎn,通"铲",铲除。
⑬该句谓朝廷不必照顾某些不利于国家而抱有偏见的人的议论而缓行罢榷之法。
⑭为人父而榷其子:做父亲的对儿子的生意搞专卖。

原　教

　　善教者藏其用①，民化上②而不知所以教之之源。不善教者反此，民知所以教之之源，而不诚化上之意③。

　　善教者之为教也，致吾义忠④，而天下之君臣义且忠矣；致吾孝慈，而天下之父子孝且慈矣；致吾恩于兄弟，而天下之兄弟相为恩矣；致吾礼于夫妇，而天下之夫妇相为礼矣。天下之君君臣臣⑤、父父子子、兄兄弟弟、夫夫妇妇，皆吾教也。民则曰："我何赖于彼⑥哉？"此谓化上而不知所以教之之源也。

　　不善教者之为教也，不此之务⑦，而暴为之制，烦为之防⑧，劬劬⑨于法令诰戒之间，藏于府，宪于市⑩，属民于鄙野⑪，必曰：臣而⑫臣，君而君，子而子，父而父，兄弟者无失其为兄弟也，夫妇者无失其为夫妇也，率⑬是也有赏，不然则罪⑭。乡闾之师，族酂⑮之长，疏者时读，密者月告，若是其悉矣。顾有不服教而附于刑者，于是嘉石⑯以惭之，圜土⑰以苦之，甚者弃之于市朝⑱，放之于裔末⑲，卒不可以已也。此谓民知所以教之之源，而不诚化上之意也。

　　善教者浃⑳于民心，而耳目无闻焉，以道扰民㉑者也。不善教者施于民之耳目，而求浃于心，以道强民㉒者也。扰之为言，犹山薮㉓之扰毛羽㉔，川泽之扰鳞介㉕也，岂有制哉？自然然耳㉖。强之为言，其犹囿毛羽㉗、沼鳞介㉘乎，一失其制㉙，脱然逝矣。噫！古之所以为古，无异焉，由前而已矣；今之所以不为古，无异焉，由后而已矣。

　　或曰："法令诰戒不足以为教乎？"曰："法令诰戒，文也，吾云尔者，本也，失其本，求之文，吾不知其可也。"

原教

本篇为论述政教风化、统治国家的政治原理的文章。原,即追究本源并加以论述;教,即政教风化。

文章以先王善教与后世不善教者两种为教之道术反复比较的方法,阐明"道之以德,齐之以礼,有耻且格"(《论语•为政》)的为政之道。

【注释】

① 藏其用:将手段、措施隐藏起来。
② 民化上:百姓接受了朝廷的教化。
③ 不诚化上之意:认为朝廷教化百姓的目的是不正当的。
④ 致吾义忠:将我们自身所存的"义"和"忠"的美德向百姓推广。
⑤ 君君臣臣:把人君当人君对待,把人臣当人臣看待。这里第一个"君""臣"为名动用法,第二个"君""臣"为名词。
⑥ 彼:指施行教化者,即朝廷。
⑦ 不此之务:即"不务此"。
⑧ 暴为之制:制定强硬、粗暴的措施。烦为之防:采取繁琐的防范手段。
⑨ 劬劬:音 qú,劳累的样子。
⑩ 宪于市:公布法令于市场上。
⑪ 该句谓:将法令告诉偏僻乡野的百姓。
⑫ 而:同"尔",你的。
⑬ 率:遵从。
⑭ 罪:处罪。
⑮ 酇:音 zuǎn。《周礼•遂人》:"五家为邻,五邻为里,四里为酇。"
⑯ 嘉石:有纹理的石头。古代于外朝门左立嘉石,命罪人坐于石上示众以羞之。
⑰ 圜土:监狱。为土筑表墙,圆形。圜,音 yuán。
⑱ 即弃市:古人在闹市中执行死刑,以示众。
⑲ 放:流放。裔末:荒蛮偏远之地。
⑳ 浃:音 jiā,和。
㉑ 扰民:驯服百姓。扰,驯服。
㉒ 强民:强迫百姓。强,音 qiǎng。
㉓ 薮:音 suǒ,水浅草茂的泽地。
㉔ 扰毛羽:驯化鸟类。毛羽,指鸟类动物。
㉕ 扰鳞介:驯服有鳞、甲的鱼龙龟鳖类。介,通"甲"。

㉖自然然耳:顺其自然罢了。
㉗囿毛羽:将鸟类关在笼子里。
㉘沼鳞介:将鱼龙龟鳖养在小而浅的池中。
㉙制:指鸟笼、鱼池。

原 过

　　天有过①乎？有之,陵历斗蚀②是也。地有过乎？有之,崩弛竭塞③是也。天地举④有过,卒不累覆且载者何⑤？善复常⑥也。人介乎天地之间,则固不能无过,卒不害圣且贤者何？亦善复常也。故太甲思庸⑦,孔子曰:勿惮改过⑧,扬雄贵迁善⑨,皆是术也。

　　予之朋有过而能悔,悔而能改,人则曰:"是向⑩之从事云尔,今从事与向之从事弗类⑪,非其性⑫也,饰表以疑世⑬也。"夫岂知言⑭哉？

　　天播五行⑮于万灵⑯,人固备而有之。有而不思则失,思而不行则废。一旦咎前之非⑰,沛然思而行之,是失而复得,废而复举也。顾曰:非其性,是率天下而戕性⑱也。且如人有财,见篡⑲于盗,已而得之,曰:"非夫人之财,见篡于盗矣。"⑳可欤？不可也。财之在己,固不若性之为己有也。财失复得,曰非其财,且不可,性失复得,曰非其性？可乎？

　　本文约作于熙宁年间,目的在于回击反对改革的一些官员对王安石等变法派所施的人身攻击。文章所论的是要正确对待那些犯过错误且已经改正了的人,批评那些抓住犯过的错误不放、好作"诛心"之论的行为。

【注释】

①过:过错。
②陵历斗蚀:指星辰的互相冲犯、排列和日食、月食等不正常天象。
③崩弛竭塞:指山岳的崩裂、塌陷和河流的枯竭、阻塞等不正常现象。
④举:都。
⑤卒:最终。不累:不影响。覆且载:指天覆、地载的功能。
⑥善复常:善于回复到正常状态。
⑦《史记·殷本纪》:"帝太甲(成汤嫡长孙)即位三年,不明,暴虐,不遵汤法,乱德,于是伊尹(名挚,又称阿衡,相成汤)放之于桐宫,三年,伊尹摄行政当国,以朝诸侯。

帝太甲居桐宫三年,悔过自责,反善,于是伊尹乃迎帝太甲而授之政。帝太甲修德,诸侯咸归殷,百姓以宁。"思庸:向往回到犯错误以前的正常状态。

⑧勿惮改过:有了错误不要害怕自我改正。

⑨迁善:从错误转向正确。

⑩向:以前。

⑪弗类:不一样。

⑫非其性:谓如今改过之后的行为不是出乎他的本性。

⑬饰表以疑世:只是表面上改过,以此来欺骗世人。

⑭知言:真知灼见的言论。

⑮五行:金、木、土、水、火。古人以为五行作用而生万物。

⑯万灵:众生。各种有灵性的动物。

⑰咎前之非:痛悔以前的过错。

⑱戕性:戕害人的天性。

⑲见篡:被抢夺。

⑳此句意为:不是他的财物,是以前被强盗夺走的财物。

进　说

　　古之时，士之在下者无求①于上，上之人日汲汲惟恐一士之失也。古者士之进，有以德，有以才，有以言，有以曲艺②。今徒不然，自茂才等而下之至于明法③，其进退之皆有法度。古之所谓德者才者，无以为也。古之所谓言者，又未必应今之法度也。诚有豪杰不世出之士，不自进乎此④，上之人弗举也。诚进乎此，而不应今之法度，有司弗取也。夫自进乎此，皆所谓枉己⑤者也。孟子曰："未有枉己能正人者也。"然而今之士，不自进乎此者未见也。岂皆不古之士自重以有耻乎？

　　古者井天下之地⑥而授之氓⑦。士之未命⑧也，则授一廛⑨而为氓。其父母妻子裕如⑩也。自家达国，有塾，有序，有庠，有学，观游止处⑪，师师友友，弦歌尧、舜之道自乐也。磨砻镌切，沉浸灌养⑫，行完而才备则曰："上之人其舍我哉？"上之人其亦莫之能舍也。

　　今也地不井，国不学，党不庠，遂不序，家不塾。士之未命也，则或无以裕父母妻子，无以处行完而才备，上之人亦莫之举也，士安得而不自进？呜呼！使今之士不若古，非人则然，势⑬也。势之异，圣贤之所以不得同也。孟子不见王公⑭，而孔子为季氏吏⑮，夫不以势乎哉？士之进退，不惟其德与才，而惟今之法度，而有司之好恶，未必今之法度也。是士之进，不惟今之法度，而几⑯在有司之好恶耳。今之有司，非昔之有司也，后之有司，又非今之有司也。有司之好恶岂常⑰哉？是士之进退，果卒无所必⑱而已矣。噫！以言取人，未之失也，取焉而又不得其所谓言，是失之失也，况又重以有司好恶之不可常哉！古之道，其卒不可以见乎？士也有得已⑲之势，其得不已乎？得已而不已，未见其为有道也。

　　杨叔明之⑳兄弟，以父任皆京官㉑，其势非吾所谓无以处，无以裕父母妻子，而有不得已焉者。自枉㉒而为进士，而又枉于有司，而又若不释然㉓。二君固常自任以道，而且朋友我㉔矣，惧其犹未瘳也，为《进说》

与之。

　　以父荫得以在京城为官的杨明之兄弟二人,希望考取进士,以期得到社会上的进一步认可,但被考官黜落。王安石以此为由头,通过古今对比,谈论了仕进之道的问题。在对比分析中抨击了当时科举制度对人才全面发展的遏制和压抑。指出,有司所操之法度已大悖于古之时,何况"士之进,不惟今之法度,而几在有司之好恶耳","又重以有司之好恶不可常",因此"未见其为有道也"。

【注释】

①求:依赖、仰仗。
②曲艺:古代指医、卜之类技能。古人重道行,轻技艺,故称之为奇技淫巧之类。
③茂才、明法:皆朝廷选取进士的科目。
④不自进乎此:不从这条路(指科举)自求进身。
⑤枉己:扭曲了自己的个性特长。
⑥井天下之地:把天下的土地都逐片划成"井"字形的九个部分。即西周时推行的井田制。九块地中,中间一块为公田,周围八家共营。
⑦氓:百姓。
⑧未命:不受王命的制约。指未做官。
⑨廛:音 chán 古时一户人家所占的田地。《孟子·滕文公(上)》:"愿受一廛而为氓。"
⑩裕如:衣食丰足的样子。
⑪观游止处:参观、游览的每到一处。
⑫磨砻镌切:相互切磋钻研儒家经典。沉浸灌养,沉浸于儒家经典的微言大义之中,从而接受它的滋养。
⑬势:时势。
⑭孟子不见王公:孟子不被王公所召见。
⑮孔子为季氏吏:季氏,鲁国贵族大夫,孔子曾当过季氏宰,管理季氏的家政。孔子意不在此,而在于治理国家,故称为不得势。
⑯几:差不多。
⑰常:固定,不变。
⑱必:定一的意思。抱住一种思想不改。
⑲得已:不得不作罢。

⑳杨叔,字明之。叔,家中排行。名不详。
㉑该句谓其父亲一直在京城做官。
㉒自枉:扭曲自己的个性、志向。
㉓不释然:不高兴的样子。
㉔朋友我:以我引为他们兄弟的朋友。

材　说

天下之患，不患材之不众，患上之人不欲其众；不患士之不欲为，患上之人不使其为也。夫材之用，国之栋梁也，得之则安以荣，失之则亡以辱。然上之人不欲其众、不使其为者，何也？是有三蔽①焉。其敢蔽者，以为吾之位可以去辱绝危②，终身无天下之患，材之得失无补于治乱之数③，故偃然肆吾之志，而卒入于④败乱危辱，此一蔽也。又或以谓吾之爵禄贵富足以诱天下之士，荣辱忧戚在我，是吾可以坐骄天下之士，而其将无不趋我者，则亦卒入于败乱危辱而已，此亦一蔽也。又或不求所以养育取用之道，而嘿嘿然以为天下实无材，则亦卒入于败乱危辱而已，此亦一蔽也。此三蔽者，其为患则同。然而用心善而犹可以论其失者，独以天下为无材者耳。盖其心非不欲用天下之材，特未知其故也。

且人之有材能者，其形何以异于人哉？惟其遇事而事治，画策而利害得，治国而国安利，此其所以异于人者也。故上之人苟不能精察之，审用之，则虽抱皋、夔、稷、契之智⑤，且不能自异于众，况其下者乎？世之蔽者方⑥曰："人之有异能⑦于其身，由锥之在囊，其末立见⑧，故未有有实而不可见者也。"此徒有见于锥之在囊，而固未睹夫马之在厩也。驽骥杂处⑨，其所以饮水食刍，嘶鸣蹄啮，求其所以异者盖寡。及其引重车，取夷路⑩，不屡策⑪，不烦御⑫，一顿其辔而千里已至矣。当是之时，使驽马并驱方驾⑬，则虽倾轮绝勒⑭，败筋伤骨，不舍昼夜而追之，辽乎⑮其不可以及也，夫然后骐骥騕褭⑯与驽骀别矣。古之人君，知其如此，故不以为天下无材，尽其道以求而试之耳，试之之道，在当其所能⑰而已。

夫南越之修竹簳⑱，镞⑲以百炼之精金，羽以秋鹗之劲翮⑳，加强弩之上而张彍㉑之千步之外，虽有犀兕㉒之捍，无不立穿而死者，此天下之利器，而决胜觌武㉓之所宝也。然而不知其所宜用，而以敲扑，则无以异于朽槁之挺㉔也。是知虽得天下之瑰材桀智，而用之不得其方，亦若此矣。

古之人君,知其如此,于是铢量㉖其能而审处之,使大者小者长者短者强者弱者无不适其任者焉。其如是则士之愚蒙鄙陋者,皆能奋其所知以效小事,况其贤能智力卓荦㉗者乎?呜呼!后之在位者,盖未尝求其说而试之以实也,而坐㉘曰天下果无材,亦未之思而已矣。

盖闻古之人于材有以教育成就之,而子独言其求而用之者何也?曰:"因天下法度未立之先,必先索天下之材而用之,如能用天下之材,则所以能复先王之法度。能复先王之法度,则天下之小事无不如先王时矣,况教育成就人材之大者乎?此吾所以独言求而用之之道者。"

噫!今天下盖尝患无材可用者。吾闻之,六国合从㉙而辩说之材㉚出,刘、项并世而筹画战斗之徒起㉛,唐太宗欲治而谟谋谏诤之佐㉜来。此数辈者,方此数群未出之时,盖未尝有也,人君苟欲之,斯至矣,今亦患上之不求之、不用之耳。天下之广,人物之众,而曰果无材者,吾不信也。

宋朝建立百年,一仍旧制,务苟且而不思变革。在取士制度、人才观等方面问题尤为严重,而这些是妨碍国家进步的关键问题。改易更革,不可能依靠传统制度下产生的庸才来推进,故此,王安石在多种场合,以多种形式谈论人才问题,力争"矫世变俗"。本篇便是基于此而作的文章。

【注释】

①三蔽:三种偏见。蔽:遮挡,妨碍。
②去辱绝危:远离困辱,隔绝危害。
③治乱之数:有关国家太平与战乱的大计。
④卒入于:最终陷入。
⑤皋:皋陶,舜帝时司刑法之臣。夔:舜时乐官。稷:舜时农官。契(xiè):舜时司徒,主管教化,助禹制水有功,封于商,为商朝祖先。
⑥方:打比方。
⑦异能:出众的才能。
⑧见《史记·平原君列传》或成语"毛遂自荐"。末:锥尖。见:音 xiàn,通"现"。
⑨驽骥杂处:劣马和骏马混居一起。
⑩取夷路:走平坦的道路。取,通"趋"。
⑪屡策:经常鞭打。

⑫烦御:费力驾驶。
⑬并驱方驾:并驾齐驱。
⑭绝勒:断了马口绳。
⑮辽乎:超远的样子。
⑯骐骥:良马。骙裹(yǎo niǎo):骏马名。
⑰当其所能:与其能力相称。
⑱修簳:长杆箭。簳,音 gǎn。
⑲镞:音 zú,箭头。
⑳鹗:一种凶猛的鸟。翮:翎管,可作箭尾。
㉑彍(kuò):张满弓弩。
㉒犀兕:野牛般的猛兽。犀有二角,兕有一角。
㉓觌武:以武相见,指打仗。觌,音 dí。
㉔挺:通"梃",木棍。
㉕铢量:仔细衡量。铢,很小的重量单位。
㉖卓荦:超众,突出。
㉗坐:徒,空。
㉘六国合从:战国时齐、楚、燕、韩、赵、魏六国联合起来抗击秦国。因六国成南北向联合,而秦国处西,故称合纵。从,通"纵"。
㉙辩说之材:苏秦游说于六国之间,佩六国相印,以辩说合六国抗秦。
㉚刘项并世:刘邦、项羽同处于一个时代。指五年楚汉之争。当时涌现了诸如张良、萧何、范增、韩信、彭越、曹参、陈平、周勃等众多的人才。
㉛谟谋谏诤之佐:指房玄龄、杜如晦、魏征等人。

取　材

　　夫工人之为业也，必先淬砺其器用，抡度其材干，然后致力寡而用功得矣。圣人之于国①也，必先遴柬②其贤能，练核其名实，然后任使逸③而事以济矣。故取人之道，世之急务也，自古守文之君，孰不有意于是哉？然其间得人者有之，失士者不能无焉，称职者有之，谬举者不能无焉。必欲得人称职，不失士，不谬举，宜如汉左雄④所议诸生⑤试家法、文吏课⑥笺奏为得矣。

　　所谓文吏者，不徒苟尚文辞而已，必也通古今，习礼法，天文人事，政教更张，然后施之职事，则以详平⑦政体，有大议论⑧使以古今参之是也。所谓诸生者，不独取训习句读⑨而已，必也习典礼，明制度，臣主威仪，时政沿袭，然后施之职事，则以缘饰治道，有大议论则以经术断之是也。

　　以今准⑩古，今之进士，古之文吏也；今之经学，古之儒生也。然其策⑪进士，则但以章句声病，苟尚文辞，类⑫皆小能者为之；策经学者，徒以记问为能，不责大义，类皆蒙鄙者能之。使能才之人或见赘⑬于时，高世之士或见排于俗。故属文者至相戒曰："涉猎⑭可为也，诬艳⑮可尚也，于政事何为⑯哉？"守经者曰："传写可为也，诵习可勤也，于义理何取哉？"故其父兄勖⑰其子弟，师长勖其门人，相为浮艳之作，以追时好而取世资⑱也。何哉？其取舍好尚如此，所习不得不然也。若然之类，而当擢之职位，历之仕涂，一旦国家有大议论，立辟雍明堂⑲，损益礼制，更著律令，决谳疑狱⑳，彼恶能以详平政体，缘饰治道，以古今参之，以经术断之哉？是必唯唯而已。

　　文中子㉑曰："文乎文乎，苟作云乎哉？必也贯乎道。学乎学乎，博诵云乎哉？必也济乎义。"故材之不可苟取也久矣，必若差别类能，宜少依汉之笺奏家法之义。策进士者，若曰邦家之大计何先，治人之要务何急，政教之利害何大，安边之计策何出，使之以时务之所宜言之，不直以章句声病累其心。策经学者，宜曰礼乐之损益何宜，天地之变化何如，礼器之制度何尚，各傅㉒经义以对，不独以记问传写为能。然后署之甲乙以升黜之，庶其取舍之鉴㉓约于目前，是岂恶有用而事无用，辞逸而就劳哉？故学者不习无用之言，则业专而修矣，一心治道，则习贯而入矣，若此之类，施之朝廷，用之牧民㉔，何向而不利哉？其他限年之议㉕，亦无取矣。

　　本篇所论述的中心是选取人才的问题。文章通过多方面的比照分析，把选取人才方面的是非得失逐一辩明，从而达到弃旧图新，革除科举选士中所存在的弊病，选取有用人才的目的。尤为突出的是，提出了一套选取人才的办法，为改革当时的科举制度做了充分论证，很有说服力。熙宁四年（1071）朝廷下令改革科举制度，与此不无关系。

【注释】

①于国：治理国家。
②遴柬：挑选、筛选。
③任使逸：对贤能的官员轻松地使用、调度。
④左雄：东汉南郡涅阳人。字伯豪，安帝时举孝廉，迁冀州刺史，州部多豪族，他揭发贪滑之人无所顾忌。顺帝时掌纳言，多次直谏，每有章表奏议，台阁以为故事，官至尚书。
⑤诸生：即众儒生，研究经学的人。
⑥课：考查。
⑦详平：熟悉且善于处理。
⑧大议论：重大问题的讨论。
⑨句读：给文章断句，加标点。读，音 dòu。
⑩准：衡量，揣度。
⑪策：策试，考试。
⑫类：大体，基本上。
⑬见赘：被认为是累赘，多余的人。
⑭涉猎：谓读书多但不专不精。
⑮诬艳：悖谬而浮华的文章。
⑯何为哉：有什么用？
⑰勖：音 xù，勉励。

⑱世资:进取(邀名逐利)的资本。
⑲辟雍:古时京都中专门招收皇族弟子的学校。明堂:古代帝王宣明政教的地方。
⑳决谳:审判定罪。疑狱:处理疑难案件。谳,音 yàn。
㉑文中子:隋朝王通,经学家,广收学徒,宣讲儒道。死后,其弟子相与议谥为"文中子"。
㉒傅:辅助。
㉓取舍之鉴:即决定取或舍的标准。
㉔牧民:治理百姓。
㉕限年之议:即论资排辈的问题。

兴 贤

　　国以任贤使能而兴,弃贤专己而衰。此二者必然之势,古今之通义,流俗所共知耳。何①治安之世有之而能兴,昏乱之世虽有之亦不兴,盖用之与不用之谓矣。有贤而用,国之福也,有之而不用,犹无有也。商之兴也有仲虺②、伊尹③,其衰也亦有三仁④。周之兴也同心者十人,其衰也亦有祭公谋父⑤、内史过⑥。两汉之兴也有萧、曹⑦、寇⑧、邓⑨之徒,其衰也亦有王嘉⑩、傅喜⑪、陈蕃⑫、李固⑬之众。魏、晋而下,至于李唐,不可遍举,然其间兴衰之世,亦皆同也。由此观之,有贤而用之者,国之福也,有之而不用,犹无有也,可不慎欤?

　　今犹古也,今之天下亦古之天下,今之士民亦古之士民。古虽扰攘⑭之际,犹有贤能若是之众,况今太宁⑮,岂曰无之,在君上用之而已。博询众庶,则才能者进矣;不有忌讳,则谠直之路开矣;不迩小人,则谗谀者自远矣;不拘文牵俗⑯,则守职者辨治矣;不责人以细过,则能吏之士得以尽其效矣。苟行此道,则何虑不跨两汉轶⑰三代,然后践五帝、三皇之涂⑱哉?

　　本文就选贤任能作了简明而令人信服的论述,分别集中而又有联系地回答了为什么要举荐贤才和怎样举荐贤才的问题。
　　文章虽短,却能紧扣论点进行论证,逻辑严密而有较强的说服力。

【注释】
①何:为什么。
②仲虺:成汤的左相,奚仲的后代。《尚书》有《仲虺之诰》篇。成汤将桀流放,后来引之以为不安,仲虺作"诰"用来宽释成汤心中的郁闷。
③伊尹:名挚。为汤的妻子陪嫁的奴隶。佐汤代桀,被尊为阿衡,即宰相。

④三仁:指微子、箕子、比干。
⑤祭公谋父:周穆王卿士,周公后代。曾谏穆王伐犬戎。
⑥内史过:名过,任朝廷内史,协助天子管理爵位、俸禄、废官、置官等事务。
⑦萧:萧何。曹:曹参。二人皆从高祖刘邦定天下,史称"萧曹"。
⑧寇:寇恂,字子翼,昌平人。初为郡功曹,劝说太守耿况南迎光武帝刘秀,从征,以河内太守行大将军事。又从光武平盗。晚年声望益高。绘像于南宫云台。
⑨邓:邓禹,字仲华,东汉新野人。幼时游学长安,与刘秀善。刘秀起兵河北,邓禹为之运筹谋划。刘秀称帝,拜为大司徒,封酂侯。国内既定,论功居第一,绘像于南宫云台。
⑩王嘉:字公仲,西汉平陵人。汉宣帝鸿嘉年间入宫诏对,诏迁太中大夫。出九江、河南太守。徙京兆尹,迁御史大夫。建平三年为丞相。封新甫侯。为人刚直严毅有威重,直道事君,多得罪宦官、佞幸,终为所陷,为相三年而被诛。
⑪傅喜:字稚游,河内温人。汉成帝时为太子庶子。哀帝即位,迁右将军。拜大司马,封高武侯。逆傅太后,收大司马印。王莽用事,免归。
⑫陈蕃:东汉汝南平舆人,字仲举,官乐安豫章太守,迁至太尉、太傅,封高阳侯。为人刚直不阿,崇尚气节。与窦武谋诛宦官,事败被杀。
⑬李固:字子坚,汉中南郑人。举孝廉,辟司空掾,不就。世高其才行。上诏对,言宦官当政之弊,数宦竖为虐之罪。拜议郎,退居,出为荆州刺史,徙为太山太守,为大司农。冲帝时为太尉,与梁冀共参录尚书事。在位期间力肃贪官,后为梁冀所忌,诬以罪,被杀。
⑭扰攘:指战乱,内讧等。
⑮太宁:太平安宁。
⑯拘文牵俗:拘泥于成法,受世俗观念制约。
⑰轶:超过。
⑱涂:通"途",道路。

委 任

　　人主以委任为难,大臣以塞责①为重,任之重而责之重可也,任之轻而责之重不可也。愚无他识②,请以汉之事明之。高祖③之任人也,可以任则任,可以止则止。至于一人之身,材有长短,取其长则不问其短;情有忠伪,信其忠则不疑其伪。其意曰:"我以其人长于某事而任之,在它事虽短何害焉?"故萧何刀笔之吏也④,委之关中,无复四顾之忧。陈平⑤亡命之虏也,出捐四万余金,不问出入。韩信⑥轻猾之徒也,与之百万之众而不疑。是三子者,岂素著忠名哉?盖高祖推己之心而置于其心,则它人不能离间而事以济矣。

　　后世循高祖则鲜有败事,不循则失。故孝文⑦虽爱邓通⑧,犹逞申屠⑨之志;孝武⑩不疑金、霍⑪,终定天下大策。当是时,守文之盛者,二君而已。元、成⑫之后则不然,虽有何武⑬、王嘉、师丹⑭之贤,而胁于外戚竖宦之宠,牵于帷廧⑮近习之制,是以王道浸微,而不免负谤于天下也。中兴之后,唯世祖⑯能驭大臣,以寇、邓、耿、贾之徒⑰为任职,所以威名不减于高祖。至于为子孙虑则不然,反以元、成之后,三公⑱之任多胁于外戚、竖宦、帷廧近习之人而致败,由是置三公之任,而事归台阁⑲,以虚尊加之而已。然而台阁之臣,位卑事冗,无所统一,而夺于众多之口,此其为胁外戚、竖宦、帷廧近习者愈矣。至于治有不进,水旱不时,灾异或起,则曰三公不能燮理⑳阴阳而策免之,甚者至于诛死,岂不痛哉!冲、质㉑之后,桓、灵㉒之间,因循以为故事。虽有李固、陈蕃之贤,皆挫于阉寺㉓之手,其余则希世㉔用事全躯而已,何政治之能立哉?此所谓任轻责重之弊也。

　　噫!常人之性,有能有不能,有忠有不忠,知其能则任之重可也,谓其忠则委之诚可也。委之诚者人亦输㉕其诚,任之重者人亦荷其重,使上下之诚相照,恩结于其心,是岂禽息鸟视而不知荷恩尽力哉?故曰:"不疑于物,物亦诚焉。"且苏秦㉖不信天下㉗,为燕尾生,此一苏秦倾侧数国之间,

委任

于秦独以然者,诚燕君厚之之谓也㉒。故人主以狗彘畜人㉓者,人亦狗彘其行㉔,以国士待人者,人亦国士自奋。故曰:"常人之性,有能有不能,有忠有不忠,顾人君待之之意何如耳。"

该篇所谈的是如何使用人才的问题。作者主张对人才要信任,要看到并发挥其所长,使人尽其才,才尽其用,这样,整个国家的事情就好办了。

【注释】

①塞责:完成使命,尽职。
②愚无他识:我没有更多的见识。
③高祖:刘邦。
④萧何:汉沛人。佐刘邦建汉王朝。刘邦入咸阳,萧何收秦律令图籍,得以掌握全国山川险要、郡县户口、社会情况。刘邦为汉王,任萧何为相。楚汉战争中,留守关中,供军粮。天下既定,论功第一,封酂侯。
⑤陈平:汉阳武人,初从项羽反秦,后归刘邦,任护军中尉,天下平,封曲逆侯,惠帝时为左相,吕后时徙右相,吕后死,与周勃共诛诸吕,安汉朝。
⑥韩信:秦末淮阴人,初从项羽,后归刘邦,拜为大将。代魏,举赵,降燕,破楚龙沮于淮水,定齐地。灭项羽,与萧何、张良称汉兴三杰。后有人告谋反,被执,降为淮阴侯,终为吕后所杀。
⑦孝文:即汉文帝刘恒。
⑧邓通:蜀郡南安人。谄事汉文帝为上大夫,允其自得铸钱。景帝立,籍没其家财,客死于人家。
⑨申屠:复姓申屠,名嘉,梁人。曾从高祖击项羽、黥布。惠帝时任淮阳守。文帝时迁为御史大夫,后为相,封故安侯。为人廉直,言文帝宠幸邓通而不该废朝廷之礼。折羞邓通。
⑩孝武:汉成帝刘彻。
⑪金、霍:金日䃅、霍光。
⑫元、成:汉元帝刘奭、汉成帝刘骜。
⑬何武:字君公,蜀郡郫县人,拜谏议大夫,迁扬州刺史,举劾不法。徙京兆尹。为御史大夫。王莽当政,被诬自杀。
⑭师丹:字仲公,琅琊东武人。举孝廉为郎,为东平王太傅,入为光禄大夫、丞相司直。

哀帝时为左将军,赐关内侯,代王莽为大司马,封高乐侯,徙大司空。卒谥节侯。
⑮廧:音qiáng,通"墙"。
⑯世祖:东汉光武帝刘秀。
⑰寇:寇恂。邓:邓禹。耿:耿弇。详见《汉书·耿弇列传》。贾:贾复。详见《汉书·冯岑贾列传》。
⑱三公:辅佐君主掌握军政大权的最高官员。西汉三公为大司马、大司徒、大司空。东汉三公为太尉、司徒、司空。西周时三公为太师、太傅、太保。等等。
⑲台阁:尚书的别称。《后汉书·仲长统传》:"光武帝愠数世之失权,忿疆臣之窃命,矫枉过直,政不任下,虽置三公,政由台阁。"
⑳燮理:调理。
㉑冲、质:汉冲帝、汉质帝。
㉒桓、灵:汉桓帝、汉灵帝。
㉓挫:败。阉寺:宦官。
㉔希世:迎合世俗。
㉕输:贡献,献出。
㉖苏秦:战国纵横家,主张合纵抗秦。
㉗"不信天下"句:苏秦约赵国为纵约长,说五国以合纵。秦国忧之,放言说苏秦为"左右卖国反复之臣",加之六国之间有战事,纵约败,人以苏秦不诚实,不守信。
㉘据史载:苏秦见燕王曰:"……信如尾生,与女子期于梁(桥)下,水至不去,抱柱而死。有信如此,王又安能使之步行千里却齐之强兵哉?臣所谓以忠信得罪于上者也。"……"臣闻客有远为吏而其妻私于人者,其夫将来。其私者忧之,妻曰:'勿忧,吾已作药酒待之矣!'居三日,其夫果至,妻使妾举药酒进之。妾欲言酒之有药,则恐其逐主母也;欲勿言乎,则恐其杀主父也。于是乎佯僵而弃酒。主父大怒,笞之五十。故妾一僵而覆酒,上存主父,下存主母,然而不免于笞,恶在乎忠信之无罪也夫?臣之过,不幸而类乎是。燕王曰:'先生复就故官'益厚遇之。"
㉙以狗彘畜人:把人当猪狗养活。
㉚人亦狗彘其行:人们也就像狗猪一般不讲操行。

知 人

贪人廉,淫人洁,佞人直,非终然也,规有济焉尔①。王莽②拜侯,让印不受,假僭皇命,得玺而喜③,以廉济贪者也。晋王广求为冢嗣,管弦遏密,尘埃被之,陪扆未几,而声色丧邦④,以洁济淫者也。郑注开陈治道,激昂颜辞,君民翕然,倚以致平,卒用奸败⑤,以直济佞者也。于戏,知人则哲,惟帝其难之⑥,古今一也。

全文仅用一百多字,却有理有据地谈出了如何知人及知人的重要性,可谓言简意赅,短小精悍,足见作者高屋建瓴的气概和驾驭语言的高超技巧。

【注释】

① 规:模仿、谋划。引申为"伪装"。济:帮助。
② 王莽:字巨君,西汉孝元皇后之侄。汉元帝时为大司马,掌朝政。公元5年代汉自立,建号为"新",后被推翻。即位前,对上下皆谦恭,一再拒绝封侯,人以为善。掌权之后,排斥异己,独断专行,继而篡汉自立。
③ 据史载:王莽为达到篡汉自立目的,先当了假(代理)皇帝,后暗中策划一些人,把两个匣子放于汉高祖刘邦庙中,匣上刻有文字,假称汉高祖示意将皇位传于王莽。莽借此胁迫太后下令让位,由假皇帝变为真皇帝。
④ 晋王广:即隋炀帝杨广。隋文帝杨坚次子,封为晋王。与其兄杨勇争太子位,佯不近声色,为文帝所喜。立为太子。文帝死后,即帝位,随即荒淫无度,大行巡游之乐,而广建宫闱园池,大兴徭役,最终丧邦亡身。冢嗣:长子,指太子。管弦遏密:古代皇帝死后,止乐示哀,称遏密。尘被之:乐器上满是尘土。陪扆:指皇帝宝座。扆,音yǐ,屏风。天子见侯,背靠屏风而坐。这里"扆"指帝位。
⑤ 郑注:唐绛州翼城(今山西翼城)人。文宗时官至工部尚书充翰林侍讲学士,向文宗提出过一些好的建议,时宦官擅权,文宗与郑注、李训谋诛杀宦官。事败,郑注被

杀。王安石受传统影响,称之为奸臣。开陈治道:陈述治国方略。翕然,众口一词的样子。致平:达到天下太平。

⑥见《尚书·皋陶》。哲:圣哲,明智而无所不知的人。帝:指尧和舜。此句意为,能看透一个人便最明智了。但这一点连尧舜都难以达到。

谏 官

以贤治不肖,以贵治贱,古之道也。所谓贵者何也?公卿大夫是也。所谓贱者何也?士庶人是也。同是人也,或为公卿,或为士,何也?为其不能公卿也,故使之为士;为其贤于士也,故使之为公卿。此所谓以贤治不肖,以贵治贱也。

今之谏官者,天子之所谓士也,其贵则天子之三公也①。惟三公于安危治乱存亡之故,无所不任其责,至于一官之废,一事之不得,无所不当言,故其位在卿大夫之上,所以贵之也。其道德必称其位,所谓以贤。至士则不然,修一官而百官之废不可以预②也。守一事而百事之失可以毋言也。称其德,副其材,而命之以位也。循其名,傃③其分,以事其上而不敢过也。此君臣之分也,上下之道也。今命之以士,而责之以三公,士之位而受三公之责,非古之道也。孔子曰:"必也正名乎!"正名也者,所以正分也。然且为之,非所谓正名也。身不能正名,而可以正天下之名者,未之有也。

蚳鼃为士师,孟子曰:"似也,为其可以言也。"鼃谏于王而不用,致为臣而去。孟子曰:"有言责者不得其言则去,有官守者不得其守则去。"④然则有官守者莫不有言责,有言责者莫不有官守。士师之谏于王是也。其谏也,盖以其官而已矣,是古之道也。古者官师相规⑤,工执艺事以谏。其或不能谏,谓之不恭,则有常刑。盖自公卿至于百工,各以其职谏⑥,则君孰与为不善?自公卿至于百工,皆失其职,以阿⑦上之所好,则谏官者,乃天子之所谓士耳,吾未见其能为也。

俟⑧之已轻,而要之以重,非所以使臣之道也。其俟己也轻,而取重任焉,非所以事君之道也。不得已,若唐之太宗庶乎其或可也。虽然,有道而知命者,果以为可乎?未之能处也。唐太宗之时,所谓谏官者,与丞弼⑨俱进于前。故一言之谬,一事之失,可救之于将然⑩,不使其命已布于天下,然后从而争之也。君不失其所以为君,臣不失其所以为臣,其亦庶乎其近古也。今也上之所欲为,丞弼所以言于上,皆不得而知也。及其命之已出,然后从而争之。上听之而改,则是士制命而君听也;不听而遂⑪,则是臣不得其言而君耻过也。臣不得其言,士制命而君听,二者上下所以相悖而否⑫乱之势也。然且为之,其亦不知其道矣。及其谆谆而不用,然后知道之不行,其亦辨之晚矣。或曰:"《周官》之师氏、保氏⑬,司徒之属而大夫之秩⑭也。"曰:尝闻周公为师,而召公⑮为保矣,《周官》则未之学也。

谏官是封建君主制体制下一个相当重要的职任,其补偏正弊之效、面君陈辞之义往往为朝野所仰慕、敬重且期之殷殷。作者曾在《上田正言书》中责言官以义、期言官以职,而本文则通过古今对照揭示了当时位居谏官者的缘于制度的尴尬,指出,无论怎样说,谏官以"士"之职而行三公之责,"俟之已轻,而要之以重,非所以使臣之道也"。

【注释】

① 古时天子之下人分四等,一为分卿,二为大夫,三为士,四为庶(即百姓、布衣)。进入"士"阶层,则可以为官治民。谏官虽身份较低但地位显赫,可与天子面争,故有三公之贵。
② 预:干涉、介入。
③ 傃:音 sù。动词,朝向、向着。
④ 蚳鼃(音 chí wā):齐国大夫。《孟子·公孙丑(下)》:"孟子谓蚳鼃曰:'子之辞灵丘,而请士师,似也,为其可以言也。今即数月矣,未可以言欤?'蚳鼃谏于王而不用,致为臣而去……(孟子)曰:'吾闻之矣,不得其言则去。我无官守,我无言责也,则吾进退,岂不绰绰然有余裕哉!'"鼃:同今文"蛙"。士师:最高司法长官,主察讼狱之事。
⑤ 官师相规:一般官员和监察司法官员之间互相监督、规范。
⑥ 指巫、医、乐、师百工之人。艺事,所从事的行当。谓各种工匠就他所从事的行当向天子或朝廷提出意见。
⑦ 阿:曲意逢迎。
⑧ 俟:等待。

⑨丞弼：辅佐之臣，指宰相。
⑩将然：将要发生，尚未发生。
⑪遂：一意孤行。
⑫否：音 pǐ。不通，阻塞。
⑬师氏、保氏：即太师、太保，与司徒共称"三公"。
⑭秩：官级。
⑮召公：姓姬，名奭。武王灭纣后，封召公于北燕，成王时与周公分陕而治，召公治其西，周公治其东。

风　俗

　　夫天之所爱育者民也，民之所系仰者君也。圣人上承天之意，下为民之主，其要①在安利之。而能安利之之要不在于它，在乎正风俗而已。故风俗之变，迁染民志②，关之盛衰，不可不慎也。

　　君子制俗以俭③，其弊为奢④。奢而不制，弊将若之何？夫如是，则有殚极财力僭渎拟伦⑤以追时好者矣。且天地之生财也有时，人之为力也有限，而日夜之费无穷。以有时之财，有限之力，以给无穷之费，若不为制，所谓积之涓涓而泄之浩浩，如之何使斯民不贫且滥⑥也！国家奄有诸夏⑦，四圣继统⑧，制度以定矣，纪纲以缉⑨矣，赋敛不伤于民矣，徭役以均矣，升平之运未有盛于今矣，固当家给人足无一夫不获其所矣。然而窭人⑩之子，短褐未尽完，趋末⑪人民，巧伪⑫未尽抑，其故何也？殆风俗有所未尽淳欤？

　　且圣人之化，自近及远，由内及外。是以京师者风俗之枢机⑬也，四方之所面内而依仿也。加之士民富庶，财物毕会，难以俭率⑭，易以奢变。至于发一端，作一事，衣冠车马之奇，器物服玩之具，且更奇制⑮，夕染诸夏⑯。工者矜能于无用⑰，商者通货于难得⑱，岁加一岁，巧眩之性不可穷，好尚之势多所易，故物有未弊而见毁于人⑲，人有循旧而见嗤于俗⑳。富者竞以自胜，贫者耻其不若，且曰："彼人也，我人也，彼为奉养㉑若此之丽，而我反不及！"由是转相慕效，务尽鲜明㉒，使愚下之人有逞一时之嗜欲，破终身之赀产而不自知也。

　　且山林不能给野火㉓，江海不能实漏卮㉔，淳朴之风散，则贪饕之行成，贪饕之行成，则上下之力匮。如此则人无完行㉕，士无廉声，尚陵逼者为时宜㉖，守检押㉗者为鄙野，节义㉘之民少，兼并㉙之家多，富者财产满布州域，贫者困穷不免于沟壑㉚。夫人之为性，心充体逸则乐生，心郁体劳则思死，若是之俗，何法令之能避哉！故刑罚所以不措㉛者此也。

风俗

且坏崖破岩之水,原自涓涓;干云蔽日之木,起于青葱②,禁微则易,救末者难。所宜略依古之王制,命市纳贾③,以观好恶㉞。有作奇技淫巧以疑众者,纠罚之;下至物器馈具,为之品制㉟以节之;工商逐末者,重租税㊱以困辱之。民见末业之无用,而又为纠罚困辱,不得不趋田亩,田亩辟㊲则民无饥矣。以此显示众庶,未有辇毂之内㊳治而天下不治矣。

风俗是国家政教风化的结果,而这结果又反过来影响着朝廷政教风化的实施。好的风俗可有利于朝廷积极措施的推进,坏的风俗则可以在很大程度上影响、阻碍改革的进程。王安石对此认识很早也很透,有关论述也很多。此篇专论"风俗"之重要以及如何端正风俗。

【注释】
① 要:关键。
② 迁染民志:改变百姓的思想。
③ 制俗以俭:以俭朴来制约风俗。
④ 其弊为奢:风俗的弊病是趋向奢侈。
⑤ 僭渎拟伦:超越界限,向有钱摆阔的人看齐。渎:沟,界。拟:模仿。伦,指摆阔靡之辈。
⑥ 滥:乱来。
⑦ 奄有:拥有。诸夏:古代华夏各族居住的地方,泛指宋王朝的疆土。
⑧ 四圣继统:谓宋代太祖、太宗、真宗、仁宗继承华夏帝位。
⑨ 缉:明确,确立。
⑩ 窭人:贫穷之人。窭,音 jù。
⑪ 趋末:从事投机性行业。指商贾等。
⑫ 巧伪:指下文所说衣冠车马、器物服玩诸方面竞作奇巧的活动。
⑬ 枢机:中心部位,关键所在。
⑭ 俭率:俭朴、粗率。
⑮ 旦更奇制:早晨变换出新奇玩意。
⑯ 夕染诸夏:晚上就传染、影响到四周。
⑰ 工者矜能于无用:手艺人在没有实用价值的器物制作方面夸耀自己的本领。
⑱ 商人通货于难得:商人将人们难见难得的奇特商品交换来去。
⑲ 物有未弊而见毁于人:物品尚在完好的时候便被人们毁掉、委弃。

⑳人有循旧而见嗤于俗:如果有人仍守着固有东西,便会遭人嗤笑。
㉑奉养:指富人的生活方式、生活状态。
㉒务尽鲜明:力求引人注目。
㉓山林不能给野火:谓山林再多也支撑不住野火的焚烧。
㉔江海不能实漏卮:倾尽江海也填不满漏底的酒杯。
㉕完行:完美的品行。
㉖尚陵逼者为时宜:欺压百姓的兼并之家竟被人认为是时髦而令人艳羡。
㉗检押:规矩。
㉘节义:节操、义气。节义之民,即正派而不搞歪门邪道的人。
㉙兼并:兼并土地。
㉚沟壑:山沟,指野外。
㉛措:停止使用。
㉜青葱:植物初生之状态。喻事物苗头。
㉝命市纳贾:命令掌管市场的官吏上报商品价格。
㉞好恶:指市场对商品的需求情况。
㉟为之品制:给它制定等级。
㊱重租税:加重租税。
㊲辟:音 pì。开垦。
㊳辇毂之内:指京都。辇毂,天子的车马。此处将京都喻为辇毂。

龙 说

　　龙之为物,能合能散,能潜能见,能弱能强,能微能章①。惟不可见,所以莫知其乡②;惟不可畜,所以异于牛羊。变而不可测,动而不可驯,则常出乎害人,而未始出乎害人,夫此所以为仁。仁无止③,则常至于丧己④,而未始出乎丧己,夫此所以为智。止则身安,曰惟知几⑤;动则利物,曰惟知时。然则龙终不可见乎?曰:与为类者⑥常见之。

　　本文写龙的难以把握和不可预测,谈龙的"仁""智"双全且"知几""利物",实际上是借物以喻人,从而表达了自己立世存身的见解与主张,其为人之道对读者不乏有益的启示。

【注释】
①章:通"彰",显著。
②乡:通"向",去、往。
③无止:没有止境。
④丧己:丧失自我。
⑤几:几微,指很微渺的动静。
⑥为类者:与它相似的事物。

使 医

"一人疾焉而医者十,并使之欤^①?"曰:"使其尤良者一人焉尔。""乌知其尤良而使之?"曰:"众人之所谓尤良者,而隐之以吾心,其可也。"夫能不相逮^②,不相为谋,又相忌也,况愚智之相百者^③乎?人之愚不能者常多,而智能者常少,医者十,愚不能者乌知其不九邪?并使之,智能者何用?愚不能者何所不用?一日而病且亡,谁者任其咎邪?故予曰:"使其尤良者一人焉尔。"

使其尤良者有道,药云^④则药,食云则食,坐云则坐,作云则作。夫然,故医也得肆其术^⑤而无憾焉,不幸而病且亡,则少矣。药云则食,坐云则作^⑥,曰姑如吾所安焉尔,若人也,何必医,如吾所安焉可也。凡疾而使医之道皆然,而腹心为甚,有腹心之疾者,得吾说而思之其庶矣!

作者借"使医"之道来形象地说明用人治国的道理,以此劝诫人主在治国图新中,要选择有真才实学者委以重任,使其有职有权,得以发挥才能,施展抱负。以浅近喻高深,以具体喻隐微,引人联想,发人思悟,具有较强的感染力。

【注释】
①并使之欤:让他们一同治疗吗?
②不相逮:医疗诊治水平跟不上。
③相百:差距以"百"计算。
④云:语气助词,无实意。
⑤肆其术:尽量发挥他的医疗技能。
⑥此句意为:医生嘱咐该用药的时候,病人偏偏吃饭,医生让患者安坐的时候,他却偏偏活动。

汴 说

古者卜筮有常官①,所诹有常事②。若考步③人生辰星宿所次④,訾⑤相人仪状色理,逆斥⑥人祸福,考信于圣人无有也,不知从何许人传。宗⑦其说者,澶漫⑧四出,抵今为尤蕃⑨,举天下而籍⑩之,以是自名者,盖数万不啻⑪,而汴不与焉⑫。举汴而籍之,盖亦以万计。

予尝视汴之术士,善挟奇而以动人⑬者,大抵宫庐服舆食饮之华,封君⑭不如也。其出也,或召焉,问之,某人也,朝⑮贵人也;其归也,或赐焉,问之,某人也,朝贵人也。坐其庐⑯旁,历其人之往来⑰,肩相切,踵相籍,穷一朝暮⑱,则已错不可计。窃异之,且窃叹曰:"吾侪治先圣人之言而修其术,张之⑲能为天子营太平⑳,敛之犹足以提㉑身正家,顾未尝有公卿彻官㉒若是其即之勤㉓也。"或曰:"子知乎?渴者期于浆,疾者期于医,治然也。子诚能为天子营太平,提身正家。彼所存㉔势与位尔。势不盈,位不充,则热中㉕,热中则惑。势盈位充矣,则病失之,病失之则忧。惑且忧,则思决㉖。以彼为能决㉗,子亦能乎?不能,则无异㉘其即彼疏此也。"因瘖㉙不复异。

久之,补吏淮南㉚,省亲江南,有金华山人者,率然相过㉛,自言能逆斥祸福。噫!今之世,子之术奚适而不遇哉㉜?因以《汴说》谂之。

汴说,乃说汴京的卜筮之人。卜筮者"挟奇而以动人",求其指点的"肩相切、踵相继";"吾侪治先圣人之言而修其术",可以"营太平""正身家",却远远不如卜筮者之被人热衷。原因何在?在于有位有势的公卿彻官有"忧"而彼能为之解除。

文章以儒者与筮者相比较,以借喻的方式指斥官场中善操奇术以移人的"小人",以及被"奇术"所移的"公卿彻官"之流。

【注释】

① 常官:固定的官职。
② 诹:音 qū,同"趋",做,行事。
③ 考步:推测。
④ 次:在……位置。
⑤ 訾:音 zī。计算,估量。
⑥ 逆斥:预测。
⑦ 宗:动词。追寻、探究。
⑧ 澶漫:不着边际的样子。
⑨ 蕃:多而杂。
⑩ 籍:统计、登记。
⑪ 啻:止。
⑫ 还不包括汴京的业者人数。汴:汴梁,北宋首都,又称东京。今河南开封。
⑬ 动人:蛊惑人心。
⑭ 封君:指被朝廷赐封称号的人。
⑮ 朝:朝廷。
⑯ 庐:指卜筮者居所。
⑰ 历其人之往来:逐个观察来找他占卜的人。
⑱ 穷一朝暮:谓从早到晚,一整天。
⑲ 张之:将圣人之言施用于世间。
⑳ 营:建造。太平:太平盛世。
㉑ 禔:音 tí。福,此谓"造福"。
㉒ 彻官:即彻侯。秦汉时期爵位名。秦朝废除古代五等爵位,立爵从一等公士起,至二十级彻侯止。彻,"通"之意,谓其爵位上可通于皇帝,位最尊。汉代承袭其制,授金印紫绶。汉武帝姓刘名彻,为避其讳,称为"通侯"。
㉓ 这句谓:没见过卜筮者竟能吸引这样多的分卿彻官殷勤来访。
㉔ 彼所存:求卜者所拥有的。
㉕ 热中:心中烦躁不安。
㉖ 思决:想有个答案。
㉗ 以彼为能决:(求卜者)认为卜筮者能给他一个答案。
㉘ 无异:不要奇怪。

㉙寤:明白了。
㉚庆历三年(1042),王安石登进士第,不久签书淮南路(治所在扬州)判官。三年后回临川探视父母。
㉛率然相过:不经预约而登门造访。
㉜此句意为:唉！在当今的时世,你的这种"本事",到哪里能不受重视呢!

先大夫述

王氏其先出太原,今为抚州临川①人,不知始所以徙②。其后有隐君子③某,生某,以子故④赠⑤尚书职方员外郎。职方生卫尉寺丞某,公考⑥也。公讳某。始字损之,年十七,以文干⑦张公咏,张公奇之,改字⑧公舜良。

祥符八年⑨,得进士第,为建发主簿⑩。时尚少,县人颇易之⑪。既数月,皆畏,翕然⑫,令赖以治。尝疾病,阖县⑬为祷祠。县人不时⑭入税,州咎⑮县,公曰:"孔目吏⑯尚不时入税,贫民何独急邪?"即异校⑰置府门,取孔目吏校以归⑱,杖二十,与之期三日⑲。尽期,民之税亦无不入,自将已下皆侧目。为判官临江军,守⑳不法,公遇事辄据争之以故事。一政吏为文谩其上,至公辄阁㉑。军有萧滩,号难度,以腐舡㉒度辄返,吏呼公为"判官滩"云。豪吏大姓,至相出钱求转运使㉓下吏㉔出公领新涂县,县大治,今三十年,吏民称说如公在。改大理寺丞㉕,知庐陵县,又大治。移知新繁县,改殿中丞㉖。到县,条宿奸㉗数人上府,流恶处㉘,自余㉙一以恩信治之,尝历岁不笞一人。

知韶州㉚,改太常博士、尚书屯田员外郎㉛。夷越㉜无男女之别,前守㉝类以为俗然,即其得可已,皆弗究。公曰:"同是人也,不可渎其伦㉞。夫所谓因其俗者,岂谓是耶?"凡有萌蘖㉟,一切摘发穷治之。时未几,男女之行于市者,不敢一涂㊱。胡先生瑗㊲为《政范》,亦掇㊳公此事。

部县翁源㊴多虎,公教捕之。民言虎自毙者五。令断虎头,舆致㊵州,为颂以献。公麾舆者出㊶,以颂还令,其不喜怪,不以其道说之不说也如此。蜀效忠士屯者五百人㊷,代不到㊸,谋叛。韶,小州,即有变,无所可枝梧㊹,佐吏始殊恐,公不为动,独捕其首五人,即日断流之㊺。护出之界上。初,佐吏固争请付狱㊻,既而闻其徒谋,若以道赴狱,当夜劫之以叛,众乃愈服。公完㊼营驿仓库,建坊道,随所施设有条理。长老言自岭海㊽服朝廷,为吾州守未有贤公者。丁卫尉府君忧⁴⁹,服除⁵⁰,通判江宁府⁵¹,阅两将⁵²,一以府倚公办⁵³。宝元二年⁵⁴二月二十三日,以疾弃诸孤官下⁵⁵,享年四十六。

公于忠义孝友,非勉也,宦游⁵⁶常奉亲⁵⁷行,独蜀西川以远,又法不听⁵⁸,在新繁未尝剧饮酒,岁时思慕,哭殊悲。其自奉⁵⁹如甚啬者,异时⁶⁰悉所有⁶¹以贷于人。治酒食,须以娱其亲,无秋毫爱⁶²也,人乃或以为奢。居未尝怒笞子弟,每置酒,从容为陈孝悌仁义之本,古今存亡治乱之所以然,甚适⁶³。其自任以世之重也,虽人望公则亦然,卒之官不充其材⁶⁴以夭,呜呼!其命也。

母谢氏,以公故封永安县君。娶某氏,封长寿县君。子,男七人,女一人适张氏,处两人⁶⁵。将以某月日葬某处,子某等谨撰次公事如右⁶⁶,以求有道而文者铭焉,以取信于后世。

本文作于庆历八年(1048),王安石当时任鄞县令。此文所述为其父亲王益生平事迹。可参见王安石《先大夫集序》《答韶州张殿丞书》等。

【注释】

①在江西省。
②不知始所以徙:搞不清当初从太原迁到临川的原因。
③隐君子:未仕宦不显达的君子。
④以子故:因为儿子的关系。
⑤赠:古代死后封以职号为"赠"。
⑥考:死去的父亲称"考"。公考,即王益的父亲,安石祖父。
⑦干:拜谒。音 gān。
⑧字:动词,为人命字。
⑨祥符八年:1015 年。祥符,即大中祥符,宋真宗赵恒年号。
⑩主簿:县令佐官:掌簿籍、文书等事务。
⑪易之:把他看得简单,即轻视。
⑫翕然:安定的样子。翕,音 xī。
⑬阖县:全县。
⑭不时:不按规定时间。

⑮咎：怪罪。
⑯孔目吏：县里掌管一些账目簿书的低级官吏。
⑰舁：音 yú，抬、搬。校：一种拘束犯人的刑具。音 xiào。
⑱校以归：拘押前来。
⑲期三日：定三天期限。
⑳守：指临江军太守。
㉑阁：放置起来，束之高阁。
㉒舡：音 xiāng，一种船。
㉓转运使：宋代负责一方财货运转的官员，兼领民政，权甚重。
㉔下吏：派出下级官员。
㉕大理寺：朝廷最高司法机构。丞：佐官。
㉖殿中丞：朝内官职名，属中书省。
㉗条：开列。宿奸：长期不法分子。
㉘流恶处：将不法分子驱逐到生存环境恶劣的地方。
㉙自余：除"宿奸"者以外的不法分子。
㉚知韶州：任韶州知州。
㉛"太常博士、尚书屯田员外郎"以及前文中"职方员外郎""大理寺丞"等皆虚衔，朝廷授之以示荣宠。
㉜韶州在今广东省境内，因其远离中土，古代称之为夷越之地。
㉝前守：以前的韶州知州。
㉞渎其伦：污亵人伦。
㉟萌蘖：萌芽，苗头。
㊱不敢一涂：不敢在同一条路上行走。
㊲胡瑗：王益好友。详见欧阳修《胡先生墓表》。
㊳掇：采录。
㊴部县翁源：韶州治下的翁源县。
㊵舆致：用车拉来。
㊶麾：同"挥"。舆者：拉虎头并献颂辞的人。
㊷该句谓：屯扎在韶州来自蜀地的五百名效忠士。效忠士：以情愿效忠朝廷的名义招募的军人，多出穷荒之地。
㊸代不到：替代他们轮戍的人迟迟不来。
㊹枝梧：抗拒、抵御。
㊺即日断流之：当天判他们流放。

㊻付狱：交给监狱看管。

㊼完：修缮。

㊽岭海：岭南沿海一带。包括韶州。

㊾丁卫尉府君忧：为王益的去世父亲守孝。

㊿服除：守孝期满。

(51)通判江宁府：任江宁府(今南京)通判。

(52)阅两将：手下管着两个将领。

(53)一以府倚公办：府署的所有事情都依仗王益来办。

(54)宝元二年：1039年。宝元，宋仁宗赵祯年号。

(55)该句谓：因病留下几个儿子而死在任上。

(56)宦游：宦，做官。古人做官常更换任所，身不由己，如风萍浮云，游动不定，故称"宦游"。

(57)奉亲：带着父母。

(58)不听：不得治理。谓新繁治安秩序混乱。

(59)自奉：自我奉养。

(60)异时：其他时候。

(61)悉所有：倾其所有积累。

(62)爱：吝啬，怜惜。

(63)适：得体。

(64)不充其材：没有充分展示他的才能。

(65)处两人：两个女儿尚未出嫁。

(66)撰次公事：将他的事迹按次写出。如右：古人书写方式为，每行字从上往下，称竖排，每页书写行次由右向左，故称如右。意同今之"见上文"。

读江南录

　　故散骑常侍徐公铉①奉太宗命撰《江南录》,至李氏②亡国之际,不言其君之过,但以历数存亡论之。虽有愧于实录,其于《春秋》之义,箕子之说,徐氏录为得焉③。

　　然吾闻国之将亡必有大恶,恶者无大于杀忠臣。国君无道,不杀忠臣,虽不至于治,亦不致于亡。纣为君,至暴矣,武王观兵④于孟津⑤,诸侯请伐纣,武王曰:"未可。"及闻其杀王子比干,然后知其将亡也,一举而胜焉。季梁在随⑥,随人虽乱,楚人不敢加兵⑦。虞⑧以不有宫之奇⑨之言,晋人始有纳璧假道之谋。然则忠臣国之与⑩也,存与之存,亡与之亡。

　　予自为儿童时,已闻金陵⑪臣潘佑⑫以真言见杀,当时京师因举兵来伐,数⑬以杀忠之罪。及得佑所上谏李氏表观之,词意质直⑭,忠臣之言。予诸父中旧多为江南官者,其言金陵事颇详,闻佑所以死则信。然则李氏之亡,不徒然⑮也。

　　今观徐氏录言佑死,颇以妖妄,与予旧所闻者甚不类⑯。不止于佑,其它所诛者,皆以罪戾,何也?予甚怪焉。若以商纣及随、虞二君论之,则李氏亡国之君,必有滥诛⑰,吾知佑之死信⑱为无罪,是乃徐氏匿之⑲耳。

　　何以知其然?吾以情得之。大凡毁生于嫉,嫉生于不胜,此人之情也。吾闻铉与佑皆李氏臣,而俱称有文学,十余年争名于朝廷间。当李氏之危也,佑能切谏,铉独无一说,以佑见诛,铉又不能力诤,卒使其君有杀忠臣之名,践亡国之祸,皆铉之由也。铉惧此过,而又耻其善及于佑⑳,故匿其忠而污以它罪,此人情之常也。以佑观之,其它所诛者又可知矣。噫!若果有此,吾谓铉不惟厚诬忠臣,其欺吾君不亦甚乎!

读江南录

　　《江南录》为南唐旧臣后归宋任散骑常侍的徐铉所著,所述为南唐李氏三代的历史。

　　作者采取欲擒故纵的手法,抓住《江南录》中"不言其君之过"引发出中心论点,而后以历史上的商纣、随、虞之事引证、论证,后又以忠臣潘佑被杀的具体事例论证,虽在开篇承认其"不言其君之过"合于《春秋》之义,却在篇末得出合乎其理的结论:"铉不惟厚诬忠臣,其欺吾君不亦甚乎?"字字如刻,力透纸背。

【注释】

①徐铉:(917—992)广陵(扬州)人。字鼎臣。初仕吴,又仕南唐。官至吏部尚书。入宋,为太子率更令,散骑常侍。
②李氏:指南唐后主李煜。
③得焉:即得体。
④观兵:即检阅军队。
⑤孟津:在今河南省。
⑥季梁在随:随,春秋时位于汉水之东的小诸侯国。季梁,随国的贤臣。
⑦详见《左传·鲁桓公六年》。
⑧虞:春秋时期姬姓国。其地在山西平陆。晋国伐虢,须经过虞国境内。
⑨宫之奇:虞国大夫。不有:不用。晋人欲伐虢,假道于虞,宫之奇谏虞公不可假道于晋。而虞公不听,许晋。灭虢之下阳。三年后,复请假道伐虢,宫之奇复谏,不听。晋灭虢,回师经虞,袭虞,灭之,执虞公与大夫井伯,以为晋献公女(即秦穆公夫人)的陪嫁品。
⑩国之与:与国家共命运的人。
⑪金陵:今江苏南京市。时为南唐首都。
⑫潘佑:其先居幽州。其父潘处常避祸江南,为散骑常侍。佑生而孤峻,擅文学,习庄老。初为南唐秘书省正字,直崇文馆,累迁内史舍人,后主时呼为潘卿。因屡上书极论时政,辞激触怒,后主遣使收之,遂被杀。
⑬数:历数,指控。
⑭词意质直:言辞直率而有实际内容。
⑮不徒然:谓原因很复杂。
⑯不类:不相同。

⑰滥诛：过多诛杀。
⑱信：确实。
⑲匿之：隐藏起来，故意不写进史书。
⑳耻其善及于佑：恐怕善的名声落在潘佑的头上。

读孟尝君传

　　世皆称孟尝君能得士①,士以故归之,而卒赖其力以脱于虎豹之秦。嗟乎!孟尝君特鸡鸣狗盗之雄耳②,岂足以言得士③?不然,擅④齐之强,得一士焉,宜可以南面而制秦⑤,尚何取鸡鸣狗盗之力哉?夫鸡鸣狗盗之出其门,此士之所以不至也。

　　这是一篇《史记·孟尝君传》的读后感。王安石写文章都为其政治服务。此篇亦是如此。他在《上仁宗皇帝言事书》中曾指出:"士"应当是"大则足以用天下国家",小则"足以为天下国家之用","士之所学者,文武王道也","居则为六官之卿,出则为六军之将",这样,首先提高了士的标准。由此看来,鸡鸣狗盗之徒不能算士,而"孟尝君特鸡鸣狗盗之雄耳!"从而否定了"孟尝君能得士"的传统说法。

【注释】
①得士:招徕贤士。
②特鸡鸣狗盗之雄耳:只不过是鸡鸣狗盗之徒中的佼佼者罢了。
③岂足以言得士:哪里能称得上得士呢?
④擅:拥有。
⑤南面:面向南。古时天子坐北朝南,称南面,人臣则曰北面事君。制秦:遏制秦国。

书刺客传后

曹沫将而亡人之城,又劫天下盟主,管仲因勿背以市信一时可也①。予独怪智伯国士豫让,岂顾不用其策耶?让诚国士也,曾不能逆策三晋,救智伯之亡,一死区区,尚足校哉②?其亦不欺其意③者也。聂政售于严仲子④,荆轲豢于燕太子丹⑤。此两人者,污隐困约之时,自贵其身,不妄愿知⑥,亦曰:有待⑦焉。彼挟道德以待世者,何如哉?

本篇列举《史记·刺客列传》中所记述的曹沫、豫让、聂政、荆轲等刺客的行迹,得出结论为"不欺其意者"。结尾一句则落笔于现实当中:如今那些所谓身怀"道德"以等待机会和条件的君子们,能否做到"不欺其意"呢?

读史是为了知世,作者将历史与现实略加对照,便使百余字文有不尽之意。

【注释】

① 曹沫,鲁庄公时鲁国将军,与齐国战,三败北,至鲁庄公献遂邑之地以求和,但仍以曹沫为将军。齐桓公与鲁庄公会盟于柯,曹沫执匕首劫桓公,桓公乃答应还给昔日所得鲁地。桓公后悔,打算背约,管仲告诉他:"贪小利以自快,弃信于诸侯,失天下之援,不如与之。"于是曹沫三战所失,一朝复归。将:做将军。盟主:指齐桓公。勿背以市信:不违背承诺,归还侵地,以此换取天下诸侯对齐桓公的信任。

② 《史记·刺客列传》:"豫让者,晋人也……去而事智伯,智伯甚尊宠之。及智伯伐赵襄子,赵襄子与韩、魏灭智伯。灭智伯之后而三分其地……豫让逃遁山中,曰:'嗟乎!士为知己者死,女为悦己者容。今智伯知我,我必为报仇而死。以报智伯,则吾魂不愧矣。'"后几次刺杀赵襄子,未果,而襄子宥之。后为所执,襄子义之,以衣为之三击。豫让以为可下报智伯,遂自杀。国士豫让:把豫让待为国士。校:通"效"。

③不欺其意:不违背自己的志向、节操。
④严仲子名严遂:战国韩哀侯时为公卿重臣。与宰相侠累不和,恐被杀,逃去。阴求勇士以报侠累。寻得齐国聂政,厚待之。政因赴韩刺死侠累,旋自杀。售于严仲子:被严仲子收买。
⑤荆轲,卫国人,入燕,燕人称之荆卿。燕太子丹欲报秦仇,善待荆轲,荆轲遂为之过易水,入函谷关,西向入秦,刺秦王政,不果,被杀。豢于:被……豢养。
⑥不妄愿知:不轻易希求别人的理解。
⑦有待:等待机会。

读柳宗元传

余观八司马①,皆天下之奇材也,一为叔文②所诱,遂陷于不义。至今士大夫欲为君子者,皆羞道而喜攻之。然此八人者,既困矣,无所用于世,往往能自强以求别于后世,而其名卒不废焉。而所谓欲为君子者,吾多见其初而已③,要其终,能毋与世俯仰以自别于小人者少耳!复何议于彼④哉?

这是作者读《旧唐书·柳宗元传》之后的随感。柳宗元年少志壮,参加"永贞革新",失败遭贬永州,再贬柳州,最后死在柳州。此后文人君子皆讳言柳宗元,甚者随而非之。王安石在此以前涉及柳宗元的时候(如《请杜醇先生入县学书》中有"彼宗元者安知道"之语)也曾有出于儒家正统观念的一些偏见,但很少有人像王安石这样大胆地将柳宗元与世俗所谓"士大夫欲为君子者"相比较而称之为"天下奇才"。

此文盖写于熙宁后期。王安石有感于官场"士大夫欲为君子者"之辈群起而攻新法,与柳宗元所遭际相近,读史思今,感慨系之,且对柳宗元产生了深深的理解。

正义之声,慨然之气,大有"尔曹身与名俱灭,不废江河万古流"的气概。

【注释】

①八司马:指唐代中期永贞革新的发起和参加者:韦执谊、刘禹锡、柳宗元、韩晔、韩泰、程异、凌准、陈谏八人。革新失败后,分别被贬为崖州、郎州、永州、饶州、虔州、郴州、连州、台州的司马,史称"八司马"。

②叔文:即王叔文,出身微贱,以苦学入宫为太子李诵侍读,间讽以政,深得太子器重。李诵即帝位,为顺宗。王叔文受重用,发动"永贞革新",主张削藩镇、罢宫市等,致

读柳宗元传

使藩镇节度使韦皋等人与宦官相互勾结,逼李诵让位,太子李纯继帝位,是为宪宗。尽废新法,王叔文被贬为渝州司户,赴贬所途中赐死。史传列之为奸臣。王安石从传统儒家立场出发,接受史家观点,故称"一为叔文所诱"。

③谓大多数所谓君子在入仕之初还算得上君子。

④彼:指八司马。

书李文公集后

文公非董子①作《仕不遇赋》,惜其自待不厚②。以予观之,《诗》三百,发愤于不遇③者甚众。而孔子亦曰:"凤鸟不至,河不出图。吾已矣夫④!"盖叹不遇也。文公论高如此,及观于史⑤,一不得职,则诋宰相⑥以自快。今吾于人也,听其言而观其行,言不可独信⑦久矣。虽然,彼宰相名实固有辨。彼诚小人也,则文公之发,为不忍于小人可也。为史者,独安取其怒以己失职耶?世之浅者,固好以其利心量君子,以为触宰相以近祸,非以其私则莫为也。夫文公之好恶,盖所谓皆过其分者耳。

方其不信于天下,以推贤进善⑧为急。一士之不显,至寝食为之不甘,盖奔走有力,成其名而后已。士之废兴,彼各有命。身非王公大人之位,取其任而私之⑨,又自以为贤,仆仆然忘其身之劳也,岂所谓知命者耶?《记》曰:"道之不行,贤者过之,不肖者不及也。"夫文公之过⑩也,抑其所以为贤欤⑪?

这是一篇读《旧唐书·李翱传》随感。

李文公,即李翱,唐代赵郡人,字习之。贞元进士,元和初年为国子博士,史馆修撰,再迁考功员外郎。性情峭厉耿直,曾经当面指斥宰相李逢吉的过错,出为庐州刺史,后拜中书舍人,历山南东道节度使而卒。始师从韩愈学古文,辞致浑厚,卒谥文。

王安石评价李翱触怒李逢吉一事,认为"过其分";评其推贤进善,认为非"知命者"之所为。

王安石此文当写于位居宰相之后,所站角度有了变化,于是对人、事之价值判断也就发生了偏移,故对李翱的评价未免因苛责古人而失之偏颇,然其行文则于笔力曲折之处有可观者。

书李文公集后

【注释】

①非董子:非,诋毁,"以……为错误"。董子,即西汉经学家董仲舒。
②惜其自待不厚:以董仲舒不能厚待自己为可惜。
③不遇:有才能而得不到赏识和重用。
④《史记·孔子世家》记载:"鲁哀公十四年春,狩大野。叔孙氏车子(即车夫)鉏商获兽,以为不祥。仲尼视之,曰:'麟也。'取之。曰:'河不出图,洛不出书,吾已矣夫。'"《论语》记载为:"凤鸟不至,河不出图。吾已矣夫。"孔子认为:象征吉祥盛世的凤鸟不来了,黄河也不再出"河图"了,意味着周公那样的圣人不会出现了,所以,他大概没什么前途了。河图:关于《周易》一书来源的传说。《周易·系辞(上)》:"河出图,洛出书,圣人则之。"古人认为河图的出现是帝王圣者受天命的瑞符号。据记载,尧和禹在登帝位之前都曾受过河图。
⑤指王安石读《唐书·李翱传》。
⑥据史载:李翱曾当面指斥宰相李吉甫。
⑦言不可独信:仅凭言语、文字是不能令人相信的。
⑧推贤进善:即举荐贤良人才。
⑨取其任而私之:以王公大人才应该做的事作为自己的职责。
⑩过:超过适当的分寸。
⑪该句谓:这是否就是李翱没能成为圣人而只能算是贤者的原因呢?

同学一首别子固

江之南有贤人焉,字子固①,非今所谓贤人者②,予慕而友之。淮之南有贤人焉,字正之③,非今所谓贤人者,予慕而友之。二贤人者,足未尝相过也,口未尝相语也,辞币未尝相接④也。其师若友⑤,岂尽同哉?予考其⑥言行,其不相似者,何其少也!曰:"学圣人而已矣。"学圣人,则其师若友,必学圣人者。圣人之言行岂有二哉?其相似也适然。

予在淮南,为正之道子固,正之不予疑也。还江南,为子固道正之,子固亦以为然。予又知所谓贤人者,既相似,又相信不疑也。

子固作《怀友》一首遗予,其大略欲相扳⑦以至乎中庸而后已。正之盖亦常云尔。夫安驱徐行,辅⑧中庸之庭,而造于其堂,舍二贤人者而谁哉?予昔非敢自必⑨其有至也,亦愿从事于左右焉尔。辅而进之,其可也。

噫!官有守⑩,私系⑪会合不可以常也,作《同学一首别子固》,以相警且相慰云。

此文作于庆历三年(1043),当时王安石23岁,任淮南路判官。

作者自幼谙习儒家经典,及长则有"欲与稷契相遐希"(《忆昨诗》)的辅弼天下的思想。他与曾巩(字子固)和孙侔(字正之)是志同道合的朋友。此文通过对曾、孙二人素不相识而言行酷似来阐述只要学圣人,达到"至乎中庸而后已"的境界,必能实现济世之志的道理。

【注释】
①子固:曾巩,字子固。
②非今所谓贤人者:不是当今浇薄的世俗所认为的那种贤人。
③正之:即孙侔,吴兴人。早年丧父。为文奇古,内行孤峻。与王安石、曾巩交游很

深,事母尽孝,志于禄养,屡举进士。其母卒,誓终身不仕,客居江淮间,屡荐皆不就。

④辞币未尝相接:言辞、财物没曾互相往还。币:赠予宾客的财物。

⑤其师若友:互相学习如同好友。

⑥其:指曾巩和孙侔两人。

⑦相扳:互相矫正。

⑧辀:乘车到达。

⑨自必:自信;自我肯定。

⑩官有守:为官的人有各自的职守。

⑪私系:个人之间的关系。

伤仲永

　　金溪①民方仲永,世隶耕②。仲永生五年,未尝识书具③,忽啼求之。父异④焉,借旁近与之⑤,即书诗四句,并自为其名。其诗以养父母、收族⑥为意,传一乡秀才观之。自是指物作诗立就⑦,其文理皆有可观者。邑人奇之,稍稍宾客其父⑧,或以钱币乞之⑨。父利其然也⑩,日扳仲永环谒于邑人⑪,不使学。

　　予闻之也久,明道⑫中,从先人⑬还家,于舅家见之,十二三矣。令作诗,不能称前时之闻⑭。又七年,还自扬州,复到舅家,问焉。曰:"泯然⑮众人矣。"王子⑯曰:"仲永之通悟⑰,受之天也。其受之天也,贤于材人远矣。卒之为众人,则其受于人者不至也⑱。彼其受之天也,如此其贤也,不受之人,且为众人。今夫不受之天,固众人,又不受之人,得为众人而已邪"?⑲。

　　庆历三年(1043),作者从扬州的淮南路签判任上回临川所作。该文通过最初被誉为神童的方仲永因不重视后天的学习而成为普通人一事,说明人的知识才能并非天生不变,强调了后天学习的重要性。体现了王安石早期的朴素唯物主义思想。清蔡上翔在《王荆公年谱考略》中说:"余谓仲永始而通悟,终焉为泯然众人,见于荆公悼叹者详矣!"

【注释】
①金溪:在今江西省金溪县。
②世隶耕:世世代代种田。
③书具:笔墨纸砚等书写工具。
④异:惊异,认为与众不同。
⑤借旁近与之:从附近人家借了给他。

伤仲永

⑥收族：和亲族的人搞好关系。收，团聚。
⑦立就：马上写成。
⑧宾客其父：请他父亲去做客。
⑨乞之：讨取仲永的诗。
⑩此句谓：其父亲以为这样对他很有好处。
⑪每天带着仲永到处拜谒有钱人家，(以图得到赏钱)。
⑫明道：宋仁宗年号，从1032年至1033年。
⑬先人：指王安石当时尚未去世的父亲王益。
⑭此句谓：和以前所听说的情况已经大不相同。
⑮泯然：消除干净，不复存在。
⑯王子：王安石自称。
⑰通悟：聪明。
⑱此句谓：最后成了普通的人，原因是他后天从人们、社会中所学的不够。
⑲最后一句意为想做个普通的人也做不到。

孔子世家议

太史公①叙帝王则曰本纪,公侯传国则曰世家,公卿特起则曰列传,此其例②也。其列孔子为世家,奚其进退无所据耶?孔子旅人③也。栖栖衰季之世④,无尺寸之柄⑤,此列之以传宜矣,曷为世家哉⑥?岂以仲尼躬将圣之资,其教化之盛,焉奕⑦万世,故为之世家以抗之⑧,又非极挚⑨之论也。夫仲尼之才,帝王可也,何特公侯哉!仲尼之道,世⑩天下可也,何特世其家哉?处之世家,仲尼之道不从而大,置之列传,仲尼之道不从而小。迁也自乱其例,所谓多所抵牾⑪者也。

这是王安石读史至《史记·孔子世家》时有感为文。作者认为,司马迁将孔子列入"世家"之中是"自乱其例"、进退失据的做法。虽言"列之以传宜矣",其意并不在此,而是在为孔子鸣不平,"夫仲尼之才,帝王可也,何特公侯哉"!这才是他的本意。

文章立意甚高,气势非凡。

宋人喜阔论,尚理趣,且好诋前人之过。曾巩、苏轼等都曾讥诮过司马迁,认为所述多不合圣人之道,虽荆公也不免有此。

【注释】

①太史公:即司马迁。
②例:写《史记》的体例。
③孔子旅人:孔子生于鲁,而一生都在周游列国以宣传先王之道中度过,故称之为"旅人"。
④衰季之世:混乱而逐渐衰亡的春秋时期。
⑤柄:权柄。
⑥引句意为:把他的事迹放在"列传"里正好,为什么要放在"世家"当中呢?
⑦焄奕:连绵不绝的样子。焄,音 xī。

⑧抗:匹敌,相当。抗之,使之与公侯传国之辈匹敌、相当。
⑨极挚:到达顶点,彻底。挚,通"至"。
⑩世:传。
⑪抵牾:顶牛儿,冲突、矛盾。

书洪范传后

王安石曰:"古之学者,虽问以口,而其传以心;虽听以耳,而其受者意。故为师者不烦,而学者有得也。"孔子曰:"不愤不启,不悱不发,举一隅不以三隅反,则不复也①。"夫孔子岂敢爱其道②,骜③天下之学者,而不使其早有知乎!以谓其问之不切,则其听之不专;其思之不深,则其取之不固。不专不固,而可以入者,口耳而已矣。吾所以教者,非将善其口耳也④。

孔子殁,道日以衰熄,浸淫至于汉,而传注之家⑤作。为师则有讲而无应,为弟子则有读而无问。非不欲问也,以经之意为尽于此矣,吾可无问而得也。岂特无问,又将无思。非不欲思也,以经之意为尽于此矣,吾可以无思而得也。夫如此,使其传注者皆已善矣,固足以善学者之口耳,而不足善其心,况其有不善乎?宜其历年以千数,而圣人之经卒于不明,而学者莫能资其言以施于世也。

予悲夫《洪范》者,武王⑥之所以虚心而问,与箕子⑦之所以悉意而言,为传注者汨之⑧,以至于今冥冥也,于是为作传以通其意,呜呼!学者不知古之所以教,而蔽于传注之学也久矣。当其时,欲其思之深、问之切而后复焉,则吾将孰待而言邪!孔子曰:"予欲无言。"⑨然未尝无言也,其言也,盖有不得已焉。孟子则天下固以为好辩,盖邪说暴行作,而孔子之道几于熄焉,孟子者不如是不足与有明也。故孟子曰:"予岂好辩哉?予不得已也。"夫予岂乐乎古之所以教,而重为此詻詻⑩哉!其亦不得已焉者也。

《洪范》是《尚书》中的篇目,旧传为商朝末年箕子所作,以此向周武王讲述天地之大法。因其古奥难懂,自汉刘向开始,后儒多为其疏文为传。王安石于元丰年间作《洪范传》,在呈献给神宗之时,写了这篇《书洪范传后》说明自己作《洪范传》,目的在于排除各种杂芜不经的传注所蒙在《洪范》头上的迷雾而"通其意",并以此发明圣人之道。

【注释】

①此句意为:孔子说:不发愤图进,不开窍;有话又说不出来,不能举一反三,(对这样的学生)没必要给他讲第二遍。
②爱其道:吝惜儒家所标举的先王之道,而不愿向人传播。
③骜:通"傲"。
④此句谓:所教之道目的在于由口、耳至于心。
⑤传注之家:为儒家经典解释文意,疏通语句、文字意义的学者。
⑥武王:周武王姬发。
⑦箕子:商纣的大臣。纣无道,箕子佯狂为奴。纣灭,箕子从周,为周武王阐明《洪范》的微言大义。
⑧汩之:淹没不彰。言后来的传注者不本于原意,多有穿凿,使《洪范》本来的含义被各种说法淹没了。
⑨予欲无言:我不打算说什么。
⑩谎谎:热烈争辩的样子。

祭范颍州仲淹文

呜呼我公,一世之师。由初迄终,名节无疵。明肃之盛,身危志殖①。瑶华失位,又随以斥②。治功亟闻,尹帝之都③。闭奸兴良④,稚子歌呼。赫赫之家,万首府趋。独绳其私,以走江湖。士争留公,蹈祸不栗。有危其辞,谒与俱出⑤。风俗之衰,骇正怡邪⑥。謇謇我初,人以疑嗟⑦。力行不回,慕者兴起。儒先酋酋,以节相侈⑧。

公之在贬,愈勇为忠。稽前引古,谊不营躬⑨。外更三州⑩,施有余泽。如酾河江,以灌寻尺⑪。宿赃⑫自解,不以刑加。猾盗涵仁,终老无邪。讲艺弦歌,慕来千里。沟川障泽,田桑有喜。

戎孽猘狂,敢龂我疆⑬。铸印刻符,公屏一方⑭。取将于伍,后常名显。收士至佐,维邦之彦⑮。声之所加,虏不敢瞯。以其余威,走敌完邻。昔也始至,疮痍满道。药之养之,内外完好。既其无为,饮酒笑歌。百城晏眠,吏士委蛇⑯。

上嘉曰材,以副枢密。稽首辞让,至于六七。遂参宰相,厘我典常。扶贤赞杰,乱冗除荒。官更于朝,士变于乡。百治具修,偷堕勉强⑰,彼阏不遂⑱,归厕帝侧⑱。卒屏⑲于外,身屯道塞⑳。谓宜耆老,尚有以为。神乎孰忍,使至于斯㉑!盖公之才,犹不尽试。肆其经纶㉒,功孰与计?

自公之贵,厩库㉓逾空。夷其色辞㉔,傲讦以容㉕。化于妇妾,不靡珠玉㉖。翼翼公子,弊绨恶粟㉗。闵死怜穷,惟是之奢㉘。孤女以嫁,男成厥家。孰埋㉙于深?孰镌㉚乎厚?其传㉛甚详,以法永久㉜。

硕人今亡,邦国之忧。矧鄙不肖,辱公知尤。承凶万里㉝,不往而留。涕哭驰辞,以赞醪羞㉞。

皇祐四年(1052),范仲淹在从青州徙知颍州,途经徐州时病逝,享年64岁。王安石当时正通判舒州,于当年写下了这篇祭文。文中既有高风亮节的概括,又有功勋实绩的记述,既有生动形象的写照,又有真实细节的刻画,再辅以反面映衬和正面赞颂,全文"用字造语,皆奇创动人",所举多非细事,音节亦高亢异常,堪称"能揭范文正之大节"的祭文。

【注释】

① 宋仁宗初年,庄献明肃刘太后听政,范仲淹劝明肃太后尽母道,还政于仁宗。明肃太后薨,又劝仁宗尽到为子的义务。身危志殖:生命虽处于危境,但志气却因此而增长。
② 仁宗郭皇后因与张美人争宠,怒批张美人脸颊,而误及仁宗。仁宗怒,废郭皇后,出居于瑶华宫。时范仲淹为司谏之职,率谏官御史伏庭以争,不得,贬出为睦州知州。瑶华,指代郭皇后。
③ 在睦州等地的政绩迅速传到朝廷,于是被召回朝廷,治理开封府。当时范仲淹被提为吏部员外郎、权制开封府。尹,治理。帝都,即北宋首都开封。
④ 闭奸兴良:抑制奸佞,起用贤良。
⑤ "独绳其私"六句:当时宰相吕夷简以势营私。范仲淹在开封府给仁宗上《百官图》,指出某官为吕夷简非正常提拔,某官应当就某职等等,宰相嫉恨非常。两人当廷争辩,范被罢知饶州。余靖、尹洙、欧阳修等人皆直仲淹,而斥吕夷简为小人,以为范不当贬,一时间皆遭贬逐。
⑥ 此句意为:风俗衰败,正人君子不安其位,奸佞小人大逞其欲。
⑦ 此句意为:一开始就忠贞不二,人们纷纷对此怀疑嗟叹。謇謇:忠贞的样子。
⑧ 酋酋:通"遒"。雄健有力的样子,指以范仲淹为首的被斥逐的一大批正人君子以劲节自持,互勉而光大。
⑨ 稽,考察引证。谊,同"义"。躬,即营私。
⑩ 外更三州:指范仲淹在贬期间经任了饶州、润州、越州的知州。
⑪ 指范仲淹在三州任上的施为与政绩,如同从长江大河中取水,来浇灌尺寸之地。喻其才绰绰有余。酾:斟酒。喻取人。
⑫ 宿赃:一贯营私的官吏。
⑬ 戎孽:指侵犯宋朝疆域的西夏李元昊。猘:音 zhì,疯狗。齮:音 yǐ,毁伤,侵犯。
⑭ 元昊反,西边不宁,朝廷起用范仲淹为陕西经略安抚、招讨副使。印、符:朝廷所授领兵凭证,即帅印之类。屏,音 bǐng,抵御。
⑮ 谓范仲淹善于从普通人中发现人才,爱惜人才。邦之彦:国家的俊材。
⑯ 委蛇:雍容自得的样子。

⑰范仲淹治边有声,久之,西夏请和,召拜为枢密副使,寻拜参知政事(副相),于是,豪杰之士如星拱月,贤材盈朝。不久着手"庆历新政"。厘:治理。典常:国家之典章制度。
⑱阏:音è,隔挡、阻塞。此处引申为朝中的小人。归厕帝侧:指小人在仁宗面前进谄言。
⑲屏,通"摒",摒弃。新政失败,范仲淹出为河东、陕西宣抚使。
⑳身屯道塞:个人命运淹蹇,天下大道阻塞不通。
㉑耉老:长寿、老年人。耉:音gǒu。年高,老。本以为年龄虽高,尚可有作为。老天怎忍心,使范公有这样的结果。
㉒肆其经纶:使其尽展治国大才。
㉓厩库:马厩和粮库,喻国家财政。
㉔夷其色辞:和颜悦色。
㉕傲讦以容:对桀骜不驯的人和恶意发人隐私者给予宽容。
㉖此句谓:俭朴的教化及于妇妾,人们不尚奢侈。
㉗弊绨恶粟:吃穿都很节俭。
㉘此句谓:只有在对待贫困的人和给人治丧方面才舍得破费。
㉙堙:掩埋(墓主)。
㉚锲:镌刻碑文。
㉛传:音zhuàn,记述。
㉜以法永久:用来供后代永久效法。
㉝承凶万里:在万里之外收到噩耗。
㉞赞:辅助。醪羞:即酒食。我涕泪交流地疾书祭文,并辅之以祭奠的酒食。

祭刁景纯学士文

呜呼刁公,不忮不求①。坦然立行之平,裕然与人之周。既贵贱以同观,亦始终之相侔②。惟其动必依于仁,故其寿若此之修。望音容而远,欲亲吊以无由。慨临风而出涕,辞以侑③乎醪羞。

刁约,字景纯,少卓越,刻苦学问,善属文。天圣年间进士,宝元年间为馆阁校理,后直史馆,治平年间出知扬州,持冠而归,筑室于润州,号藏春坞,每日休息其中。

王安石此文盖作于熙宁末至元丰初之间。祭文没有详述其行迹生平,重点称颂了刁约的性格、气节和品格,简短而饱注情感。

【注释】
①不忮不求:既无忌妒之心,又不苛责于人。
②始终相侔:即为人前后如一。
③侑:劝人饮食。音 yòu。

祭张安国检正文

呜呼！善之不必福，其已久矣，岂今于君，始悼叹其如此？自君丧除①，知必顾予②。怪久不至，岂其病欤？今也君弟，哭而来赴。天不姑释一士③，以为予助。何生之艰，而死之遽！君始从我，与吾儿④游，言动视听，正而不偷⑤。乐于饥寒，惟道之谋。既掾司法⑥，议争谳失⑦，中书大理，再为君屈⑧。遂升宰属，能挠⑨强倔，辩正狱讼，又常精出。岂君刑名，为独穷深，直谅明清，靡所不任。人恍⑩莫知，乃恻我心。君仁至矣，能施而忘己。君孝至矣，孺慕以至死⑪。能人所难，可谓君子。呜呼！吾儿逝矣，君又随之，我留在世，其与几时？酒食之哀，侑以言辞。

此文作于熙宁九年（1077）至十年之间。时王安石再罢去同中书门下平章事，其子王雱于熙宁九年（1075）卒于疾，张安国随即卒。

该文沉郁悲愤，激昂慷慨，既述张安国生平大略，又颂其为人为官之道。情辞饱满，撼人心魄。

【注释】

① 丧除：指张安国为父（或母）守孝三年期满。
② 顾予：来看望我。
③ 姑释：暂且放还。一士：指张安国。
④ 吾儿：即王安石之子王雱。
⑤ 偷：苟且。
⑥ 掾：音 yuàn，古代属官的统称。掾司法，即做司法属官。
⑦ 谳：音 yàn，审判定罪。议争谳失，即争论审判定罪事务中的失误。
⑧ 中书大理，再为君屈：即连中书省的大理寺（全国最高司法机关）也被张安国驳

倒了。
⑨挠:使……屈服。
⑩佻:音 tiāo,苟且,轻薄。
⑪孺慕:《礼记·檀弓(下)》:"有子与子游立,见孺子慕者。"后指幼童对亲人的思慕。孺慕以至死:因思念逝去的亲人而死。

祭束向元道文

呜呼束君！其信然耶？奚仇友朋，奚怨室家①？堂堂元道，我始疑嗟。惟昔见君，田子之自②。我欲疾走，哭诸田氏。吾縻不赴，田疾不知③。今乃独哭，谁同我悲？始君求仕，士莫敢匹。洪洪其声，硕硕其实。霜落之林，豪鹰俊鹞。万鸟避逃，直摩苍天④。踬焉仅仕，后愈以困。洗藏销塞，动辄失分⑤。如羁骏马，以驾柴车，侧身堕首，与骞同刍⑥。命又不详，不能中寿。百不一出⑦，孰知其有？

能知君者，世孰予多⑧？学则同游，仕则同科。出作扬官⑨，君实其乡。倾心倒肝，迹斥形忘⑩。君于寿食，我饮鄞水⑪。岂无此朋？念不去彼。既来自东，乃临君丧。阒阒阴宫⑫，梗野榛荒。东门之行，不几日月。孰云于今，万世之别？嗟屯怨穷，闵命不长。世人皆然⑬，君子则亡。予其何言？君尚有知，具此酒食，以陈⑭我悲。

束向，字元道，于本文可知为扬州人，与王安石少年时期曾同游共学，同于庆历二年（1042）登进士第，并一同在扬州任职，两人此时交往益厚。当王安石改任鄞县时，束向任安徽寿县令。而当王安石提点江南东路刑狱任满回归之际，则得到朋友的噩耗，可知此文约作于嘉祐五年（1060）。

作者怀着极度的悲愤之情，极写束向的志向和才能、气概，又以不公平的命运相对照，从而写出了当时的用人制度对人的埋没与摧残。然后倒叙一笔，叙述两人的交情，情真意切，于是极度的悲痛便在这样的铺垫下宣泄出来。由次再回照篇首"奚仇友朋，奚怨室家"两句，便感到并不是矫情造作之语。

【注释】

①此句意为你走的这样匆忙，难道你对朋友和家人有什么仇怨吗？

祭束向元道文

②该句谓:我初次见到你,是在田君家里。田某,不详。
③该句谓:我想跪到田君那里,和他痛哭一场,但我累于官职不能前往,不知道田君会多么痛苦。
④鹯:zhān,一种似鹞鹰的猛禽。此句谓束元道气质清峻、个性豪迈,且志向远大。
⑤该句谓:尽管一再韬光养晦,还是动辄得咎。极言与世龃龉和世俗对人才的打击、困窘。
⑥与骞同刍:与驽马同槽同料。
⑦百不一出:指他才华没有施展于世。
⑧世孰予多:世上谁比我更了解你呢?
⑨出作扬官:离开京城在扬州做官。
⑩该句谓:两人倾心交谈,以至忘乎形迹。
⑪该句谓:你在安徽寿县做官,我在浙江鄞县(宁波)任职。
⑫阒阒阴宫:阴暗的墓穴之中。
⑬皆然:都很安好。
⑭陈:表达。

祭王回深甫文

嗟嗟深浦,真弃我而先乎?孰谓深甫之壮以死,而吾可以长年乎?虽吾昔日执子之手,归言子之所为①,实受命于吾母,曰:"如此人,乃与为友。"吾母知子②,过于予初,终子成德,多吾不如。呜呼天乎!既丧吾母,又夺吾友,虽不即死,吾何能久!搏胸③一恸,心摧志朽,泣涕为文,以荐④食酒。嗟嗟深甫,子尚知否?

王回,字深甫,又作深父。王安石挚友。(详见王安石《王深甫墓志铭》)

王安石善写祭文,原因是这一体裁能够充分宣泄他郁勃沉雄的内在激情。短者如本篇,长者如《祭欧阳文忠公文》。长者如骏马大铬,一路驱驰,顿挫铿锵,无不中节;短者如悲风灌穴,因物赋形,抑郁呜咽,凝重苍凉。《祭王回深甫文》便体现了这一特点。

【注释】
①归言子之所为:回家说起你的所作所为。
②知子:了解你。
③搏胸:捶胸。言其悲痛的样子。
④荐:即"献"。

祭欧阳文忠公文

　　夫事有人力之可致①，犹不可期②，况乎天理之溟漠③，又安得而推④？惟公生有闻于当时，死有传于后世，苟能如此足矣，而亦又何悲？如公器质之深厚，智识之高远，而辅学术之精微⑤，故充于文章，见于议论，豪健俊伟怪巧瑰琦。其积于中⑥者，浩如江河之停蓄；其发于外者，烂⑦如日星之光辉。其清音幽韵，凄如飘风急雨之骤至；其雄辞闳辩，快如轻车骏马之奔驰。世之学者，无问乎识与不识，而读其文，则其人可知。

　　呜呼！自公仕宦四十年⑧，上下往复，感世路之崎岖。虽屯邅困踬，窜斥流离，而终不可掩者，以其公议之是非⑨。既压复起，遂显于世，果敢之气，刚正之节，至晚而不衰。方仁宗皇帝临朝之末年，顾念后事，谓如公者，可寄以社稷之安危⑩。及夫发谋决策，从容指顾，立定大计，谓千载而一时。功名成就，不居而去。其出处进退，又庶乎英魄灵气，不随异物腐散，而长在乎箕山之侧，与颍水之湄⑪。然天下之无贤不肖，且犹为涕泣而歔欷，而况朝士大夫，平昔游从，又予心之所向慕而瞻依？呜呼！盛衰兴废之理，自古如此。而临风想望，不能忘情者，念公之不可复见，而其谁与归？

　　欧阳修是北宋文学革新运动的领袖人物，早年王安石就曾对好友曾巩说过："非欧公无足以知我者"，至和二年，经曾巩引荐，王安石与欧阳修始会面，两人结下知己之交，后来在王安石的古文写作方面，欧阳修曾多次给予指导。熙宁以后，两人因政见不尽相同，关系有所疏远，但对各自的品德、节操都没有任何怀疑。当欧阳修于熙宁五年在颍州去世的消息传来，王安石悲痛不已，怅然若失，援笔写下这篇不朽的祭文。

【注释】

① 致:达到,做得到。
② 不可期:难以预料结果。
③ 溟漠:荒远,看不清。
④ 推:预测。
⑤ 学术:指儒家的学说、理论。精微:博大精深。
⑥ 积于中:蕴藏于心。
⑦ 烂:璀璨光明。
⑧ 欧阳修天圣八年(1030)进士及第。出为西京留守推官,到熙宁四年(1071)致仕退居颍州,前后从政达41年之久。
⑨ 据史载:欧阳修进入仕途,刚正不阿,一贬夷陵,再贬滁州,晚年又因卷入"濮议"之争而出知亳州、青州、蔡州。可谓风波迭起,仕途崎岖。
⑩ 欧阳修于至和元年(1054),母亲郑氏夫人的丧期满,从颍州启程赴京,仁宗见欧阳修须发皆白,齿发脱落,不禁恻然,存恤甚厚。不久,欧阳修开始任翰林学士,出使契丹,主持嘉祐贡举,知开封府,拜枢密副使,升参知政事,封开国公……可谓"寄以社稷之安危"。仁宗临朝末年:指至和、嘉祐年间。
⑪ 箕山:在河南登封县东南。颍水:源出于登封县东的乾阳山。相传古代隐士巢父、许由曾居于箕山之侧,洗耳于颍水之滨。

处士征君墓表

　　淮之南①,有善士三人,皆居于真州②之扬子③。杜君者,寓于医④,无贫富贵贱,请之辄往。与之财非义,辄谢而不受。时时穷空,几不能以自存,而未尝有不足之色。盖善言性命之理,而其心旷然无累于物。而予尝与之语,久之而不厌也。

　　徐君,忠信笃实,遇人至谨⑤,虽疾病召筮,不正衣巾不见。寓于筮⑥,日得百数十钱则止,不更筮也。能为诗,亦好属文,有集若干卷。

　　两人者,以医筮故,多为贤士大夫所知,而征君独不闻于世。征君者,讳某,字某,事其母夫人至孝。居乡里,恂恂恭谨,乐振⑦人之穷急,而未尝与人校曲直。好蓄书,能为诗。有子五人,而教其三人为进士。某今为某官,某今为某官,某亦再贡于乡。征君与两人者相为友,至欢而莫逆也。两人者,皆先征君以死,而征君以某年某月某甲子终于家,年七十七。

　　噫!古者一乡之善士必有以贵于一乡⑧,一国之善士必有以贵于一国,此道亡也久矣。余独私爱夫三人者,而乐为好事者道之,而征君之子又以请,于是书以遗之,使之镵诸墓上。杜君讳婴,字大和。徐君讳仲坚,字某。

此篇作于庆历三年(1043)前后,王安石当时签书淮南判官。

处士,古时对有才德而未仕或不仕于朝廷者的称谓。名为征君墓表,实则为三位处士作传记。

征君虽不闻于世,而教其三子为进士;杜婴行医,不以财为先,而唯义是取;徐仲坚善卜吉凶,不贪财而遵礼好义。作者之所以为他们作传,是因为他们"有以贵于一乡",且"其心旷然无累于物"。

【注释】

①淮之南:即宋代所置淮南路,相当于今省级建制。
②真州:即今江苏仪征。
③扬子:古镇名,在今仪征市东南。
④寓于医:即以行医为业。
⑤谨:守礼节。
⑥寓于筮:以占卜为生。
⑦振:通"赈",以实物救济。
⑧有以贵于一乡:有被一乡之人敬重称贵的条件。

广西转运使屯田员外郎苏君墓志铭

庆历五年①,河北都转运使、龙图阁直学士信都②欧阳修以言事切直,为权贵人所怒,因③其孤甥女子有狱④,诬以奸利事⑤。天子使三司户部判官、太常博士武功⑥苏君与中贵人⑦杂治。当是时,权贵人连⑧内外诸怨恶修者,为恶言欲倾⑨修,锐甚。天下汹汹,必修不能自脱。苏君卒白上曰:"修无罪,言者诬之耳。"于是权贵人大怒,诬君以不直,绌⑩使为殿中丞、泰州⑪监税。然天子遂寤,言者不得意,而修等皆无恙。苏君以此名闻天下。嗟乎!以忠为不忠,而诛不当于有罪,人主之大戒。然古之陷此者相随属,以有左右之逭,而无如苏君之救,是以卒至于败亡而不寤。然则苏君一动,其于天下,岂小也哉?苏君既出逐,权贵人更用事,凡五年之间再赦而君六徙⑫,东西南北,水陆奔走辄万里。其心恬然,无有怨悔。遇事强果,未尝少屈。盖孔子所谓刚者,殆苏君矣。

苏君之仁与智,又有足称者。尝通判陕府⑬,当葛怀敏⑭之败,边告急,枢密使取道路戍还之卒再戍⑮,大怨,即欢聚谋为变⑯。吏白闭城,城中无一人敢出。君徐以一骑出卒间,谕慰⑰止之,而以便宜还使者。戍卒喜曰:"微苏君,吾不得生。"陕人曰:"微苏君,吾其掠死矣。"有令刺陕西之民以为兵,败亡⑱者死。既而亡者得,有司治之以死,而君辄纵⑲去,言上曰:"令民以死者,为事不集也。事集矣而亡者犹不赦,恐其众相聚而为盗。惟朝廷幸哀怜愚民,使得自反⑳。"天子以君言为然,而三十州之亡者皆不死。其后知坊州㉑,州税赋之无归者,里正㉒代为之输,岁弊大家数十㉓。君钩治㉔使归其主。坊人不忧为里正,自苏君始也。

苏君讳安世,字梦得。其先武功人,后徙蜀,蜀亡,归于京师。今为开封人也。曾大考㉕讳进之,率府副率。大考㉖讳继,殿直。考㉗讳咸熙,赠都官郎中。君以进士起,起三十二年。其卒年五十九。为广西转运使,而官止于屯田员外郎者,以君十五年不求磨勘㉘也。君娶南阳㉙郭氏,又娶清河⑮某氏。子四人:台文,永州⑯推官;祥文,太庙斋郎;炳文,试将作监主簿;彦文,未仕。女子五人,适㉒进士会稽⑱江松、单州鱼台县㉔尉江山㉕赵杨,三人尚幼。君既卒之三年,嘉祐二年十月庚午,其子葬君扬州之江都东兴宁乡马坊村,而太常博士知常州军州事临川王安石为铭曰:

皇有四极㉖,周绥㉗以福,使维苏君,奠我南服。亢亢苏君,不圆其方,不晦其明,君子之刚。其枉在人,我得吾直,谁怼㉘谁憛,祗天之役。日月有丘,其下冥冥,昭君无穷,安石之铭。

该文叙述苏安世"遇事强果,未尝少屈",选取的是欧阳修被"诬以奸利事",苏安世参与调查,而不畏权责,仗义执言的事;叙述其"仁与智",则选择了苏安世任陕州府通判时,机智巧妙地平息戍卒哗变,以及释放败亡士卒,"令三十州之亡者皆不死"的事。本文省去了枯燥单调的评价而让事实说话,这样即使文章活泼、灵动起来,又不埋没其生平大节。

【注释】

① 庆历五年:1045 年。
② 信都:汉代郡名。在今河北冀县西北,有信都故城。欧阳修的先辈中有居信都者,故称信都欧阳修。
③ 因:假借。
④ 孤甥女子:指欧阳修之甥女张氏,与欧阳修实无直系血缘关系。狱:官司。
⑤ 张氏因与人犯奸,被提治狱,遂诬欧阳修与之关系暧昧、并欲侵占其财产等等(详见《欧阳修生平及创作》)。
⑥ 武功:县名,在陕西省。
⑦ 中贵人:即宦官,姓王,名昭明。
⑧ 连:勾结。
⑨ 倾:搞倒。
⑩ 绌:即"黜",降职。
⑪ 泰州:江苏泰县。
⑫ 谓五年之内逢两次大赦,而苏安世不仅不能蒙恩,却反而被六次更换任所。
⑬ 通判陕府:即在陕州任通判。陕州,即河南陕县。
⑭ 葛怀敏:北宋真定(今河北正定)人。陕西用兵,葛任泾原路兼招讨经略安抚副使。

广西转运使屯田员外郎苏君墓志铭

庆历二年(1042),西夏元昊侵犯镇戎军,葛怀敏入保定川砦,敌军毁掉桥板,阻其归路。怀敏至长城濠,路已断,被围,与诸将同遇害。

⑮取道路戍还之卒再戍:让到了戍守期限正在回家路上的士兵再次戍边。

⑯为变:哗变,造反。

⑰谕慰:讲道理并安慰。

⑱亡:逃跑。

⑲纵:释放。

⑳反:同"返"。

㉑坊州:在今陕西省境内。

㉒里正:古时乡里以课督赋税为主要业务的小吏。

㉓岁:每年。弊:巧取。大家:有钱人家,大户。

㉔钩治:想办法使里正们退还贪得之财。

㉕曾大考:即去世的曾祖父。

㉖大考:去世的祖父。

㉗考:即去世的父亲。

㉘磨勘:宋代的官员考绩制度。对官员的政绩考核每三年进行一次。三年任期内,如无罪错,可依制升迁。

㉙南阳:今河南南阳。

㉚清河:今河北清河。

㉛永州:今湖南零陵。

㉜适:嫁给。

㉝会稽:今浙江绍兴市。

㉞单州鱼台:即今山东省鱼台县。

㉟江山:浙江江川县。

㊱四极:四方极远之地,泛指四方。

㊲周:四边。绥:安定。

㊳怼:音 duì,怨恨。

司封员外郎秘阁校理丁君墓志铭

朝奉郎、尚书司封员外郎、充秘阁校理、新差通判永州①军州、兼管内功农事、上轻车都尉、赐绯鱼袋晋陵②丁君卒。临川王某曰:"噫!吾僚③也,方吾少时,辅我以仁义者。"乃发哭吊其孤,祭焉而许以铭。越三月,君婿以状④至,乃叙铭赴其葬。叙曰:

君讳宝臣,字元珍。少与其兄宗臣,皆以文行称乡里,号为"二丁",景祐⑤中,皆以进士起家。君为峡州⑥军事判官,与庐陵欧阳公⑦游,相好也。又为淮南⑧节度掌书记。或⑨诬富人以博,州将,贵人也,猜而专,吏莫敢议,君独力争正其狱。又为杭州观察判官,用举者⑩兼州学⑪教授。又用举者迁太子中允,知越州剡县⑫。盖其始至,流⑬大姓一人,而县遂治,卒除弊兴利甚众,人至今言之。于是再迁为太常博士,移知端州⑭。

侬智高反,攻至其治所。君出战,能有所捕斩,然卒不胜,乃与其州人皆去而避之,坐免一官,徙黄州⑮。会除太常丞,监湖州⑯酒。又以大臣有解举⑰者,迁博士,就差知越州诸暨县。其治诸暨如剡,越人滋以君为循吏也。英宗即位,以尚书屯田员外郎,编校秘阁书籍,遂为校理、同知太常礼院。

君质直自守,接上下以恕⑱。虽贫困,未尝言利。于朋友故旧,无所不尽。故其不幸废退,则人莫不怜;少进也,则皆为之喜。居无何,御史论君尝废矣,不当复用,遂出通判永州。世皆以咎言者⑲,谓为不宜。夫驱未尝教之卒⑳,临不可守之城,以战虎狼自倍㉑之贼,议今之法,则独可守死尔,论古之道,则有不去以死,有去之以生。吏方操法以责士,则君之流离穷困,几至老死,尚以得罪于言者,亦其理也。

君以治平三年㉒待阙㉓于常州,于是再迁尚书司封员外郎,以四年四月四日卒,年五十八。有文集四十卷。明年二月二十九日,葬于武进县怀德北乡郭庄之原。君曾祖讳辉,祖讳谅,皆弗仕。考讳柬之,赠尚书工部

司封员外郎秘阁校理丁君墓志铭

侍郎。夫人饶氏,封晋陵县君,前死。子男隅、除、脐²为进士,其季恩儿尚幼。女嫁秘书省著作佐郎、集贤校理同县胡宗愈,其季未嫁,嫁胡氏者亦又死矣。铭曰:

文于辞为达,行于德为充。道于古为可,命于今为穷。呜呼已矣!卜此新宫。

此篇叙述丁宝臣为官大略之后,将笔墨重点放在丁宝臣做端州知州时,不敢依智高兵力,"与其州人皆去而避之,坐免一官"事件上。"夫驱未尝教之卒,临不可守之城,以战虎狼自倍之贼,议今之法,则独可守死尔。论古之道,则有不去以死,有去之以生。吏方操法以责士,则君之流离穷困,几至老死,尚以得罪于言者,亦其理也"。这不仅是为丁宝臣的不幸鸣不平,更是对言官乃至朝廷不以宽仁待士的指责,对现行有关法度的怀疑。如此,便使文章具备了相当的思想性和深度。

本文作于熙宁元年(1068)之后。

【注释】
① 永州:湖南零陵。
② 晋陵:今江苏武进。
③ 僚:同官为"僚"。
④ 状:记述丁宝臣事迹生平的文章。
⑤ 景祐:宋仁宗年号,从1034年至1038年。
⑥ 峡州:今湖北宜昌。
⑦ 庐陵:今江西吉安。欧阳公,即欧阳修。
⑧ 淮南:治所在江苏扬州。
⑨ 或:有人。
⑩ 用举者:以别人推举的原因。
⑪ 州学:即杭州州级学校。
⑫ 越州剡县:浙江绍兴附近的嵊县。
⑬ 流:流放,古代五刑之一。
⑭ 端州:今广东高要县。
⑮ 黄州:今湖北黄冈。

⑯湖州:在今浙江省。
⑰解举:了解丁宝臣的情况并举荐他。
⑱接上下以恕:以宽容的态度与上下级官员相处。
⑲咎:怪罪。言者:弹劾丁宝臣的人。
⑳驱未尝教之卒:驱使着一帮没经过训练的士兵。
㉑自倍:比自己多一倍。
㉒治平三年:公元1066年。治平:宋英宗赵曙年号。
㉓待阙:等候朝廷有空位时给安排职位。
㉔跻:音 jī。

泰州海陵县主簿许君墓志铭

  君讳平,字秉之,姓许氏。余尝谱其世家,所谓今泰州海陵县①主簿者也。君既与兄②元相友爱称天下,而自少卓荦不羁,善辩说,与其兄以智略为当世大人所器。宝元③时,朝廷开方略之选④,以招天下异能之士,而陕西大帅范文正公⑤、郑文肃公⑥争以君所为书以荐。于是得召试为太庙斋郎,已而选泰州海陵县主簿。贵人多荐君有大才,可试以事,不宜弃之州县。君亦常慨然自许,欲有所为,然终不得一用其智能以卒。噫,其可哀也已!
  士固有离世异俗,独行其意,骂讥、笑侮、困辱而不悔。彼⑦皆无众人之求,而有所待于后世者也,其龃龉固宜。若夫智谋功名之士,窥时俯仰以赴势物之会⑧,而辄不遇者,乃亦不可胜数。辩足以移万物,而穷于用说之时⑨;谋足以夺三军,而辱于右武之国⑩。此又何说哉?嗟乎,彼有所待而不悔者,其知之矣。
  君年五十九。以嘉祐某年某月某甲子,葬真州之杨子县甘露乡某所之原。夫人李氏。子男瓌,不仕;璋,真州司户参军;琦,太庙斋郎;琳,进士。女子五人,已嫁者二人,进士周奉先、泰州泰兴县令陶舜元。铭曰:
  有拔而起之,莫挤而止之⑪。呜呼许君!而已于斯。谁或使之?

  本文是为许元之兄许平所撰墓志铭。
  许元,字子春,宣城人。以父亲的恩荫累迁国子博士,监管京都专卖事务,任三司发运判官,为吏强而敏,尤能因财生利,庆历中擢为江淮制置发运判官。在江淮13年,"以聚敛刻薄为能,急于进取,多聚珍奇,以赂遗权贵。尤为王尧臣(当时宰相)所知,迁郎中,历知扬州、赵州、秦州而卒"。
  王安石写这篇墓志铭采取了佯褒实贬的手法。许元是贪暴刻薄之人,其弟乃与之"相友爱称天下"。许元"多聚珍奇,以赂遗权贵",则"陕西大帅范文正公(仲淹)、郑文肃公(戬)争以君(许平)所为书以荐",以此"得召试为太庙斋郎"。文中两次提到其长处,即"智能",而在正统儒家看来,脱离道德去谈"智能""异能"无非为奇邪之术,而文中终不称其德。

"士固有离世异俗"一段,似乎与本文无关,又似乎闪烁其词,却恰恰在皮里阳秋,令人细细品味,不难看出其中的用意——"围点打援"。

【注释】

①泰州海陵县:即今江苏泰县。
②元:许元,字子春,庆历年间擢江淮制置发运判官,在江淮 13 年,聚敛刻薄,急于进取,以珍奇赂遗京师权贵,迁郎中,历知扬、越、秦三州而卒。
③宝元:宋仁宗年号,从 1038 年至 1040 年。
④开方略之选:在科举考试各科目中,开设"方略"之科。
⑤范文正公:即范仲淹,时任陕西经略招讨安抚副使。卒谥文正。
⑥郑文肃公:郑戬,字天休,苏州吴县人。天圣年间进士,累官至枢密副使。罢知杭州,迁吏部侍郎,拜奉国军节度使。卒谥文肃。
⑦彼:指"离世异俗"之士。
⑧赴势物之会:参加对权势和财富的角逐。
⑨用说之时:朝廷延用有真知灼见者的时候。
⑩右武:即尚武,需要有武略的人。古人以右为上,以左为下。故曰"右武"。
⑪有人提拔起用他,而没有人排挤压制他。

兵部员外郎马君墓志铭

马君讳遵,字仲涂,世家饶州之乐平①。举进士,自礼部至于廷,书其等皆第一。守秘书省校书郎,知洪州之奉新县②,移知康州③。当是时,天子更置大臣,欲有所为,求才能之士,以察诸路,而君自大理寺丞除太子中允、福建路转运判官。以忧④不赴,忧除,知开封县,为淮淮、荆湖、两浙制置发运判官⑤。于是君为太常博士,朝廷方尊宠其使事⑥,以临六路⑦,乃以君为监察御史,又以为殿中侍御史,遂为副使⑧。已而还之台⑨,以为言事御史。至则弹宰相之为不法者,宰相用此罢⑩,而君亦以此出知宣州⑪。到宣州一日,移京东路转运使。又还台为右司谏,知谏院⑫。又为尚书礼部员外郎,兼侍御史、知杂事,同判流内铨⑬。数言时政,多听用。

始君读书,即以文辞辨丽称天下。及出仕,所至号为辨⑭治。论议条鬯⑮,人反复之而不能穷。平居颓然,若与人无所谐。及遇事有所建,则必得其所守。开封常以权豪请托不可治。客至有所请,君辄善遇之,无所拒。客退,视其事,一断以法。居久之,人知君之不可以私属也,县遂无事。及为谏官御史,又能如此。于是士大夫叹曰:"马君之智,盖能时其柔刚⑯以有为也。"

嘉祐二年⑰,君以疾求罢职以出,至五六。乃以为尚书吏部员外郎、理龙图阁,犹不许其出。某月某甲子君卒,年四十七。天子以其子某官为某官,又官其兄子持国某官。夫人某县君郑氏。以某年某月某甲子,葬君信州之弋阳县⑱归仁乡里沙之原。

君故与予善。予常爱其智略,以为今士大夫多不能如。惜其不得尽用,亦其不幸早世,不终于贵富也。然世方惩⑲尚贤、任智之弊,而采成法以一天下之士⑳,则君虽寿考,且终于贵富,其所畜㉑亦岂能尽用哉? 呜呼,可悲也已!

既葬,夫人与其家人谋,而使持国来以请曰:"愿有纪也,使君为死而

不朽。"乃为之论次,而系之以辞曰:

归②以才能兮,又予以时。投之远涂③兮,使骤而驰。前无御者兮,后有推之。忽税㉔不驾兮,其然奚为。哀茕妇⑤兮,孰慰其思?墓门有石兮,书以余辞。

王安石在鄞县任县令时,于庆历七年(公元1047)曾写有《与马运判书》,马遵当时任江淮、荆湖、两浙制置发运判官。当时马遵是王安石的上级,所以文中有"君故与予善"之句。

文章历述马遵为官情况,"为言事御史,至则弹宰相之为不法者";刻画其个性,"平居颓然,若与人无所谐。及遇事有所建,则必得其所守",更以知开封县的情况来展示他外圆内方,沉稳老练的个性及为人。

墓志铭在撰写上要求典重、翔实而不尚辞采,而该篇在不失文体风格的前提下顺势刻画人物品性如此鲜明,可谓貌似漫不经心,实乃老练有余。

此文当作于嘉祐二年(1057)至四年(1061)之间。

【注释】

①饶州乐平:江西省上饶市乐平县。
②洪州新奉:江西省南昌新奉县。
③康州:广东高要。
④忧:父母去世为"忧",需丁忧三年。
⑤发运判官:为发运使之佐官。
⑥使事:受命于朝廷所从事的工作。此句谓朝廷对他的发运判官工作很满意。
⑦六路:即北宋位于江南的江淮、荆湖、浙东、浙西等六个路(即今"省"一级建制)。当时朝廷大部岁入来自于此六路。
⑧副使:即转运副使。掌一路或数路财赋供输的大臣,同时兼管地方民政。副使为转运使的副官。
⑨台:即御史台。
⑩马遵与吕景初、吴中复弹劾时相梁适与刘宗孟联姻,而刘宗孟与冀州富人共同经商。事下开封府勘治,不实,弹与被弹者皆因此事罢职。
⑪宣州:今安徽宣城。

⑫知谏院:主掌劝谏之事。
⑬流内铨:考察官员政绩的部门。
⑭辨:音 bàn。通"办",治理,办理。
⑮鬯:音 chàng,通"畅"。
⑯时其柔刚:区别当时情况,该柔则柔,该刚则刚。
⑰嘉祐二年:1057 年。嘉祐,宋仁宗赵祯年号。
⑱信州弋阳县:江西弋阳。
⑲惩:惩戒。
⑳用已定现成准则来统一要求天下的读书人。
㉑畜:同"蓄"。所畜,即积蓄于身的才能、学识。
㉒归:赋予。
㉓远涂:即远路。任重道远之意。涂,通"途"。
㉔税:音 tuō,同"脱"。指摆脱了尘世的名缰利锁。
㉕煢妇:即寡妇,此指马遵妻子。

叔父临川王君墓志铭

孔子论天子、诸侯、卿大夫、士、庶人之孝,固有等①矣。至其以事亲②为始而能竭吾才,则自圣人至于士,其可以无憾焉一也。

余叔父讳师锡,字某。少孤③,则致孝于其母,忧悲愉乐不主于己,以其母而已。学于他州,凡被服、食饮、玩好之物,苟可以惬④吾母而力能有之者,皆取以归,虽甚劳窘,终不废。丰其母以及其昆弟、姑姊妹,不敢爱其力之所能得⑤。约其身以及其妻子⑥,不敢慊⑦其意之所欲为。其外行,则自乡党、邻里及其尝所与游⑧之人,莫不得其欢心。其不幸而蚤死也,则莫不为之悲伤叹息。夫其所以事亲能如此,虽有不至,其亦可以无憾矣。

自庠序聘举之法⑨坏,而国论不及乎闺门之隐⑩,士之务本者,常诎于浮华浅薄之材。故余叔父之卒,年三十七,数以进士试于有司,而犹不得禄赐以宽一日之养焉。而世之论士也,以苟难⑪为贤,而余叔父之考,又未有以过古之中制⑫也,以故世之称其行者亦少焉。盖以叔父自为⑬,则由外至者⑭,吾无意于其间可也;自君子之在势者⑮观之,使为善者不得职而无以成名,则中材者何以勉焉⑯?悲夫!

叔父娶朱氏。子男一人,某,女子一人,皆尚幼。其葬也,以至和四年⑰,祔⑱于真州某县某乡铜山之原皇考谏议公之兆⑲。为铭。铭曰:

夭孰为之?穷孰为之?为吾能为,已矣无悲。

墓主为作者叔父,平生屡试不得,唯居家尽其为人子、为人夫、为人兄、为人父之道,平平常常,默默无闻。王安石也采用平平淡淡的笔调来叙述他各方面尽道的品德,而在第三段文字中却将笔意逐渐提起,直到引出主旨:"自君子之在势者观之,使为善者不得职而无以成名,则中材何以勉焉!"不平之气由字里行间跃出纸表。

叔父临川王君墓志铭

此文当作于嘉祐二年。

【注释】

①等:区别。
②事亲:奉养父母。
③少孤:早年丧父。
④慊:动词。使……慊意。
⑤不敢爱其力之所能得:凡是他凭能力所能得到的东西(对于亲人)都不吝惜。
⑥约其身以及其妻子:对自己、妻子、孩子的物质生活力求俭朴。
⑦慊:音 qiè,通惬,满足,快意。
⑧游:交往。
⑨古时选贤不以科举,而由乡一级逐级推荐,如此,人们可以考察他的全面德行。科举制始于隋,于是,汉以来的选贤之法遂废。
⑩该句谓科举制以后,有司很难考察应试者在家中孝敬父母、维持家政等方面的情况。
⑪苟难:指擅长于应景而艰涩的文章。
⑫该句谓其叔父一直恪守"中庸"的思想,无"过",亦无"不及"。
⑬自为:自己的行为、做法。
⑭则由外至者:对于功名利禄这类身外之物。
⑮君子之在势者:已经得势得位的君子。
⑯中材者何以勉焉:天资一般的人靠什么作为自我勉进的动力呢?
⑰至和为宋仁宗年号,自 1054 年至 1056 年,共历三年时间。文称"至和四年",推而可知为 1057 年,但 1057 年已是嘉祐二年。不知何因。
⑱祔:音 fù,与祖先合葬。
⑲兆:坟墓的旁边。《周礼·春官·冢人》:"掌公墓之地,辨其兆域而为之图。"

王逢原墓志铭

呜呼！道之不明邪，岂特教①之不至也，士亦有罪焉。呜呼！道之不行邪，岂特化②之不至也，士亦有罪焉。盖无常产③而有常心④者，古之所谓士也。士诚有常心以操圣人之说而力行之，则道虽不明乎天下，必明于己；道虽不行于天下，必行于妻子⑤。内有明于己，外有以行于妻子，则其言行必不孤立于天下矣。此孔子、孟子、伯夷、柳下惠、扬雄之徒所以有功于世也。

呜呼！以予之昏弱不肖，固亦士之有罪者，而得友焉。余友字逢原，讳令，姓王氏，广陵⑥人也。始予爱其文章，而得其所以言，中予爱其节行⑦，而得其所以行。卒予得其所以言，浩浩乎其将沿⑧而不穷也，得其所以行，超超乎其将追而不至也。于是慨然叹，以为可以任世之重而有功于天下者，将在于此，余将友之而不得也。呜呼！今弃予而死矣，悲夫！

逢原，左武卫大将军讳奉湮之曾孙，大理评事讳琪之孙，而郑州管城县主簿讳世伦之子。五岁而孤，二十八而卒，卒之九十三日，嘉祐四年九月丙申，葬于常州武进县南乡薛村之原。夫人吴氏，亦有贤行，于是方娠也，未知其子之男女。铭曰：

寿胡不多？天实尔啬⑨。曰天不相⑩，胡厚尔德⑪？厚也培之，啬也推之，乐以不罢，不怨以疑。呜呼天民，将在于兹！

王令，字逢原，扬州人。少时倜傥不羁，后折节读书。王安石在扬州时与之交往，奇其才，将妻妹嫁于他。王令诗学韩愈、孟郊，年28岁而卒。

此文开篇"呜呼"两字，激情慷慨、悲愤不已地发了一大通议论，使文章一入目便是高峰，第二段才夹叙夹议地将情感趋向平缓，而文末铭辞又照应篇首。全篇激情跌宕，波澜起伏，文虽止而有不止之意在。

【注释】

①教：教化，教育。偏重于"教育"。
②化：教化，影响。偏重于日常良好风气的濡染。
③常产：固定的财产。如土地、房舍之类。
④常心：即恒心。
⑤妻子：妻和孩子。
⑥广陵：即扬州。
⑦节行：节操品行。
⑧沿：延续不断。
⑨天实尔啬：老天爷对你太吝啬了。
⑩不相：不帮助你。
⑪胡厚尔德：为什么使你有这么美好的品德？

王深父墓志铭

吾友深父,书足以致其言,言足以遂其志。志欲以圣人之道为己任,盖非至于命弗止也①。故不为小廉曲谨以投②众人耳目,而取舍、进退、去就必度于仁义③。世称其学问文章行治,然真知其人者不多,而多见谓迂阔,不足趣时合变④。嗟乎!是乃所以为深父也。令深父而有以合乎彼,则必无以同乎此矣⑤。

尝独以谓天之生夫人也,殆将以寿考⑥成其才,使有待⑦而后显,以施泽于天下。或者诱其言,以明先王之道,觉⑧后世之民。呜呼!孰以为道不任于天,德不酬于人,而今死矣。甚哉,圣人君子之难知也!以孟轲之圣,而弟子所愿,止于管仲、晏婴⑨,况余人乎?至于扬雄,尤当世之所贱简⑩,其为门人者,一侯芭⑪而已。芭称雄书以为胜《周易》。《易》不可胜也,芭尚不为知雄者⑫。而人皆曰:古之人生无所遇合,至其没⑬久而后世莫不知。若轲、雄者,其没皆过千岁,读其书,知其意者甚少。则后世所谓知者,未必真也。夫此两人以老而终,幸能著书,书具在,然尚如此。嗟乎深父!其智其能知轲,其于为雄,虽几可以无悔,然其志未就,其书未具,而既早死,岂特无所遇于今,又将无所传于后。天之生夫人也,而命之如此,盖非余所能知也。

深父讳回,本河南王氏。其后自光州之固始⑭迁福州之侯官⑮,为侯官人者三世。曾祖讳某、某官,祖讳某,某官,考讳某,尚书兵部员外郎。兵部葬颍州之汝阴⑯,故今为汝阴人。深父尝以进士补亳州卫真县⑰主簿,岁余自免去。有劝之仕者,辄辞以养母。其卒以治平二年⑱七月十八日,年四十三。于是⑲朝廷用荐者以为某军节度推官,知陈州南顿县⑳事,书下而深父死矣。夫人曾氏,先若干日卒。子男一人,某,女二人,皆尚幼。诸弟以某年某月某日,葬深父某县某乡某里,以曾氏祔。铭曰:

呜呼深父!维德之仔肩㉑,以迪祖武㉒。厥艰荒坠,力必践取。莫吾知庸,亦莫吾悔。神则尚反,归形此土。

治平二年(1065),王安石挚友王回(字深父,又曰"深甫")去世。此时作者正在江宁丁母忧,闻耗悲痛不已,先后为朋友撰写了祭文和墓志铭。

本文首段述其平生好古而难合于时的志向、品行、个性;接下来叙写其一生不幸,并为不鸣不平的充满激情的文字,然后才序其家世、官职等。文章叙事、议论、抒情相融并行,层层叠进,忧愤悲怆之情跃然纸上。

【注释】

①该句谓命不得不止才止,命可行则尽力以行。
②投:迎合。
③度于仁义:以仁、义为行为标准。
④趣时合变:随俗俯仰。趣,同"趋"。
⑤彼:圣人之道。此:时俗。
⑥寿考:长寿。
⑦有待:等待时机和条件。
⑧觉:启发,唤醒。
⑨该句谓得孟子之道者,仅管仲、晏婴而已。
⑩贱简:轻视。
⑪侯芭:钜鹿人,常从扬雄居,受其《太玄》《法言》。
⑫此句意为:扬雄以为经莫大于《易》,故作《太玄》;传莫大于《论语》,故作《法言》。侯芭并不了解扬雄的本意。
⑬没:即殁,死。
⑭光州固始:今河南沈丘县。
⑮福州侯官:今福建福州市。
⑯颍州汝阴:今安徽阜阳市。
⑰亳州卫真:在河南省鹿邑县。
⑱治平二年:公元1065年。
⑲于是:在这时候。
⑳陈州南顿县:故城在今河南项城县北。
㉑仔肩:担任,负担。《诗经·周颂·敬之》:"佛时仔肩,示我显德行。"
㉒祖武:祖先的行迹。武:脚印。

仙居县太君魏氏墓志铭

临川王某曰:"俗之坏久矣。自学士大夫,多不能终其节,况女子乎?当是时,仙居县太君魏氏抱数岁之孤①,专屋而闲居,躬为桑麻以取衣食。穷苦困厄久矣,而无变志。卒就其子②以能有家,受封于朝③,而为里④贤母。呜呼其可铭也!"于其葬,为序而铭焉。序曰:

魏氏其先江宁⑤人。太君之曾祖讳某,光禄寺卿;祖讳某,池州⑥刺史;考讳某,太子谕德:皆江南李氏时也。李氏国除⑦,而谕德易名居中⑧,退居于常州。以太君为贤,而选所嫁⑨,得江阴⑩沈君讳某,曰:"此可以与吾女矣。"于是进,太君年十九,归⑪沈氏。归十年,生两子,而沈君以进士甲科为广德军⑫判官以卒。太君亲以《诗》《论语》《孝经》教两子。两子就外学,时数岁耳,则已能诵此三经矣。其后子迥为进士;子遵为殿中丞,知连州⑬军州,而太君年六十有四,以终于州之正寝⑭,时皇祐二年六月庚辰也。嘉祐二年⑮十二月庚申,两子葬太君江阴申港之西怀仁里。于是遵为太常博士,通判建州⑯军州事,而沈君赠官至太常博士。铭曰:

山朝于跻⑰,其中维谷。缵⑱我博士,夫人之淑。其淑维何?博士其家。二子翼翼⑲,萼附其华⑳。诜诜㉑诸孙,其实其苞。孰云其昌?其始萌芽。皇有显报,曰维在后。硕大蕃衍,刲㉒牲以告。视铭考施,夫人之效。

太常博士沈遵之母、封仙居县太君魏氏于皇祐二年去世,其子于嘉祐二年葬之。请王安石为之铭墓。

作者在篇首便交待了撰墓文的目的:旌表魏氏守节抚孤、光大家业的美德,以此来比照那些"多不能终其节"的"学士大夫",以期矫正浇薄的世风。

仙居县太君魏氏墓志铭

【注释】

①孤:丧父之子曰"孤"。
②卒就其子:终于造就了他的儿子。
③指魏氏因其子之故被朝廷封为仙居县太君。
④里:乡村邻里。
⑤江宁:今南京。
⑥池州:在今安徽省境内。
⑦李氏国除:南唐灭亡。
⑧易名居中:改了名字到中原定居。
⑨选所嫁:物色将女儿嫁给谁家。
⑩江阴:县名,今属江苏省。
⑪归:嫁给。
⑫广德军:在今安徽省境内。
⑬连州:在今广东省境内。
⑭正寝:古代天子诸侯常居治事之所。泛指居屋之正室。后以年老病死于家为寿终正寝。
⑮嘉祐二年:1057年。嘉祐:宋仁宗赵祯年号。
⑯建州:福建省建瓯县。
⑰跻:登高。
⑱缵:继续。
⑲翼翼:谨敬的样子。
⑳萼附其华:《诗经·小雅·棠棣》:"棠棣之华,萼不韡韡。凡今之人,莫如兄弟。"棠棣,即棠梨树。萼,花托。韡,音 wěi,同"炜",光明的样子。此诗以花和萼相依不分的关系,比喻兄弟关系。